# 结婚的勇气

夏一鸣 | 著

光明日报出版社

图书在版编目（CIP）数据

结婚的勇气 / 夏一鸣著 .-- 北京：光明日报出版社，2019.6

ISBN 978-7-5194-5398-5

Ⅰ.①结… Ⅱ.①夏… Ⅲ.①长篇小说—中国—当代 Ⅳ.①I247.5

中国版本图书馆 CIP 数据核字（2019）第 124917 号

结婚的勇气

JIEHUN DE YONGQI

著　　者：夏一鸣

责任编辑：曹美娜　黄　莺　　　责任校对：赵鸣鸣
封面设计：中联学林　　　　　　责任印制：曹　净

出版发行：光明日报出版社
地　　址：北京市西城区永安路 106 号，100050
电　　话：010-63169890（咨询），63131930（邮购）
传　　真：010-63169890
网　　址：http://book.gmw.cn
E - mail：caomeina@gmw.cn
法律顾问：北京德恒律师事务所龚柳方律师，电话：010-67019571

印　　刷：三河市华东印刷有限公司
装　　订：三河市华东印刷有限公司
本书如有破损、缺页、装订错误，请与本社联系调换

开　　本：170mm × 240mm
字　　数：368 千字　　　　　　印　　张：20.5
版　　次：2019 年 9 月第 1 版　　印　　次：2019 年 9 月第 1 次印刷
书　　号：ISBN 978-7-5194-5398-5

定　　价：78.00 元

Contents

# 目录

# 第一章　意外频出

## 一

秋高气爽，北京一个没有雾霾、空气质量达标的好天气，下午时分，二环路的韵园小区，社区居民们遛弯、下棋、聊天、运动，一派祥和的景象。

“放下，你放下我的小猫！”武萌萌跑得气喘吁吁，高耸的胸脯起伏剧烈，她挡住了一辆送水的电动车，送水工手里抱着一只装着病猫的纸箱。

居民李冬花嚷嚷着：“别理她，快把病猫扔了。” 这是个六十多岁的矮冬瓜身材的胖女人。

武萌萌气坏了，巴掌大的白皙的瓜子脸气得通红，秀美的眉毛立了起来，一双黑白分明的大眼睛狠狠瞪着送水工：“小猫有病可以治，它是一条命，你们谁敢把它扔了，我就跟他拼了！”

送水工看她一副要决斗的架势，急忙放下装猫的盒子：“姑娘，别急呀，不该我事，不该我事。”他骑车闪了。

武萌萌从箱子里抱出一只小黑猫，小黑猫乖巧地躺在她的臂膀里。她抚摸着小黑猫念叨起来：“小黑，别怕，我给你找药去，乖！”

围观的居民们有人担心了：“孩子，你不怕小猫有病传染你？”

“没事的，院里的每一只流浪猫我都带它们去防疫站打过针了。”“噢，是这样啊，想得周到，真负责任，萌萌心眼真好！”众人的神情都放松了下来。

“哼，嫁不出去的大姑娘，养猫逗闷呗！”李冬花扯着尖嗓门，她这是成心要让大家都听到。

武萌萌专心致意照顾着小黑猫，她对李冬花的挑衅毫不理会。

一个身穿牛仔乞丐服的高瘦男人躲在自行车棚后朝这里张望，他戴着墨镜、黑口罩、帽子，完全看不出他的五官。

## 二

电视栏目《快乐创意》直播现场。

导播台前，栏目负责人武蕾蕾正坐在导播间里，透过监视器掌控着直播现场。

“大家注意了，各就各位，三十分钟后直播正式开始。”她的声音底气十足，语气中充满了自信。这位年轻的女编导着装潇洒，尽显职业女性的干练。

演播厅里，栏目组人员各司其职，进入了录播的工作状态。

副导演张大雨在不停地拨打着手机，满面愁容。马上就要到直播时间了，主持人雪菲却没来，手机关机。

武蕾蕾得知了这个消息劈头盖脸训斥起了张大雨：“你怎么搞的，直播在即，主持人却没影了，一个副导演，这错误犯得也太低级了吧？”

“我都找她两小时了……”他一对笑眼耷拉着。

“嗬，你胆肥啊！”浓眉大眼的武蕾蕾恨不得吃了张大雨：“哼，我早知道你小子总是包庇你组里不守纪律的同事，平常吧，小事我懒得理你，这回折了吧，充好人也得分时候啊！”

大雨连连道歉：“是是是，这次确实是我错了，错大发了，我下回再也不包庇了。”

武蕾蕾气得拍了桌子：“你还想有下回呀，你气死我得了！”

“没有没有，不能够啊！口误，严重口误！……天哪！天哪！天哪！天哪！”张大雨突然喋喋不休起来。

武蕾蕾斜了他一眼：“怎么了？踩电门了？”

大雨神色焦急：“手机都显示关机两小时了，不会遭劫吧？雪菲开了辆白色玛莎拉蒂，那么高档的一个车，她又年轻漂亮，会不会真出事了？武导，要不咱报警？”

武蕾蕾恨不得拍扁了大雨憨厚的大胖脸：“报你个头！你该去法制频道干活。大白天的，京城治安好着呢，编故事别太离谱！少废话，你快去热场。”她当机立断。

大雨转身就走，刚到门口，又折了回来：“那主持人呢？”

“直播时就有了，快去！”武蕾蕾一副胸有成竹的样子。

张大雨愁眉舒展：“嘿嘿，您武导关系多，找个主持人还不是小菜一碟。你放心，我一定把场子忽悠得热热的包你满意。”他急匆匆走了。

武蕾蕾气得一屁股坐在了椅子上：“我魔术师呀，大变活人主持人？！什么智商？！弱爆了！”

直播时间到了，炫目的彩灯骤然大亮，圆形舞台上，武蕾蕾如仙女般飘然而至，她身着纱裙，化着淡妆，女性成熟、优雅之气质展现无余。她以美丽的容貌，热辣、活泼的主持风格，超强的气场，折服了在场的所有人。张大雨站在侧幕旁看得目瞪口呆，眼神里充满了对武蕾蕾的崇拜。

## 三

武家正在给年过八旬的武爷爷准备生日晚宴，可寿星老儿却因家人没有聚齐情绪低落。

奶奶嘟囔着：“现在嫌冷清了，是你自己把最会哄你开心的人给赶跑了。”她话里有着怨气。

爷爷不爱听了：“你少提他，我没这儿子。”

一句话惹哭了奶奶：“你不想我想，他一个男人在外边自己过得好吗！”

“嗨，他都五十多岁了，饿不死！”爷爷不耐烦。

奶奶喊了起来：“我想儿子！”

正在客厅里忙碌的二儿媳王红忙劝解：“妈，您别难过，我和萌萌不都在吗？”

她话音未落，武萌萌回来了。王红看着女儿来气：“你还回来呀！去小猫窝里住去吧！”

萌萌背着妈妈做了个鬼脸，她发现奶奶、爷爷情绪不对，忙给二人调和，两位老人刚开心起来，王红却嘟囔了起来：“让你早点下来陪着爷爷、奶奶，怎么又去忙流浪猫了？”

萌萌说：“它们都是被抛弃的无家可归的小生命，很可怜的。”

“可怜可怜？一个姑娘家，不看电影不逛街，就在家宅着，你怎么不可怜可怜自己呀？”

“我有什么可怜的，有吃有穿，有温暖的家，有您老妈疼我，我幸福得不要不要的噢！”萌萌说着还做了一个无比幸福的表情。

王红更来气了：“你气死我得了！”

爷爷帮腔：“哼，一个人有什么好开心的？”萌萌看看爷爷噘着嘴不言声了。

奶奶急忙接话：“一个人怎么了？萌萌从小就爱帮助人，奶奶支持你的爱心行动，下月的猫粮，奶奶出了。”

萌萌受到奶奶的鼓励，心情好了很多。“谢谢奶奶，我好爱好爱您哟！”萌萌亲热地搂着奶奶，祖孙俩亲昵地抱在了一起，爷爷一脸的嫉妒。

“妈，您就惯她吧！”王红很无奈。

## 四

直播现场舞台上，武蕾蕾笑盈盈地在为嘉宾、获奖者颁发获奖证书和礼品，此时的她，妩媚，暖意浓浓，女人味十足。

侧幕旁，张大雨和同事们都站在那里，大家的眼神里都表露出对武蕾蕾的欣赏。

“三十都过半张了，还想抢主持饭碗啊？！” 主持人穆雪菲来了，她的声音不大，可一旁的大雨听得真真的，他吃惊地看着满不在乎的雪菲：“嗯？你怎么才来呀？哎哎！说什么呢！要不是武导仗义帮你顶岗，你可就摊上大事儿了！”

“今天我倒霉透了，谁都看我不顺眼，我又不是故意脱岗。罚款、通报、开除随意。”雪菲说完扭头就要走，大雨连忙拉住她。

“又急了！别走啊，一会儿跟武导做个深刻检讨，以后工作时间千万守时，这次我是真瞒不住啦。”俩人正说着，直播结束了。

武蕾蕾来到他们面前。“哟，名主持来了，验收啊！”

雪菲一脸委屈：“武导，对不起，我不是有意的。熊孩子和我吵架，他把我锁屋里了……”

武蕾蕾说：“打住，什么理由都不行！雪菲，我知道你现在红了，但你记住了，电视台主持人的位置后边排队的人多了去了，再有第二次，不用来找我，自己直接去人事处！”

雪菲满脸不服气地看看武蕾蕾，扭头走了。

“嘿！你还长脾气了！”蕾蕾气晕。

大雨忙说：“武导，雪菲真的知道错了，她跟我检讨半天了，我保证，她不会有下次了。”

“今天雪菲脱岗就是你平日纵容的结果。行了，你以后少和稀泥啊！”武蕾蕾挥挥手，风风火火地走了。

大雨直挠头皮：“得，俩祖奶奶哎，我谁都惹不起。”

## 五

锦安医院门诊大楼门前， 一个脸色苍白的小男孩子左手捂着肚子，右手费力地拖着轮滑，慢悠悠往医院门诊大楼走来。他走了几步，实在走不动了，扔掉了轮滑，趴在了门前的石阶上。

就在这时，儿科副主任医师武菁菁走出了门诊大楼，她端庄、秀丽的面庞略显疲惫。

她身旁的两位年轻的实习生牢骚满腹：“武老师，今天一下午您看了四十二个小患者，大周末的，家长就不能换个时间？您为了不上厕所，连喝水都用吸管。”

武菁菁笑笑：“儿科就是这样，节假日、周末更忙，你们要干儿科可得做好心理准备了。”

武菁菁和两位实习生匆匆走过了文小舟身边，谁也没注意到这个趴在台阶上的孩子。

“哎哟，哎哟！妈呀，疼死了！”

武菁菁听到了男孩的呻吟声，停住脚步，回头观望。

小男孩捂着肚子：“哎哟，疼！救命！”他疼着身子蜷曲在了一起。

武菁菁迅速跑回到他身边：“你怎么了？”小男孩没回答，趴在那里直哎哟。

武菁菁又问：“你哪里不舒服？跟谁来的？”

“肚子疼，我自己来的。哎哟，我疼死了。”男孩捂着肚子。

武菁菁急忙蹲在小男孩身旁，认真观察着小男孩的脸色。“孩子，你别急，翻过身来，让我摸摸好吗？”

小男孩刚想翻身，可疼得又趴了回去。“哎哟！我不行了！”

“好好，别动别动！你们帮我把他身子翻过来。”武菁菁转身招呼两个实习生。

男实习生刚要动手，女实习生却喊了起来：“等等，武老师，您千万别动他！”武菁菁和男实习生被她一下子喊懵了，两人站在原地没动。

女实习生迅速掏出手机为趴在台阶上的小男孩拍起了视频。“十六点三十五分二十三秒，锦安医院门诊楼前。好了，我存上了。”她说完取下小男孩的背包和耳机，她和男实习生一起放平了他。

武菁菁看着女实习生直皱眉：“你这孩子，学习上没看你这么用心过，视频手段认定责任倒机灵得很，家长哪能不讲理呀！”

“武老师，万一碰上不讲理讹上您的父母怎么办？医患关系复杂，没办法。”女实习生说着继续拿起手机对准小男孩拍着视频。

武菁菁认真按压着小男孩右下腹部，并且快速地放开。小男孩打掉了她的手：“哎哟，别碰我！疼死了！唉哟！”

“不碰不碰，孩子，我是医生，知道你很疼，但是我要诊断你的病情，你忍一忍，回答阿姨几个问题好不好？你吃了什么？”

“必胜客！”

“热披萨，冰激凌？”

“嗯。”小男孩作势要吐。两个实习生赶紧躲避。武菁菁还在认真观察着他。结果，小男孩吐了武菁菁一身污物。

武菁菁没有退缩，她用手摸着小男孩的头。“好烫，发烧了。冷吗？”小男孩无力地点点头。

武菁菁转向一直拍视频的女实习生，一把抢过手机，迅速拨打起了电话：“急诊科，我是儿科武菁菁，门诊大楼前有一个重症小患者，初步诊断是急性阑尾炎，需要马上抢救。好好，我们等着。”她打完电话，又把手机还给了女实习生。

小男孩费力地从兜里掏出手机递给武菁菁：“叫我爸爸！”他的眼神里充满了信任。

武菁菁接过手机拨起了电话，手机无人接听。

小男孩哭了：“爸爸不理我了，他一定生我气了。呜呜！哎哟，疼死我了，爸爸！你别不要我呀！”

“不会不会，你爸爸一定没听见，一会儿我再帮你打，你别急。”武菁菁边说边从包里取出纸巾，她细心地给小男孩擦拭着嘴边的呕吐物，然后握住了小男孩的手，她努力帮小男孩缓解着紧张的情绪。“孩子，别怕，医生马上就到，你叫什么名字？”

文小舟有气无力：“文小舟！唉哟，快救我！疼死了！”

武菁菁轻声安慰：“文小舟，你要勇敢，我是医生，我会救你的。”

女实习生拿出纸巾递给武菁菁：“武老师，你也赶紧擦擦吧。”武菁菁接过纸巾随意擦掉了衣服上的污垢，看得出来她已经习以为常。

急诊室医生赶到，他们把文小舟抱上急诊床。

“爸爸，救我！爸爸，爸爸！”文小舟脸色煞白，神志不清，陷入了半昏迷状态，他紧紧抓住武菁菁不肯撒手，武菁菁只得扶着急诊床返回了医院。

急诊室一阵忙乱，文小舟躺在急诊床上，医护们对他进行着紧急施救。

急诊室主任拿着B超影像检查结果在和武菁菁讨论病情：“武大夫，可见肿大的阑尾，看，这有脓疡。阑尾急性发炎化脓，所幸还没穿孔，B超结果和你判断的一样。”

“保守治疗可行吗？”武菁菁皱起眉头。

急诊室主任摇摇头：“必须马上手术切除病灶，通知孩子家长了吗？”

武菁菁拿起文小舟的手机一遍遍拨打了起来，手机铃声不间断响着，仍然无人接听。武菁菁焦急万分。

栏目组办公室，武蕾蕾和穆雪菲正在谈话。“你脱岗还有理了？”

雪菲极力辩解:“你爱信不信,那熊孩子抢走了我的手机,还把我反锁在家里,我当时急得跳楼的心都有了!”

武蕾蕾说:“耽误直播,除了发生了天塌地陷不可抗拒的自然灾害,都不是理由。”

“我,我怎么说你才能相信!”正说着,雪菲的手机响了,她看了下来电显示,接了起来。

“文小舟!你别再找我,找你爸去!”雪菲说完挂掉了电话,手机又响了起来。雪菲烦了,她索性关机了,哭了起来。

“哭吧哭吧,哎,这反应对喽!”武蕾蕾看着哭花了妆的雪菲,拿着一盒纸巾给她:“今天的直播,串联词是我和你一起磨的,所以我还能顶上,要不就该我哭了。”

雪菲抽泣着,看样子委屈得不行。“呜呜,你刚才听见了,这个文小舟有多讨厌,他总是找我事,要不是他跟我捣乱,我不会脱岗。”

“文小舟,文小舟,他跟你什么关系?”武蕾蕾疑惑。

“我男友的儿子!”

“哇,雪菲!你好勇敢哪!”

雪菲急了:“你少讽刺我!”

武蕾蕾满脸真诚:“我没有,真的很佩服你,不是谁都有勇气爱上有孩子的男人的。”

“武导,我真没撒谎。”

武蕾蕾说:“知道了,直播时间雷打不动,你一个人为了屁大点的私事,耽误了工作,合适吗?”

雪菲服软了:“武导,我错了。”

“通报批评、扣奖金是跑不了了,你马上写份深刻检查交给我。”

雪菲噘嘴:“反正都要通报,写检查有什么用?我不写!”

武蕾蕾看着她那一脸的孩子气:“你当我有那闲工夫看你的检查?!总编室肯定要备一份,错误已然犯了,态度很重要,我拿着它也好替你说好话。”

“哎,谢谢姐!”雪菲破涕为笑,她那胶原蛋白充盈的脸庞透着掩不住的青春光芒。

急诊室里,文小舟还躺在急诊室里,医护们都焦急地看着一遍遍打电话的武菁菁。

“呀,是个流浪儿呀!幸亏刚才留存证据了。”女实习生感到万幸。

护士长瞪了她一眼:“这小孩全身上下都是名牌,你见过这么高规格的流浪儿？！除非这身行头是他偷的。”女实习生不敢再出声。

手术室又打来电话催促送文小舟做手术，可文小舟的家长依然联系不上，文小舟病情恶化昏厥了。

“坏了，这孩子休克了！”急诊室主任焦急万分。

“文小舟，小舟！小舟！你醒醒！你听到我说话吗？他没有意识了，不能再等了！”武菁菁不停呼唤着两眼紧闭、一动不动地躺在急诊床上的文小舟。

急诊室主任急得直跺脚：“手术通知单没人签字，谁敢给孩子开刀？！”

武菁菁站起身来，深吸一口气，目光坚定。“给我一份手术通知单。”

“你？武大夫？你？你说什么？”急诊室主任以为听错了。

“我来签。”武菁菁的话一出口，医护们都诧异地看着她，急诊室瞬间静了下来。

“武大夫，嗯，小武，武菁菁，你是本院的医生，你签？你知道后果吗？”急诊室主任急得有些语无伦次。

“现在不是考虑后果的时候，孩子的状况非常糟糕。”

急诊室主任劝她：“正因为病情危急，我们才要家属负责呀，再等等！”

武菁菁语气坚定：“文小舟现在昏迷不醒，这说明他的体力已经耗损到了极限，拖延一分钟，你我都清楚会有什么样的严重后果，我不能眼睁睁看着这孩子出大事！给我手术单！孩子耽误不起了。”

“你？好！”急诊室主任不再坚持，他返身取了一张手术通知单递给武菁菁。武菁菁毫不犹豫地接过来，麻利地签上了自己的名字。转身推起了诊疗床。

“来，大家快送他去手术室。”急诊室主任冲上去和武菁菁并肩推着急诊床离开了急诊室，抢救室的医护人员都对他们投去敬佩的目光，两位实习生也跟着跑了出去。

手术室大门上方电子显示屏亮起了“手术进行中”的提示。

武菁菁累得瘫坐在了椅子上。

电视台停车场。大雨开车刚要离开，武蕾蕾来了。

大雨主动停车汇报：“武导，我已经都布置好了，编辑们都在干活呢，我先去办点私事，明天我再检查。”

“又接私活了？你这么拼命挣钱干什么！”蕾蕾的语气有些不屑。

大雨说：“你是饱汉子不知饿汉子饥，京城坐地户不解北漂苦啊！”

“得了，别跟我哭穷，我听说你七年前就买了两套房，下手够早的。”

大雨笑笑：“可我也早就卖给银行了，我那是瞎猫撞上死耗子，赶巧了。”

两人正说着，蕾蕾的手机响了，蕾蕾接了起来：“萌萌，你告诉爷爷，我马上就回家。啊？大姐还没回来？噢啦！”

蕾蕾放下电话。“不跟你闲扯了，你把工作安排好了就行，走啦！”

她说完钻进自己的汽车，一眨眼，汽车就驶离了停车场。

大雨看着远去的汽车：“嘿，猛！她是女的吗？”他一时对武蕾蕾的性别产生了错觉。

## 六

手术室家属等候区，黄昏。

武菁菁坐在椅子上闭眼养神。两位实习生陪着她，两个人都满脸担忧。

突然，手机铃声响起，打破了等候区的静寂。女实习生拿起手机，激动万分：“武老师，文小舟的手机！”

武菁菁急忙接过了手机：“您是文先生？您可算接电话了！”

“我是文彬。你谁呀？你怎么接小舟的电话？小舟呢？”文彬疑惑重重。

“我是锦安医院的大夫，文小舟得了急性阑尾炎，正在做盲肠切除手术……”武菁菁话还没说完，文彬急急打断了她：“手术？这种玩笑可不能乱开，你到底是谁？”

武菁菁认真作答：“我是医院的医生，文先生，我没有跟您开玩笑，你儿子真的在手术。”

“那，这，谁，谁在给我儿子做手术？”文彬结巴了。

“我们院的外科主任医师，他亲自主刀。”

“有人陪着他吗？”

“没有，他一个人来的医院。”

文彬难以置信：“什么？你说什么？他一个人跑到医院动手术？这？这？你确定没有开玩笑？！”

“文先生，你马上到锦安医院手术室来，见面再详谈。”菁菁平静地解释着。

“你们等着，我马上到！”这位文先生没说一句客气话，啪的一声就关掉了手机。他声音浑厚，深沉悦耳，但此时声音大得吓人，话筒里的怒吼声震得武菁菁不得不让自己的耳朵远离了听筒。

男实习生一撇嘴：“嗬，真冲！文小舟爸爸的脾气够急的！”

“就是，这当父亲的连句谢谢都没有，什么素质！”女实习生随声附和。

男实习生担心起来：“他来了不会讹上武老师和医院吧？”

“不怕，我有视频证据。”女实习生胸有成竹。

武菁菁实在听不下去了：“自己的儿子开刀，当父亲的能不紧张啊？哪还顾得上态度！你们这俩95后，想的还挺复杂。”

女实习生辩解道：“武老师，不复杂不行，以前医院门口有聚集了几百人的医闹吗？”

“这？！嗯，还真没有！”武菁菁没词了。

三十分钟后，两个男人来了，老的四十多岁，年轻的三十出头。他们的衣服黑乎乎得几乎看不出原色，手、脸外露的皮肤上有着烟熏火燎的痕迹，在洁净的医院里，这副尊荣显得格外刺眼。

武菁菁急忙从椅子上站起来，四十左右的男人冲到她面前，这人身材魁梧，虽然脸上黑乎乎的，却仍然能看出有着棱角分明的轮廓、高挺的鼻梁。

武菁菁说：“是文先生吧？我是这家医院的儿科医生。”

“我儿子在哪？他为什么要开刀？”文彬没有半点客套话。

“是这样，我是医院儿科的医生，文小舟是急性阑尾炎发作，需要手术切除坏死的阑尾。您别担心，孩子做的是腹腔镜手术，这种微创手术能大大降低伤口发生感染的概率，减少肠粘连的并发性，不会很痛的，病人只要住院两三天就可以回家恢复日常作息了。”武菁菁非常认真地介绍着文小舟的病情。

文彬却问道：“家长不在，医生能给孩子动手术？”

实习医生们打量着这两个脏兮兮的男人。

女实习生悄声嘀咕：“妈呀，文小舟他爸是拉煤的长途司机呀。”

“孩子穿得那么好，他自己苦成这样，这男人太宠孩子了。”男实习生十分感慨。

女实习生看着文彬那张冷冰冰、黑乎乎的面孔：“糟了，要坏事！” 实习生们顿时紧张起来。

武菁菁坦诚相告:“是我给文小舟手术签的字。”她半点都没闻到危险的气息。

文彬两眼冒火，一把抓住了武菁菁：“你，你怎么敢不经我的允许给我儿子手术签字？！”

菁菁愣住：“我？”

两位实习生急忙冲上去护住了武菁菁:“哎呀,你放手,放手！你要干什么！”

文彬紧紧抓住武菁菁不撒手：“你胆子也太大了，挣钱挣疯了，手术提成多吧？缺钱你说呀！ 谁给你签字的权利，怎么敢拿我儿子的生命开玩笑！”他的脸更黑了。

“你？文先生，请你冷静，听我慢慢解释。”武菁菁依然保持冷静。

“我不听，走，找你们院长去！我今天非要有个说法！”暴怒的文彬拽着武菁菁的衣领不撒手。

突然，他面前人影一晃，有人狠狠地推开了文彬，武蕾蕾赶到了。“放手！干什么？干什么？”

文彬愣住了，两位实习生也惊讶地看着冲上来的武蕾蕾。

年轻男人喊了起来：“哎哎，你谁呀，管什么闲事？”

武蕾蕾的声音比他还大：“两个大男人欺负一女的，想干什么？”

文彬接话了：“嗬，这还有抱不平的呢！欺负？要说欺负，是这位大专家欺负了我儿子！”

武蕾蕾怒视他：“放屁！”

“你怎么骂人啊？”文彬强压火气。

武蕾蕾伶牙俐齿不饶人：“骂你？你欠骂！骂你不识好歹！我姐在儿科工作了二十年，救了多少生病的孩子，她能欺负你儿子？你不听她的解释，就想打人？你不讲理，我就骂你了。”

“我？你要不看在你俩是女的，我？”文彬攥得拳头咯咯作响，气得接不上话了。

“我什么？你上医院耍浑来了。”武蕾蕾根本不怵他。

年轻男人嚷嚷起来：“谁耍浑了，明明是这位大医生随便给孩子开刀？”

“不开刀你儿子能活吗？”蕾蕾不管不顾，随口就来。

文彬气得头上青筋直蹦：“你？你咒我儿子！我……”

武蕾蕾拿出专业跆拳道的防身姿势准备应对随时有可能扑上来的文彬：“你再敢动我姐一下试试！”

菁菁急忙推开了蕾蕾。“你来干什么？别管我的事。”

“你跟这种医闹无赖就不能怂！”武蕾蕾还要冲上去和文彬理论。

菁菁真急了：“武蕾蕾！”她的这一声大吼镇住了要和文彬打架的蕾蕾。

武蕾蕾满脸的不服气：“姐！你冤不冤啊？医生救人，没人感激还要被人打？你咽得下这口气，我还不干呢！”

“我能解决好，你别裹乱了，快走吧。”

“你别轰我呀，是妈让我来接你的。”

“我不用你接。”

“不管就不管！”蕾蕾赌气正要离开，她的手机响了。

武蕾蕾接了起来：“在医院呢！嗯，我没病。是我姐，她好心给一个需要急救的孩子签字，家属不干了……啊？我姐会吃官司？！麦克，赶紧的，你快查查有关医患纠纷的法律条文！”打来电话的正是武蕾蕾的男友、资深律师舒麦克。

文彬拉着武菁菁不撒手：“你还我儿子，还我儿子！”他两眼发红。身材纤细的武菁菁在高大威猛的文彬面前显得格外柔弱。

男实习生劝解着："文先生，您真的误会了，我们武老师是儿科专家。"

文彬火更大了："儿科专家！老师？她也配？！这个戴着白衣天使假面具的女人就不配当医生！"

武菁菁注视着面前这个暴怒的男人，气得浑身发抖，脸色发白，说不出一句话来。

文彬暴怒："我儿子要是有个闪失，我拿你抵命！"

"你还来劲了，有完没完，你放开我姐！"身高 170 厘米的蕾蕾冲上去挡在了菁菁前边。

菁菁平复了一下情绪，推开了蕾蕾。"文先生，请你冷静，听我解释好吗？"

"我不跟你废话，有地方让你说！你别想跑！"文彬情绪失控。

武菁菁强忍委屈："我为什么要跑？我是医生，我接诊的病人还在手术室，我要对他负责到底的。"

"少废话！你还我儿子！"文彬又一次抓住了武菁菁。

武蕾蕾猛地拉住文彬。"你放开我姐！放开！"

男实习生想上去帮忙，女实习生急忙拽住他："我们是医生，不能上手！"

她转身高喊："这位先生你放手，你冤枉我们老师了。"

文彬气得呼哧呼哧喘着出气："你们？你们都是帮凶，害我儿子的帮凶！帮凶！"他说着用粗壮的手臂稍微一用力就把武蕾蕾顶了一个趔趄，他死死拉住武菁菁不放。

就在这时，手术室的灯灭了。

年轻男人喊了起来："文总，手术结束了。"

"你给我等着！儿子！儿子！小舟！爸爸来了！"文彬放开武菁菁，跌跌撞撞向手术室门前跑去！

"姐，咱走吧！"蕾蕾试图拉菁菁离开，菁菁却甩开她的手朝着手术室门前快步走去，两位实习生急忙跟了过去。

"哎！我的傻姐哎！"蕾蕾无奈地跟在了菁菁后边。

手术室的门开了，医护们推着刚刚做完手术的文小舟走了出来。

文彬扑倒了文小舟面前："小舟，小舟，我是爸爸，爸爸来救你了！你怎么不说话呀？小舟？小舟，爸爸来晚了。"文小舟躺在诊疗床上一动不动。

两位实习医生、秘书都十分紧张地看着文小舟，菁菁面色沉静，蕾蕾担忧地看着姐姐。

文彬死死拽住手术室医生："医生，我儿子他怎么了？怎么不睁眼？你们把他怎么了？”

“他刚做完手术，麻药劲还没过。”

“你为什么不等我来了再给我儿子做手术？”文彬的语气里充满了怨气。

手术室医生冷静地看着他：“你是孩子的父亲？”

“我是，我儿子的手术，他……他没事吧？不会出事的，一定不会出事的……”文彬急得脸色通红。

武菁菁站在一旁，表情凝重，一言不发，两个实习生紧张得看着手术医生。

蕾蕾冲到菁菁身后。“姐，别怕，有我呢。”菁菁没理她。

手术室医生耐心解释着：“放心吧，手术及时，盲肠没穿孔。微创手术开了三个分别为一厘米、零点五厘米、零点五厘米的小伤口，疤痕小，手术很成功，你儿子没事了！”

菁菁转身就走，蕾蕾急忙追了上去。

天色完全黑了下来，菁菁疾步走出医院门诊大门，蕾蕾赶了上来。“姐！你坐我一次车又怎么了？家里人都等急了，我们不一起回去，老妈肯定会问的。”

菁菁停住了脚步。

“去开车吧。”她仍然冷着一张脸。

“啊？哎，姐！你等我！”蕾蕾喜滋滋地跑了。

菁菁看着她跑远的身影，站在原地一动不动，这会儿，她一副冷冰冰的样子和热情的武大夫判若两人。

手术室门前，医生、护士们还在向文彬做着解释。“孩子阑尾急性发炎、化脓，他都疼得休克了，我们也是为了防止孩子盲肠穿孔、败血症、肠糜烂等并发症引发不良后果，不得已的情况下才给孩子开刀的，请你理解。”

女实习生为老师辩护：“文小舟吐了武老师一身，文小舟手术前后，武老师给你打了 N 个电话，你怎么不接呀？”

秘书说：“我们在救人……”文彬用手势制止秘书说下去。

女实习生把手机视频递给了文彬：“这是当时的视频，自己看吧。时间、地点都有，要不是武老师救了文小舟，他还不定出多大的事呢！”

文彬接过手机认真看起来：“啊呀，误会，误会了！医生！谢谢，谢谢！”他看完视频连连向手术室医生、护士鞠躬。

“你最该感谢的是武菁菁医生。她为了救孩子在手术通知单上签字，你知道她要承担多大的风险？！”手术室医生说完走了。

文彬又急忙搜寻着武菁菁：“武医生？武大夫，对不起，对不起，哎，她人呢？”

“我们老师早走了！”男实习生拉着同学也离开了这里。

“啊？！我……唉！”文彬满脸愧疚。

蕾蕾在开车，菁菁坐在后座上。

“姐，今天太悬了，幸亏孩子手术成功，这年头医患关系多紧张，没事都能招出事来，你还往上冲，你真是读书读傻了。”菁菁在闭目养神，没理蕾蕾。

“以后可别再管这种闲事了，万一为救人吃上官司丢了医师资格，太不值了。”

菁菁不爱听了：“你停车，我下去。”

蕾蕾忙说：“好好好，我不说了，你出诊一天也太累了，你睡会儿。” 蕾蕾一脸的巴结。

菁菁依旧冷着脸，车厢里的气氛令人窒息。

手机响了，菁菁接了起来。“喂，你好！生日蛋糕？哎呀，要要要！谢谢。要不是你提醒我真忘了，你等着，我马上来取。”

菁菁放下电话：“带我去取爷爷的生日蛋糕！”

“好嘞！”蕾蕾高兴起来，菁菁冷漠的神色也缓和了下来。

## 七

夜晚，餐厅里，武志强夫妇、爷爷、奶奶、菁菁、蕾蕾、王红母女都围坐在餐桌旁为爷爷庆生！

武志强带着围裙招呼着大家。“多吃，多吃，各位多多鼓励我的厨艺！”

“饭菜都上桌了，还舍不得摘围裙啊？” 爷爷的语气里透着不满，他看不上大儿子退休后每天围着锅台转，志强立马听话地把围裙摘了下来。

爷爷看着蕾蕾：“蕾蕾！”

“哎，爷爷，有何指示？”

爷爷问：“你那电视台就非要大周末上班啊？”

“没办法，直播节目的时间是不可以随意变的，哎，对了，我今天客串了一把主持人呢，你们看了吗？”蕾蕾很兴奋。

母亲玉英却说：“我们忙着做饭，没时间看你的节目。”

“哼，不看拉倒！”蕾蕾很扫兴。

奶奶高兴了：“哟，蕾蕾，你怎么不早说呀，直播过了点就看不成了，我可想看我孙女主持节目！”

“奶奶，吃完饭我就给您和爷爷放回放！”蕾蕾有点小激动。

玉英不信。“你一个导演当什么主持人，又蒙我们！”

“嗨，这不是我的主持人太不靠谱了吗，她跟一熊孩子打架，脱岗了，我只能顶了。”

奶奶直摇头：“哟，这么大的事还敢耽误？现在这年轻人真是的！”

蕾蕾认真起来。“奶奶，也不全怪她，文小舟这孩子也实在太淘，他把主持人关屋里了。”

武菁菁听到这个名字，吃惊得瞪大了眼睛。“文小舟？今天我们救的那孩子也叫文小舟。”

蕾蕾叫了起来：“嘿，今天这爷俩儿可真够闹腾的！这孩子差点误了台里直播。得！这回把自己折腾进医院了，老实了！

奶奶担心地问：“哟，那孩子救过来没有啊？”

“奶奶，急性阑尾炎，抢救及时，开刀后转危为安了。爷爷，我回来晚了，让您久等了，对不起。”菁菁诚恳地向两位老人道歉。

爷爷说：“救人要紧，不怪的！”

奶奶也说：“我孙女多棒！治病救人，好好好。”

蕾蕾接话：“奶奶，好什么呀，我姐为了救人，差点让文小舟的父亲给打了。”

全家人都吃惊地看着蕾蕾，菁菁瞟了蕾蕾一眼，心里怪蕾蕾多话。

蕾蕾顺嘴说着：“没事，有我，他敢动我姐试试！”

萌萌来劲了：“大姐遇到医闹了？二姐，下回再遇到这事你叫我！”

蕾蕾看着堂妹清秀的面庞：“你？你会打架？”

“拉个偏架还行！嘿嘿！”萌萌嬉皮笑脸。

“好嘞，多个人也好，回头我教你防身术，咱大姐太老实。”

爷爷无奈得直摇头：“你们还有个女孩子样子吗？一听打架就来了精神。有本事，你们都找个男人保护着。”

王红接着公公的话茬：“是啊，菁菁今年有四十了吧？连个男朋友都没有，嫂子，你不急啊！”

武志强佯装咳嗽了一声，玉英假装没听见，闷头吃饭。

奶奶不高兴了。“自家的事情还没料理好，咱能不能不管别家的事啊？”

玉英看看奶奶没说话，王红脸上红一阵、白一阵，萌萌低下了头，饭桌上的气氛顿时冷了下来。

武志强连忙圆场。“来来，先吃蛋糕，爸，您先来！”“嗯，一起吃，老太太，你来分吧。”

奶奶意识到刚才话重了，满脸抱歉地夹起一块大蛋糕，放到萌萌碗里。“来，萌萌，你打小最爱吃甜的，快多吃！王红，你也来一块！”

爷爷看着一桌小辈。“孩子们，今天是我八十二岁的生日，你们三个哪个给我带来孙女婿啦？！”

玉英和武志强表情都十分尴尬，菁菁满脸愧疚！

“你这人真是……”奶奶刚要发言，武志强连忙说：“妈，爸爸今天生日，他有诉求，您就让爸爸提吧。”

“好好，提提！提吧！”奶奶没好气。

蕾蕾首先回应：“爷爷，这问题深了去了，一时半会儿我可带不来。”

爷爷看着菁菁：“菁菁，你呢？”

“爷爷，我一直在努力呢！争取尽快！”菁菁认真回答。

爷爷又把目光投向萌萌，萌萌赶紧低下头躲避着爷爷。

玉英忙捅了下王红，王红忙敷衍着前公公。“噢，那个，爸，萌萌刚过二十六的生日，还来得及。”

奶奶借着王红的话音及时把这个沉重的话题岔开了：“来得及，都来得及，今天这问题先谈到这里吧。老大，给你爸爸上酒！”爷爷看看奶奶不说话了。

武志强急忙打出了一瓶红酒，给每个人都斟满了酒杯。“我们祝爷爷生日快乐！萌萌，起个头，我们给爷爷唱生日歌！”大家随着萌萌唱了起来，餐厅里的气氛总算缓和了下来。

唱罢生日歌，菁菁说：“爷爷，您许个愿吧？”爷爷闭上眼睛，吹灭了蜡烛。

奶奶问：“老伴，许了个什么愿哪！”

“不告诉你！说了就不灵了。”爷爷十分认真。

生日宴后，武志强夫妇站在自家阳台上拿着望远镜在偷看来接蕾蕾的男友。

单元楼门口，麦克拥吻蕾蕾，蕾蕾满脸甜蜜。

武志强不好意了：“嗨，别看了！别看了！我都不好意思了。”

“谁稀罕看，你说这二丫头多不懂事，有了对象，人都到楼下了也不带他上来见我们。”玉英拿着望远镜不撒手。

武志强猜测：“估计关系还没定呗！”

玉英白了他一眼：“你瞎呀！都亲嘴了！在咱院子里整这事，让人撞见都难为情啊！”

“嘿嘿，这年代整这个太正常了，你当是我们年轻时谈恋爱呢，拉个手都怕人看见！”武志强明显袒护蕾蕾。

菁菁走了进来，她看着爸妈的样子感觉好笑。“爸、妈，你们这是窥视人家隐私，违法啊！”

玉英放下了望远镜：“你能让我也瞅瞅你的隐私吗？”

“我叫的快车到了，我走了。”菁菁不敢和妈妈应战，急忙溜了。

玉英嘟囔着：“蕾蕾找的这男朋友不行啊，轻浮！”

志强劝慰：“谈恋爱亲嘴很正常，我看小伙子的衣着、举止，素质不差，个子也高，外表和蕾蕾般配！”

“哼，长得帅能当饭吃，我没看好啊！”玉英转身回屋了。

志强追了进去。“哎，那你想找什么样的女婿呀？”

爷爷卧室，奶奶照顾老伴躺下：“你今天话可说多了。”

爷爷生气：“哼，过个生日说句话你都拦着，我老了，现在在家就没个地位。”

奶奶说：“你这话说的，越老越糊涂了！两个女孩子都那么大了没成家，他们做父母的不比你急？”

爷爷说：“急不想办法催！？”

奶奶心平气和：“成家这事得靠缘分，老二离婚好几年了，王红娘儿俩的处境就够难了，老大一家平平安安咱就知足了，慢慢来。”

爷爷叹息：“你心真大！”

“孩子们都有文化，有自己的主意，催她们结婚，万一找个不可心的结婚更痛苦。睡吧，睡吧！”奶奶好言安慰着老伴。

萌萌在卧室里打开了手机微信朋友圈，发布了小黑猫生病的消息和视频，顺手查看着手机 QQ 邮箱，她打开了署名老豆的邮箱：“萌萌，你好吗？爸爸很想你，给我回封信好吗？”萌萌神情漠然地删除了这封信。

武蕾蕾和麦克躺在公寓的床上聊天。

麦克说：“你姐运气真好，幸亏孩子手术成功，不然麻烦可大了，你们武家女儿都这么爱冲动啊！”

蕾蕾反驳：“才不呢，我姐超温柔，对了，差点忘了……”她说着拿起手机给雪菲发了条微信语音：“雪菲，好好在医院照顾熊孩子，这两天准你假。”

蕾蕾懒懒地依偎在麦克怀里睡着了，她如小猫般蜷曲着，完全没有了张牙舞爪的战斗力。

麦克端详着熟睡的蕾蕾，大小适中、轮廓清晰的面庞，一对浓眉直入鬓角，长长的睫毛遮掩住那双聪慧、顽皮的大眼睛，丰满的嘴唇微微张着，挺挺的高鼻子，这个女人太有个性，他对蕾蕾的一颦一笑总是看不够。

舒麦克和武蕾蕾相恋五年了，两人都崇尚独身主义，热衷旅游、运动，有着不错的事业，各自独立的空间，乐于享受人生，两个人相处得默契而舒服。

夜深人静，武菁菁躺在自己住宅的床上，她眼前不断闪现着文彬凶煞恶神的样子：“谁给你签字的权利，怎么敢拿我儿子的生命开玩笑……儿科专家！她配？！我要叫这个戴着白衣天使假面具的女人付出代价，她就不配当医生！”

她翻来覆去睡不着，索性打开灯，拿起一本英文版小说看了起来。

夜深了，儿科病房里，文小舟插着导尿管，小脸苍白，静静地睡在床上，小小的身子裹着病号服，样子甚是可怜。文彬一个人孤零零守着儿子，看着术后虚弱的儿子竟然捂着脸痛哭起来。

# 第二章　不是冤家不聚头

## 一

儿科医生休息室。

身穿白大褂的武菁菁对着镜子看着自己肿胀的眼睛，彻夜未眠，她的气色很差。

两位实习医生正在换衣服。女实习生看着武菁菁，关切地问："老师，您昨晚没睡好？"

武菁菁还没回应，男实习生接话了。"想想昨天那位奇葩家长就来气。武老师，别和这种没素质的人计较。"

"我没事！昨天急性阑尾炎的抢救过程你们都熟悉了吧？"武菁菁为两个学生的关怀感动。

大家正聊着，医务处穆主任走了进来。"武大夫，我一来就听说你的英模事迹了，牛！冲上去签字前就不先想想后果啊！万幸手术成功，要不你得给医院捅多大篓子啊！"

武菁菁默默地听着老穆的训斥，两个实习生神色紧张。

穆主任还在絮叨："武大夫，回头到医务处写份说明和检查。"

"穆主任，我有昨天患者病发抢救前的视频。"女实习生小心翼翼地做着解释。

"噢，太好了！你这小孩机灵、周到！把那个患者视频传到医务处微信上。"穆主任很高兴，话也多了起来："新院长今天上任了，新官上任三把火，你们都精神点，别让人抓了把柄。"

男实习生问道："主任，院长是学医的吗？"

"嗯？你们不看院里的网页和微信公众号啊？"

女实习生忙说："穆主任，我们刚来实习。"

"心血管外科专家王俊明，留德博士后，四十三岁！年轻有为啊！"老穆边说边看着文小舟的视频，满意极了。

武菁菁没有参与他们的谈话，她穿好白大褂，转身关上了衣柜门，正准备离开，可听到这个名字又打开了柜门，站在柜门后不动了。

女实习生追问起来：“嘿嘿，新院长帅吗？”

老穆乐了：“哈哈，当领导又不是找对象，问长相干吗呀？院长结婚了，别惦记了。”

“嘿嘿嘿，主任，您说什么呢，我就随便一问……”女实习生的脸红了。

男实习生为她圆场：“就是，颜值虽然很重要，当个好院长那拼的可是实力！”三个人说说笑笑地走了。

武菁菁靠在衣柜门上，脑子一片空白。手机声响了起来，她没有接。

“武大夫，武大夫？你手机响了半天了。”一个进来取东西的护士提示她。

“啊？噢，谢谢。”武菁菁机械得接了起来，是武萌萌。

萌萌是为社区流浪猫小黑的病情找大堂姐帮忙。武菁菁哭笑不得，她向萌萌解释小猫属于猫科动物，自己是给小儿看病的。可萌萌却磨着好脾气的菁菁想办法。菁菁无奈，只好把一位原本是儿科后来转行干了宠物医生的同学的微信号给了萌萌。

武菁菁被萌萌的电话一打岔倒是暂时忘却了烦恼，她的心情平静了下来。

## 二

某央企机关办公室，萌萌刚放下电话，邻座的同事常建凑了上来，这是一个白白净净、充满灵气的90后男生。

他递上一盒巧克力：“武萌萌，瑞士纯正黑巧克力，送你的。”

萌萌说：“我牙不好，不敢吃甜食，谢谢啊。”

常建很是尴尬，他收回了巧克力。

常建工位旁一位年轻的女同事小余脸上流露出幸灾乐祸的神情。“哎，拍马屁拍到猪蹄子上了！”

“没你事！我乐意！”

小余继续多嘴：“你没看见人家年轻轻的就知道保养，每天都喝红枣枸杞茶呀！”

“养生是一种对生活认真的态度，会养生才叫真有范，潮流，懂吗？”常建语气中透着真诚的赞赏。

小余讥讽：“嗬嗬，你可真能拽啊！还潮流呢，你脑子进水了，人家眼里只有流浪小猫！”

常建烦了，故意大声说："那说明她有爱心，我喜欢！"

小余恼了："犯贱！"

常建成心："乐意！"

萌萌听到了他们的对话。"常建，你把那盒巧克力给我吧，黑巧克力对老人血管好，我送给我奶奶。"

"得嘞！"常建兴奋地把巧克力递给武萌萌。

武萌萌真诚地说："我替我奶奶谢谢你！"

"代问奶奶老人家好！"常建有些激动。

小余看着亲密交谈的二人，她把水杯重重地拍在桌子上，毫不掩饰自己的嫉妒。

## 三

儿科门诊走廊，候诊室的椅子上坐满了人。男女老少各色人等，孩子哭，大人叫，煞是热闹。

武菁菁在出诊，两位实习生坐在她身后。武菁菁刚送走了一批患者，略微活动了一下僵硬的肩颈。"叫下一位。"男实习生刚刚按下叫号按钮。

一个高大的身影闪了进来，是文彬。"武大夫，你好！"声音沉稳悦耳。今天的文彬和昨天的邋遢形象判若两人。他一身名牌休闲装，虽然岁月在他英俊的脸上留下了沧桑的痕迹，气质却显得格外干练和洒脱。

两个实习生望着他惊讶不已。

忙碌的武菁菁一下子没认出他来，她微笑着看着文彬："孩子呢？"

"武大夫，我是文小舟的父亲，我叫文彬。"

武菁菁笑意全无，她看着文彬不说话了。

文彬提醒她："啊，您不认识我啦？武大夫，昨天晚上？做阑尾手术的文小舟，你救的那孩子！"

武菁菁表情僵硬，一言不发。

文彬丝完全不介意她的冷漠。"嗯，对不起，武大夫，昨天晚上是我不好，我向你道歉，请你多多原谅。"

武菁菁强压住对这个男人的厌恶，根本不正眼看他。"我在工作，请你不要打扰我。"她勉强回应。

文彬从包里取出一个信封放在了桌子上："噢，武大夫，我马上就走，这是还你的住院押金五千元，你点点。"

"不用。"

“嗯？还有，这是我的一点心意，请收下。”文彬说着又递上一张银行卡。

武菁菁听到这句话，抬起眼皮看看他：“收回去！”她声音不高，却极有力度，透着威严。

文彬很不自在，可他硬着头皮不肯走。“武医生，千万别客气，你救了我的孩子，这点钱不成敬意，请你务必收下……”

“请你尊重我，出去！”武菁菁怒了，整个人像一个大冰坨，透着凉气。

女实习生急忙把桌上的一块锦安医院纪委印制的提示牌亮给了文彬。提示牌第八条上书：不准收受患者“红包”。“快走吧，你可别再害我们老师了！”

文彬拿起银行卡尴尬地退出了诊室。

武菁菁端着保温杯咕嘟咕嘟喝了起来。水喝光了，她的神情缓和了下来。“叫号！”女实习生急忙摁下了叫号按钮。

武菁菁低头拿出一块洁白的纸巾，在文彬放卡的地方使劲擦了又擦。救了他儿子，昨天像个疯子似的对自己不依不饶，今天居然堂而皇之地直接跑到医院诊室来送谢礼，自以为是，狂妄自大，道貌岸然，菁菁气得在心里给文彬罗列了好几条罪状。喝了足足两大杯水才算暂时平复了自己的愤怒情绪。

文彬心里也搓火得很，挤出时间，怀着诚挚的感激之情来答谢这位好医生，却被臊了出来。“嗨，谁让自己不问青红皂白冤枉了这位好医生呢，活该！”文彬很沮丧。

医院门诊大厅门厅前上方，时钟指向十一点半。挂号大厅里，挂号的队伍稀稀拉拉。

一对中年男女在大声争吵着，女的形象土气，男的穿着脏兮兮的工装，俩人都操着浓重的山东口音。“叫你起大早来排队就不听，看看，连下午号都满了，武菁菁大夫的号难挂着呢，今天孩子的病又看不成了。”女人嗓门不小。

这时，满脸沮丧的文彬匆匆走过，他听到武菁菁三个字停住了脚步，转身来到医生公示栏前。

公示栏中，武菁菁的半身工作照：身穿白大褂，白皮肤、大眼睛、美丽、大方，笑容满面，充满了知性女人的迷人魅力。下书介绍：医学博士，副主任医师，十二年来，从事儿科内科诊疗工作，成绩斐然……

文彬看着看着眼睛出现了幻觉：照片里的武菁菁活了，她的眼睛在动，冷冷地盯着他，满脸怒气。文彬使劲揉揉眼睛，他看到的是武菁菁笑吟吟的照片。

文彬正在给武菁菁相面，年轻司机走到了他身边。“文总！您在这呢！回公司还是去看小舟？”

“嗯，小崔，你看这位武菁菁医生怎么样？”文彬没有回答司机的话，依然沉浸在自己的世界里。

“武菁菁？谁是武菁菁？”司机被他没头没脑的问话搞糊涂了。

文彬提示：“呐，照片上这位！”

司机顺着文彬的目光，看到了武菁菁的照片：“一看就是好脾气，亲切，像邻家姐姐。”

“亲切吗？我怎么看不出来！”文彬说着对着武菁菁的照片继续相面。

司机看着看着又叫了起来。“妈哎，博士，副主任医师，哎，博士怎么不戴眼镜啊？准是戴隐形眼镜了，医生大姐还真挺漂亮的。文总，您认识这位大学问姐姐？”

“刚认识。走！”他说完就朝医院门外走去，司机紧跟其后。

## 四

上午，秋日的北京，阳光明媚，雾霾天越来越少，蓝天、白云，不再是电视里才能见到的画面。

一辆急救车停在韵园社区一所楼前的空地上，门口挤满了社区居民。人群中，爷爷、奶奶都在。爷爷抱着棋盘，奶奶手里拿着一把色泽鲜艳的舞蹈扇子，李冬花拉着外孙子挤在老人身边看热闹。

几位急救人员抬着担架从楼里走出来，担架上躺着一位五十多岁的女人，她面容憔悴、苍白，头发花白，眼睛紧闭。街道办事处领导、社区主任、办事员、保安跟在他们身后。

担架被抬上了急救车，社区主任、办事员跟着担架也上了车。

急救车鸣笛急速驶离了社区。

居民们议论纷纷：“哟，这是怎么了？听说摔倒在卫生间里，三天了才被人发现，饿也饿坏了。”

街道领导对保安说：“小李，这个房子的治安就交给你了，你可帮董阿姨看好家。”“主任，你放心吧。”两个人走了。

居民们还在议论：“一个人在家真不行，前两天那么精神的一个人，怎么说病就病了？她能救过来吧？但愿吧！太可怜了！”

大家的神情都充满了同情和惋惜。

“有什么可怜的，这个董月英年轻时挑得厉害，谁都看不上，一年年的就把自己的婚事耽误了。爹妈去年一下子都走了，她一老姑娘不守着空房过日子能怎么办？”李冬花故意凑到爷爷、奶奶身边嚷嚷着，满脸讥讽。

爷爷眉头紧锁，他挤出了人群，匆匆离开了这里。奶奶急得胸脯气促地起伏着，她狠狠瞪了李冬花一眼，急忙去追爷爷了。

李冬花看着两位老人的背影，毫不掩饰自己的得意。“走，宝贝，跟姥姥回家喽！”她拉着外孙子扭着肥胖的身子也走了。

邻居们看着老人离去，议论纷纷：“什么人啊？当着这么大岁数老人的面说这些不咸不淡的话干吗！ 太过分了。以后可不想理她了，太欺负人了！”李冬花嘴不好，爱挑事，人缘本来就不好，在场居民们都为武家老人打抱不平。

武志强家里，爷爷、奶奶坐在沙发上，爷爷的气色很不好。奶奶劝他：“老伴，你可别跟这种没教养的女人生气，不值当！”爷爷看看她没说话。

两人正交谈着，武志强和玉英买菜回来了，玉英提着一个礼品袋，武志强拉着沉甸甸的买菜车。“爸，妈，我们买了新鲜的牛肉、活鲈鱼，我给你们做清蒸鲈鱼、孜然牛肉，绝对正宗！”武志强特有成就感。

“一个大男人整天围着锅台转，没出息。”爷爷的语气里透着不满。

奶奶接话了：“玉英干了一辈子，照顾我们四十年了，休息休息不行啊？儿子，你疼媳妇做得好，妈妈表扬你！”

爷爷继续顺着自己的思路念叨：“还有你那个宝贝孙子，更是没志气！媳妇不想回中国，他就屁颠颠地留在了美国，唉，这武家的男人一代不如一代啊！”

奶奶不爱听了：“你气不顺，家里统共就这几个男人都不入你眼了！年轻时看你挺积极的，满嘴的新名词，怎么越老越跟不上新时代了？一脑门糨糊的旧思想！”

“哼！我睡觉！”爷爷起身回自己卧室了。

玉英问道：“妈，爸今天怎么了？”“没事！”奶奶不想提李冬花。

## 五

午后，阳光透过窗帘洒满卧室，武蕾蕾还在酣睡。

手机铃声急促响起，半天，蕾蕾才迷迷瞪瞪接了起来:“总编，我还没睡醒呢。采访？我今天可倒休哎！就我好使唤，急活都找我……专题采访谁……别呀总编，别找别人，我去我去！任务我接了！”蕾蕾听到采访人的名字彻底醒了。

蕾蕾撂下电话，迅速起床，边找衣服边忙着打电话：“大雨，带上采访设备到我家集合……雪菲，你在锦安医院吗？”

雪菲回复：“姐，我去医院干什么！我有病啊？”

蕾蕾一愣：“吃呛药了？啊？你到现在都没联系上他们父子俩？！过分啦！文小舟昨晚开刀住院了！锦安医院门口集合。”

瀚文食品公司老总办公室里，文彬在听雪菲的微信语音：“对不起，昨晚手机充电，刚刚知道小舟开刀住院，我有采访任务马上到锦安医院，做完采访就去看望小舟。”

文彬脸上流露出无奈的表情：“雪菲呀雪菲，你要能成熟点多好啊！”

张大雨住所，大雨一边打着哈欠，一边关上电脑，存好了刚刚制作完成的一个视频。

手机微信响了，张大雨打开手机看了看，发了一条微信语音。“芳，又赶出一单八千元的活，我订的这款家具很实惠，网店促销，比实体店便宜了好几千呢！我有采访任务，回头再商量！”

他匆匆挂了电话，拿起电脑桌旁的面包，蘸了一大口辣椒酱，拎起背包离开了这里。

儿科门诊候诊厅，四个身材超棒、气质硬朗的大汉分成两拨，一拨举着一张大红纸，上书三个醒目的大字“感谢信”；另一拨高举着一面红色金丝绒面做的烫金锦旗，四个人都以标准的军姿站立着。

十几位记者在拍照，发视频。文彬站在一旁很是得意地看着这个气氛热烈的表彰场面。

这时，蕾蕾带着张大雨、雪菲三人采访小组来到这里。文彬的秘书迎了上去：“是电视台的吧？我们文总在等你们，快请！”

蕾蕾见到他大惊：“你怎么在这？你们还想告我姐？”

秘书尴尬地看着胸前挂着记者证的蕾蕾：“不不，大姐，你误会了，我们文总是表扬，大张旗鼓表扬好医生武菁菁！你？你是电视台的？得罪，得罪。你大人雅量，多包涵。你来做采访太好了。”

“这还算干了件正事。”蕾蕾看到了正在张罗的表扬的阵势，满意极了。

雪菲见到文彬，满脸愧疚，她走到文彬面前。“小舟怎么样了？我……对不起，我刚知道孩子住院了。你不在病房，在这儿干吗？”

文彬说：“武菁菁医生救了小舟。”

“噢，我明白了，这采访是你安排的。哥，在这家医院你可别露咱俩的关系。”

文彬爽快应着：“明白，工作时间，不谈感情。”他转身跟其他媒体人热情地打起了招呼。

蕾蕾看着文彬的背影。“雪菲，没想到你择偶重口味啊！”

“嗯，他是很有男人味！”雪菲的语气透着对文彬的崇拜。

蕾蕾讥讽道：“哼，整个一莽夫！”

“才不呢，他很体贴人的。”雪菲不服蕾蕾对文彬的评价。

蕾蕾说：“没看出来，雪菲，我们开始采访吧，算是你自家的事，好好发挥！”

雪菲跑到了采访中央区，张大雨扛起了摄像机开始现场拍摄，现在，他的精神头来了，完全进入了工作状态。

患者、家长、医护人员陆续围拢过来。

儿科诊室里，武菁菁刚给一个小女孩看完病，实习生跑了进来。

“武老师，外边在大张旗鼓地表扬你呢。”

“我有什么好表扬的。”菁菁没反应过来。

男实习生急忙说：“文小舟他爸！”

“嗯？他还没走？！你去把他轰走！”这回菁菁话倒接得快。

男实习生说：“我不行，人可多了，各路媒体都来了，武老师，您快去看看吧！”武菁菁急忙站起身朝门外跑去。

儿科诊室候诊厅，文彬公司的部下们仍然笔直地站在厅里，这里已经挤满了小患者和家长，路过的医护们纷纷驻足观望。

一位家属大声念起了锦旗上的感谢词：“感谢好医生武菁菁，助人为乐，救死扶伤，品德高尚，永世传芳！”

武菁菁来到人群外边，有家长认识武菁菁，大家给她让开了路，

众人议论起来：“武医生来了！哎，她就是武菁菁，挺年轻的呀！看样子就特面善，好人！”

记者们都围拢到武菁菁身旁，争先恐后对她做采访：“武大夫，武医生，请接受我们的采访，请您谈谈救人经过。”

蕾蕾一见到武菁菁：“快，大雨，镜头跟上！”张大雨急忙追着武菁菁拍摄起来。

雪菲拿着话筒开始做报道：“观众朋友们，这位就是武菁菁医生，武医生，您好！”

“你好！”武菁菁无奈地礼貌回应雪菲，她走上前看着表扬信和那面锦旗，眉头紧皱，她压根儿没注意到张大雨身后的武蕾蕾。

文彬高喊口令：“立正！敬礼！”

四位大汉整齐如一，两腿并拢，全都摆出了军人般的风姿，英武挺拔。

在场所有的人鼓起掌来，一时间，给人一种错觉，这里不再是医院，俨然成了表彰大会现场，记者们一阵狂拍。

雪菲继续对武菁菁做着采访：“武医生，听说您昨天救了一个小患者，请您给我们谈谈抢救经过。”

武菁菁不接雪菲的活茬，她怒视着文彬，脸都气白了。“你？拿走！”

蕾蕾在一旁幸灾乐祸地瞧着热闹，雪菲看着武菁菁一时不知所措。

大雨悄悄说："武导，这女大夫姐姐好暴虐噢！"

"去你的，她脾气好着呢，这位大哥招惹她了！"

"嗯？你认识她？"

蕾蕾没理大雨，她严密观察着事态的进展。

文彬已经适应了武菁菁的冷漠态度，仍然和颜悦色地保持着风度："武医生，受人滴水之恩，理应涌泉相报，您救了我儿子，这锦旗你一定收下。"他的部下看看凶巴巴的武菁菁，又瞅瞅低声下气的文大总经理，全都傻愣愣地站在那里。

"我再说最后一遍，带着你的人离开这里，马上消失！"武菁菁怒吼的声音在儿科候诊厅里回响。

记者们都愣住了，全场鸦雀无声。

张大雨、雪菲都看着蕾蕾，等待她的下一步指令。蕾蕾走到武菁菁面前，她刚要开口。突然，一个女人冲到了武菁菁面前。"武大夫，武大夫，给俺孩子加个号吧？"是门诊大厅里那位农民工的妻子。

菁菁和蔼地说："今天号都满了，明天来好吗？"

"半年多了，女儿老喊头疼，想请您给瞧瞧。我们来晚了，挂不上号，我是家政服务员，他爸爸在工厂车间工作，俺俩都是山东农村来城里打工的，不好请假，我三十岁才怀上这孩子……"女人鼓足勇气说了这么多话，生怕武菁菁打断她。

菁菁认真听完这番话，问道："孩子呢？"

农民工拉着孩子来到武菁菁身边。这女孩大约十三四岁，很瘦弱，脸色苍白，她的眼睛里满含期盼。

武菁菁盯着孩子看了看，转身吩咐男实习生。"你去给他们加号，我给她看。"

农民工妻子哭了。"谢谢，谢谢。鲁花啊，快谢谢武大夫！"女孩恭恭敬敬地给武菁菁鞠了一个躬。

菁菁忙说："别这样，孩子，你去坐下休息，到号我叫你。"

男实习生招呼着农民工一家走了。

记者们及时拍下了这个真实的医患和谐的温馨场面，他们蜂拥着要追访武菁菁。

文彬站在一旁，神情尴尬。

一群身穿白大褂的医生们朝儿科门诊走来，院长王俊明走在最前边。他身形修长，面容清隽，气质儒雅，透着医生特有的职业自信。

一脸谄媚的老穆看到这个热闹的采访场面急了，他一个人率先挤到了采访中央区。“哎哎，谁让你们来采访的？”

文彬秘书说：“你们院办同意的，我们来采访武菁菁医生。”

雪菲看到老穆，她慌得忙往张大雨和蕾蕾身后躲。“坏了，挡着我点！”两人奇怪地看着她。

老穆很不高兴：“武大夫，你快回去工作吧，昨晚惹的祸还不嫌大呀！处分还没下呢。”

菁菁没说话，一旁的蕾蕾急了：“凭什么处分我姐？”

老穆莫名其妙：“你，你是谁？”

“我是她妹妹。”

“武蕾蕾，你走吧！”菁菁嫌蕾蕾多话了，雪菲、张大雨都吃惊地看着武蕾蕾和武菁菁。

这时，王俊明走上前来，他微笑着看着姐妹俩：“老同学，你好！”他说着要和武菁菁握手。

武菁菁看着王俊明，机械地伸出手，强作镇静，声音干干的：“你好，王院长！”

“蕾蕾，你好！长这么高个了？”王俊明又转向武蕾蕾要握手。

蕾蕾没有伸手，她一脸惊愕地看着王俊明：“啊，你？王俊明？俊明哥哥？！不，嗯，王……王院长，你好！”她显现出少有的慌乱。

老穆表情尴尬：“啊，这，院长，你们是老同学呀！我？嘿嘿！”

王俊明没理他，他认真看起了表扬信和锦旗：“好啊！作为一名医生就应该时刻履行救死扶伤的职责。我来介绍一下，武菁菁医生在医学院读书时就是学雷锋标兵！”

此时，武菁菁完全冷静了下来。“王院长，病人在等我，对不起。”

她转身回诊室了。

王俊明丝毫没有在意武武菁菁冷漠的态度，依然和蕾蕾攀谈着：“蕾蕾，你现在当记者了。真好，你这性格太适合做记者了。”

武蕾蕾勉强应付着：“王院长，你先忙着。”

她回身凑到张大雨身边：“张大雨，下面的采访内容你来安排，我，我去趟卫生间！”她说完溜了。

张大雨急忙应着：“哎！我来我来！”

王俊明看着蕾蕾的背影毫不介意。“哈哈，跟小时候一样，还是个说风就是雨的脾气！”

他又热情地和文彬握起手来：“先生，谢谢你为我们院的医生送来锦旗。穆主任，你们医务处要大力宣扬武菁菁医生这种医德双馨的敬业精神。”

老穆连连点头：“好的，王院长。”

文彬大喜：“您这位大院长有水平！”

“那当然，我们王院长可是留德归来的大博士后专家！”老穆紧着巴结新院长。

文彬兴奋地高喊起来：“雪菲！哎，雪菲呢？你躲后边干吗？电视台要好好采访采访这位王院长。”

雪菲无奈地从人群中走了出来。

老穆见到雪菲立刻大呼小叫起来：“闺女，你来我们医院做采访了？”

“爸！”雪菲满脸尴尬。

老穆得意极了：“王院长，这是我女儿，电视台的主持人。”

文彬惊讶地看着老穆，又看看雪菲。雪菲极力回避着他的目光，文彬心中起疑，可他什么也没说。

围观群众见到雪菲，都围了上来：“这不是电视台的著名主持人雪菲吗？见到真人了，比电视上还漂亮！雪菲，给我签个名吧，我们合个影吧？”雪菲满足着粉丝和媒体记者们的要求，老穆乐得合不拢嘴。

张大雨被挤到一边。“什么事啊？怎么采访起雪菲来了？ 武导怎么还不回来？”他扛着摄像机四处找寻着暂时失踪的武蕾蕾。

王俊明和文彬站在外围看着雪菲被围观。“嗨，我邀请媒体到你们医院是为武菁菁医生做采访的，这怎么倒成了雪菲粉丝团聚会了？严重跑题！”文彬看着被人群包围的雪菲无可奈何。

“嘿嘿，王院长，不好意思，大家都喜欢我女儿雪菲，挡不住，挡不住啊！”老穆看着女儿受欢迎的场面，脸上抑制不住的喜悦。

王俊明说：“穆主任，你把表扬信、锦旗都摆放在一楼大厅。”他说完带着一行人走了。

老穆招呼着文彬：“跟我走吧，先生们！”文彬习惯性大步流星走了。

老穆迈着小短腿来回倒腾才跟上了他的步伐。“”哎，你走慢点，等等我！”

文彬急忙收住脚步。“噢，对不起，穆主任，您慢走。”他跟在了老穆身后。

王俊明走了，武蕾蕾这才从人群中溜了出来，她回到了张大雨身边，长长地舒了一口气，如释重负。

张大雨催道：“武导，我们去诊室采访武大夫吧！”

“嗯？啊，对对，快去吧！”武蕾蕾一副心不在焉的神情。大雨带着雪菲离开了候诊厅，武蕾蕾跟在了后边。

## 六

儿科诊室，武菁菁正在和农民工一家交谈。

农民工问："武大夫，我孩子得了什么病，要紧不？"

"嗯，我现在还不好下结论，这样吧，你们马上带孩子去做一个脑 CT，结果一出来就直接来找我。我已经跟 CT 室医生说好了给你们做一个加急的 CT，你们快去！"武菁菁用温和的语气竭力安慰着不安的一家人。

农民工妻子喋喋不休："谢谢，谢谢大夫！"一家三口刚离开诊室，张大雨带着雪菲走了进来。

雪菲拿着话筒摆起了采访架势："武大夫，请您谈谈给文小舟手术签字的时候是怎么想的？"

"什么也没想，作为医生，救治病患是我的本分。"菁菁实话实说。

雪菲又问："武大夫，你就不怕万一家长找你麻烦吗？"

"这个？当时孩子病情危急，哪顾得上想那么多，我相信绝大多数家长还是会讲道理的。"武菁菁不愿意接受采访，又不好轰他们，只好勉强应付。

这时，蕾蕾走了进来，菁菁一见到她就下了逐客令："快把你的人带走。"

蕾蕾说："我们有采访任务！"

菁菁态度坚决："我有什么可采访的，外头还有好多病人在等着我呢，快走吧。"

"我们走吧。"蕾蕾不再多言，扭头就离开了诊室，大雨、雪菲只得跟着她走了出去。

医院走廊里，武蕾蕾一个人匆匆走在最前头，大雨追了上去："武导，武大夫不接受我们的采访，这采访任务怎么完成？"

"去病房！"蕾蕾头也不回。

雪菲有些懵："去病房采访谁？"

蕾蕾点明了采访方向："拍点文小舟的素材。"

"我现在不去病房，文彬不在，小舟又会跟我闹。"雪菲停住脚步。

蕾蕾回过身来："这会儿他躺在病床上哪有劲儿闹啊，你现在去采访，正好给自己台阶下。"

大雨也劝雪菲："有我们陪着你，走吧，听武导的没错。"

"你废话真多！"蕾蕾说完快步走了。

大雨早已经习惯了蕾蕾这种说话的方式，"妹妹，看见没，今天咱领导有点烦，别招她！"

雪菲说："嗯，我头一回见武导这么听话。她很怕武大夫哎！"

"好像是！"两个人追上了蕾蕾。

儿科病房，文小舟躺在病床上，他还在打点滴，气色比昨天好了很多，人也精神了很多。

雪菲拿着话筒站在文小舟床前，"小舟，你好点了吗？"文小舟扭脸不看她。

雪菲诚恳道歉："对不起，我昨天不该和你发脾气，都是我不好。"文小舟仍旧闭上眼睛不说话。

雪菲无奈地看看蕾蕾："姐，你看见了，我尽力了。"她转身就要走出病房，蕾蕾拉住了她。

蕾蕾走到文小舟的病床边："你好！我叫武蕾蕾，是雪菲的同事。"她的声音很温柔。

文小舟依然装睡！

大雨接了句："武导是武医生的妹妹，辛苦你了，劳驾瞜一眼。"

别说还真管用，文小舟一下子睁开了眼睛，他认真打量着蕾蕾，满脸狐疑。

蕾蕾说："你觉得我和姐姐长得不像对吧？可我们确实是一个妈生的。"

文小舟冲她笑了。"阿姨好！"

蕾蕾问："小舟，你能不能帮我完成采访任务。"

"能！"小舟回答干脆。

蕾蕾试探问："你刚做完手术，不能多说话，阿姨请雪菲简单问你几句话好不好？"

"噢啦！问吧。"小舟爽快答应。

"雪菲，开始吧。"蕾蕾为雪菲的采访做好了铺垫。

文小舟很听蕾蕾的话，雪菲心里不舒服，她压着火气开始采访："小舟，武大夫是怎么救你的？"

文小舟这次很是配合。"我运气好，昨天我跟你吵完架就跑出来玩儿，乱吃东西，肚子疼得厉害，我害怕极了，自己打车到了医院门口就疼得走不动了，幸亏遇到了武大夫，是她给急诊室打的电话。爸爸没有及时接我的电话……对了，给你打电话你也不接。"

雪菲尴尬了："我？我不是故意的！对不起。"

小舟接着说："武大夫怕我出大危险，她就为我在手术通知单上签字了。没有她，说不定我就死了。"

"怎么会呢，你不就是个急性阑尾炎吗？她是吓唬你的。"雪菲随口说着。

小舟不高兴了。"急性阑尾炎是很危险的，武大夫说的，我不理你了！"

“好好好，算我说错了，对不起，对不起。”

文小舟听出了雪菲的敷衍。“我累了！不想说话。哎哟！我伤口疼，哎哟！”他突然呻吟了起来。

雪菲担心了：“哎，你别这样啊？很疼吗？”小舟更加夸张地哎哟起来。

蕾蕾急忙说：“好好，小舟，不急不急啊！还疼吗？我们不说了。”

“你问吧阿姨，我没事。嘿嘿，噢，哎哟，笑一下还真疼了。这次不是装的。”文小舟对着雪菲做怪相。

“你？！”雪菲气得语塞。

正在这时，文彬回来了。“哟，你们来采访小舟了，谢谢！谢谢！”

雪菲把话筒塞给蕾蕾，转身就要跑，蕾蕾急忙拉住她，又把话筒塞了回去，命令道：“听话，干活！”

雪菲无奈，拉着脸，勉强对文彬做起了采访：“文先生，请您谈谈昨天医院抢救文小舟的过程……”

## 七

下班时分，儿科诊室里，两个实习生悄悄议论起来。

女生说：“新来的王院长超帅哎，学问好，能力强，完美，太完美了！”“你又开始花痴啦！真受不了你们女生！”

这时，武菁菁拿着CT影像片子走了进来，女实习生继续沉浸在自己的幻想中：“院长结婚了，好男人都被人家抢光了，我到哪儿再能遇到这样的优质男人呢？”

“工作时间，想什么呢？不想当医生走人！”武菁菁语气严厉。两个实习生吃惊地看着武菁菁，此时，一向温和的武医生脸色极差。

女实习生惶恐起来：“武老师，我？”

“少说点没用的，CT结果出来了，徐鲁花是脑瘤。”武菁菁神色凝重。

男实习生问：“武老师，是晚期吗？”

武菁菁答道：“肿瘤科会诊从影像学诊断是良性的。”

“万幸万幸！”女实习生连连说着。

武菁菁说：“你们俩去儿科看看她，孩子和家长都很紧张，好好疏导下他们的情绪。”

女实习生主动检讨：“我错了，武老师，您别生气。”

“上班时间多想想病案，快去吧。”武菁菁的语气缓和了。

实习生们走了，武菁菁一个人坐在诊室里发起呆来，她脑海里一直在纠结着一个问题：“中国的医院那么多，你怎么偏偏到锦安医院当院长啊？”

黄昏，蕾蕾在开车，张大雨坐在车里，俩人在聊天。

大雨感慨万千：“哎，凭雪菲的条件，男朋友可劲儿挑，却找了这么一位离婚、有孩子的金主，惊叹啊！”

蕾蕾斜了他一眼：“还惊悚呢！你 out 了！只要两人幸福，高兴！这才是真爱。懂不懂啊？”

“懂懂！真爱无敌！感动啊！我是真的被感动到了！”

“一个人一辈子有一次真爱多好啊！”蕾蕾的语气里透着羡慕。

大雨随口问道：“武导，你的真爱什么时候开始的？”

“我？你算问对人了，你姐姐我在恋爱上可算得师太级别了，十岁就恋上了！”

“十岁？我算算，你今年三十五，妈呀，二十五年愣是没遇到个真爱结婚？”大雨一副难以置信的神情。

蕾蕾说：“真爱？！太难了！结婚干什么？”

“人不都要结婚哪！”大雨总结。

蕾蕾不爱听了：“谁说的？不结婚会死啊！”

大雨坦然道：“倒没那么严重，武导，你真不想结婚？”

“不想！结婚没意思。”她说着一角油门加速行驶。

大雨紧张起来。“哎哎，慢点，大姐，不结婚也要注意行车安全啊！千万别超速！要不又得罚款了！二百人民币呢！”

蕾蕾白了他一眼，放慢了车速。

晚饭时分，京郊一宠物医院门前的小路上武萌萌背着宠物背包，提着一个大袋子走出了医院，她匆匆赶路。

那个曾经在社区里出现的男人又露面了，他依然是那身不变的装束，面容还是捂得严严实实的，他小心翼翼地跟踪着武萌萌。

武萌萌走着走着，似乎感觉到有人跟踪，她猛地转身向后观望，没有发现跟踪者。武萌萌加快了脚步。

跟踪者从隐秘处走了出来。

## 八

电视台编辑室的编辑台前，张大雨在编辑采访武菁菁的报道，手指娴熟敲击着键盘，干累了，他转身拿起水杯要喝水，却发现蕾蕾趴在办公桌子上捂着小肚子。

张大雨站起来转身出去了，不一会儿，他又返了回来，手里多了一个保温杯，他把保温杯递给了蕾蕾。

蕾蕾趴着没动窝："什么呀？"

"你喝点，我沏了杯姜糖水，暖胃的！"张大雨放下保温杯，又专心地编辑节目。

蕾蕾打开了保温杯，杯中盛满了热腾腾、颜色深红的姜糖水。

蕾蕾鼻子发酸，她竭力控制着自己的情绪，轻轻道："大雨，谢谢！"

"嗨，一杯姜茶谢啥！"

蕾蕾说："今天医院采访时我临时有事出去了，现场把控多亏你了。"

"应该的。"

蕾蕾又说："唉，本来周末你们都倒休，可任务下来了，不接不行。临时抓差，耽误你干私活了，你早点回去补个觉，剩下的活我来吧。"

"嘿嘿嘿，没事儿，困劲早过去了。"大雨正说着，却身不由己打了一个大大的哈欠，他站起来靠着桌子做了几下俯卧撑，又打起精神坐到了编辑台前。

蕾蕾望着他的背影，眼圈红了，她站起身离开了编辑室。

夜晚，三里屯的一家酒吧。武蕾蕾倚在吧台上独自斟酒，她眼前摆了好几个空杯子，神情恍惚。王俊明和武菁菁两张面孔不停交换，在酒吧的五光十色的灯光下俩人的表情变幻莫测。

喝得半醉的一胖一瘦的两个男人走到蕾蕾身边。

胖子主动跟蕾蕾搭茬："大姐，一人喝着呢？弟弟陪你喝几杯！"

"你才多大，滚得远远的，姐今天心情不爽！"微醺的蕾蕾心情烦躁。

瘦子说："大姐，心情不好就在家好好待着，跑酒吧干吗呀？"蕾蕾抬头看看他，没理他，继续喝酒。

"哟，大姐还拿上了？这把岁数了，荷尔蒙都失调了，还到酒吧装嫩呢，累不累啊？弟弟陪你聊天算给你脸了！来吧，别假装矜持了，你不就缺男人吗？"瘦子说着竟然借着酒劲非礼蕾蕾。

蕾蕾一声不吭，她拿起酒瓶朝瘦子头上砸去，瘦子急忙躲闪，肩膀还是被砸到了，酒瓶碎了，红酒和玻璃碴子洒了瘦子一身。"妈呀，大姐，真打呀！我这衣服可是名牌，刚买的。"

胖子也急了。"敢打我兄弟，活腻歪了！"两个人扑上去要打蕾蕾。酒吧经理和服务员连忙劝架。酒吧里乱成一团，劝架的、看热闹的都挤到了吧台前。

蕾蕾喝得半醉，她看着全身被红酒淋得叫花鸡般的两个小无赖，得意极了。"哈哈哈！小子哎，大姐打架的时候你妈的肚子里都还没你呢！跑我这找不自在！"

胖子喊："姥姥，真他妈不识逗！你个没人要的老娘们，敢和小爷动手，今儿个让你认识认识爷是谁？！”“甭废话，给她那老脸花了，不能再来酒吧充嫩耍横！”瘦子说着拿起碎玻璃就要往蕾蕾脸上划。

蕾蕾灵巧躲过，一个漂亮的扫腿，瘦子趴在了地上，手被玻璃划破，他捂着手没出息地哭了。

旁观者看着这两个没出息的大男孩议论起来：“嗬，这女人好厉害！干什么的？像个练家！这俩孩子自找！这女人失恋了吧？招惹不起。”

蕾蕾拿出几百块钱扔给经理：“砸了什么我赔付！给这孩子看手！不够再找我。”她说完就离开了这里，顺手打起了电话。“代驾吗？我是武蕾蕾，到云飘飘酒吧接我。”

酒吧门前，蕾蕾捂着下腹部在等车。

一辆汽车停了下来，张大雨从车里下来，直奔蕾蕾身边。“武导，你这几天胃不好，怎么还来喝酒了？”

蕾蕾晕乎乎地看着他：“哎，你怎么来了？”

“你叫的我呀！”

“我叫你？你？大雨呀！不可能，我刚才叫的是代驾！”蕾蕾说着迷迷瞪瞪拿起手机看了起来：“噢，拨错了，对不起。”

大雨扶着她走向自己的车：“走吧，愿意效劳。”

# 第三章　狼来了

## 一

武蕾蕾的公寓里，蕾蕾正趴在卫生间不停地呕吐，脸色蜡黄，张大雨端着水杯站在一旁。

“武导，你酒喝得也太猛了！特别难受吧？要不我给要个外卖萝卜汤，醒醒酒。”张大雨说着拿出手机就要点餐。

蕾蕾直摇头：“不用，吐出来就舒服了，姐酒量好着呢！”

大雨问：“你跟男友吵架了？”

蕾蕾摇头：“他在伦敦出差呢，时差都对不上，有什么可吵的！”

大雨说：“别怪我多嘴啊，你这几天有心事，要是信任我就跟我说说，别闷着，借酒消愁太伤身。”

蕾蕾苦笑：“弟弟，谢谢你的关心，跟你说没用，人呐，不怕犯错，怕就怕犯错造成的过失再也无法弥补。”

俩人正说着，客厅里传来手机铃声，大雨快速取来了手机，蕾蕾接了起来。“没声了？谁呀？”她翻看着手机微信，父亲武志强的微信信息：“今晚务必回家，爷爷有重要的事情，见字回复。”

蕾蕾嘟囔着：“爸爸让我回家，爷爷让我回家，妈妈怎么不找我？”

大雨担心起来：“你这个样子能回家见老人吗？你可不能开车。”

蕾蕾说：“那你好人做到底，在楼下等我，你送我。”

“好！”张大雨转身走了。

蕾蕾急忙冲进浴室，洗澡，漱口，检查口气，吹头发，换衣服，动作麻利，她又成了一个打不死的小强。

儿科病房护士站，早已经过了下班时间，武菁菁和儿科主任还在研究病案，儿科主任是个慈眉善目的五十多岁的女人。

菁菁说：“徐鲁花的脑瘤长的部位还好，开刀顺利极了。”

儿科主任赞叹道：“你收治的及时，要再拖个一年半载的，孩子的情况就难说了。”

两人正说着，代培医生刘大夫求武菁菁周末替她值班，菁菁爽快答应。

儿科主任对刘大夫的行为很不满。“菁菁，你也太好说话了，一个代培医生都能这么指使你。”

“我反正周末也没事。”菁菁不以为然。

主任说：“唉！我是真盼着你有事！自己的事积极点！”

“又来了，主任，您怎么跟我妈似的。您快下班吧，家人都等您吃饭呢。”

儿科主任无奈得直摇头。

韵园小区院内的一角落里，摆放着两个大塑料盒，十几只流浪猫在吃食，这些猫看来已经习惯了人们的照顾，并不避人。武萌萌正在用专业器具给小黑猫耐心喂药。

李冬花和几位大妈散步来到这里，她一见武萌萌嘴巴就又不闲着：“啧啧，又来献爱心了，你说你这么大的姑娘，不结婚养孩子，养猫狗倒是上了瘾啊。”萌萌根本不搭她的茬，继续给小猫喂着药。

邻居大妈说话了：“我说她大妈，你好歹是长辈，人家不跟你计较，你也少说几句吧。”

“你知道什么！我就住在她家楼上，她们娘俩怪癖着呢，男人都不要他们了，别提多惨啦！你们想想能过得好吗？我跟你们说……”

她说着说着突然噤声了。

王红站到了她旁边，两眼冒火：“说呀，我听听我们母女俩有多惨？怎么不说啦？”

李冬花不敢直视她，大妈们都紧张地看着王红，生怕两个女人打起来，李冬花自知理亏一溜烟地跑了。

王红没有再理李冬花，她冲到武萌萌身边，一把夺过针管，萌萌抬起头惊讶地看着王红。王红一句话也不说，她把针管狠狠地扔到地上，转身就走了！

“哎？妈，别扔啊，我好不容易跟兽医专家要的。得，又得重新消毒了。”萌萌急忙拿起针管擦拭掉沾在上边的尘土，小心翼翼地把针管放在盒子里。

邻居大妈说：“萌萌，你妈是让那个女人气坏了，你快回去哄哄她。”

“哎，谢谢。小黑，我走了，你乖乖的，明天我再来看你。”萌萌起身提着救治小猫的器具盒子去追王红了。

大妈们聚在一起议论上了："邻里邻居的一个社区住着，和和睦睦多好，上午当老人说了那么多难听话，现在又找事。是啊，这家人怎么得罪她了？没多大点儿事，李冬花要把自己的外甥介绍给萌萌，人家没见就记仇了，没劲，回家！"大家都离开了这里。

隐身处，跟踪萌萌的男人又出现了，他摘下了墨镜，黑口罩上的一双眼睛满目狐疑，他的身影在路灯下显得十分诡异。

## 二

夜晚，武志强家客厅，武家八口人都坐在客厅里。

爷爷坐在沙发的正中，神情异常严肃。

奶奶说："老伴，人都给你召集齐了，开会吧！"

爷爷说："嗯，我宣布现在开会，今天会议的主题……"

多年来，武家操持家务的都是大儿媳妇玉英，直到武志强退休了才主动帮玉英分担起来。爷爷和奶奶都是非常开明的老人，很少过问家中琐事，爷爷今晚这阵势还真不多见，谁也不知爷爷葫芦里究竟卖的什么药。三个孙女打从记事起，没有参加过这么隆重的家庭会议，都觉得新鲜。

爷爷清清嗓子："咳咳，今天会议的主题就一个，咱家三个孙女的婚事。"全家人都吃惊地看着他。

爷爷说："这件事情本来不该我这当爷爷的过问。唉，可我等了多少年啊！嗯，我算了算，打从菁菁起，菁菁今年四十了，要是按着正常谈婚论嫁的岁数算起，起码有二十年了吧？二十年我等不到一个好消息，你们还让我等多久啊！"爷爷说完这番话，有些激动。

志强忙给他端上一壶新砌的红茶。"爸，您喝茶，慢慢说。"

奶奶神情严肃，武志强夫妇一脸的愧疚，王红不敢正视爷爷，三个女孩都在静静地等着爷爷的下文。

爷爷喝了几口茶，继续说："我不多啰嗦，你们三个都听着，明年我八十三岁生日前，你们都要结婚成家！"

奶奶笑了，武志强夫妇神情放松了下来，王红满脸无所谓的神情。

三个女孩都吓了一跳，瞪大了眼睛看着爷爷。

蕾蕾最先喊了起来："为什么？"

爷爷看看她："没有为什么？否则就不要再登我这个门了！"

蕾蕾说："快递送件都要验收，找对象又不是买东西，包退包换，我不得好好挑挑啊？爷爷，我……"

爷爷打断了蕾蕾的话："挑了多少年了？该到头了！看看别人家的女孩，甭管高矮胖瘦都找到了婆家。你们仨就奇怪了，长得都周正，也不像有的女孩要什么房子、车子、票子，怎么就找不到个对象呢？"

蕾蕾争辩："爷爷，谁说我们找不到？我要和一个男人过后半辈子，要十分十分的慎重！"

"我和你奶奶是媒妁之言，你爸妈是相亲结婚，我们不都和和美美得过了大半辈子了。武家有了你们这些孩子，热热闹闹的，按你们年轻人的话来说叫什么？嗯，对，我们的幸福指数爆棚了！结婚，马上给我结婚。我累了，不多说了！"爷爷说完不等任何人的回应，站起身就回卧室去了。

奶奶也要走，蕾蕾一把拉住了奶奶。"奶奶，爷爷怎么这样啊！哪有给人规定时间结婚的？"

"蕾蕾，爷爷说什么你就好好听着。"玉英的本意是不想让蕾蕾顶撞老人。

蕾蕾可不吃这一套。"单身是我自己心甘情愿选择的生活方式，爷爷也太不尊重我们的人格了！"

奶奶说："哟，蕾蕾啊，你学问太大，奶奶听不懂你的话。"

玉英忙接话："妈，您别让她瞎忽悠，出国读了点洋文，就跟我们绕这些新名词！"

蕾蕾急了："啊呀奶奶，咱家原来多民主啊，怎么就突然允许封建残余死灰复燃了？！中国网络都5G了，咱家倒要逼婚啦！奶奶，您可不能做狼外婆呀！"

奶奶不高兴了："哼，我就是狼外婆，专吃你们这几个小红帽！"

玉英气得狠狠拍了蕾蕾后背一下！"怎么这么说奶奶！妈，你别生气啊，这孩子从小就这么没大没小的，都怪我没教育好她。"

奶奶说"现在你们烦我们逼婚，等你们到了我这把岁数，也就没人逼你们喽。到那时候，你们就知道一个人生活有多难，没人说个话寂寞不说，哪怕一个感冒发烧都没人给你递水，摔一跤都没人扶你起来！"

蕾蕾叫了起来："奶奶，您说得也太邪乎了！"

奶奶叹息："我没吓唬你，昨天上午，咱社区三号楼就走了这么一个没结婚的女人，才五十多岁，洗澡滑倒了爬不起来，就这么生生躺在地上三天，等人发现送到医院，没抢救过来，人就走了，说是严重的多器官衰竭。唉！可怜呐！"

蕾蕾嬉皮笑脸："嘿嘿，奶奶，我们仨都没那可能，将来我们姐仨结伴住养老院去！"

"你不结婚就够闹心了的，还想拉着你姐和萌萌，别气我，不跟你废话了，我困了！”奶奶说完也回屋去了。

蕾蕾要去追奶奶：“哎，奶奶！别走啊！我还没说完呢。”

菁菁拉住了她：“都快十点了，老年人不能熬夜！”

蕾蕾又拽着一言不发的武志强。“爸爸！你替我们跟爷爷说说，规定时间结婚太奇葩了。”

“我的老父亲一向说话板上钉钉，一言九鼎！好闺女，别急别急，我和你妈给你们切点去火的水果去。”武志强拉着玉英逃到厨房去了。

蕾蕾一屁股坐在了沙发上：“哎，咱家人怎么都这样啊！”

爷爷、奶奶回到卧室在交谈。“老伴，你这会开得好啊！”

爷爷说：“我生日那天就想开会了，就你拦着不让说。”

奶奶耐心解释起来：“我还不是顾虑咱们那两个孝顺的儿媳妇，不想给她们压力。”

爷爷的语气中充满了埋怨：“现在的孩子玩心大，我理解，可咱们的孙女都三十五、四十喽，不能再拖了，哪有做奶奶的总跟她们说不急、不急！”

“你以为我真不急，越催越逆反，我不想强迫孩子。”奶奶到底还是说出了自己的担心。

爷爷看着满头白发的老伴：“我俩都八十多了，不看着仨孙女结婚生子，能踏实地到那边去？唉，我们还能健健康康多活几年呢？！”

“她们会结婚的，老伴，我们俩一起努力活到一百岁！”奶奶给老伴也是给自己打气。

爷爷叹息道：“唉，哪有这么容易的！但愿孩子们明白咱们的心。”

奶奶不再说话，她紧紧握着老伴的手，老两口相互依偎着，神情中充满了期待。

客厅里，三个女孩还坐在一起商量着对策，王红像个没事人似的做了旁听者。

蕾蕾抱怨：“刚才爷爷在，你俩一声不吭，就让我一人出头。”

菁菁说：“老人提的要求不过分，我们没理由反驳。”

蕾蕾振振有词：“我不结婚，一个人多自在。现今独身是时尚，这个家就不能给我们不婚的自由啊？”

王红接话了：“蕾蕾，你自由惯了，我懒得说你了，菁菁，你老大不小了，快抓紧相亲吧。”

菁菁答：“不，我最讨厌相亲了，男女坐那像卖货似的相互筛选，相的是条件，哪是爱情啊？”

“大姐，你也不想结婚了？”一直不发言的萌萌冒出了这一句。

菁菁看看她："想啊！可爱情是一件奢侈品，总不能瞎凑合吧，找对象又不是买衣服，不喜欢了扔衣柜里或者干脆把它捐了。"

"万分之一万的赞同！没有爱的婚姻就是牢笼，要是只为了结婚就往里钻，那就是作死的节奏！"蕾蕾来了精神头。

菁菁语气平静："别这么极端，老人催婚也是为咱们好。""得了吧，还不是为了他们的面子。""你不能这么片面理解老人的心。""反正我就是不想结婚。"蕾蕾和菁菁顶了起来。

厨房里，玉英躲在门里偷听着外边的说话，志强边削水果边念叨："出去听多清楚。"

玉英说："爸爸替我说出了心里话。我在外边她们不自在，我想听听他们的真实反应。"

志强直摇头："唉！你可真累！又想在孩子面前装开明，又恨不得明天她们都出嫁。"

玉英问："你不想啊？"

"要是女儿找不到称心如意的，我宁愿她们一直在我身边。"武志强吐露了心声。

玉英惊讶："你能陪他们一辈子？"

"一辈子都不够！"武志强态度坚定。

玉英忙叮嘱："你这话可别和女儿说。"

志强忙说："明白，我这也就跟你说说，过过嘴瘾，哪个当爸的舍得女儿出嫁！"

玉英说："自私！你走了呢？"

"是啊，我不能陪女儿一辈子，女儿找到了最靠谱的男人过得好，我也就能安心啰！"志强这话才说到了点上，玉英露出了满意的神情。她继续神情贯注地听着客厅里的动静。

客厅里，三个女孩仍在讨论中，王红还坐在那里。

菁菁说："我自己都纳闷，一晃四十了，我怎么就结不成婚呢？时间都去哪儿了？"

蕾蕾拍拍一直在玩手游的萌萌："萌萌，你的青春还剩点尾巴，努力把自己嫁出去啊！"萌萌没理她，继续关注手游。

王红说："萌萌不着急，她这岁数还能等两年，整了个离婚就是因为结得太早了，婚姻是要讲缘分的，别结了又后悔。现在离婚率太高了，不说远的，你们看看我这微信朋友圈发的统计数据。光 2017 年上半年统计，北京城 78465

对结婚的，39701 对离了，离结婚比是 50.60%，有的城市离婚都“限号”了。”

“够吓人的，那我更要慎重了，我可不想离婚。”菁菁听了婶婶这番话，发出了由衷的感慨。

王红又来了一句：“嗨，其实离婚也没什么呀，反正现在离婚是潮流，不丢人。网上不都流行了这么一句话吗，‘结婚不怕晚，离婚要趁早’，也算是至理名言喽！”

“哈哈哈，婶，你够潮啊！”蕾蕾面露惊讶和赞许。

萌萌仍旧没有参与她们的谈话，只顾忙着手游的通关。

正在偷听的玉英急了：“这个当婶婶的，怎么这么说呀？”她冲出了厨房，志强端着切好的一盘子水果急忙跟了出去。

“我家女儿都还没结婚呢，离的哪门子婚哪！”心直口快的玉英满脸怒气，武志强满脸尴尬。

王红说：“哟，急了？你这人就听不得实话！我的意思是说女人不结婚照样能活得好好的，对不对，姑娘们！”

“你？！”玉英看着振振有词的王红，一时语塞。

志强连忙拿着水果往玉英嘴里送：“吃水果，吃水果，这梨甜！大家都吃啊！”玉英强忍着不说话了。

王红看出嫂子不高兴了：“我这不是瞎操心吗，对不起，我又多话了。萌萌，走，回家！”

“您先回去吧。”萌萌头都不抬，还在打手游。王红气哼哼地拉开门走了。

志强给三个女孩分着水果沙拉，玉英在一边絮叨开了：“你们都老大不小了，好意思让爷爷、奶奶为你们的婚事着急？”

菁菁说：“妈，这事不是急就能解决的。”

“就是，你们这叫逼婚！妨碍人身自由，我抗议！”蕾蕾一点也不隐瞒自己的抵触情绪。

玉英瞪她一眼：“抗个屁，有能耐找爷爷抗议去！”

“爷爷是个老封建，代沟深了去了。”蕾蕾随口就来。

“又胡说！”志强嗔怪小女儿。

蕾蕾看看爸爸。“爷爷就不该逼我们嘛！”

“都是我这当妈的没本事啊，嫁不掉自己的闺女！”玉英说着说着眼圈红了。

菁菁忙劝慰：“妈妈，您别急，我一直在努力，就是找不到合适的，我把自己拖得岁数太大了，真是对不起。”

蕾蕾起哄：“老妈哎，您的乖宝宝菁菁都表态了，别生气哦。”

玉英瞪着蕾蕾：“你呢？”

蕾蕾笑笑：“嘿嘿，我嫁我嫁，不过，我要排在大姐后边，她结我就结。”

志强说：“你这孩子，结婚还排队，你有对象了就先结。”

“NO，NO，还是恋爱好。”蕾蕾直摇头。

玉英烦了：“打从幼儿园起，男孩子就爱和你玩儿，还没恋够！”“我的老妈哎，小孩过家家也算？！”蕾蕾成心捣乱。

玉英不再理蕾蕾，她看着还在低头玩手机的萌萌：“萌萌啊，别学你俩姐姐，忒不靠谱，你年轻好找对象，抓紧点，啊！”

萌萌手游通关成功，她这才放下手机：“大妈，我不急。您别跟我妈计较，她现在说话就这么阴阳怪气，我都忍着。”

玉英说：“我没事，快回去看看你妈，别让她一个人在家又生闷气。”

“哎，我回了！大伯、大妈再见！”萌萌走了。

玉英坐在椅子上看着自己的两个大闺女：“是啊，萌萌二十六还真来得及。你们都多大了？四十挂零、三十过半，要等八十岁才嫁呀！”

“八十怎么了，我要八十岁擦出了爱情火花，照样闪婚，哈哈哈！”蕾蕾没心没肺的大笑着，一点没有顾及母亲的心情。

玉英抹起眼泪来了：“你还笑！你要气死我呀！你就等八十吧，反正到那时候我也不在了！”

武菁菁忙上前搂着母亲。“妈，我们一定争取早日解决个人问题，别生气了。”

武志强也劝：“是啊，二丫头就没个正形，她的话能当真吗？”

“你们俩明天还上班，回去吧。蕾蕾，送你姐到家啊。”玉英沮丧极了。

韵园小区停车场，蕾蕾打开了车门，“姐，妈让我送你回家！”“不用，我打车！”菁菁头都不回往前走。

“太晚了，社区离大马路还有一大段路，不安全，我送你呗，求你了！”菁菁回过头来，她走到了蕾蕾面前。

蕾蕾大喜：“姐！”

菁菁看着她没说话，蕾蕾的眼帘低垂了下来。

俩女儿走了，武志强又开始哄玉英。“别难过了，爸爸都下了最后通牒，爷爷的话她们不敢不听，我们齐心协力，一年内准能把女儿们的婚事解决掉！”

玉英叹气：“我是管不了了。”

“就是，跟自己孩子还真生气呀，哎，你看会儿电视剧再睡吧，哪个台来着。”志强边说边拿着遥控器搜寻着电视频道。

荧屏上，一行醒目的标题格外刺眼：《中央电视台新闻调查：适龄单身择偶难》。“调查数据显示，中国有 2.49 亿适龄单身男女择偶难……”女主持字正腔圆地讲述着。

志强惊呆了，玉英盯着屏幕：“这么多单身啊，我的俩闺女都得剩下啦，怎么办哪！呜呜……”玉英急哭了。

志强搂着玉英柔声哄着：“不会的，我们帮她们找，剩不下，剩不下！”志强急忙关掉电视，他的脸上也写满了焦虑。

此时，王红也在家里看电视。

记者在讲述：“……全国适婚、未婚人群几乎占了全国人口的五分之一……”

“我的妈呀，电视台怎么这么宣传，吓唬谁呀！”王红惊得张大了嘴巴，半天没合拢。她关掉电视，转身向萌萌的卧室走去。

卧室里，萌萌忙着在朋友圈发着一条微信信息：“亲们，我的小黑猫好转，我有全市最靠谱的宠物医生的联系方式。”

微信圈反响热烈，常建发来一个安慰的图标符号，还有cosplay的活动的信息。

萌萌兴奋：“我参加，我参加。咱俩的服装我包了，我们要是能用cosplay的活动影响大家增强保护流浪动物的意识，那就太完美了，这样，随意乱扔动物现象就会得到抑制……”她正忙着语音，王红推门走了进来。

“动物，动物，你整天就惦记着这些流浪动物。”“妈，您总不敲门。”

“有什么见不得人的，你这孩子真没心没肺，你现在想结婚吗？”王红根本不理会女儿的抗议，顺着自己的思路问着。

“不想。”萌萌冷冷地回应着母亲，随手还不忘给常建发了条微信：“明天聊。”

王红说：“好，有骨气。你都草率登记了一回了，可不能再轻易上当啊。再说了，女人不结婚有罪呀？男人就没几个有责任感的，结婚前嘴甜得跟抹了蜜似的，说得好着呢，我就是被你爸骗了……”

“妈，我明天还上班呢。”

“我还没说完呢！我没上大学，指望你能实现妈妈没完成的心愿，考取清华、北大这样的名校，可你高考的分数只够上个普通大学的中文系；你学业没达标也就算了，我指望你找个好女婿吧，又闹个闪婚闪离，你是真给妈妈争脸呀！”萌萌默默听着她的数落，直到王红住嘴。

萌萌问：“没了吧？”“你现在还别烦我，等我死了就没人跟你说这些了。”王红转身离开了卧室。

睡前，萌萌习惯性的查看起手机信息，看到了微信通讯录上名为老豆的人要求加微信的，她随手删除了。

夜路，蕾蕾开车送菁菁，这次，菁菁坐在副驾驶位置上。姐妹俩在聊天，看上去气氛还算和谐。

蕾蕾说："爷爷因为社区那个独身女人不幸身亡，大晚上把咱们三个召集起来强硬逼婚，那女人的死亡事故概率太低了，爷爷至于受这么大的刺激呀？唉，他真是老了！"

"我们都这么大了，还让八十多岁的爷爷、奶奶操心咱们的婚事，我是真难为情，你有对象就赶紧结婚吧。"菁菁语气诚恳。

蕾蕾说"不结不结！结婚多没意思！咱老妈嫁给咱爸，照顾孩子，伺候公婆，累得跟孙子似的，落下一身的病，活生生的反面教材，不离不弃、白头偕老的背后需要多大的忍耐度啊。"

"咱妈这些年是不容易，又要做家务又要上班，可一个人来到世上，结婚、生子也是丰富人生经历吧。"菁菁又是感慨又是总结。

蕾蕾说："不结婚人生就不完整了？一人一活法。姐，你把婚姻看得这么重，那就别太挑剔了，赶紧找个差不多的结婚得了。"

"婚姻又不是小孩过家家！拿婚姻当儿戏我做不出来。"菁菁随口回应着。

"谁拿婚姻当儿戏了？你还在记恨我，王俊明回来了，姐，你……"

菁菁打断了她的话："别说了！我不想听。"

蕾蕾踩了一脚油门，汽车飞驰。菁菁和蕾蕾都不再说话，车里的气氛顿时凝固。

蕾蕾送完大姐武菁菁，刚进公寓，男友麦克的视频就来了。

"我刚进门，真巧。""心有灵犀，心心相印嘛！"麦克嘴很甜。"酸，酸掉牙！正好，你帮我办两件正事。"蕾蕾发令。

麦克问："我回来再说不行吗？""你不知道我的脾气啊！不说憋死我。""好好，宝贝，说！"

蕾蕾说：”你帮我姐物色个男朋友吧，你认识的人多，层次又高，看看你兄弟中有没有漏网的？"

麦克不解："你姐想找就找了，不找就有不找的理由，单身也很好啊。"

"我姐都整四张了。确实不小了。"蕾蕾这回是认真的。

"NO，四十岁是女人最好的年华，在没有爱情来临时保持着令人羡慕的生活状态：看看书，旅旅游，种种花；当爱情来临，又有能力去拥抱它带来的一切，成熟的女人更有魅力……"

蕾蕾打断了麦克的理想化演讲。"得得得，你别背优美的散文诗啦！在咱们中国，四十女人豆腐渣了。"

麦克叫了起来："豆腐渣？好比喻！""好？！"蕾蕾瞪大了眼睛。

"哎，你带我吃过北京菜，你说豆腐渣最有营养啊！"麦克还做起了解释。

蕾蕾哭笑不得："啊呀，你这黄心香蕉人，跟你真说不清楚。这么说吧，在中国，也可以说是整个亚洲，四十岁的女人就是老了，这事你当任务啊！"

"OK，我留意吧。亲爱的，我想你！"麦克隔空示爱。

蕾蕾这会儿没心情整浪漫，她敷衍地回应着："我还没说完呢。""真扫兴，说说说。"麦克无奈。

蕾蕾说："今儿晚上，我爷爷为了我们的婚姻大事都开家庭会议了，限定时间，一年内结婚。"

"My God，中国老人太迂腐了，结婚是你个人的事情，他们无权干涉。太搞笑了，哈哈哈……"视频里，麦克差点笑岔气。

蕾蕾不高兴了："有什么可笑的，爷爷也是关心我们！"

"嘿嘿，对不起，对不起，我家从爷爷那辈起就都移民美国了，我是真不太了解中国人的习俗。哎，亲爱的，要不我们就去办个真正的结婚证给老人一个交代好不不好？"麦克借坡上驴，半真半假。

蕾蕾一句话堵住了他的求婚意图。"不好不好，嗯，我得再修改我们的不婚协议书了。"

"好，不要孩子，不进行婚姻登记，不要仪式，相爱就在一起轰轰烈烈的爱，不爱就和平分手，来去自由。亲爱的，你又想加哪条了？"麦克不愧是律师，瞬间恢复平静。

蕾蕾说："嗯，具体的还没想好，麦克，我不结婚，你家催婚吗？"

"NO，我爸妈不管的，我是独立的。OK！"

蕾蕾看着麦克。"谢谢你，麦克，我爱你！"她发自内心的感激，萌化了麦克的心。

住宅里，准备就寝的菁菁习惯性的查看着医院微信群，群里头条显示了同事发送的新院长王俊明视频，她愣了一下，忍不住点开了视频。

视频中，王俊明在接受记者采访。"我非常感谢妻子这么多年对我工作的支持，她放弃了自己的专业做了全职太太，我妻子为这个家付出了很多……"菁菁不想再看下去了，她关掉了视频。

她关上灯，躺在床上翻来覆去睡不着，起身坐到了飘窗前，望着窗外的夜空，开始数星星，数着数着，累了，她走下飘窗回到床上闭上了眼睛。

年轻的王俊明满脸怒气的脸庞浮现在她的眼前："你为什么就不相信我？我说的都是实话……我永远不会再回来了……"

"十八年，你还是回来了。"武菁菁流泪了。

## 三

新的一天，下午家属探视时间，儿科单间病房里，文小舟在护工的陪护下，正在房间来回走步。

雪菲戴着墨镜、大口罩，提着一个保温饭盒进来了。“小舟，我给你买了营养粥，你赶紧喝了。”

护工说：“大妹妹，孩子刚下床，让他走两圈再吃饭吧。”

“谁让他下地走路的？”雪菲摘掉了怕粉丝认出的口罩和墨镜。

护工说：“武大夫说文小舟术后要多活动，防止肠粘连。”

“嗬，你一个护工懂什么呀？我们说话有你插嘴的份吗？没规矩！”护工不说话了，文小舟看着雪菲，眼神中充满了厌恶。

雪菲还在自说自话：“来，小舟，快吃吧。”

“不吃不吃！你出去！”小舟下了逐客令。

雪菲不高兴了：“我开车跑了老远才买回来的，你不领情就算了，什么态度！”

小舟怼她：“你什么态度？！这位阿姨照顾我好几天了，她对我特别好，你凭什么说人家，你跟阿姨道歉！”

“她一护工？你让我给她道歉？！”雪菲以为听错了。

“对！马上、立刻、必须！”

雪菲讥讽道：“哼，你手术麻药用多了脑子坏掉了吧？”

“你脑子才坏了呢，你心坏了、肝坏了，肠子坏了，坏透了！”小舟气坏了，口无遮掩。

“你？！”雪菲气得扭头就往门外跑，气晕的她都忘记了戴上自己的伪装了，她和走进病房的武菁菁撞了个满怀，雪菲看都不看她一眼就跑出了病房。

菁菁批评小舟：“小舟，你又把雪菲阿姨气跑了？”

“活该！谁让她欺负护工阿姨。”

护工忙说：“嗨，你这小孩儿怎么替我打起抱不平来了？我没事，习惯了。”

文小舟气不公：“特势利眼，顶烦她了！”

菁菁劝道：“小舟，雪菲阿姨天天来医院看你，忙前忙后跑着，她还要工作，挺累的，有话好好和她说，气她干什么！”

“她先说我的。”

两人正说着，文彬来了。“武大夫，多亏你及时给小舟做手术，他恢复得多快，排屁顺畅，都能吃流食了……”

“那很好。小舟，你多走路，伤口别沾水。”武菁菁没有正眼看一下文彬就朝病房外走去，快到门口了，她又回过头来。“文先生，快去看看雪菲吧。”她走出了病房。

文彬受宠若惊：“哎哎，谢谢武大夫。儿子，你和雪菲又怎么了？”“我把她气跑了！”小舟毫无愧意。

“她怎么又招你了？你俩呀，我服了！”文彬扭头跑出病房去追雪菲。

他很快就在电梯间截住了雪菲：“雪菲，对不起，我替小舟道歉，等他病好了，我批评他，你就别跟一孩子怄气了。”

“你家这位大少爷我真伺候不起，我闪！”电梯来了，雪菲边说边作势要进电梯。

“哎哎，别走，孩子小，你别跟他计较……”文彬急忙拉住了她。

电梯门开了，老穆走了出来，正好看见了这一幕：“哎哎，你拉我闺女干吗？放手！”老穆上前就要抓文彬，可无奈自己167厘米的身高只抵到高大的文彬的肩膀头。

文彬忙放开雪菲：“叔叔好！”

老穆急了：“谁是你叔叔？你多大了，管我叫叔叔？！”

文彬说：“我是雪菲的男朋友。”

“啊？你？雪菲！怎么回事？”老穆大惊。

雪菲说：“爸，他是我男朋友，正式的。”

老穆不信：“你跟爸开玩笑？！”

“没有，是真的。”

老穆看着女儿认真的表情，他这才上下左右打量起来了文彬。

“噢，我想起来了！你是文小舟的父亲！雪菲，你真行，瞒得够严实，给我找了这么一位带孩子的二婚大龄男友当女婿呀，你赶紧跟他散了！”

文彬的脸涨得通红，他扭头回病房了。

雪菲追了上去：“哎，文彬，等等！”

“还追呀！你个傻丫头！你要气死你老爸呀！”老穆站在那里直喘粗气。

儿科病房护士站前，儿科主任正在检查工作。

雪菲追上了文彬，一把抱住了他。

文彬一愣：“你放手！”

“我不放！”雪菲把他抱得更紧了。

文彬闷闷不乐地说：“我今天才知道你爸不同意我们的事，你走吧。”

“我爱你！”雪菲训练有素的声音一下子就在儿科病房传播开来，医护们都吃惊得看着他们。

“你嚷嚷什么？”文彬尴尬了。

雪菲却紧紧拉着文彬的手，大声宣布：“各位，我请你们见证，我，穆雪菲，爱文彬，我要嫁给他！”年轻的医生、护士都为她的勇敢表白鼓起掌来。

实习女医生用手机拍着这感人的一幕，顺便玩起了直播：“各位，请观看现场直播，我又相信爱情了。”

儿科主任说：“雪菲呀，好久没见了，你这孩子，恋爱发布会开到儿科来了，你可是在我们医院长大的。”

老穆匆匆跑了过来：“雪菲，别胡闹啊！”

文小舟从病房溜到了护士站，他也趁机捣乱。“雪菲，快跟你爸爸回家吧。”

全病房的人都跑过来看起了热闹。

老穆对雪菲说：“你听见了？人家孩子都不同意，你给我回家！”

“小舟，回病房去！”文彬要拉儿子回病房。

小舟灵巧闪开：“我不，你给我找后妈，我不得表个态呀！”

女实习生继续直播:“文小舟,雪菲是电视台的优秀节目主持人,年轻又漂亮,我们可喜欢她了，你有这样的妈妈多自豪啊！”

“不行，她太小了，只能当我姐姐。”小舟回答干脆 。

“好，文小舟，爽快！文彬，你儿子表态了，你说吧。”雪菲把文彬逼到了死胡同。

“我？”文彬一时脑子都乱了，不知如何应答。

“雪菲，你在我的医院给我丢人现眼，太不懂事了。”老穆说着要拉雪菲离开这里。

雪菲不干：“追求爱情怎么是丢你人了，你问问大家，我做的对不对？”

“对！”儿科医护们齐声称赞。

刘大夫说：“嘿嘿，都嫌事不大啊！”

老穆火大了：“这还是病房吗？喊，使劲喊！儿科年终奖金取消！”

儿科主任看穆主任真急了,她忙说:“穆主任批评地对,谁都不许再喊了。”

儿科病房的走廊里吵成一锅粥。

武菁菁正在医生办公室里和男实习医生研究病案：“十五床的小姑娘肺炎刚好转，要二十四小时监护，这两天很关键！孩子身体弱，病情不能反复。”

手机铃声响了，菁菁拿起手机看了看，没接，又把手机调到了振动。

女实习医生跑了进来。“武老师，文小舟和雪菲闹起来了，他们都逼着文彬表态……”

“这孩子伤口还没好利索呢，雪菲怎么就不知道让着他呢。”菁菁急忙跑出了办公室。

女实习生看着武菁菁的背影："哎，我还没说完呢。"

男实习生埋怨："你话就是密，又给老师找事干了。"

"啊？我是不是又多话了？"女实习生懊悔来传话。

儿科病房护士站，雪菲和文小舟互不相让，如斗鸡般对峙着，老穆、文彬无奈地站在一旁。儿科病房的医护人员，患者、家属都聚集在这里，菁菁赶来，她站在人群后边看着事态的进展。

雪菲说："文彬，我等你回复！"

"你别问了，菲菲姐姐，我替我爸说了，不同意。"小舟寸步不让。

雪菲再发问："文彬，你说话呀！"

"我？雪菲，你别听小舟胡说。小舟，听话！回病房去！""就不！"文彬看着穿着病号服瘦弱的儿子，心疼又无奈。

菁菁急忙走了上来："文小舟，回病房去。"

"嘿，武大夫，你少充好人，不就想利用这孩子接近文彬吗？"雪菲吃味了。

菁菁不解："你什么意思啊！"

"哎哎，雪菲，别胡说，我和武大夫什么关系都没有。"文彬急忙和雪菲掰扯起来。

儿科主任也说："雪菲，我们大博士品貌超众，一般人哪里配得上啊，可不能瞎猜。"

"我爸配得上！是不是，武阿姨。"文小舟可不管不顾。

"文小舟？嗯，我？嗨！"菁菁尴尬。

文彬急忙拉起雪菲匆匆走了。

"爸爸！"文小舟想去追文彬。

武菁菁拦住了他："小舟，跟我回病房去，听话！要不我真生气了。"小舟勉强跟着武菁菁回病房了。

文小舟噘着嘴回到病房，情绪低落。

菁菁说："还跟爸爸生气呢！雪菲当着那么多人发表爱情宣言，你总也得给雪菲点面子吧！"

小舟脖子一梗："我就是不喜欢她。"

"你不喜欢，可你爸爸喜欢呐，你不能干涉你父亲恋爱的自由啊！""我不管，反正我就是不让雪菲做我后妈。"

"你不能太任性了，感情的事情不能勉强。"武菁菁耐心说服着文小舟。

小舟看着菁菁："你很讨厌我爸爸吗？""不讨厌！"

“那你干吗不肯接受我爸爸的道歉，他是诚心诚意和你认错的。”

“我？嗯？小舟，你和爸爸单独生活有几年了？”菁菁想转移文小舟的话题。

小舟说：“十年。”

“啊？那你妈妈呢？”菁菁被这个十年震动了。

小舟说：“我刚满一岁，妈妈就去世了。爷爷、奶奶在我出生前就去天堂了，我爸爸只有我一个亲人。”

“噢，你爸爸一个人把你带大可太不容易了。”菁菁真心同情起文彬来。

小舟说“手术那天，他急疯了，所以对您不礼貌，伤害了您。对不起，武大夫。你原谅我爸爸好不好，他真的不是故意的，那天他也是为了救人才没接到我的电话。”

“你爸爸那天也去救人了？”菁菁心想，这也太巧了吧，她不太相信小舟的话。

“你看！爸爸抢救出好多车祸受伤的人呢。”小舟说着把文彬和秘书车祸救人现场的微信照片翻出来给武菁菁看。

菁菁由衷赞叹：“你爸爸真棒！”

“武大夫，我替我爸给您道歉。”武小舟说着站起身就要给武菁菁鞠躬。

武菁菁急忙拦住他：“哎哎，你不能弯腰，别这样，我原谅他了。”

文小舟坚持着又向武菁菁做了一个鞠躬的姿势。

“我真心原谅他了，你不信我？”菁菁再次拦住他。

小舟极其认真地说：“您救了我，您的大恩大德我永世难忘！”

菁菁说：“我是医生，救你是应该的，可别这样，我受不起。”

小舟说“武大夫，您做我干妈好不好？”“啊？！这？我？”武菁菁不知所措。

“对不起，我不该跟您提这个要求。”文小舟伤心了。

菁菁忙解释：“不是的，我……我没有孩子，不太习惯你的这个新称呼。嗯，这样吧，我们做个好朋友，咱俩加个微信！”

文小舟高兴了。“好啊，我加您！”

从此，菁菁的微信里多了一个忘年交的小朋友。

儿科病房走廊上，老穆阴着一张脸，刘大夫站在一旁。“穆主任，武大夫对文小舟的确上心，不知道的还以为他们是亲戚呢。”

“她为了这孩子差点丢了医师资格，自然多关心些。”老穆没在意她的话。

刘大夫提示老穆：“没那么简单，动心了！”

“什么动心？”老穆还是没听懂她的意思。

“穆主任，您还没看出来呀，文先生一成功人士，武大夫一没结婚的老姑娘，你家女儿的情敌！”

两人正聊着，院长王俊明匆匆走来，他听到两人的谈话站住了。

老穆不以为然：“要真这样太好了，这俩人年龄才相配呢。”

“哼，问题是单相思，武大夫大变态哟。”刘大夫不阴不阳地挑着。

王俊明轻轻咳嗽了一声，两人扭头看见到王俊明吓坏了。

“我……嗯……王……王院长！”刘大夫慌了。

王俊明看了看她的胸牌：“你是儿科的？”

老穆忙说：“哦，她是地区医院来代培的。”

王俊明正色道：“我们欢迎你来我们医院学习，但请你以后不要在医院里散布这些损害同事声誉的言语。”

“啊！王院长，我还有个病人！”刘大夫不敢直视王俊明，赶紧溜了。

老穆讨好道：“王院长，女人就是嘴碎，你别跟她一般见识。武菁菁节假日值班最多，她可是全院公认的最敬业的好医生。”

“忘我工作精神可嘉，加班加点不科学，长期这样身体吃不消的。”王俊明直率表达了自己的观点。

老穆随口说：“嗨，她一老姑娘不值班也没地方去嘛！”

王俊明的脸色一下子沉了下来，他没再说话，转身进病房去了。

老穆懊悔极了，他看看四下没人，狠狠抽了自己一巴掌！

这时，武菁菁正在加护病房里看望那位农民工的孩子，孩子已经做完了摘除脑瘤的手术，头上包着网状纱布，农民工夫妻在看护孩子。

王俊明走进病房。“武大夫，孩子怎么样？”

武菁菁向农民工夫妻介绍王俊明：“这是我们医院的王俊明院长，是他给你们减免了一半的手术费用。”

“恩人！大恩人！谢谢你们医院救了我女儿。”农民工妻子说着就要下跪。

王俊明急忙拦住她。“别这样，你家的确有困难，我也是按医院规章制度办的，孩子恢复健康就是对我们医生最好的回报。”

武菁菁离开病房进了电梯，王俊明紧随而入，电梯里只有他们两个人。武菁菁面无表情，视王俊明如空气。

王俊明看着她：“老同学，你现在连一句话都不愿意和我说了？”

“院领导亲自到儿科看望小病人，太夸张了。”菁菁不看他。

王俊明直言：“别这么直白，就是想见见你！”

菁菁说：“我们只是上下级关系，请注意你的院长身份。”

王俊明凑到菁菁身边：“我们连朋友都做不成了？”菁菁没动，还是不看他。

电梯停了，武菁菁走出了电梯。

王俊明刚要追出去，急诊科主任走了进来。“王院长，我正要找您呢！”王俊明只好收住了脚步。

在一家豪华商场咖啡厅里，文彬和雪菲正在喝饮料，他们旁边的椅子上摆放了十几只高级时装礼品袋。

文彬说：“雪菲，你可真能逛啊！”

雪菲乜斜了他一眼：“心疼了？！”

文彬立即表态：“只要你高兴，我心疼什么！女孩子就得打扮得漂漂亮亮的。消气了？”

“咱俩的事怎么办呀？小舟捣乱就够我受的，现在又加上了我爸妈，我快撑不下去了，我会崩溃的！”雪菲满面愁容。

“别急别急，我和你共同面对，三座堡垒，咱们各个攻陷！宝贝儿，你想买什么只管去，这张信用卡够你刷的。”

文彬说着，从皮夹里拿出一张信用卡塞到了雪菲手里。他很爱这个女人，经历过失败的婚姻，他很想维护好第二段感情，早日有一个三位一体的温暖、和睦的家。

雪菲看着信心满满的文彬，又看着手中金光闪闪的黑金信用卡，满足地笑了。那款价格昂贵的LG最新款手包，她是买定了。

## 四

老穆家中，老穆和老婆抱怨：“雪菲太不像话了，跑到医院里给我闹了这么一出。”

媳妇说：那还不是你惯的。

老穆说“不行啊，我不同意这门婚事，年龄都四张了，二婚，还带个半大小子，咱闺女亏大了！”

“女儿刚二十二岁，第一次谈恋爱没经验！你还不了解闺女脾气呀？你越反对她越拧着，咱们得慢慢说服她。”媳妇自认为比他了解女儿。

老穆说：“不说她了。唉！我今天得罪新院长了。”“你？比猴都精，不能够啊！”“唉，我让雪菲气的，嘴欠，一个没结婚的武大夫跟新院长关系铁磁！”

老穆媳妇追问：“他俩什么关系？”“同学！院长好像和武大夫的妹妹也很熟。”

媳妇特爱八卦：“没那么简单吧？你快打听打听他俩在学校什么关系吧！”

媳妇的话提醒了事儿爹老穆。“对对对！嗯，回头我办这事。哎，对了，你给看看有没有四十岁以上的男的，最好未婚，给武大夫找个对象。”

媳妇问道：“你管这闲事干吗？”“我还要在医院混三年才熬到退休，学历不高，我得站稳这个医务处副主任的位置。”

“我说你怎么这么好心哪。武大夫多大了？长得好吗？有孩子吗？”老穆媳蹦出了一连串问号。

老穆说：“长得还不错，嗯，好像有四十了，未婚，博士，副主任医师。”

“哟，这媒人难度大了去了！我得费多大劲啊！你们这位博士大医生怎么耗到四十还不嫁人？太不好找了，不会身体有问题吧？”

“不会吧，她可是我们医院的全勤劳模。”

“嗯，我只能试试看。”老穆媳妇答应得很勉强。

正在医院值班的武菁菁在给母亲打电话。“妈，我上班太忙，都没时间接您电话。有事吗？您可别给我安排相亲啊，我不去！我值班呢，您快休息吧！”菁菁挂了电话。

“相亲，相亲，非要相亲才能找到对象吗？我就自己找不着啦？”她自言自语地打开了手机的相机屏幕。

武菁菁端详着屏幕里的自己，使劲捋着略显细纹的眼角，长叹了一口气。

玉英一放下电话就和武志强抱怨起来。“你听见啦，一说要给她介绍对象，就这态度，这么多年了，就是不肯相亲，非要自己找。”

志强说：“菁菁这么优秀，不急，会有好归宿的。”

“优秀顶屁用！一年三百六十五天，她就在三个地儿晃荡，医院、自己家、我们家，你说说，哪个男人会主动上门追着给她一个归宿？”

武志强词穷了：“这？唉，也是。还有蕾蕾，三十五了，对象都有了倒不急着结婚，怎么回事啊？”

“别提她，这孩子更可恨，男朋友换了好几个，就是不结婚。咱们家够倒霉的，别人家都是独生子女，剩女只剩一个，我们可好，一双，还都是超级大龄。”玉英一想起俩大龄女儿大龄不婚就焦虑。

志强劝慰她：“蕾蕾主意大，你甭愁她。我这琢磨呢，你说咱们家菁菁这么大了，就没见她带回过一个男朋友，自己还死活不肯相亲，这是不是不太正常啊。”

“没什么不正常，菁菁要求高呗！唉，早知道就不该让女儿读出个医科大学的博士，这下好了，学历太高倒没人敢娶了。”玉英又开始懊悔。

志强忙着安抚：“学问高就结不成婚啦？没那个！”他说着又忙给玉英的腰做按摩。

深夜，大雨正在自家简洁、干净的大开间里做着网络编辑。未婚妻杨芳来微信催他回老家生活，大雨求她给自己两年时间，干不出名堂就回老家，杨芳勉强下了视频。

“十一”长假前夕，萌萌正在单位上班。

女同事小余主动约常建郊游被拒绝，她凑到武萌萌桌前：“小武，你救的那只小黑猫给它配对了吗？”

萌萌头也不抬：“小猫已经不需要了。”

“哟，够狠，你让小猫这辈子断子绝孙了！”小余的声音传遍了办公室。

常建很生气：“上班扯猫干什么！”“我说什么啦，你就心疼了。”女同事装无辜。

武萌萌站起身走出了办公室。

“武萌萌招你惹你了，你怎么没事挑事啊！”常建为武萌萌打抱不平。

小余不罢休：“哼，追也白追，你有多少青春跟这种特殊癖好的女人耗！”

办公室同事议论起来：“真的吗？你怎么看出来的？怎么可能？”

“你胡说！”常建气急喊了起来。

小余冷笑：“这位冰美人到单位有三年了，单位的阿姨红娘们没少给她介绍对象，谁见过她跟一个男的相过亲吗？”

“没有，真没见过！不说还真没注意到，隐藏得够深的，这么好看的女孩太可惜了！”同事们认同了小余的话。

小余得意极了：“哼，她那是在用外表的孤僻、照顾流浪动物的假象为自己的特殊癖好做掩护，我敢赌她对任何相亲者都不感兴趣。”

“这是网络直播间呀？要八卦别上班了，嘴上留点德！”常建对这个阴损的女孩厌恶之极。

武萌萌走了进来，神情中看不出丝毫异常。“常建，处长刚才催要报表了。”

“还差几个财务数据，等着，我马上就好。”常建低头开始做报表。

武萌萌平静地坐在自己座位上，小余丧不搭眼的偷瞄着武萌萌，再也不敢多说话了。

# 第四章　危机四伏的相亲

## 一

周末的一天，王红和武萌萌来到一家咖啡馆。王红衣着考究，看得出她很重视这场约会。武萌萌跟在她后边。她穿着休闲服，一脸的不情不愿。

一个男人从咖啡厅里迎了出来："王阿姨，位置我都订好了，快请进。"他三十四五岁，形象中等，长相憨厚，满脸堆笑，他瞄着武萌萌，脸上流露出了满意的神情，原来他是来和武萌萌相亲的大学老师。

三人刚走进咖啡馆，一直跟踪萌萌的男人快步来到了门口，他摘下墨镜和口罩。这是一个年轻男人，削瘦的面容五官俊朗，气色晦暗，神情冷漠。

咖啡馆里，王红和武萌萌坐在沙发上，萌萌在低头忙着回微信"常建，我打听到了，你要的 cosplay 的那种最能显出飘逸感觉的服装料子是电力纺。"

王红皱起了眉头："你有完没完，多大了，我听说都是中学生才玩游戏，丢人不？"

萌萌说："有什么丢人的。"

王红说："总和你电话聊天的那个男同事也老大不小了吧，他也不结婚不找媳妇？这男孩肯定生理不正常。"

"妈！"萌萌起身就要走。

王红一把把她摁在了椅子上。"坐下，你当我愿意来，今天这位是爷爷、奶奶托邻居介绍的，你敢走？不许再玩手机啦。"

母女俩正说着，大学老师回来了。"对不起，我去前台办了点事，小武，你好！"他主动要和武萌萌握手。

萌萌勉强站起来回应，大学老师坐下了，他的眼睛一直停留在武萌萌身上。"

王红问道："你们大学的课多吗？"

大学老师答道："还好，我做研究，课题多，研究经费多，这个收入比课时费挣的多多了。"

王红又问："噢，真好！你们大学老师工作体面，收入也不低，你在北京有房吗？"

"有，一套一百四十平的公寓房，就在三环里。"大学老师的表情很自傲。

武萌萌始终低着头不说一句话，貌似一副乖乖女的样子，勉强应付。

王红怕冷场，忙着解释："我女儿不太爱说话，老实，下班就爱在家待着。"

大学老师很高兴："好啊，这年头，女人都太张扬了，像小武这么文静、古典的女孩稀有啊，我喜欢。小武啊，嗯，我要送你一个礼物。"

王红掩饰不住喜悦的心情："第一次见面，给什么礼物，可别那么破费！"

咖啡厅灯暗了，悠扬的吉他声响了起来。萌萌听到吉他声，她猛地抬起头来，神情紧张极了。

大学老师笑笑，他叫来了服务员，悄声交代了几句，服务员走了。

吉他手边弹琴边走到桌子前，正是跟踪萌萌的年轻男人。

萌萌和王红见到他都惊呆了，原来跟踪者正是武萌萌的前夫李末。

李末的头发长长的披在肩上，他目不转睛地盯着武萌萌。

他弹着吉他轻轻唱起了大学老师指定的曲目：《求爱歌》。

"爱上了一个女孩，没有勇气对她表白，猜猜猜猜不出来，对我是好还是坏，为什么等待，从不问问该不该，请别怕伤害，快向我敞开怀……"

萌萌把头深深地埋了下去，王红看着李末一时不知所措，母女俩就这么呆呆地坐着。

大学老师微闭着眼睛听得入了迷，完全陶醉到了歌曲之中，根本没注意到座位上的武萌萌和王红的异样神情。

一曲唱闭，大学老师睁开了眼睛说："唱得不错，小武，你喜欢吗？这是我送你的第一个礼物。"

武萌萌依旧不说话，她把脸转向窗外，一动不动。

王红慌张得站了起来，她朝李末喊了起来："你……你别唱了。"

李末看着点歌的大学老师。

大学老师还沉浸在自己的情绪里："怎么，阿姨不喜欢吗？哎，也是啊，这首《求爱歌》应该唱得柔情似水，你这歌唱的感觉不对啊，再唱一首校园歌曲，我加钱。"

李末又弹唱起了一首《同桌的你》。

武萌萌抬起头来，李末阴郁的眼神死死地盯着她，萌萌的脸色苍白。

王红忍不住喊了起来："李末，让你别唱了，没听见啊！"

"啊，你们认识？"大学老师惊诧不已。

李末闭上眼睛，继续弹唱。

"离婚都三年了，你这是要干什么！别捣乱行吗？"王红急得不知该说什么好了。

李末不唱了，他转身正要离开，大学老师站了起来。"哇，搞什么搞！乱了，太乱了，哎呀，现在的女孩看着挺清纯的，感情经历也太复杂了。王阿姨，介绍人可没说武萌萌结过婚的事，看这阵势，这俩人在感情上还扯不清啊，我可不想当王八！"他一副气急败坏的样子。

武萌萌再也坐不住了，她站起身跑出了咖啡厅，李末面无表情，站在那里一动不动。

咖啡厅里的人都围拢过来看起了热闹，经理也走了过来。

王红还想圆场："你可别这么说我女儿，我女儿确实只是登记了，婚礼都没办就分手了。"

"算了，算了！我真倒霉！"大学老师愤然离去。

"哎哎，你别走，你听我说完，你怎么说得这么难听？！哎哟……"王红一阵气短，她捂着胸口跌坐在椅子上。嘴唇发紫。

李末转过身看着王红，他不知所措地抱着吉他站在那里发呆。

经理急忙跑到了王红身边。"你怎么了，哪不舒服？有药吗？"王红只是大口喘气，一句话也说不出来，她的呼吸越来越急促。

"你别急别急，镇静啊！"他转身朝李末大喊起来："别傻站着，过来搭把手啊！"李末这才放下吉他，他冲过来和经理一起扶着王红躺在了沙发上。

## 二

急诊室门外，李末靠着墙站在门外，看上去很无助，文彬匆匆赶到这里，他拉住李末："李末，人抢救过来了？"李末点点头。

文彬瞪着他："你呀，这三年跑哪去了？我们每天都在找你，你却成心躲着我们，太不像话了。"

"哥，你帮我处理吧，我走了。"

文彬一把拉住他："别走，我送你回家。"

"我一个人自由惯了，回头我会联系你！""你听我说，爸妈到处找你，妈经常想你掉眼泪，你就忍心让父母这么伤心……"

两人正说着，急诊医生跑了出来："王红家属！王红家属！"李末和文彬急忙跑到她身边。文彬正向医生、护士询问王红的病情，李末跑了，文彬只得一个人走进了急诊室。

王红躺在急诊室里，经过抢救，她已经恢复了正常。

文彬站在诊疗床边："嗯，您现在好些了吗？"

"死不了！"王红很虚弱，可嘴还硬着。

文彬诚恳道歉："对不起，我是李末的大哥，医药费交了，药也取了。我送您回家吧，都是他不对，您毕竟当过他的丈母娘，我替他向您道歉。"

王红说："谁是他丈母娘，当不起！你们有钱人家的孩子太不靠谱了，想结就结，想离就离，害惨了我女儿。"

"嗯？李末害了你女儿？明明是你女儿要……算了算了，不说了，您好好休息。"文彬看着王红虚弱的样子，不再说话了。

这时的武萌萌仰面躺在床上，她眼睛红肿，看起来哭了很久，满目哀伤。她边擦眼泪边用手机上了 QQ 聊天，点开了署名老豆的聊天好友留言。

QQ 聊天老豆页面上留言：你真的还不能原谅爸爸吗？你和妈妈好吗？要多照顾她，爸爸对不起你们。

武萌萌看着这条聊天留言，止不住又流泪了，她回复了："爸！我现在特别特别的想您，我是不是不该离婚……"

就在这时，手机响了，萌萌从床上坐了起来，接起了手机："妈！啊？您在医院！您等我，我就来！"她一骨碌跳下床，使劲擦干了泪水，冲出了卧室。

郊外，一座破旧的院子里，李末坐在台阶上，他的周围扔了一地空的啤酒易拉罐。

他怎么也想不明白一件事，武萌萌为何不留一句话就执意离婚？！李末显露醉态，他投入地弹着吉他，曲调忧伤，手指头弹破了流着血却毫不在意。

文彬家中，父子俩在吃饭，小舟吃得满头大汗。"老爸，你做的粥太好喝了，您是按照菁菁阿姨的营养食谱做的吧？再来点！"文彬默默地给他又加了一勺粥。

小舟看着情绪低落的文彬："雪菲怎么不来了？她和你吹了？我就说她一个小女孩不靠谱吧？老爸，我告诉你啊，我帮你了解了，菁菁阿姨没结婚，也没男朋友，你和她谈恋爱吧，我喜欢她做我妈妈。"

文彬大惊："嗯？菁菁？武菁菁？你开什么玩笑！"

"真的，菁菁阿姨长得好看，人又善良，她是医生，很会照顾人的。你们都爱帮助人，肯定投脾气，你俩绝配。"

"你个小屁孩，懂什么？还给爸爸说媒拉纤了。""小看人，不就是谈恋爱吗？相互喜欢不就行了，谁不懂！"

文彬说“武大夫不是我喜欢的类型，用你们小孩子的话说不是我的菜。”“切，老文，雪菲这菜太腻了。她这款狐狸型的不能做老婆的 。”小舟不服气。

文彬看着他。“你这都哪儿学的一套套的。”“老爸，你就跟菁菁阿姨试试呗，你要不好意思，我去跟她说。”

“去去去，你俩好我不拦着，我的事你少管！你想二爸吗？”文彬转移了话题。

“当然，他在哪儿？也不回家。爷爷、奶奶多伤心呐！”“就是，你都比他懂事。孩子离家出走，父母是最伤心的。”

“老文，stop，别趁机又要给我上课。”“你小子！不说了，吃饭！”文彬拿这个机灵的儿子没辙。

## 三

王红在家养病，玉英给她送来可口的饭菜，她这才知道原来是萌萌相亲遇到了离婚已经三年的前夫李末捣乱。

两人正说着，萌萌进来了，玉英批评萌萌。“看把你妈气的，咱以后挑对象可得好好看人品！”萌萌站在床头不说话。

王红烦躁：“你看看，就这德行，她对相亲对象都这么爱搭不理的，哪个男人能看上她。”

萌萌说话了：“妈，我陪着您过多好！”

“我用你陪？！这孩子总是和我拧着来，不让她早谈恋爱，大一就谈上了，还找了个不靠谱的富二代；我让她有点事业基础再结婚，她非要一毕业就领了结婚证，结果，连婚礼还没办就被人甩了，直接把结婚证换成离婚证了。民政局也够绝的，这离婚证的颜色、尺寸倒是和结婚证丝毫不差，这是图省事呢，还是成心恶心离婚的人。”王红唠叨起来没完，武萌萌转身出去了。

王红叹息道：“唉，本来我也不想让她结婚了，可一天就宅在家里照顾那些流浪猫狗，爷爷、奶奶看着她堵心，我也不敢把她留在家里了。”

玉英劝她：“找对象这事不能急！”

“哼，她爸爸惹了祸到外边潇洒去了，女儿就这么天天跟我在家怄气。我什么命啊！”王红说着哭了起来。

“别哭别哭，王红，身体要紧，我们慢慢来，萌萌会正常起来的。”玉英正劝着，蕾蕾和菁菁来看望婶婶。

玉英叮嘱起两个女儿：“萌萌也真是不懂事，你们当姐姐的多说说她。”

蕾蕾说：“以前萌萌是咱家最乖的宝宝，现在她怎么这么爱跟人较劲！婶，你别跟萌萌计较。小屁孩，不懂事。”

玉英说：“不是萌萌，是萌萌的前夫！”

蕾蕾一听就急了。“嘿，欺负武家没人啊！都离了三年了，怎么还欺负人啊！婶，我去找他！”

王红感激地看着她：“蕾蕾，武家就你还能给我出头，萌萌见了他，屁都不放，我这脸丢大了。”

“一边去，不许打架，还嫌不乱哪！”玉英怪蕾蕾又添乱。

蕾蕾不肯罢休。“这浑小子，婚礼前甩了萌萌，现在还找上门挑衅，这回我饶不了他！”

菁菁说：“你就消停点吧，什么都没搞明白，就闹！”蕾蕾不吱声了。

## 四

第二天一大早，玉英拉着老武就到了紫竹院公园的相亲角。她被萌萌相亲的事情刺激得不轻。

立冬后的京城天气寒冷， 相亲角，年过五旬的父母们成群结队来到这里，他们在相亲专栏上查看、挑选着合适的人选，专栏上，女性资料明显多于男性。

志强说：“嘿，这么多父母都来公园给儿女找对象啊，不是亲眼所见，我是真不相信啊！”

玉英说：“这回你信了？让你早点陪我来公园，你还说我犯傻。”

“这公园还是咱俩谈恋爱的时候来过，四十二年了，时间过得太快了。”志强感慨。

“唉，那时候我们才二十多岁，现在却为四十岁的女儿相亲旧地重游，真别扭。”玉英情绪低落。

几对父母主动找他们搭讪，一听武菁菁是医生都来了兴趣，可得知武菁菁的年龄和学历又全都散了。

志强沮丧得正要把给菁菁精心制作的相亲资料广告牌放回盒子里，玉英抢了过来，她把广告牌示威般的高高地举起，满脸的不服气。

志强抢过牌子：“我来我来，你腰不好！”他高举牌子笔直站立着。玉英看着丈夫憨厚的样子，欣慰地笑了。几个外国游客看到，拿起摄像机、照相机、手机一通拍。

经过一个月的不懈努力，武志强夫妇给武菁菁找到了几位条件般配的相亲对象。

这天，公园的长廊处，武志强夫妇坐在这里。菁菁匆匆赶来，她一见玉英就问：

“妈，你怎么样了？嗯？你没生病啊？”

“谁说我病了？”玉英奇怪了。

武菁菁看着武志强，志强忙说：“嘿嘿，你妈刚才是犯了低血糖，吃了两块巧克力，现在好了。”

玉英反应过来了，连忙附和：“啊？噢，我这头晕呐，刚好点。”

菁菁看出二人在撒谎。“爸、妈，我好不容易休个周末，你们骗我来公园干什么？”

玉英说：“就不能陪我逛逛公园。

“有老爸陪着你呢，我走了。”菁菁刚要走，一位慈眉善目的五旬女人朝他们走来，陪同她来的两个人竟然是文彬父子。

女人热情地打着招呼：“你们来啦，大姐，这是你闺女吧？”

菁菁诧异地看着文彬爷俩，文彬的眼睛里也充满了问号，小舟见到菁菁大喜：“菁菁阿姨！”

菁菁问：“你们怎么来公园了？”

“表姑想我们了，我爸就带我来看望表姑，顺便逛公园来了。”

菁菁听完小舟的话，她和文彬相互对视了一下，两人都明白了双方家长的意图，他们的神情很尴尬。

表姐笑了。“哎哟，这么巧，你们认识？”

文彬说：“啊，是武大夫救了小舟。”

表姐看着菁菁，喜爱之情溢于言表。“哎呀，你说的那个好医生就是武菁菁啊！缘分缘分啊，那我就不用多说了。”

武志强对文彬流露出满意的神情，玉英却看着小舟面露不爽。

小舟兴奋极了：“嘿嘿，表姑，你是要给我爸介绍菁菁阿姨呀？您和我想到一块去了。阿姨特好，我可喜欢她了。”

表姐说：“好，好，你喜欢更好。”

小舟说：“姥姥、姥爷，你们好！我爸爸可能干了，做饭水平一流。他是公司老总，很能赚钱的。”

志强问：“噢，你爸还有啥优点？”

“多啦，他当过侦察兵，能骑马、会开坦克，会开船、打枪、潜泳、跳伞，十八般武艺样样精通，超厉害。”小舟竭力吹捧文彬。

玉英和文彬的表姐窃窃私语：“你可没说你表弟有这么大的儿子！”“孩子懂事着呢，你没看他多喜欢你家菁菁啊！”“不行不行，后妈不好当，算了。”“你让他们自己决定吧。”

就在这时，公园长廊入口处，武蕾蕾、雪菲戴着大墨镜，张大雨扛着机器来到这里。

大雨说："大冬天的还这么热闹，这大城市的人真是开通，老人们就这么公开为孩子们相亲啊！"

"几十平米的一面墙上都是父母给儿女公布的相亲照片，刚才那几个老外太逗了，他们愣是以为这些老人都是来寻找失散亲人的。哈哈哈！"雪菲一想到老外们那副惊讶状就乐得不行。

蕾蕾感叹："中国父母干什么都是急的，生孩子剖腹产，幼儿园学奥数，孩子刚上大学就逼婚！"

雪菲说："你说家长是真着急吗？房子多的看不上工作好的，工作好的看不上长得美的，长得美的看不上没户口的。"

"这都什么毛病！婚姻大事要和房子、车子、票子绑一块，这是把孩子步步紧逼进死胡同的节奏啊。"蕾蕾不屑。

大雨随意扫拍，突然，他从镜头里看到了武菁菁和文彬。"哎？他们怎么凑一起了？"

"你嘟囔什么呢？有什么新发现？"蕾蕾顺着大雨的摄像机的方向看过去。"嘿嘿，我姐怎么来了？哟，雪菲，你的老帅哥也逛公园来啦！"

雪菲也看到了文彬父子和菁菁，她的脸色大变，她摘下了墨镜。仨人正诧异，文彬父子和表姐走了出来。

大雨悄声问蕾蕾："这，几个意思啊？"蕾蕾没理他。

文彬见到雪菲，他看出雪菲的不悦，急忙解释："我表姐想小舟了，我就带小舟来了，正巧遇到武大夫了。周末又加班了？雪菲，我来介绍下，这是我表姐。"

雪菲看看表姐，傲慢地点点头。

文彬赶紧介绍："姐，这是雪菲，我未婚妻。"

"未婚妻？哟，小彬，你怎么没跟我说你有对象了？""正想带她拜访你呢。"

表姐上下打量着雪菲，她把文彬拉到一边。"你俩不合适。""表姐，我们谈得挺好的，我喜欢她。"文彬表明了自己的态度。

表姐没理他，径直走到雪菲面前。"姑娘，别怪我多话，你太小了，我看还是武大夫和我家小彬般配。""就是，我也觉得菁菁阿姨更适合我爸。"小舟借机又起哄。

"好啊，你们谈吧！武导，我们还去哪儿采访？"雪菲的脸色很难看。

"嗯？不急不急，你们聊。"蕾蕾想帮雪菲，雪菲却头也不回地朝回廊深处走去，蕾蕾、大雨紧随其后走了。

“雪菲……”文彬正要去追雪菲，表姐拦住他：“别追了，找对象过日子还是要找靠谱的，这姑娘比你小那么多，又是个大美人，人家图你什么，你应该比我心里有数。”

文彬反问道：“这世上就没爱情啦？”“有，你的婚姻这辈子就毁在爱情这两个字上了，我不啰嗦了。反正我给你和菁菁牵上线了。你还没小舟眼光好呢，自己的事情自己拿主意吧。”表姐说完就走了。

文彬尴尬地站在原地，小舟看着他一脸的得意。

公园一假山旁的小路上，菁菁跑得很急。

远处，玉英在后边边追边喊：“哎，菁菁！回来！”

蕾蕾带着雪菲、大雨走来，他们和武菁菁碰头了。

蕾蕾问：“姐！你还在相亲啊？”

“我？嗨，回头再说，妈在后边追我呢！”菁菁飞跑着离开了这里。

“我妈追我姐？噢，哈哈哈，我姐又被爸妈逼婚了！”蕾蕾正幸灾乐祸，老武夫妇赶了过来。

蕾蕾迎了上去：“爸，妈！”

玉英见到蕾蕾，诧异道：“蕾蕾，你来公园干什么？”“上班啊！”“噢，做节目呀！好好干！看见你姐去哪儿了吗？”“我姐，看见了，她……”

老武忙打岔：“蕾蕾，你来做采访啊，什么内容啊？”他边说边背着玉英悄悄给蕾蕾使眼色。

蕾蕾心领神会：“妈，我姐去那边了！”她故意给玉英指着菁菁离去的相反方向。

“你姐也跑得太快了。”玉英被支走了，老武紧随其后，他头也不回却对蕾蕾做了一个大大的点赞手势。

张大雨、雪菲都捂着嘴乐了，雪菲摘下墨镜，看着远去的老武夫妇，一脸的羡慕：“姐，你爸太好了。”

“那是。”蕾蕾的语气中毫不掩饰对老爸的喜爱。

## 五

夜晚，蕾蕾召集栏目组的同事们在茶餐厅开新栏目创意会，每个人都灌了个水饱。大家七嘴八舌主意出了一堆都被蕾蕾否决了，创意会开得热火朝天，雪菲却一言不发在发愣，直到蕾蕾喊了她三声，她才回过神来。“啊？你叫我？说什么？”

蕾蕾关切得看着她：“哎哎，你又怎么了？最近状态可不对，你那老帅哥欺负你了？”

“唉！我在他心里的位置永远只能排在第二位，争不过他儿子！”雪菲是真发愁了，因为父母坚持让文彬送小舟去国外读书才肯同意他们的婚事，可文彬明确表示高中毕业前，他不会让儿子离开自己。

蕾蕾说：“没出息！你才多大，急什么！女人干得好，就能嫁得好！”

大雨小声嘀咕着：“重点是要优秀，可绝大多数女人都是普通人啊。哎，武导，搞个相亲节目怎么样？”

“相亲、相亲，打从我爷爷逼婚那天起，这些天相亲这俩字我都听过敏了，有本事自己找！”蕾蕾有些烦。

大雨耐心解释：“你看公园相亲的群众基础多厚实，相亲市场前景不错的，广告一定好拉。”

蕾蕾说：“离婚还多呢，照你这逻辑，办个离婚节目，市场也错不了。”

“结婚、相亲没意思，哎，开办个后妈栏目得了！”雪菲在赌气。

大雨反对：“当后妈的毕竟是极少数。”

蕾蕾说：“什么后妈亲妈，别跑题！这两年中国人不再把单身者当成大怪物了，这说明什么？说明中国的社会文明正在大踏步地前进！”

“就是大明星、著名企业家也要过正常人生活啊！”大雨的想法接地气。

蕾蕾不爱听了：“听你这意思，不结婚的女人都不正常啊？！”

“不不不，我绝不是这意思，我是说再强的女人也会渴望一个温暖的家！”大雨试图说服她。

“拉倒吧！万一找个不合适的男人结婚，哪来的温暖？！就只剩恐怖片了。”蕾蕾否决了大雨的提议。

一个刚毕业的实习生说：“武导，要不咱搞个智能机器人恋爱技能大赛怎么样？”

“这个创意有科技含量，靠谱。”蕾蕾支持。

大雨乐了：“每个人抱个能说会道、能言善辩的定制的智能机器人谈情说爱？倒也是，设计好程序绝对不会打架。”

“对路了，继续发挥！”蕾蕾鼓励他。

大雨继续说：“要不请航天局和电视台联手，组织单身女性登月球，来个现实版的嫦娥奔月！”

“好，这个好玩哎！”蕾蕾给予了肯定。

大雨说：“武导，你可是咱栏目的领导，请落地吧！你上天了，我们哪儿吃饭去！”

“哈哈哈，哎，大雨，看不出你小子还挺幽默吗！行了，我请大家吃涮羊肉，就是不许再跟我提相亲。”蕾蕾看着大雨满脸认真的表情，不再逗他了。

武菁菁躲过了父母安排的公园相亲，她把心思都用在了工作上。这天出门诊，一位年轻家长和她闹了起来。“没见过你这样的大夫，我们愿意检查还拦着，什么意思？”

两位实习医生解释着：“武大夫真的是为孩子好！就是，你们怎么不听人劝呢？”

年轻爸爸急了：“管得着吗？我就是想买个安心。”

“你的孩子从床上滚到木地板上，他没有出现呕吐现象就不要做CT扫描。CT毕竟有放射性，孩子不满周岁，太小了，请你慎重考虑。”武菁菁心平气和。

“考虑什么？我有钱，你开不开呀？不开，我告你！”年轻的爸爸耍横。

王俊明和儿科主任来了，儿科主任说：“别吵别吵，这位是我们的院长，我是儿科主任，有什么不满跟我们说。”

年轻的爸爸理直气壮：“我儿子从床上掉地上了，当时就哭岔气了，我们就是想给儿子拍个CT，这个大夫就是不给开CT检查单。”

王俊明问：“你们怕孩子摔残了？”

年轻的妈妈自以为是：“是啊，我小时候就摔过。”

王俊明又问：“那你做CT了？”

“那时家里穷，哪有钱拍片子啊！”年轻妈妈话还接得挺快。

“我看你现在思维敏捷，很聪明啊！来，我看看孩子。”王俊明说着抱起男孩逗了起来，孩子格格地笑了起来。

王俊明下了定论：“我以脑外科主任医师的身份做担保，这次你孩子从床上掉下来没摔坏任何地方，武大夫是我们儿科很负责任的好大夫。这么小的孩子，不到万不得已，不能做CT！”

年轻的爸妈这才放心地走了。

儿科主任说：“谢谢院长。”

王俊明刚要走，半天没说一句话的武菁菁开口了。“王院长！”

“武大夫，有事吗？”王俊明满怀期待。

“嗯，谢谢你！”“嘿嘿，老同学，客气什么！你忙吧。”王俊明心花怒放，他和儿科主任走了。

男实习生赞叹道：“王院长说话真给力！”

女实习生满脸崇拜：“太有范了！院长读医学院的时候追他的女生肯定海了去了。”

武菁菁望着她洋溢着青春气息的面庞，这次她没生气，只是禁不住暗自轻轻叹了一口气。

傍晚时分，萌萌正在厨房里笨手笨脚地切菜，王红拿着手机气冲冲走了进来，她拿起手机念了起来："女儿，天冷了，注意保暖，你这个朋友老豆够贴心的啊！"

武萌萌放下菜刀，没说一句话，可表情明摆着不服气。

"你甭瞪我，自己把他删了，再联系他就不要回家，找他去！"王红说着把手机狠狠地摔到武萌萌怀里，转身走出了厨房，武萌萌仍旧倔强地一动不动站着。

突然，客厅里传来了王红越来越大的哭声，武萌萌急忙跑出了厨房。

萌萌蹲到痛哭的母亲身旁："妈，妈，你别这样，我听您的还不行吗？我把我爸拉入黑名单，他再也联系不上我了。您看，删干净了，放心吧。"武萌萌当着她的面把署名老豆的微信拉入黑名单。

王红看了看武萌萌的手机，不哭了。"你爸老了老了风流上了，你还认他当爸！"萌萌低头不语。

王红哽咽道："幸亏你那婚也没结成，那就是个只会弹吉他唱情歌的浪荡败家子，你要跟他成了家再生个孩子，遭罪的还在后边呢，说不定比我还惨呢。"

"妈，我去做饭了。"武萌萌转身回了厨房。

王红坐在那里自言自语："男人都不是好东西。"

夜晚，录音棚里，李末无精打采地弹着吉他，唱着一首新创作的忧伤的爱情歌曲。导播室内，导演和录音师坐在调音台前。

导演说："李末，沧桑感不错啊，再带出点爱情的向往好不好？再来一遍。"

导演关掉了对讲，他和录音师聊了起来："李末这两年怎么了，状态越来越颓，二十六倒像是六十二。"

录音师说："您不是就要这种沧桑感觉吗？"

"这孩子一个人在京城漂着，看他那身行头，除了吉他值钱，再没值钱的东西了，也怪可怜的。"导演的语气充满了同情。

录音师担忧："他乐感好，歌也写得好，音乐天分不错，你劝劝他少喝酒，再喝，嗓子就完了。"

"他能听吗？这首歌稿费给他多算点。"导演无奈。

夜深了，武萌萌躺在床上看着天花板，李末弹吉他的阴郁形象总在她眼前晃着，她把头蒙在被子里，哭得浑身发抖。

出租屋里，李末还在喝酒，电话响起，李末迷迷瞪瞪得接了起来："大半夜的，打什么电话？嗯，谁呀，妈！你怎么有我电话！我知道了，大哥出卖了我！我好，天天加班，你儿子好着呢！回家！我回家！”

他说着说着睡着了。

电话这头，母亲赵爱莲握着手机哭惨了。

## 六

下午时分，院长办公室，王俊明坐在办公桌前审阅着送上来的主任医师评定资料，他拿起了电话：“于处长，儿科报上来的主任医师人选资料都齐了吗？嗯，怎么没有武菁菁的？我看这位同志口碑、诊疗技术都不错。噢，我知道了。”

女医务处长放下电话：“王院长来了以后很重视儿科啊！”

“那是，老同学在那嘛！哎，你跟王院长是一个医学院的，他在学校和武大夫关系也这么好吗？没点超越同学的什么，嘿嘿！”老穆话里有话。

“据我所知，还真没什么出格的，两人都是各系的尖子生，整天就在图书馆、实验室泡着。那年代，校规还不允许学生之间公开恋爱呢。”医务处长说完就出去了。

老穆坐在椅子上叨叨：“我就不信这么单纯！”

夜晚，玉英半躺在床上在掉眼泪。

武志强走了进来。“不就一万块钱吗？你这连晚饭都不吃，胃要是饿坏了怎么办，至于吗！”

“一万块呀，我两个半月的退休金呢。我怎么就那么笨，就没看出那个家长征婚群是骗子搞的。”

“嗨，你也是想给菁菁找个合适的对象，钱是身外之物，有了就花，没了拉倒！”

玉英坐了起来：“你不怪我？”“真没事。”志强语气诚恳。

“我真后悔！菁菁本硕连读毕业那年刚二十五岁，上咱家提亲的人多得我都烦了。她要坚持读完博士，我寻思着女儿愿意读就读吧，就这么把最佳择偶时间给耽误了。唉！”玉英长长叹了一口气。

志强好言安慰媳妇：“菁菁博士毕业才二十八，要找也不难啊！”

玉英说：“你去公园都看见了，男的有几个愿意找学历比自己高的做老婆，男博士又太少，我怎么当时就没想到这点呢！”

“你就别什么都往自己身上揽了。女博士成家的有的是，我看主要是她自己对找对象不上心，整天忙工作。”志强安慰。

玉英还在懊悔中：“要是菁菁早结婚，我怎么会上骗子的当呢。”

志强哄她："睡吧。明天的太阳不一样了，什么都过去了！"

第二天晚上，蕾蕾被老爸叫回了家。

志强在厨房做饭，蕾蕾进来了："爸，做什么好吃的。"

"都是你喜欢的。你妈的问题解决了吗？"志强在切着刚下蒸锅的牛肉。

蕾蕾说："多大点事！坑人的相亲群，退群，拉黑、举报就完了。"

"你妈是真心疼那一万元。"志强麻利地拌着牛肉汁。

蕾蕾低头在手机上操作了几下。"爸，一万元转到你手机银行了，你收下给妈！"

志强问："你给垫上了？"

蕾蕾提示："爸，你就说这钱是我通过关系给要回来的。"

志强高兴："好主意！这么说你妈准高兴，以后爸有钱了还你。"

"嘿嘿，不指望，您都是工资一把交，哪儿来的钱。"蕾蕾揭了老爸的家底。

"闺女，那让你破费了。""爸，我是你们的女儿哎！""女儿好，还是女儿贴心啊！"老武说着爱抚地拍拍蕾蕾的头，看得出来，父女俩的关系十分亲密。

晚饭后，老穆和老婆在闲聊："老伴儿，我托你给武大夫找的对象找到了吗？"

老婆撇嘴："哪儿这么容易，我在朋友圈把消息都发布出去了，回复的太少了，都是觉得难度太大，主要是年龄和学历，二婚的行吗？"

老穆说："先划拉个头婚的，不行再说，我们院长还真关心这位武大夫。"

"怎么样，两人有事吧？"老穆媳妇来劲了。

老穆失望得摇摇头："我打听了一圈就打听出这俩人都是医学院的高材生！人家能成大专家，也是苦读书读出来的。大院长结婚了，要真弄出男女绯闻影响仕途啊！"

两人正聊着，雪菲从卧室走了出来。"你们聊什么呢！"

老穆媳妇说："没什么，你爸替他们院长操心呢，怕他跟老姑娘女大夫出事。"

雪菲说"什么老姑娘，真难听，现在不结婚的是单身贵族、优雅女神，懂吗？"

老穆连忙改口："得，照你们年轻人的新观点，院长傍上女神了。""哈哈哈，爸，您这八流编剧太有想象力了！"

"又这么没大没小的跟你爸说话！"老穆媳妇训女儿。

雪菲振振有词："本来嘛，王院长，海归、医学专家，形象还好，那位武大博士古板无趣、年龄一大把，他俩怎么可能会有爱情故事！大院长要真想有事，貌美的小女孩医生、护士有的是。"

"去去，你把我们院长说成什么了。闺女，你也亲眼看到武大夫了，人是不错，有什么用！真不知道她怎么这么能挑剔，硬是把自己熬成了四十岁的大剩女！你现在找对象是最佳年龄，可别错过好机会，比文彬优秀的男人有的是。”老穆借机劝女儿放弃文彬。

雪菲却说：“可我就是爱他，除了他我谁都不嫁！”

“他给你灌了什么迷魂汤了？就这么非他莫属啊！”老穆媳妇实在理解不了刚刚二十二岁的雪菲怎么就死心塌地爱上了大二十岁的二婚头文彬。

雪菲给父母讲述了她和文彬相识的过程。

一年前的一个雨夜，雪菲在等车。突然，一辆豪车上走下两个喝得醉醺醺的男人要强拉雪菲，雪菲吓得不知所措，周围却没有人肯帮她。危急时刻，一辆越野吉普停了下来，文彬跳下车，他和两个醉汉搏斗救下雪菲，醉汉拿出三角刀刺向文彬，文彬灵活躲闪，夺下刀，制服了两个醉汉并报警。警察到了，雪菲蹲在地上还在哆嗦，文彬扶起她，直接送她安全到家。几个月后，雪菲随电视台到瀚文食品公司做采访巧遇文彬，雪菲惊喜万分，文彬诧异地看着雪菲。直到雪菲提醒文彬才想起来，他热情接待了雪菲，两个人就这样相识了。

雪菲说：“爸、妈，我和文彬在一起特别有安全感，你们能再给我找到一个比他对我更好的爱人吗？”老穆夫妇都不说话了。

“我已经成年了，我嫁谁是我的自由，你们无权干涉！”她说完站起身走了。

老穆半信半疑：“她说的都是真的？”“咱闺女毛病是不少，可从来不撒谎。”媳妇做了判断。

第二天，蕾蕾、张大雨在做直播前的准备工作，雪菲戴着耳机听着音乐，步履轻盈地走进了演播厅。

蕾蕾看着她：“哟，今天这么高兴，中彩票了！”

雪菲摘下耳机。“我爸妈同意我和文彬好了。”

“斗争终于胜利了？祝贺啊！那你就安心工作，你也不小了，别总这么情绪化。”“知道了，姐！”

这时，张大雨的手机响了，他接了起来：“我的钱已经投资了，项目没完怎么撤？回家？一月五千，开玩笑！北京的雾霾天少多了，死不了。杨芳，马上要直播了，回头我们再讨论。”张大雨撂了电话。

蕾蕾问：“怎么了，未婚妻又催你回家了？”

“天天催我回家，也不知道她怎么就那么喜欢在老家待着。”大雨直摇头。

雪菲说：“大哥，我就不理解了，你不想回老家，怎么还在老家找媳妇，这不是给自己找麻烦吗？”

大雨答道：“父母介绍的，我想顺着老人让他们高兴。”

雪菲不以为然：“哈哈哈！什么年代了，你还为你妈娶媳妇，傻吧？”

大雨认真答道：“唉，我已经找了，就要对人家女孩负责。”

蕾蕾说：“大雨是独子，在老家娶媳妇肯定有自己的理由，其实这种落地的老派爱情也不错。大雨，你来北京几年了？”

“从上大学算起，十二年了！”

“不容易，你慢慢做做你女朋友的工作，都是年轻人，能说通的，别轻易放弃理想和感情。”蕾蕾语气诚恳。

大雨说：“我也是这么想的。”

“有困难找我！”蕾蕾说完走了。

雪菲看着她的背影，一副不可思议的神情。“哎，刚才那些话是‘雷婆婆’说的？”

“什么‘雷婆婆’！人家才三十五，别把人家叫老了。武导说的有道理。”大雨感激武蕾蕾的理解。

雪菲故作玄虚：“哎，你知道她英文名字叫什么？”

大雨说：“奈尔！”

雪菲表情夸张：“NO，NO，你不懂了吧，我们这位老姐姐最崇拜的女人就是香奈儿，独立女神！她宣称永远不要婚姻，可她却劝你要维持住父母包办的老套相亲对象。”

大雨说：“她也是为我好。”

雪菲蹦出一句话：“我严重怀疑她患了人格分裂症。”

“分裂症？！”大雨被这话惊着了。

雪菲跟了下一句：“一种典型的精神疾病！”

“不可能！”大雨喊了起来，好脾气的他生气了。

“这也只是分析，我又不是心理专家，你急什么？”雪菲看着情绪激动的张大雨，不再吱声了。

## 七

夜晚，武志强夫妇正准备就寝，手机响起，玉英接了，是王红打来的。“没睡呢，好好，你快下来。”玉英放下手机，这个电话如同一针兴奋剂，她跳下床跑出了卧室。

志强打着哈欠嘟囔着：“嘿，这俩更年期的女人，想一出是一出，大半夜的发癔症啊！”

王红和玉英坐在台式电脑前，王红在教玉英上网为菁菁征婚。玉英看着征婚网页：“天哪，这一个征婚网站就有一亿人在征婚？”

王红说：“我也是在家养病没事上网才看到的，大冬天的，你去公园挨冻受气，托人介绍，资源少不说，还得领人家情。这在家坐着查着网上的资料，合适咱俩女儿的人选太多了，咱自己找，可劲儿的挑，多好。”

玉英有点不相信：“熟人介绍起码还能有个了解，可别上婚骗的当！”她心有余悸。

王红鼓励她：“咱找实名制网站的星级信誉保证的会员哪！我是背着萌萌偷了她的身份证，在网吧求人帮着实名注册了。你也想办法跟菁菁要一下身份证，我学会在网上上传了，帮你给菁菁实名注册。”

“实名？不行不行，菁菁可是个有名气的医生，这在网上征婚，全国网民都能看到，不好吧？”玉英顾虑重重。

王红说：“嗨，我们把条件定得严苛些，不符合条件的，不找对象的人根本看不到她的资料，没关系。”

玉英动心了：“噢，那行吧，你先让我看看适合菁菁的多不多。”

志强端着茶水进来了。“二位请用茶，鼓捣得怎么样了？征婚网站好多呢，你们可得上个靠谱的。”

“知道！你去睡吧，别烦我们。”玉英嫌他烦。

志强又说：“王红，你病刚好，可别熬太晚了。”

“好，大哥！你快去睡吧！”两个女人不再理他，专心查询着征婚网会员信息，志强无奈地退了出去。

在一家线下游戏活动室，一群少男、少女在排练的二次元的角色扮演游戏剧目。几位二十六七岁、装束颇有个性的青年男女也参与其中，他们有的忙调音响，有的帮化妆，有的在提词，气氛热烈而有序。

常建来了。“大家都在！又拍新剧目了？服装不错啊！大家休息会儿，我给大家介绍一位新朋友，她也是COSPLAY的迷恋者。”他说着朝门外喊着。“咪咪，进来吧！”

一个女孩出现在门口，她一身很潮的装扮，夸张的大破洞牛仔裤，清爽的马尾辫，素颜，乍看年龄顶多也就二十出头，原来是武萌萌。

萌萌在常建的动员下融入了COSPLAY群体，在这里，她可以穿上COSPLAY的服装扮演自己钟情的动漫角色。在这个有着共同爱好的圈子里，喜怒哀乐有人回应，获得友谊和爱，现实中的痛苦都被抛到了九霄云外。

# 第五章　解开离婚的谜团

## 一

夜晚，武志强和玉英来到蕾蕾公寓门口。

武志强嘟囔：“你这人怎么说风就是雨，院子里好好的遛个弯这就拐到蕾蕾家了。”

玉英说：“嘿，你这一晚上不就在叨叨我偏心，心里只有菁菁，不关心小女儿吗？我虚心接受意见又错了？”

“你连个电话也不通知她，那万一她没在家，我们不白来一趟吗？再说，孩子有对象，方便不方便的？”志强直犯嘀咕。

“有什么不方便的。我是她亲妈，我来看看亲闺女还得预约？啰嗦劲！”玉英说着按响了门铃。

身穿短睡衣、头发湿漉漉的舒麦克打开了房门，玉英的脸臊得通红，不敢直视舒麦克，直往武志强身后躲，麦克倒是神态自然地看着他们。

武志强假装镇静：“蕾蕾呢？”

“蕾蕾？噢，她在洗澡！”麦克倒是坦然。

志强问：“你是？蕾蕾的男朋友？你怎么认识我们？”

麦克说：“伯父，她给我看过你们全家福的照片。伯父、伯母好！请进！”

志强夫妇表情僵硬地走进房间，蕾蕾裹着露着肩膀的浴衣从浴室出来了。“外卖送来了？真快！啊？爸爸，妈？”

武志强和玉英看着女儿这副打扮表情，更加不自然了。

蕾蕾看到父母站在客厅里，大吃一惊：“你们怎么来了？家里出什么大事了？！”

志强说：“你？你快给我穿上衣服！”

蕾蕾的脸腾地红了，她连忙跑回卧室。很快，她穿着设计保守的睡衣睡裤又跑回了客厅。“爸爸。怎么了？出什么事了？”

“没事没事！”志强打着马虎眼。

玉英训斥道：“你，你太不像话了！”

蕾蕾说：“我又怎么了？你们来我这儿怎么事先不打个电话呀？”

玉英不悦：“我来看你还得你批准啊？”

蕾蕾辩解：“可是，这毕竟是我的家，我……”

玉英接话：“我什么我？你多大了，这么不自重，我都替你脸红！”

麦克忍不住了：“伯母，您这么说奈尔我觉得非常不妥！”

玉英很不高兴：“我们家人说话，没你插嘴的份！”

蕾蕾赶紧介绍：“妈！他是我男朋友麦克！”

麦克却正言：“这是奈尔的私人住宅，外人不经允许是不能闯入的。”

志强说：“你这孩子，怎么跟长辈说话呐，我们来看看自己的女儿，怎么成外人了？”

麦克示威般地紧紧搂住了蕾蕾：“奈尔，没想到你这么前卫的一个人，竟然会有如此奇葩的古董级父母！”

蕾蕾说：“麦克，他们是我爸妈，这是在中国，入乡随俗吧。”

麦克嚷嚷：“NO，NO，这完全是迂腐、落后。”

蕾蕾说：“嗨，哪儿跟哪儿呀，你少说两句。”

“NO，我保留控诉的权利。”麦克还不罢休。

“哎呀，嗨！”蕾蕾无奈地转身走了。

志强试图缓和气氛。“噢，麦克，我们想和女儿单独谈谈。你看……”

蕾蕾抱着麦克的衣服出来了，她把衣服塞给了麦克。“你先回家吧，我和爸妈好好谈谈。”

麦克不干：“奈尔，他们不能这样对你，这是侵犯了你的隐私权，我有权起诉……”

“啊？你要和我们打官司？我自己的女儿，她有什么见不得人的事要瞒着她亲爸亲妈。真是，听着都新鲜！哎哟，不行了，我心慌。”玉英一着急直冒虚汗。

“我去给你泡点蜂蜜水！”志强急忙朝厨房跑去。

蕾蕾推着麦克：“你快走吧！”

“哎，你不能轰我呀，我还没说完呢。”麦克不想走。

“求求你，你快走吧，回头再说。”蕾蕾把麦克推出了大门。

舒麦克穿着睡衣、短裤抱着衣服走进了电梯。电梯里一对 95 后的年轻男女看着他这副滑稽的样子，连忙背过了身子。电梯下了一层，麦克走出了电梯。电梯门刚一关闭，里面爆发出一阵笑声。

麦克皱着眉，他从电梯间的镜子里看到了自己的窘态，不禁也苦笑了起来。

蕾蕾客厅，志强夫妇坐在沙发上，蕾蕾站在一边听着母亲玉英的训斥。

玉英说："有对象不结婚，同居是什么意思啊，赶时髦也不看看自己多大岁数了？"

"是啊，你是女孩要自重，同居的男人肯对你负责吗？"志强也附和。

蕾蕾说："干吗让人家负责？！我又不是三岁半的娃娃，我三十五了，三十五，我们是自愿的。爸爸，您的思想太落伍了。"

"你！"玉英看着满不在乎的二女儿气得说不出话来了。

志强说："蕾蕾，我们得认真谈谈了。"

"好好好，我给您二老沏茶去，您二老喝着茶慢慢训。"蕾蕾说完就跑进了厨房。

"你会沏茶吗？别把好茶糟蹋了，我来吧。" 志强念叨着也去了厨房，玉英一个人坐在沙发上生着闷气。

豪华装修的开放式大厨房，先进、时髦的电子厨具应有尽有。橱柜上，摆放着五花八门用于药膳的中草药片，各种豆类，各式中西调料，显示出浓郁的生活气息。

志强凑到正在煮红茶的蕾蕾身边，压低声音说："你妈突然想来看你，我没来得及通知你，你替我们跟麦克道个歉，我们不是有意的，带他常到家里坐坐。"

"算了吧，我妈都把人家当流氓了，人家能去吗？"

志强忙说："她那是没思想准备，气糊涂了，别跟你妈较真。"

两人正说着，玉英进来了，她四处打量起厨房来。"嗬，你怎么弄了这么一屋子的厨房摆设，一人用的东西比我家四口人都要多好几倍，太奢侈啦！"

蕾蕾说："破壁机，煮蛋器，烤箱……很正常啊！"

"什么什么？煮个鸡蛋还得用机器？！新鲜！这么不会过日子，有你哭的时候。"玉英又絮叨上了。

蕾蕾不服气："老妈哎，您自己舍不得吃好的，穿好的，舍不得花钱看病，灰头土脸的一分一毛存钱，您这辈子过得太亏了！"

玉英说："不这么省钱，我和你爸就那么点工资，怎么把你们仨养大？我就这么过了一辈子了，挺好。"

蕾蕾争辩："您老人家买个白菜都要货比三家超市，是，您有大把的闲空，您坐车有老年卡不花钱，可来回折腾累得犯了腰疼病，再去医院看病，耗上看病的时间、药费、理疗费，回头再买个理疗仪器。这些钱比你便宜了仨瓜俩枣的白菜钱不多了去啦，划算吗？”

“志强，你听听，她还教训起我来了。”玉英对武志强抱怨起来。

志强赶紧说：“不能这么说你妈，你妈这辈子为了这个家付出太多了。”

“我哪儿敢啊！我就是说说这个理。”

志强说：“你妈批评的没错，你在朋友圈里没少晒那些几万元的名贵包包，你这有一个花俩的毛病得改改啦！”

玉英喊了起来：“什么，几万块买个包？！”

志强忙说：“啊，不不，没几个啦。”

玉英更生气了：“还几个？！武蕾蕾，你就作吧。”

“我自己挣钱买自己喜欢的东西，有什么大惊小怪的。老爸！我的朋友圈不能有特务监控。爸，我拉黑你了，以后咱俩不过话。”蕾蕾说完就跑出厨房拿起手机拉黑了武志强的微信。

志强追出来：“哎呀闺女，你别呀，我怎么成特务了，我给你瞒了多少事啊！”

“武志强，你瞒我什么啦？说！”玉英从出厨房出来了。

“嘿嘿，没什么，都是小事，小事。哎，咱们跑题了，不说结婚的事吗？怎么扯上节约了！蕾蕾，别再顶嘴，听你妈妈说！”志强急忙又溜回了厨房。

玉英命令蕾蕾：“马上结婚！”

“妈，我压根就没想结婚，我这辈子就独身了。”

玉英气大了：“你？！你要气死我呀？”

蕾蕾不说话了。

志强端着茶走了出来：“喝红茶，蕾蕾刚煮的。”

“不喝，回家！”玉英气哼哼地朝大门口走去。

志强急忙响应：“好好，蕾蕾，我和你妈走了。”

“我开车送你们。”蕾蕾拿起了车钥匙。

“你那汽油费是大风刮来的？我们坐公交。”玉英说着拉开门走了。

蕾蕾小声嘟囔着：“免费免费，抠门！”

“你妈有低血糖，顺着她点，闺女，你别把我放进黑名单行不？”志强满脸企盼。

“不行！我上高中，你上QQ空间查我。我上了大学，你又上微博查我，我都不敢发表言论了。现在有了微信，你又秒秒钟监控我。我再不信你了。”蕾蕾态度坚决。

志强说：“我那是关心你，我可什么都没和你妈汇报吧？”

“那要看你今后的表现。”

“包你满意，别送我们了，快去把你那个麦克找回来。”志强也走了。

父母走了，蕾蕾来到麦克公寓门前按响了门铃：“麦克，开门，我们好好谈谈！”

麦克没有开门，打开了对讲机：“我现在什么都不想谈。”

蕾蕾说：“刚才是我态度不好，我道歉。”

“你回去吧，我要睡了，对不起。”麦克随手关闭了对讲机。

“嘿？你还来劲了？不谈拉倒！今儿晚上我真够背的。”蕾蕾来气了，她扭头回家了。

玉英和武志强又来到菁菁家。玉英进门就喊：“菁菁！菁菁！”

“别喊别喊！”武志强指指卧室，做了一个闭嘴的手势，两个人蹑手蹑脚得走近卧室门。

玉英轻轻推开了房门。武菁菁合衣躺在床上香甜地睡着，玉英走进来帮菁菁拉了拉被子。

武志强来到厨房，他把食品放进冰箱，厨房的设施只有冰箱、微波炉、电饭锅、酱油等最简单的烹饪用具和调料。灶台上一尘不染。

玉英走了进来：“这孩子怎么困成这样！”

“工作太紧张了呗，她冰箱里一点儿菜都没了。”

玉英感叹道：“菁菁再忙，家都收拾干干净净的，从小就是个要好的孩子。你说这俩闺女都是我生的，性格怎么就那么不一样。”

“你呀，就是看着老二哪儿都不顺眼，其实这孩子挺好的，热情，孝顺，能干……”“哼，还爱惹祸！”玉英没等志强说完就来了这么一句。

志强忙说：“行，不说她了。唉，这个门里要也能见着个男人就好喽。”

玉英恍然大悟：“嗯？噢，你刚才让我轻点进来，你还以为菁菁背着咱们跟谁同居呀，想什么呢？菁菁不是蕾蕾，干不出这出格的事！”

志强说：“嗨，你这思想也得跟上新时代了。”

玉英怼他：“我就看不惯未婚同居。”

志强继续顺着自己的思路说：“现在的年轻人都时兴这个，你就别老古板了。你看蕾蕾为找对象发过愁吗？俩闺女各有各的优点啊！”

玉英白了他一眼：“我一说蕾蕾你就护着她！”

志强说：“蕾蕾就是能干，出国留学、回国找工作，买房子，哪样不是自己办的。”

“那倒是，她的生活能力是比菁菁强多了。”玉英难得表扬蕾蕾一次。

志强一高兴，话多了起来："蕾蕾优点多了，那一万块还是她给你的呢！"

玉英惊讶："她给我的？你不是说她找关系解冻了骗子的账号吗？"

志强忙又往回圆："啊？噢噢，对对，是那么回事。是啊！那不得她去张罗呀，她公关能力强，菁菁什么时候为这种事帮过你。"

玉英辩解："那孩子不是忙啊！"

志强说："菁菁都四十了，你还拿着她家的钥匙给她送菜、做饭。自理能力怎么可能提高？"

"我就不该答应菁菁没结婚一个人住外边。都怨你！"玉英转了话题。

志强奇怪了："又怨我什么？"

玉英说："你说这个回迁房离医院近，菁菁上班方便，可你现在看看，她在外头一个人住着，越来越习惯单着了。"

志强安慰她："只要孩子自己不觉得嫁不出去痛苦，咱也不用太着急。我就怕因为我们催婚，女儿们就随便划拉个男人结婚了，那才叫遭罪呢。"

玉英生气了："你这人，我让她随便划拉啦？可她就这么在家等着，合适的男人能自己上门娶她呀？！烦人！"

"别烦别烦，我给女儿做好吃的。"志强总算把话圆了回来。

麦克和蕾蕾冷战，蕾蕾心烦，她来到剑术馆训练场披挂整齐在击剑，动作稳准狠，对手根本抵挡不住她的剑法，连亮红灯，蕾蕾取胜！一位高个子击剑手戴着头盔走了进来，他二话不说就和蕾蕾开战。蕾蕾开始还应付自如，可几个回合下来，高个击剑手越战越勇，丝毫不肯让步，蕾蕾节节败退。一局下来，蕾蕾败了。高个子击剑手连招呼都不打拎着剑转身走了。

蕾蕾摘下头盔，喊了起来："你站住！"击剑手没有停步。

蕾蕾把剑丢在地上，她冲上去以专业跆拳道的身手飞身向击剑手发起了攻击，击剑手毫无防备地仰面倒在了地上，他摘下了头盔，是舒麦克。"你……奈尔！真踹呀！"蕾蕾站在原地注视着躺在地上的麦克。

麦克说："拉我起来！"

奈尔眼神里含着委屈和倔强，她拿起地下的剑，跑出了训练场。麦克自己坐了起来，一脸的无奈和沮丧。

## 二

周末，菁菁回家看望老人，玉英把一摞打印好的征婚资料递给了菁菁："你快看看，我给你选的这些相亲对象怎么样？"

菁菁诧异："啊？这么多！妈，您这都从哪儿找的呀？"

玉英说：“征婚网上，我挑了好几天，都是有照片的，硕士以上，工作好，未婚，离婚也是未育的，身高一米七以上，嗯，还有……”

“我的亲妈哎，这网上征婚您也能信，哪有这么多四十以上的硕士博士还未婚未育的，不看不看。”菁菁说着站起身就要离开。

志强扎着围裙从厨房走了出来：“菁菁，别走！”

玉英伤心了：“菁菁！我这几天没日没夜在实名制信誉高的会员中千挑万选的，你连看都不看，怎么知道我选的人不行啊！”

志强也说：“你妈这几天可为你的事累坏了，腰疼病都犯了。”

菁菁说：“我的事自己会解决。”

“我本来就不会用电脑打字，就这么一个指头敲着键盘一个字一个字地打，手指头都敲变形了，手腕都打出了腱鞘炎。”玉英一股脑说出了这些天为菁菁网上征婚的辛苦。

可菁菁并不领情：“这网上征婚的虚拟世界谁知道是真是假啊！”

“虚拟、还世界！菁菁，你怎么也和蕾蕾学的跟我拽起洋名词来了。是，你妈只上到初中就工作了，没你们文化高。可我就懂一个理，女人要结婚生子，要找一个好男人过日子。你挑挑挑，挑了二十年了，跟你同龄的女人，孩子都上中学了。我给你准备当嫁妆的纯毛毛毯都盖烂了，可你挑的人呢？”玉英越说越来气。

菁菁解释：“我也急，可找不到合适的就不结婚呗，一个人过也挺好的。”

玉英说：“亏你还是个医生呢？”

菁菁辩解：“啊？医生就非要结婚呀？林巧稚一辈子没结婚，她不一样可以成为妇科医学专家吗？”

玉英看着她：“你是武菁菁！这世界上就一个林巧稚！你能跟她比？”

菁菁说：“我正朝着她的方向努力呢！”

玉英说：“你别以为我什么都不懂，我上网查过，林大夫年轻的时候，协和医院有一条规定：女大夫要在协和当医生，不能结婚、生孩子。现在是什么年代？你生八个孩子医院也不会开除你吧？”

“两个、两个！”志强及时纠正。

玉英说：“你少打岔！我说哪了？噢，二十来岁的小姑娘同居、未婚先孕都属于正常了，你就不怕你那妇科器官上长点什么不该长的东西？”

菁菁诧异：“不该长什么呀？”

玉英说：“老天爷造了女人、男人，这身上的所有器官都有用，不用就废了，什么卵巢囊肿啦，子宫肌瘤啦，还有乳腺增生全都得跟你较劲。”

“嗨，你跟女儿说这些干什么？”志强直摇头。

玉英没理他：“再严重点什么子宫癌、宫颈癌、乳腺癌，要人命的病都找上来了……”

一直没说话的爷爷开口了：“玉英，有水平！”

奶奶也表扬：“是啊，说到点上了！”

菁菁气乐了：“妈！您什么时候去专修妇科了？完全够得上妇科教授的水平了，嘿嘿！”

爷爷生气：“你妈都急死了，你还笑得出来！”

菁菁赶紧解释：“爷爷，可我不能为了怕得妇科病就随便找个人同居、结婚呀！”

奶奶说：“菁菁，你怎么也学着蕾蕾讲歪理了？”

菁菁说：“奶奶！生理需求本来就不能代替情感需要呀！”

“你是医生，大专家，我们都说不过你，走走走，别烦我！”玉英闭着眼睛坐在了椅子上。

“你这孩子，越大怎么倒越不懂事了，看把你妈气的。”奶奶说着暗示菁菁安抚玉英。

菁菁忙说:“妈,妈,你别急,我看,我都看还不行吗？你有低血糖的毛病，别生气了。”

志强端着蜂蜜水从厨房跑了出来：“来来，老伴，快喝点蜂蜜水。”

“不喝，死了心静！”玉英有些气短了。

菁菁赶紧认错：“妈，我错了，我保证回家好好研究研究这些资料，然后一个个去相亲。”

“你有时间啊？”玉英顾不上心慌，盯紧了菁菁。

菁菁忙表态：“有有有，多忙我也要完成您布置给我的相亲任务。”

志强也劝：“快喝快喝，菁菁都表态了。”玉英顺从地喝了蜂蜜水，菁菁和志强这才放松了下来。

夜晚，菁菁走了，老人们都聚集在书房里。爷爷、奶奶坐在椅子上，武志强夫妇站在一旁，玉英在给老人展示征婚页面。志强夫妇带着老花镜、奶奶拿着放大镜，爷爷看着三个人，眼神里充满了不信任。

奶奶兴奋得拍起了巴掌。“好好好！不出门就能在机器里头看到这么多找对象的人，王红这回可是给咱家做了件大好事。”

爷爷不以为然：“好什么！七仙女不下凡，去哪认识董永，女人要想找个如意郎君，就不能太挑剔，世上就没有十全十美的男人。”

“我家孙女优秀，哪能随便什么人就能做我的孙女婿。挑，一定要挑，挑最优秀的。”奶奶成心和爷爷唱对台戏。

“爸，妈，我和玉英商量着给菁菁制定了一个详尽的择偶标准，请二老过目。”武志强说着在电脑上打开了一个三号字体的二十条征婚文件，里面身高、体重、年龄、学历、性格、兴趣爱好、三观等等罗列得极为详尽。

奶奶说：“不错不错，我再加上几条，爱笑，衣着整洁，饭桌上要有教养，还有，男人挺个大肚子不行啊！”

爷爷直摇头：“你这老太太，孙女儿找个对象还要管人家笑不笑，吃饭掉不掉渣，讲不讲卫生，还，还管人家男人肚子？哪儿跟哪儿啊！”

奶奶说：“指甲没泥，头发、鞋子都打理得干净、整齐，说明这人讲卫生；爱笑的男人脾气好，孙女不受气；没有肚子，生活规律身体好，吃饭不掉渣的男人从小家教严，人品错不了。”

玉英佩服至极：“妈，还是您老有经验，志强，快加上！”

“哎，我加，我加，我现在就加。”志强带上花镜，以一指弹的敲击键盘的方式开始打字“讲卫生，不掉渣，没肚子……”

爷爷说：“你们都太啰嗦，能上这上头找对象的估计都跟咱家菁菁一样，忙！大男人哪有那闲工夫看你们的长篇大论的择偶条件？听我的，嗯，三个条件就足够了！”

奶奶不服气：“哼，你有学问，说说你那三个条件！”

爷爷神情严肃：“不骗我，不伤害我，诚心诚意陪着我。”爷爷的话一出口，屋里的三个人都露出了敬佩的神情，爷爷得意地笑了。

王红正在客厅看电视剧，萌萌穿着家居服要出门。

王红说：“你还真去呀？一个大博士自己又不是不会上网，用你帮人家回复，别吃力不讨好啊。你大伯也是太在意你大娘了，一个牙疼他就心疼得不得了，你大妈命真好！”

“大伯和大娘的感情是真让人羡慕！妈，我去了。”萌萌走了。

王红坐在沙发里自言自语：“哼，羡慕人家爸爸！你才多大，婚也没结成，了解男人吗？有几个重情重义的！”

志强书房里，萌萌灵活地按着键盘盲打，武志强夫妇高兴得合不拢嘴。

玉英说：“萌萌，你打字真快，你都跟那几个男的说什么了？我都来不及看。”

萌萌说：“我把您刚才要求男方详细介绍自己的情况都说了。”

志强问：“萌萌，你自己在网上挑得怎么样了！”

“我不急，大姐二姐嫁了，我再说。大伯大娘，晚安！”萌萌走了。

志强感叹："你听听，咱俩闺女不嫁人还要耽误萌萌呢！"

入夜，菁菁坐到桌子前翻看着母亲精心挑选的女婿人选资料，她刚看了几个就没了兴趣，她把资料随手扔进了垃圾桶，捧起外文医学资料投入地看了起来。

## 三

第二天，儿科病房会诊刚结束，儿科主任叫住了武菁菁："菁菁，你有好事啦。"她把一摞表格交给了她。

菁菁快速浏览起来："进修申请表？给我的？"

主任说："院里争取了一个去德国儿科进修的名额，科里决定给你，你填完这些表交给医务处。"

菁菁明白了："主任，谢谢您的好意，我不去。"她说完又把表格还给了主任，匆匆走了。

"哎？别人争都争不来，你傻呀！"儿科很无奈。

下班时分，王俊明来了："菁菁，我专门为你要的去德国儿科医院进修的名额，你能和国际顶尖的专家学到儿科前沿领域新技术，利用这次进修机会在国际上多发表几篇论文，评主任医师有用的，你为什么不去？"

菁菁说："你是我们医院的大院长，综合医院的科室多，这么为儿科在职称、进修大开绿灯，影响不好。"

王俊明解释起来："我在我能力范围内多照顾你一点，不过分啊！你何必这么敏感呢，是，我成家了，那也并不妨碍我们的同学情分吧。"

"我没结婚，你可怜我？"菁菁说话不转弯。

"不不，你一点没变，还是那么优秀，你听我说，在国外我……"他正说着，文小舟来了。

小舟说："阿姨，我们去听周末音乐会，可不能迟到。"

"王院长，我走了。"菁菁暗暗松了一口气。

"阿姨，我今晚请您吃烧烤。""烧烤不能吃，你的阑尾炎手术才做了三个月，晚上还是要吃得清淡些，我请客。"菁菁和小舟说说笑笑地走了。

王俊明站在诊室里，神情沮丧。当他得知武菁菁至今未婚，震惊之余就是深深的内疚，可时光不会倒流。

蕾蕾从总编室开完会一回到办公室，就给大家传达上了："总编催我要咱们的节目新创意，要求贴近百姓生活又有趣，还要收视率飘红、广告多的，嗨，一大堆要求。"

大雨忙说："爱情、婚姻、家庭是人类永恒的主题，我还是觉得相亲节目最有市场，武导，我熬了几个通宵写了个完整的策划案，要不你帮我看看。”

“犯忌了啊，我说过对相亲这两个字过敏，你怎么还提啊。”蕾蕾提示。

大雨不死心：“我认真做了市场调查，截至 2018 年，国际婚恋交友节目上涨了百分之十八，这是国际潮流发展的趋势，中国人口众多，普通百姓相亲需求量巨大，相亲节目绝对能吸引大众眼球。”

“嘀，你还国际国内的分析上了！ 媒体自己都宣传定位混乱，一会儿说真爱我做主，一会儿又说择偶难，这两年中国单身狗们受不了家长的逼婚大战，什么借男友、租女友、假结婚的招数都使出来了。找个对象有这么难吗？大雨，你都快结婚了，瞎掺和什么！”蕾蕾说完进了自己的办公室。

张大雨叹气无奈：“真固执！”

一直听着他们谈话的雪菲笑了：“哈哈哈，张大雨，看你外表挺老实的，没想到也蔫坏啊。你是装傻还是真傻，人家三十五了，坚定的不婚一族，更不屑相亲，你却天天催着人家办相亲节目，这不成心恶心武大导演吗！”

大雨说：“我没你想的那么阴暗，我是真觉得相亲节目市场前景好。”

雪菲不屑：“嘀，够纯的，没戏！你再想想别的主题吧。”

雪菲和张大雨还在交谈，没有注意到蕾蕾又走出了导演室，她走到张大雨面前：“大雨，把方案给我，我抽空看。”

“哎，谢谢！这是初步讨论案，项目要能上马，我再给你一份更详尽的计划书。”张大雨把策划案递给了蕾蕾。

雪菲尴尬地拿起保温杯溜出了办公室。

## 四

夜色降临，首都体育馆里，武菁菁挤在青少年观众群中观看演出。“小舟，天这么冷还有这么多人看演出，我可是第一次观看大型音乐会，气氛太热烈了，我都有些不适应。”

“好玩儿吧，多 high 呀！阿姨，多来两次你会喜欢的。” 文小舟举着望远镜朝台上张望，他兴奋极了！

菁菁说：“你应该让你爸爸陪你来。”

“我爸陪那位雪菲娇小姐还忙不过来呢，哪儿有工夫陪我，你不喜欢音乐会吗？”小舟担心。

菁菁忙说：“没有，挺好的，我跟你们年轻人在一起，自己都觉得有活力了。”

“你一点都不老！”文小舟边说边随着观众一起跟着舞台上歌手的乐曲节奏手舞足蹈起来，武菁菁被大家欢快情绪感染，她也情不自禁地加入了粉丝和歌手的互动。

几个男性吉他手上台了，他们自弹自唱的精彩演出再次掀起了音乐会的高潮。

文小舟举着望远镜看着，突然，他激动起来。“二爸！我二爸！二爸！”旁边的观众对他发出了警告，文小舟不喊了。

菁菁问：“你看到谁了？”“台上第二个，我二爸！最帅最酷的，你看看！”文小舟说着把望远镜递给了武菁菁。

菁菁举起望远镜看着，她的神情突变，一下子愣住了。

音乐会散场了，工作人员在拆卸设备。文小舟和武菁菁等候在演员休息室门口。

李末背起吉他刚走出休息室，小舟就扑了上去。“二爸，二爸！”

李末惊喜万分：“你？小舟？！是你吗？长大了，长高了，嗯，让我好好看看，嗯，小男子汉了！我都抱不动你了。”

小舟说：“二爸，你怎么不回家呀！我爸爸，爷爷、奶奶找你三年了。”

“我不想回家！你和爸爸来的？”

“不是，我和阿姨来的。”

李末这才看到了武菁菁。“大姐？！”

武菁菁一直没有说话，她看着面前一身破牛仔、头发长长的李末，满脸狐疑。

小舟热情介绍，“二爸，这是武菁菁，她是儿科医生，我的救命恩人，现在是我的好朋友。”

“你怎么了，又生病了？好了吗？”李末的语气中充满了关切。

“早好了。”

李末郑重地给武菁菁鞠了一个躬：“大姐，你救了我侄子，谢谢！真没想到，世界真小。”

菁菁问道：“李末，你怎么成了这个样子，家里出事了？”

“没有，我不想回家！”

文小舟看着二人：“阿姨，你认识我二爸？”武菁菁点点头。

“已经很晚了，我走了，你们也快回去吧。”李末说完就要走。

小舟一把拉住了他。“你哪儿也不许去，爸爸让我看着你。”

“什么，你爸要来？你告诉他干什么！”李末慌忙挣脱了小舟，拔腿要走。

菁菁说：“李末，先别走，如果你还认我这个大姐，到底发生了什么事，告诉我好吗？”

“没什么可说的，我只想一个人静静地待着。”李末说完又要跑。小舟死死抱住了他的大腿不肯撒手，李末无奈地看着他。“小舟，多大了还跟我耍赖。”

就在这时，文彬赶到了，他照着李末的屁股狠狠踹了一脚，李末趴在了地上。

武菁菁惊讶地看着暴怒的文彬："哎哎，你打他干什么？"

文彬没顾得上理她，他训斥起倒在地上的李末："不就是个离婚吗？不就是被女人甩了吗？不要爸妈，不要亲人，你看看你这熊样子！"

李末躺在地上不起来了。

菁菁疑惑："他被女人甩了？李末，不是你提出和萌萌分手的吗？"

李末没说话。

菁菁又问："我一直就搞不明白，你为什么婚礼前逼着萌萌离婚啊？"

文彬听不下去了："明明是武萌萌和我弟要离婚，怎么成了我弟逼她了？"

菁菁说："不对，萌萌没去参加婚礼，过后，她哭得差点晕过去，看她难过的样子，全家人都心疼坏了。她怎么可能自己提离婚？绝不可能！"

文彬急了："李末要是自己提出的离婚，他至于三年没脸回家？！"

"我都听糊涂了，咱俩别吵，李末，你和武萌萌到底发生了什么？"菁菁冷静下来了。

文彬却瞪大了眼睛："武萌萌？武大夫？噢，你是武萌萌的家人？""武萌萌是我堂妹。"

文彬大呼："我的天哪！我们哥俩儿怎么都招惹上你们武家女人了。这小丫头可把我弟弟害惨了。"

菁菁不爱听："怎么是我妹妹害了他，她那么乖巧的女孩。"

文彬又忍不住了："你都看见了，李末成了今天这副德行都是拜你堂妹所赐。他像是个甩了别人的公子哥吗？你也太自以为是了吧？"

菁菁不理文彬，她走到李末身边把他拉了起来。"李末，你说实话，你们俩到底怎么回事？"

李末说："大姐，我真的不知道武萌萌为什么要跟我离婚？"

"你跟我老老实实回家，不许再跑了。"文彬完全是命令式。

"不，我不回去，我没法跟我爸妈交代！"

"你？！"文彬气得又想揍他。

菁菁急忙拦住："李末，萌萌和你感情那么好，怎么可能提离婚，我不信。"

文彬真急了："不可能不可能，在你眼里，你们武家都是好人，我弟就是个大混蛋？！"

菁菁不高兴了："我是那意思吗？"

文小舟看着大人们在争吵不休，他一直插不上话，这会儿忙说："爸爸，你好好跟阿姨说，急什么？"

小舟的话让菁菁冷静了："嗯，小舟说得对，咱俩都别吵了，我这就回去问萌萌。李末，你等我消息。"

文彬说："李末，我绑也要绑你回家！"

"哥，求你了，我不回家！"李末坚持。

菁菁说："别逼他了。李末，那你答应我要和你文彬大哥保持联系，我也能找到你行吗？"

李末同意了："好，哥，我们俩加微信，我把我的住址也发给你。"

文彬掏出手机给他。"你敢蒙我，我还揍你。这次你别想再溜了，我可是当过侦察兵、刑警的。"

"这次不会，我也想知道答案！"李末认真了。

## 五

武菁菁一回家，第一件事就是给武萌萌打电话，可电话一直占线。

萌萌正在和常建微信语音聊天。"我知道，我保证按时完成 COSPLAY 的服装，我就不扮演角色了。"

"他们都说你形象清纯，让我动员你出演角色呢。"常建还想动员她。

"老了，没有登台的热情了，看着小弟小妹他们演出挺好的。"

"这么短的时间你做得完五件 COSPLAY 服装啊？"常建转移了话题，他不爱听萌萌特颓的话。

"嗯，放心吧，误不了。我后天就把服装赶出来，不说了，我有电话进来。拜！"萌萌接了菁菁的来电。

菁菁直言："萌萌，我见到李末了。"

"提他干什么。"萌萌语气很冷。

菁菁问："你们俩到底谁先提出的离婚？"

"大姐，我还得赶服装了，不跟你聊了。"萌萌撂了电话。

菁菁继续微信萌萌，可萌萌始终不回复。"这孩子，怎么不接我电话了？"

菁菁微信语音："小舟，转告李末，周末一定给他准信。"

小舟回复了微笑表情："好的。阿姨，别跟我爸一般见识，晚安！"

菁菁又拿起手机拨通了一个电话："你周末找个时间，带着萌萌到我这儿来，有非常重要的事情。务必。"一通电话打完，菁菁躺倒在床上。

周末，菁菁正在家切水果，门铃声响起，她打开了房门，蕾蕾和萌萌站在门口。

萌萌一副不情不愿地样子。"二姐，我带你认了大姐的门了，我走了。"她转身就想走。

蕾蕾一把拉住她。“不行，今天你必须进去。”蕾蕾不由分说把萌萌拽进了房间。

蕾蕾纳闷地看着一言不发的菁菁：“姐，我把人给你押来了，什么事啊？这么严肃。”

菁菁没理蕾蕾，她问萌萌：“萌萌，今天就咱姐仨，你必须跟我们说实话。”

“三年了，离都离了没什么可说的。”萌萌回答得轻描淡写。

菁菁说：“婚礼那天你玩失踪，你让李家颜面扫地；紧接着，你又单方面把李末告到法院，自己找了个代理律师就把婚离了，害得李末没脸回家，你总得有个正当理由吧？”

武萌萌把头深深地埋进了膝盖，不说话。

蕾蕾惊讶：“哈哈，行啊，小丫头，看不出来啊！逃跑新娘、铁腕儿离婚，全是猛料！够能耐的！”

菁菁说：“我在说正事，你别捣乱！”

蕾蕾说：“多余问，准是李末辜负了萌萌，婚礼前萌萌才察觉，不要他了呗。”

菁菁问萌萌：“是这样吗？”武萌萌摇摇头。

蕾蕾又猜：“哎，那就是你又遇到更好的人选了，甩了妹夫！”

“没有！”萌萌高声反驳。

菁菁说：“萌萌，婶婶有高血压病，心脏也不好，爷爷、奶奶都八十多了，我不敢告诉她们是你提出离婚的事实，怕他们受刺激，所以才把你叫到我这来，有什么问题我和蕾蕾一起帮你解决。”

蕾蕾也劝：“是啊，有我，谁敢欺负你，姐帮你摆平。”

菁菁问：“李末那么阳光的一个大男孩，现在整个人都颓了，看着真让人心疼，你和李末之间到底发生了什么？非要离婚？”

萌萌答：“没什么。”

“你说得轻巧，结婚、离婚好玩儿啊！爷爷、奶奶提起你离婚这事就伤心，二叔也走了，你妈背着爷爷、奶奶跟我爸妈哭了多少回啊。”

萌萌听着菁菁这番话，头低得更深了。

蕾蕾不解：“嗨，离了三年了，谁对谁错也无所谓了，说说怕什么？说吧说吧。”

萌萌开口了：“不是李末，是我。”武菁菁和蕾蕾满脸惊诧。

原来三年前，婚礼前三天的夜里，萌萌起来去厕所，听到了爸妈的争吵。

“萌萌后天就要结婚了，我和你也过到头了，要不是顾及萌萌和亲家，还有武家的面子，我今天就跟你去办离婚。”这是妈妈王红的声音。

“王红，我说了，那天我喝多了，真的什么都记不起来了，我不想离婚。”这是爸爸武志刚的声音。

“我跟你结婚二十多年了，你却给我搞起了外遇，第三者嚣张得不得了，居然打电话让我主动让位，手机号码不是你给的还有谁？真恶心！你走吧，你去找那个女人，别再回家！”王红尽量压低着声音，但听得出她特愤怒。

“王红！不是这样的，事情很复杂，你就不能听我解释吗？”志刚试图抱住王红，王红狠狠甩开了他。“别碰我，我嫌脏！咱们离定了。”

萌萌捂住嘴，她那双美丽、纯净的大眼睛里流露出了惶恐不安的神情。

菁菁姐妹听完了萌萌离婚的理由，都急了。

菁菁说：“啊？你就因为叔叔、婶婶要离婚，自己不敢结婚了？你也太草率了！”

蕾蕾也埋怨：“是啊，这年头，中年危机，离婚太正常了。他们爱离就离呗，你个小孩跟着掺和什么！”

萌萌说：“那年，我二十三岁。二十三年来，我都以为我的爸爸、妈妈相亲相爱，他们会白头偕老，他们永远都会爱我。”

“叔叔、婶婶本来就是很爱你呀！”菁菁肯定了萌萌的话。

萌萌摇头：“我父母这么多年的情感基础都不牢固，说散就散了，我和李末只有大学四年的情感能靠谱吗？”

蕾蕾说：“靠谱不靠谱，在一起真正过过日子才能知道啊。”

“我不敢想，要是我有了孩子，他变心了，我的孩子就没爸爸了。与其以后婚姻破碎，倒不如趁早退出，无牵无挂不伤心。”萌萌坚持自己的想法。

蕾蕾瞪着萌萌：“你可真累！你爸妈是离婚了，可他们不也平平和和过了二十多年了吗？抓住爱情不撒手，有了感觉就结婚，太多的假设就找不到幸福喽！”

菁菁也说：“一场离婚让李末完全变了一个人，他一定是情感上受到了重创，我想他对你是很认真的，你也太任性了！”

萌萌不服气：“相爱容易相守难，我妈现在对我爸恨之入骨，亲人变成了仇敌，看着真没意思，我这婚离得没错。”

菁菁问萌萌：“你今后打算怎么办？”

“两位姐姐，我跟你们做伴，当一辈子潇洒的单身女神！”萌萌故作轻松。

菁菁赶紧声明：“我可是特想结婚啊，只是还没找到合适的。”

“大姐，谢谢你没告诉我妈。拜！”武萌萌打开门跑了。

蕾蕾要去追萌萌，菁菁说：“算了，让她自己静静吧。看她那态度，再谈下去也不会有什么效果。”

蕾蕾说：“你就这么让她走了？我跟她谈啊！”

“谈什么，你还单着呢，太没说服力了。”菁菁这话一出口，蕾蕾蔫了。“姐，你到现在还没结婚，都怨我，要不是我……”

菁菁打断了她的话：“这么多年过去了，我不想提，现在只说萌萌的事。”

蕾蕾忙说：“好，不提了，你看萌萌和李末还有复合的希望吗？”

“萌萌把人家李末伤得太深了，够呛。”菁菁没信心。

蕾蕾说：“那就算了，各找各的幸福吧。”

菁菁叹息：“唉，幸福哪儿这么好找啊！原来我都是有一搭无一搭的，自己也没觉得找个对象有多难，可这回较真了吧，发现找个合适的人恋爱、结婚还真不容易。”

“哎，你别这么悲观哪，好男人多了。”蕾蕾说着拿出手机拨起了号码。“大雨，你加个班，再把相亲节目策划案认真完善下，明天我送总编室。”

张大雨正在一家网络公司加班，他接到蕾蕾的电话后，兴奋不已，朋友们都很不理解让他加班为何还这么高兴。

大雨说：“你们不懂，这次如果我做的相亲栏目方案通过了，我就能做独立制片人和正导演了。”

朋友们为他高兴之余，也认为他在电视台受压制多年，应该跳槽了，离开已经不好挣钱的电视台，专职做好网络公司的工作。原来这家公司有大雨的股份，他是在给自己打工。

大雨说：“我来北京十二年了，一切从零开始，现在总算在电视台混出点名堂来了，我舍不得。”

朋友劝说：“那你这么两头兼着，多累呀！”

大雨答道：“挣钱还怕累啊！”

朋友揶揄他：“你想当李嘉诚还是马云？”

“你定的标杆太高，我够不着，我就一普通人，想让自己和我所爱的人生活得更好，这就是我追求金钱的快乐动力吧！”张大雨居然有了哲学思维。

## 六

仅仅一周，在武蕾蕾的努力下，电视台就顺利通过了张大雨的征婚节目策划案。《择偶 1+1》栏目组报名处正式挂牌，整个栏目组进入了繁忙的筹备阶段，这是一档公益性服务节目，对征婚者、应征者都不收取任何费用，每期节目还有婚恋专家、心理专家、时尚达人点评。电视台广告播出才一周，报名电话就打爆了，节目组加了五部电话，工作人员还是应接不暇，张大雨乐得不大的眼睛眯成了一道缝。

他见到蕾蕾就说："真没想到，报名的太多了，你看看，这才三天，就好几百人了。"

蕾蕾接过报名记录翻了翻："不错，哎，怎么男的这么少，十分之一都不到？阴盛阳衰啊，中国男人连上个电视征婚都没女人勇敢！"

张大雨不同意她的观点："不见得吧？男性报名少的原因很多，我觉得主要是男人的性格决定的，男人不善于表达情感，更不愿意随意暴露隐私，何况是上电视台这样的公众媒体。再说，好男人都是抢手货，基本不用到我这里推销的。"

蕾蕾白了他一眼："行啊，你就好好给你们男人争气吧！有事需要说话。"

在武蕾蕾的力荐下，张大雨现在已经是《择偶 1+1》节目的主编兼导演了，工作更加卖力，话也比以前多了。他知道刚才自己的话又招武大导演不爱听了，抱歉地笑笑。

武蕾蕾之所以突然热心帮大雨开这个征婚节目，心存小私心，就是要给自家两位未婚姐妹开拓征婚途径。

午休时间，武菁菁正在儿科诊室休息。

王俊明来了。趁着诊室没别人，他急切地说："菁菁，我想和你好好谈谈，我们之间有误会，你总要给我一个解释的机会啊！"

菁菁看了他一眼，"王院长，过去的都过去了，我都忘了，不提了好吗？"

王俊明话里有怨气："可我忘不了！我知道，你恨我。"

菁菁被他逼急了，只好认真起来："你太不了解我了，我承认，以前我曾经怨恨过你，可现在我谁都不恨了。这是命，我认，你也要认。王院长，请你注意把握好我们之间交往的尺度。"

王俊明依然坚持："我们就谈一次好不好？你定时间、地点。求你了菁菁！"

"你现在是大院长，你不怕影响我还怕呢。"菁菁被他缠得无可奈何，正要发火，张大雨走了进来："大姐！"

"你是？"菁菁看他面生。

大雨忙介绍："我是电视台的，武蕾蕾导演的同事。"

菁菁笑了："对对，我这记性，想起来了，我们见过，你好！"

大雨问："现在方便吗？"

"方便！来，请坐！"菁菁很热情。

"啊，你们谈。"王俊明看出菁菁还是有意回避他，只得走了，菁菁暗暗松了一口气。

张大雨从皮包里拿出几张《择偶 1+1》栏目报名表递给菁菁。“武导让我给你送来的。”

武菁菁拿起表格看着：“什么呀？这个蕾蕾，给我征婚表格干吗，我不去！”

大雨说：“大姐，我们栏目组都欢迎你去呢，凭你的形象、人品，上电视效果肯定好。”

菁菁急得直摆手：“不行不行，我可不上电视征婚。”

“大姐，你就算帮我完成任务好不好？”张大雨不死心。

武菁菁站起身就往门外走：“噢，我帮你完成任务没问题，你跟我来。”

“去哪儿啊，我们再谈谈，大姐！”大雨疑惑地跟了出来。

儿科病房护士站，儿科主任在检查值班记录，代培刘大夫正在和几名医护人员闲聊 。“儿科是医院里最不受待见的科室，你们王院长一上任，儿科火了，有老同学当领导照应着真好。”

儿科主任不爱听了：“咱们医院的儿科本来就是全市数一数二的老科室，领导重视跟老同学有什么关系？挺好的事情一到你嘴里就变味。”

刘大夫解释：“主任，我没别的意思，真的是很羡慕武大夫读书时代同学间纯洁的友谊，还有他们的敬业精神。”

武菁菁带着张大雨来到这里。“大家都在，主任，我想给大家谋个福利。”

儿科主任笑了：“好啊！什么好事？”

菁菁说：“这是电视台的编导张大雨，他邀请大家参加电视节目。”

大雨惊喜万分：“谢谢大姐！大家好，我是张大雨！欢迎大家来参加我们的电视台的相亲节目《择偶 1+1》。”

医护们纷纷议论：“上电视征婚啊，多难为情，不去。”“好事，我去我去，收费高吗？”

大雨说：“分文不取，我们这是公益栏目。有需求的尽管找栏目组报名，我们会竭尽全力为大家服务。”

“太好了！我报名。”“我也报名！”众人反响热烈，武菁菁悄悄走了。

儿科主任提示着大家：“哎哎，喊什么？相亲就不能矜持点！”

一位护士说：“我这个工作两班倒，对象总是谈不成，这回我要上电视征婚，我就不信全中国，不，全世界找不到一个理解我们护士的好男人！”

一位儿科男医生问道：“我们男的能参加吗？”

“欢迎，欢迎，太欢迎了！”大雨太激动。

儿科主任认真地问道：“能集体参加呀？”

“欢迎组团，我给你们儿科医生办一个相亲专场，感谢大家对我们栏目的信任，我先回去跟领导汇报，再见！”张大雨喜滋滋地走了。

众人都夸赞主任：“领导，你真贴心，太好了，谢谢主任！”

儿科主任却在找人：“哎，武大夫呢？她最该去征婚。”

刘大夫说：“主任，大博士放不下架子的。”

“唉，也是，她这人最不爱抛头露面了。”主任难得一回认可了刘大夫的观点。

《择偶 1+1》栏目组的工作人员在忙碌中。电脑前，蕾蕾在审片，几个年轻人站在一旁。

蕾蕾说：“你们还真能忽悠！谁说来《择偶 1+1》佳偶必得啊？恋爱是两人之间的事，没人敢保证上电视相亲就成功，要是人家来报名了，上了节目还找不到对象，咱们不就成虚假广告了？这广告词不行，换了！”

就在这时，张大雨乐呵呵跑了进来：“大收获，大收获，连着三期的优质嘉宾人选有了，广告商也能定位了！”他兴奋极了。

蕾蕾看着他：“说重点！改不了你的啰嗦。”

大雨说：“儿科医生、护士组团上咱们的节目，婴幼产品广告正合适。”

“行啊，大雨，超额完成任务了，你终于说服我姐了！”蕾蕾也很高兴。

大雨如实汇报：“很抱歉，武导，就她一人不来！”

蕾蕾不满：“嘿！我让你动员我姐上节目，你怎么给她人做嫁衣了？”

大雨说：“是大姐给我介绍的。”

蕾蕾失望：“啊？我姐真行，相亲这事也学雷锋啊！”

“我没完成任务，还是你亲自出马动员她吧。”大雨把难题扔给了蕾蕾。

“我？不行不行，我去说她更不来了。”

“那怎么办？大姐的年龄真的不能再拖了。”大雨说了大实话。

“谁说不是，可她老人家总是要找恋爱的感觉。”蕾蕾正郁闷，大雨又跟了一句：“恋爱、恋爱，不恋哪来的爱呀！”

蕾蕾闭着眼睛嘟囔起来：“我想想，我想想，给我灵感吧，怎么忽悠我这位奇葩姐姐上电视呢？”

张大雨说：“武导，你对你姐是真关心。”

蕾蕾喃喃道：“唉，唉，谁让我欠她的，这辈子都还不清了。”她的情绪又低落了下来。

张大雨明显感觉到她的话里暗藏着不为人知的潜台词。

夜晚，公寓里，菁菁的心情很糟糕，下班回来后，心里堵得难受，一口饭都没吃，就想睡觉。她走进浴室，打开淋浴器，任由温热的水流遍全身。她用手擦掉了浮在浴室镜子上的水汽。镜子里呈现出一张憔悴的面孔。

武菁菁，医学院公认的美女，何时沦落到要去电视台公开征婚了？大学时代，医学院内部，临近工科院校，追她的男生足有一打。递条的，送电影票的，天天送零食的，甚至还有送花的，同宿舍的女孩们跟着她沾了不少光。可武菁菁从没有动过心。因为她心里只有她的初恋。如今，这些追求者们都已经为人夫君，做了父亲，只剩下她还形影孤单，武菁菁辛酸地撕碎了报名表。

# 第六章　旧情难忘

## 一

这天傍晚，蕾蕾正在直播间工作，麦克走了进来。“奈尔！”

蕾蕾惊讶地看着他，这家伙怎么不在车里等着，直接进来了。

“麦克，你怎么来了？”

“亲爱的，我想你了，我们回家。”麦克很直接。

蕾蕾脸红了，她轻轻地吻了他一下，抱歉地说：“我工作还没完，一时半会儿走不开，你先回去吧。”

麦克说：“奈尔，你把工作安排得这么满，太不会享受生活了！”

“对不起，栏目又开了几档新节目，最近确实有些紧张。等忙过这一段，我们出国去旅游，好好放松一下啊。”蕾蕾安抚着麦克。麦克没说什么，走了。

直播大厅门口，雪菲遇到了麦克，她心里十分羡慕武蕾蕾有这样年龄相配的男友。

这时，张大雨找她来了，“雪菲，《择偶 1+1》的嘉宾可定了你了，每周一次，录播时间你自己选。”

“啊！行！”雪菲的眼睛还盯着麦克潇洒的背影，根本没认真听张大雨的话。

张大雨无奈提醒道：“大小姐，别看了，我跟你说正事呢！”

雪菲仍然顺着自己的思路嘟囔着：“别说，武导的男友不错哎。”

“没看出来，我觉得他不像是过日子的人。”张大雨看不上麦克的张扬。

“你眼光不行，这男人多帅呀！噢，你是要跟我说当嘉宾的事对吧，只要不是周末和晚上，哪天都行。拜拜。”雪菲走了。

蕾蕾来了：“大雨，过几天试播，都准备好了吗？”“没问题，放心吧。”

“你第一次独立导演，我还得来。”蕾蕾很认真。

张大雨很感激蕾蕾："谢谢你，武导。嗯，我觉得你该考虑结婚了，老拖着，男人就疲沓了。"

"结婚，结婚，你怎么也没免俗？哼，都是《择偶 1+1》闹的，结婚上瘾啦！我的私事不许再多嘴。明天见！"蕾蕾气哼哼地走了。

张大雨沮丧的挠挠头："活该不长记性，管人家闲事干吗？"

麦克一个人开着车行驶在路上。他心里很不痛快，前几天让蕾蕾赶出家门，气刚消了。今夜他很想和蕾蕾在一起享受两人世界，可蕾蕾这股工作狂的劲头浇灭了他的激情。他感觉到了从未有过的厌倦、失落和寂寞。这时，手机响了，他接了起来。

凌晨一点，忙碌了一天的蕾蕾才回到家中，麦克不在。太晚了，不好再去找他，蕾蕾简单洗洗，倒在床上就睡着了，她太累了。

医院里，武菁菁正在儿科出门诊，萌萌来了。

萌萌说："大姐，我想找对象了。"

菁菁高兴："想通了？太好了，你早就该这样。李末多好啊，我看人家到现在对你都那么痴情，难得呀！"

萌萌却说："大姐，我不会和李末复合。"

"你说你年纪轻轻的，大周末，年假日哪也不去，不叠被子不洗脸，就穿个睡衣玩游戏……"菁菁批评起她来。

萌萌忙打断："stop！我要去相亲。"

菁菁惊讶了："跟谁相亲？"

萌萌说："你得陪我一起去。你不去，我也不相亲了。"

"唉，也是，感情的事情不能勉强，行行，我陪你去，时间、地点？"菁菁心疼小堂妹。

萌萌说："周末，电视台！"

菁菁直摆手："电视台？！不行，我可不上电视，你找年龄相仿的同事、同学去吧。"

萌萌软磨硬泡："大姐，你不是说爷爷、奶奶都为我离婚难过吗？这回我真想去找了，你又不支持了。"

"电视台有二姐，不用我陪。"菁菁找理由。

萌萌说："二姐太忙，她没时间陪我，求求你，去吧。就算你帮我完成爷爷的任务好不好？"

菁菁为难："不行不行，我真不能去电视台相亲。我是个医生，以后我怎么面对病人和家属。"

“大姐，找对象又不是做坏事，别人不会说闲话的。算了，你要不去，我也不去了。正好，我也不找了。”

菁菁看着萌萌，她心一软：“好，你先别逼我，让我考虑几天行不？”

“行，大姐，你定好时间，我等你。”萌萌高兴地走了，武菁菁却发愁了。

原来，这是武蕾蕾回家动员武萌萌的成果。

昨天傍晚，萌萌正在喂猫，蕾蕾来了。“萌萌，你帮我一个忙好不好？你陪着大姐上一期电视征婚。”蕾蕾单刀直入。

“我不去！”果然没出蕾蕾预料，萌萌一口回绝。

蕾蕾说：“大姐都四十了，找到合适爱人的机会真的不多了，上电视范围广，也是给大姐创造一个择偶的平台。”

萌萌提议：“二姐，你给大姐直接报名，直接通知她不就行了。”

蕾蕾苦笑：“妹妹，要这么简单，我还求你呀！我强迫她更没戏！”

萌萌说：“你俩那么亲，大姐会支持你工作的。”

“唉，谁说都比我强啊！”蕾蕾小声嘀咕着。

萌萌诧异：“二姐，你和大姐怎么了？”

“啊？噢，我们……嗯，没事。萌萌，你就为了大姐上一次电视征婚行不行？你去求她，她最疼你，准能答应。”蕾蕾再次恳求。

萌萌架不住蕾蕾的忽悠，“行，我豁出去了，我明天就找她去。”萌萌为解决大姐的终身大事答应仗义一把，蕾蕾为自己一箭双雕计谋的成功暗暗得意。

又到了周末，中午起床，蕾蕾就和麦克微信视频，麦克没接，蕾蕾又发了语音。最近蕾蕾工作忙晕了，只发微信语音。麦克告诉她去上海出差，两个人半个月都没有见到面。

麦克来电话了：“今天公司加班。恐怕会很晚才能回来。”

蕾蕾说：“噢，没关系，我等你。你还生我的气呀？我找了你好几次，你都不在家。”

“忙！”麦克回了一个字，放了电话。

蕾蕾明显感到麦克的语气中强烈的不满情绪，“真小心眼，就因为那天晚上没有陪他回家？可我在工作呀！唉，看来，今天的主要任务就是哄着麦克开心。”她决心以自己特有的武式温柔一刀杀向男友，化解矛盾。

麦克今天根本就不加班，他只是在跟蕾蕾赌气。他很欣赏蕾蕾的洒脱、大度，还有时常流露出的温柔、体贴。可蕾蕾压根就不想结婚，他对是否和蕾蕾继续保持恋人关系犹豫了。

周末，武家照例吃团圆饭，三个孙女齐聚，爷爷再次催婚。

蕾蕾给萌萌试了个眼色，萌萌心领神会。“爷爷，奶奶，我想让大姐和我一起去电视台征婚。”

“什么？电视台还管征婚？不能去！”爷爷听了萌萌的话，吃惊不小，他虽然着急孙女们的婚事，可不想让孙女抛头露面。

王红说话更难听：“是啊，萌萌，你要真想相亲，我同学有的是人选，你不能上电视丢人现眼。”

蕾蕾急忙拿出为菁菁和萌萌选的一打优质相亲人选资料递给爷爷和奶奶。“爷爷，奶奶，这是我和同事们为大姐、萌萌挑的人选，您二老过过目。”

奶奶看着资料乐了：“好，我看看！嗯，好！不错不错！配得上我孙女！”

菁菁惊讶地看着蕾蕾没说话。

蕾蕾又和萌萌暗示，萌萌忙说：“大姐，我找不找对象无所谓。你要不去，我也不去了。”

菁菁无奈：“嗯，这，好吧，我陪你去。”

玉英大喜：“哎呀，好好，蕾蕾，你总算做了件靠谱的事。菁菁啊，这就对了，我和爸爸陪你一起去。”

爷爷疑惑：“真要上电视？全国人民都看到，不好吧？”

奶奶发话了：“有啥不好的，我们孙女要人品有人品，要模样有模样，不怕看。蕾蕾，奶奶能去电视台不？”

蕾蕾激动：“奶奶，能去能去，爸、妈、婶，你们都去当嘉宾观众吧。”

爷爷皱眉：“去那么多人，赶集呀？”

“爷爷，上电视征婚是好事，机会多、范围广，我们电视台在人选上都先把好了第一道关，机会多。”蕾蕾耐心解释，爷爷这才不反对了。

蕾蕾搞定了俩姐妹上电视相亲，她兴冲冲回到公寓。可她刚一走进电梯，却撞上了麦克。一个年轻、靓丽的女孩依偎在高大的麦克怀里起腻，麦克见到蕾蕾，急忙推开了女孩，他等待着蕾蕾的爆发。

蕾蕾看着麦克没有说话，电梯里，三个人就这么站着。电梯停了，蕾蕾头也不回地走了出去。

当天晚上，麦克主动来公寓找蕾蕾，蕾蕾没有开门。她在家中开了两瓶红酒把自己灌醉了。

雪菲在和文彬父子聚餐。“哎，真没想到，一个大博士要上电视征婚了！听说她堂妹也来，她家里到底有几个恨嫁剩女呀？真有意思，我们这位武大导演总为别人操心，她自己倒不忙结婚。武家的女儿都得靠上电视才能解决个人问题，真逗！”

“武医生不会上电视，一般人抹不开面儿的。”文彬早已经领教了武菁菁的矜持。

雪菲却持有相反意见：“多好的机会干吗不上？等她上了节目，我作为主持人一定为她多美言两句。谁让她是小舟的救命恩人呢。小舟，你放心，我一定帮你的好朋友嫁个好人。”

小舟闷头吃着牛排，假装没听见。雪菲心里特得意，刚才这些话就是专门说给小舟听的，她要掐死小舟惦记武菁菁做后妈的念头。

可她没想到小舟却说：“好事啊，我要去给菁菁阿姨当助阵嘉宾！爸，你也去吧。”

“行！没问题！”文彬爽快答应。

雪菲真后悔自己多嘴。

第二天一大早，麦克又堵住了蕾蕾。“蕾蕾，我们谈谈。”

“没什么可谈的，你是自由的。”蕾蕾神情平和。

麦克看到了她的黑眼圈：“你又喝酒了？”

蕾蕾嘴硬：“高兴啊！为你高兴！”

麦克说：“蕾蕾，对不起，我和她没什么，真的，我是爱你的。”

“打住打住！爱情没有长久的保鲜期，我理解，咱俩本来就没有契约。”蕾蕾说完就匆匆离去，麦克沮丧极了。

## 二

下午时分，《择偶1+1》录制现场，武菁菁正准备入场，栏目组为她安排的男嘉宾因女儿不同意父亲再婚不能来现场了。张大雨为一时找不到和菁菁匹配的男嘉宾焦急，菁菁却暗自庆幸自己不用再上电视征婚受罪了，她悠闲地坐在了休息室里等着萌萌。

录播开始，主持人雪菲上场了，她正娴熟地介绍着首先上场的几位男嘉宾，导播通知新补位一位男嘉宾，文彬上来了，雪菲一下子大脑放空。文彬主动介绍自己，雪菲才得以正常发挥。

文彬举止洒脱，器宇轩昂，在一众男嘉宾中脱颖而出，休息室里的女嘉宾一片欢呼，纷纷应征，只有菁菁在发愣，她搞不懂文彬怎么会出现在征婚现场。

文彬点名要见女嘉宾武菁菁。菁菁无奈上台。躲在幕后的蕾蕾、大雨刚松了一口气，可菁菁一上台就大讲儿童健康安全，严重跑题。主持人雪菲不知怎么接她的话，一时冷场了。

大雨急忙上台救场：“我们的武医生特别敬业，心里装的全是小患者，她工作太投入，这也是她为什么至今没找到合适的另一半的一个原因。武大夫，您希望找一个什么样的伴侣呢？”

武菁菁这才意识到自己跑题了，她抱歉地笑笑：“噢，对不起，我？医生工作繁忙、加班急诊是常规，希望未来的他能支持我工作。”

“我特别敬重你们做儿科医生的，孩子的健康靠你们了。”文彬大方表白，语气诚恳。

菁菁忙说：“这是我们做医生的职责。谢谢您的理解。”

文彬张口就来：“不客气，希望我们今后多交流，多沟通，您能给我这个机会吗？”

菁菁矜持地笑笑：“啊，好的，认识您很高兴。”

两人正聊着，小舟跑上台：“我是这位文先生的儿子，我很喜欢这位医生阿姨！”他当场向菁菁表达了崇拜之情。

全场嘉宾都被文小舟的热情感染了，大家鼓起掌来，文彬和武菁菁看着文小舟不知如何是好。雪菲的脸色不好看了，可身为主持人，在大庭广众之下只能忍耐。

张大雨再次上场：“哎，这位小同学，谢谢你支持爸爸再婚，如果中国再婚父母都能得到你这么懂事的孩子的支持，父母会更幸福的。好，我们欢迎下一组嘉宾登场。”张大雨及时引导青年组男女嘉宾上场。

武萌萌刚一上场，她清秀的容貌就赢得一众男嘉宾示好，萌萌礼貌地微笑着，她刚要婉拒，突然发现同事常建坐在男嘉宾的队伍里。

常建向萌萌大胆表白：“武萌萌，我愿意做你的男朋友！希望你给我一个机会。”

萌萌不敢多话，只能尴尬地站在舞台上。

雪菲看出了问题：“你们认识？”

常建答道：“太认识了，我们是同事。”

雪菲问：“那你为什么不在办公室表白？”

“没机会呀！怕被拒绝。”常建毫不掩饰。

萌萌终于说话了：“我答应你！”

常建兴奋，全场报以掌声鼓励。

原来，蕾蕾动员萌萌那天，常建恰好来给萌萌送狗粮，他听到了两人的谈话，他背着萌萌主动来电视台《择偶 1+1》栏目报名应征。

观众席上，爷爷、奶奶、武志强都看好了文彬和常建，王红嘀咕常建太年轻不牢靠，玉英还是在意小舟的存在。

节目录制完毕，雪菲吃醋和文彬闹气：“啧，够多情的，假戏真做了啊！”

文彬解释：“这不是为了还武大夫一个人情吗！你还不了解我。”

两人正说着，武菁菁来了。“雪菲，今天谢谢你和文彬这么帮我。”

小舟也凑了上来：“菲菲阿姨，谢谢你！你今天主持的真好！是真的，我崇拜你了。”

“啊，这是我的工作，没什么，你爸爸今天可是帮了栏目组的大忙了。”雪菲只好自己找台阶下了。

录制完后，蕾蕾、大雨回到办公室。大雨为今天的录制顺利而兴奋，蕾蕾却高兴不起来。“唉，我这俩姐妹白来了，都是熟人碰瓷！”

大雨说：“常建不错，他和萌萌般配。”

蕾蕾下了定论：“他比萌萌小，不成熟。俩人不行！”

“成熟和年龄无关。我看常建挺好，武导，你可别背后吹冷风。只可惜今天大姐的那位嘉宾没到场。”大雨替菁菁惋惜。

“可惜啥，他有这么个不懂事的女儿，我姐哪有闲工夫和他们掰扯。”

大雨同意：“是啊，我也觉得那人配不上大姐，没关系，今天大姐上了电视，她那么优秀，一定会有来应征的男士，下次你还得动员她来。”

“我？我要劝她，她更不来了。”

“为什么？”

“少啰嗦，干活去！”蕾蕾不耐烦了，大雨也不再多问了。

夜晚，常建找萌萌微信视频聊天。

萌萌问他：“你怎么不和我商量就来电视台征婚啊！搞得我太被动了。”

常建问道：“我商量你能同意？”

萌萌认真答复：“不同意！”

“给个理由！”

“我根本就不想结婚！”

常建说：“咱俩才多大，谁说马上结婚了。我真的很喜欢你，我要正式追求你！”

“不行！你这样咱俩连朋友都没得做了。”萌萌当场屏蔽了常建的微信。

常建看着被拉黑的微信，哭笑不得。

一周后，李末看到了武萌萌相亲的视频，他已经从武菁菁那里了解了萌萌离婚的理由。他看着武萌萌公开接受了常建，心里不是滋味，又喝得大醉。

文彬和刑警队刘队长聚餐。老战友三杯酒下肚：“文彬，武菁菁真是个好女人，知性、美丽，她比雪菲适合你。”

“武大夫人是不错，可年龄太大了，我没看出她有什么女人味，你不知道，别看她外表文静，脾气很倔的。”

老刘摇摇头：“你呀，好了伤疤忘了疼！”

文彬不服气。“哎哎，别咒我啊，我不会总倒霉吧！”

俩人正交谈着，小舟来电话了，他又和雪菲因为看电视闹起了矛盾。

文彬叹气：“唉，这俩冤家，怎么又吵起来了。”“

“该！你找了不会疼人的小女人，以后受罪的日子长着呢。”刘队长又点他。

文彬不以为然：“爱情需要激情，激情，你懂吗？我对老姑娘真没感觉！我喜欢年轻的。”

文彬的表姐也看到了这次的电视征婚节目，她给玉英打来电话，希望再次撮合文彬和菁菁这对年龄相当的男女，玉英还是因为小舟不同意。

爷爷、奶奶埋正怨玉英太挑剔，菁菁回来了。“爷爷、奶奶，人家文彬有对象，就是那个主持人雪菲。”

爷爷问：“那个主持的女孩才多大？二十刚出头吧。”

“爷爷好眼力，22 岁。”

奶奶急了:“哟,这个文彬看上去挺厚道的,可找对象真不靠谱,他们长不了!菁菁，他配不上你，不要他！”

菁菁乐了：“奶奶，我本来也没看上他，我们俩不合适。”

## 三

电视台走廊,蕾蕾正在接电话:“麦克,你别再说了,没有什么原谅不原谅的,出了这种事一定是两个人的问题。我们无缘了。”

就在这时，雪菲和大雨路过，他们无意中都听到了蕾蕾的电话。

蕾蕾刚走进办公室，雪菲就迎了上去：“姐，你看看我的婚纱照怎么样？”

“挺好的。”蕾蕾敷衍着，她心情不好，不想说话。

“姐，我周末订婚，你来参加啊！我把请柬发到你微信上了。”

“终于修成正果了，祝贺啊！有时间我就去。我先忙啦！”蕾蕾走了，雪菲得意极了。

张大雨看到了这一切,蕾蕾刚一离开,他忍不住了:“雪菲,你什么意思啊！”

“我怎么了？”雪菲装无辜。

“你是成心恶心武导吧，你知道她最近和男友闹了别扭。太不厚道了，蕾蕾没少帮你。”张大雨为蕾蕾打抱不平。

雪菲讥讽他：“哟，雨哥，咱原来可是大家的妇女之友，修电脑、煮咖啡、答疑解惑，对谁都有求必应，怎么现在这么多话？不就是‘雷婆婆’让你做了栏目导演吗？就这么拍她马屁呀！”

“你！”大雨气结。

“雪菲，你对我有意见可以提，别跟个刺猬似的到处扎人，大雨嘴笨，说不过你。”蕾蕾又回到了办公室。

雪菲尴尬地看着蕾蕾，不知怎么接话。

蕾蕾正言道：“张大雨的工作能力有目共睹，他用不着拍我马屁。你年纪轻轻的，把心思用在工作上多好！”

雪菲没敢再多话，走了。她就要和文彬结婚做全职太太了，才不屑这份电视台的工作呢。

蕾蕾心情烦躁，肚子又疼了起来，她捂着肚子趴在了办公桌上。“喝杯热茶！”张大雨默默地把一杯冲好的红糖姜茶送到她面前。

蕾蕾头都不抬。“你们那节目的剪辑不够流畅啊，你工作也得多上心。别管我！”

“一罐红糖，一罐姜片。我忙去了。”大雨边说边把两个大口瓶子放到了桌子上，然后出去了。

大雨走了，蕾蕾这才抬起头来，她的眼圈红红的，要强的蕾蕾受不了大雨的关心，她不愿意让别人看到自己的脆弱。

武菁菁在出门诊，这几天挂她的门诊号的小患者更多了。

小患者的家属们都争相来看上电视征婚的儿科医生武菁菁，“呀，武大夫比电视上还漂亮。男人眼睛都瞎了，多好的女人！是啊，怎么把自己耽误到四十，太可惜了。”

低调的武菁菁听到这些议论很尴尬，可她是为了堂妹萌萌陪绑上电视征婚，作为武家长姐，她只能默默承受这种人为的压力。

中午，菁菁到食堂吃饭，王俊明见到她。“菁菁，你上电视表现得不错，展示了儿科医生的风采，为咱们医院做了免费的广告啊！”

“谢谢院长表扬。”武菁菁离开了食堂。

医院医务处办公室里，老穆跷着二郎腿，喝着龙井茶，优哉游哉。混个太平到退休就是他的标准。

老婆来了电话：“老穆，你托我给武大夫找对象的事有戏了！这两天我这微信里尽是和我打听武大夫的，都说好看、稳重呢。”

“那太好了，你抓紧物色吧！”老穆也很高兴。

夜晚，酒吧里，蕾蕾和张大雨在喝酒。蕾蕾面前已经摆了一溜酒杯了，可她还是意犹未尽。

大雨说：“武导，你不舒服，别喝了，回吧。”

“你是男的吗？让你陪我喝酒，你才喝了两杯，倒劝我别喝了。”蕾蕾很不满意大雨的酒量。

大雨耐心地劝导：“姐，你不就失个恋吗？你那男友只同居不结婚，长得人模狗样儿，骨子里却是个不肯负责任的巨婴儿，本来就不靠谱，至于这么难过吗？”

“谁不结婚？是姐不想结！我们俩有不婚合同！”蕾蕾还清醒。

“不婚合同？！你？真行！”大雨无语了。

蕾蕾醉眼蒙眬地盯着他。“我和麦克三观一致，不像你，你想在都市闯天下，未婚妻却想拉你回老家过小日子，你们要是结婚后还这么南辕北辙的，矛盾少不了！”

“我找的是过日子的媳妇，又不是工作伙伴，我多让着媳妇就是了。姐，你还是找个合适的人结婚吧。”大雨不认同蕾蕾的观点。

蕾蕾不耐烦了：“你怎么那么爱管闲事呢？当红娘上瘾啊！我不结婚，不结！你谁呀！”蕾蕾的嗓门大了起来，她醉了。

张大雨看着她，蕾蕾捂着肚子，脸色喝得通红，毫不设防地趴在酒吧前台前。不知为什么，他竟然对这个大姐领导有些心疼起来。

## 四

周末，武家聚餐日，仨姐妹齐聚武志强家，王红也在。饭后，客厅里，大家围坐在一起聊天。

爷爷看着三个孙女，老生常谈：“我的任务你们完成得怎么样了？电脑上、电视上都找了，就没个合适的？”

三个孙女没说话。

奶奶说：“你这老头，这人说找就能找着了？一生的大事。”

玉英看看王红：“弟妹，我看那个常建挺好一孩子，阳光帅气，单纯。”

“那孩子长得倒是不错，就是没什么上进心，就知道玩游戏！玩心太大！”王红惋惜。

蕾蕾乐了：“婶，常建才多大，90 后都那样，节目播出后，给栏目组打电话约我姐和萌萌的人真不少呢。姐，萌萌，回头我把优质的相亲名单整理好发你们。”

老人听了蕾蕾的话，脸上都流露出欣慰的神情。萌萌正查看着手游旅行青蛙是否回家，忙得不亦乐乎，对蕾蕾的话没什么反应。

菁菁却爆发了："这两天出诊跟要猴似的，一拨拨地来看我，我真后悔上电视相亲，蕾蕾，你以后少整这些没用的，我还要工作呢，我谁都不见。"

屋里的人都惊讶地看着菁菁和蕾蕾，志强夫妇生怕火暴脾气的蕾蕾当着老人的面和菁菁吵起来。

可蕾蕾却安慰起菁菁来。"好好，不看，不看了，听你的。你别急呀。"

志强夫妇松了一口气。不过，老两口也暗暗为大女儿脾气变坏担忧起来。

爷爷听了菁菁的抱怨："唉，都怪爷爷心急，催你结婚太急了，你是个医生，这上电视相亲是太招眼了。"

半天没说话的奶奶发言了："招眼怎么了，我们菁菁这么好的孩子就应该让大家都认识她。上电视找爱情，不坑不骗正大光明，丢谁人了。"

王红也说："是啊，菁菁，我知道你是为了萌萌才去的电视台，婶谢谢你。"

菁菁看着屋里的长辈们，她没办法诉说心里的苦闷心情，其实，如果不是王俊明的祝福，菁菁对电视相亲已经释然。可王俊明的一番话却让菁菁心里很不舒服。自己四十未婚，前任却婚姻幸福，她有种说不出的别扭。

菁菁勉强道歉："对不起，蕾蕾。"

"嗨，咱姐俩客气啥，确实是我考虑不周。"蕾蕾爽快接受。

志强忙说："嗨，你们姐俩，从小都是老大让着老二，现在大了，老二知道体谅姐姐了，菁菁，你妹妹是不是懂事了？"

"嗯，蕾蕾现在挺好的。"菁菁看着爸爸期待的目光，她强作欢笑。

蕾蕾心情大好："萌萌，说真的，现在搞对象就得是兔子能吃窝边草，你那同事常建，年龄、颜值、人品都不赖，你先完成爷爷的任务，订婚得了。"

萌萌只顾低头关注着手游中自己的那只旅行青蛙，没听见蕾蕾的话。王红看她这副样子就来气，刚要上去夺下萌萌的手机，蕾蕾却喊了起来："萌萌，你那只青蛙出去几天了？我的可走了十天了，还没舍得回来呢。"

"姐，你也玩这个？"萌萌疑惑。

蕾蕾不高兴了："怎么了，这游戏也有年龄限制？许你玩不许我玩啊！"

王红说："萌萌，你二姐建议你和常建订婚，你听到没有啊！"

萌萌看着蕾蕾："常建那天是出于同事友谊帮我，我俩没电。二姐，结婚干吗？我和你一样，没兴趣。"

王红急了："你？没兴趣你去电视台相亲干吗？白耽误工夫！"

"那还不是你逼的，二姐求我，我也想帮帮大姐。"萌萌的这番话让全家人都很扫兴，蕾蕾更是沮丧。

几天后，蕾蕾来找萌萌，她拿出了两张高级攀岩会所的高级会员卡。“你一张，菁菁一张。这种地方认识优秀男士的机会多。大姐每天三点一线，生活太单调。你说让她陪你，她才有可能去。”

萌萌没推辞。她自己对婚姻没兴趣，可是大堂姐四十了，还没男朋友，她得帮她。“好吧，这忙我帮。不过，二姐，我也求你点事行不行？”“说吧。”

“你能不能帮流浪动物救助站在电视台办几期公益节目。”“嘿，又是动物。萌萌，你也不小了，能不能多关照关照自己。”

萌萌一乐：“我有你们二老在前，不急，二姐，我什么时候吃你的喜糖？”萌萌一谈个人问题就拐弯。

“不管你了。我呀，不看重那张纸，有爱情足矣！哎，可别把这话告诉家里那几位老人家，我不愿意听他们上课。你的事要找机会，放心，我一定帮你。记住，别跟菁菁说卡是我给的。车还在外边等着呢，走了。”蕾蕾知道轻易难以说服萌萌走出情感禁区，她也懒得说了，匆匆赶回台里做节目去了。

萌萌故伎重演，她缠着菁菁陪她去攀岩馆活动，她的理由是爱运动的男人身体好，心态好，她想在运动中遇到爱情。菁菁疼惜萌萌这个武家最小的妹妹，从不爱运动的她只好跟着萌萌来到攀岩馆。两个人换好运动装，来到攀岩场地，看着高耸的攀岩壁直发怵。

“阿姨！阿姨！”是文小舟。他见到菁菁，眼睛发亮。

菁菁见到他也很高兴。“小舟，你也来了。”

文小舟朝岩壁方向高喊：“爸爸，菁菁阿姨来了。”

文彬和战友——刑警队刘队长已经爬到了岩顶，他们听到喊声，迅速下滑，一眨眼就下到了地面，菁菁、萌萌看着他们羡慕不已。

文彬给老刘和武菁菁、武萌萌相互做了介绍，老刘看着真人版武菁菁，满眼欣赏。

老刘说：“欢迎二位女士，你们玩过攀岩吗？嗯？是第一次来吧？想学吗？”老刘一眼就看出这二位根本没来过。

“想学！”萌萌回答得痛快。

“我？我不行，我恐高！”武菁菁却面露难色。

“文彬，你教武大夫，我来教这位小妹，怎么样？”老刘转业后当刑警多年，说话直率。

文彬说：“武大夫！来，别怕，安全带很结实，你要勇敢些，攀岩运动是全身运动，练协调、练脑子。”他边说边给菁菁做示范。

菁菁有恐高症，她本来不想攀岩，可又不想让热情的文彬尴尬，只好咬牙开始攀岩。可她臂力太小，手脚协调很差，她总是达不到文彬的要求。

“武大夫，别往下看，就不会恐高，往上看，脚蹬住，别怕，我保护你，你不会摔下去。你这动作也太不协调了。你真是个女的。哈哈哈！”

文彬看着武菁菁笨拙的攀岩姿势笑了起来，菁菁满脸通红。

小舟提醒：“老爸，阿姨第一次攀岩，你耐心点！”

“噢，武大夫，我不是笑你，我是真没训练过女兵！对不起。把手给我！对，使劲！”文彬耐心教菁菁。

就在这时，雪菲来了，她看着文彬拉着菁菁的手，当场掉了脸子。她大喊了起来：“文彬，你下来！”

文彬意识到雪菲不高兴了，可儿子发话了，不能不照顾儿子的救命恩人。他假装没听见想装糊涂和稀泥。

文小舟跑到雪菲面前。“菲菲姐姐，阿姨是新手，你就让我爸教教她呗。”

“不行，那我攀岩谁保护我呀！”

“我！”小舟很仗义地拍拍胸脯。

雪菲斜了他一眼:“你？还保护我？文彬,你下来！”雪菲不管不顾喊了起来。

“别喊别喊，我下来！ 武大夫，我们下去，你慢点。”文彬无奈地保护菁菁回到地面。

他俩刚落地，雪菲就冲了过来：“文彬，你那手放哪儿了？”她狠狠盯着扶着武菁菁腰部的文彬。

文彬坦然道：“怎么了？我要保护武大夫呀！她是第一次攀岩。”

雪菲满脸讥讽：“用得着你献殷勤啊！武大夫，文教练教得不错吧？”

文彬皱起了眉头：“雪菲，你过分了！”

萌萌在一旁冷眼观察着，菁菁看出雪菲不悦，急忙说:“噢，你们练吧，小舟，我渴了，你带我们买水去吧。”

更衣室里，菁菁、萌萌已经换好了衣服。文小舟向她们道歉，“对不起，你们今天没玩好，下次让爸爸单独教你们，他比教练教得好。”

菁菁安慰他：“今天体验了一把，挺好的。你的身体恢复得这么快，都是经常参加体育锻炼的结果，要坚持。”

菁菁和萌萌离开了攀岩馆，文小舟坐在地上跟自己赌气，他是烦透了爱吃醋的穆雪菲，无奈爸爸非要娶雪菲为妻，他很郁闷。

回家的路上，萌萌注视着菁菁若有所思。

菁菁问：“你想什么呢？半天不说话。”

“大姐，那个文大哥不错，热情，能干，你们年龄也相当。”

“去去，你起什么哄？他有女朋友。”

“我看小舟死不待见她，她和文彬年龄相差那么远，够呛能成。”

“他俩不成，我和文彬也不合适，我们没眼缘。”菁菁没撒谎，她历来选择异性的审美标准倾向于书生型，对外形魁梧、皮肤略显粗糙的武夫形象的男人没感觉。

蕾蕾自己的情感亮起红灯，可心里却记挂着萌萌的婚事。一天，她在台里的综艺栏目直播现场见到了吉他手李末。三年前，李末和萌萌结婚时蕾蕾还没有回国，这是她第一次见到这个前妹夫。

李末用低沉的声线弹唱着忧伤的爱情歌曲，他忧伤的神情深深打动了在场的所有观众，蕾蕾也被他深深吸引，她本想找李末好好谈谈，可李末演完自己的节目就闪了。

当天夜里，蕾蕾给菁菁打来电话：“姐，我见到李末了，这孩子真是受伤不轻，看来他是真爱萌萌。”

“是的，两个人都是初恋，感情基础好得很。”菁菁惋惜不已。

“姐，咱俩得想办法撮合这对小冤家。”

菁菁叹息道：“谈何容易，萌萌伤李末太深。我把萌萌离婚的原因告诉了李末，李末当时什么也没说就撂了电话。”菁菁不看好两人的未来。

蕾蕾说：“姐，我们俩再试试，给他们创造个见面的机会。”“能行吗？”“行不行也要试一试，死马当活马医！”很多年了，姐妹俩第一次交流顺畅。

## 五

一个傍晚，两位姐姐约萌萌到一家茶楼相聚，萌萌如约而至。

可当她见到前夫李末坐在两位姐姐身旁，脸色大变，慌忙逃走了。

“哎，萌萌，你回来！”蕾蕾要去追她。

菁菁道歉：“李末，对不起，我们没有告诉她你也来，她没做好准备。”

李末看着满脸歉意的两位姐姐，苦笑了：“大姐，二姐，谢谢你们的好意，别再费心了，我们俩的缘分尽了。”他说完就离开了茶楼。

蕾蕾看着菁菁。“得，俩人都较劲，咱们这不是瞎耽误工夫吗？不管了。”

“婚姻解体完全是萌萌太任性，你不管我管。”菁菁不喜欢蕾蕾随性的态度。

就在这时，蕾蕾的手机响了，是麦克打来的，他想约蕾蕾见面，蕾蕾当场拒绝了，菁菁看出了蕾蕾的情感出了问题。

菁菁问道：“吵架了？”

“没事！我们结束了。”蕾蕾不想多说。

“抓紧结婚吧，你不小了。”

“不想结！”蕾蕾情绪低落。

菁菁说：“爷爷催我们结婚是为我们好，我和萌萌找不到合适的没办法，可你和麦克都相处多年了，彼此了解得够深了，结婚吧。”

蕾蕾强调理由：“男人都靠不住，说变就变。我有工资，养活自己绰绰有余，干吗要结婚。”

“孝顺，孝顺，顺，就是孝！我是羡慕你有情投意合的爱人，不像我，找不到。”

蕾蕾不爱听了。“不结婚就不孝顺？！我可不能为了让老人高兴就失去独身的自由！我走了，台里忙着呢！”

蕾蕾走了，她把菁菁一个人撂在了茶楼里。

菁菁一心要撮合萌萌和李末复婚，她准备各个击破。她给文彬打电话询问最近是否联系过李末。

“武大夫，你问他干什么？这小子不接我电话。都是你那古怪妹妹害得李末有家不回。”听得出来，文彬有情绪。

菁菁不好开口求文彬了。

小舟来电话约她聚餐，菁菁抱着试试看的心态把萌萌和李末的事情讲给小舟听，小舟立马表态：“阿姨，多大点事啊！我喜欢萌萌小姨，你看我的吧。”

小舟求爸爸帮忙撮合李末和萌萌，文彬一口回绝。因为萌萌的任性离婚，三年了，李末固执不回家，就那么在几个城市当歌手飘着。每次，文彬刚查到他的线索，他就溜了。最近，他才回到了北京。文彬不相信李末还能原谅萌萌。小舟和文彬开始闹气，文彬就要和雪菲订婚了，他想讨好儿子，也算还武菁菁的人情，这才答应试试看。

当天晚上，文彬带着小舟一起到郊区出租屋来找李末。

兄弟俩开始拼酒，李末醉醺醺的不停地叫萌萌，文彬亲眼所见李末对悔婚的萌萌耿耿于怀。

文彬急了：“李末，你傻呀，萌萌的心太狠了，她有什么好的，有点出息好不好？”

“哥，萌萌不好，那你呢，你忘得了她吗？十年了你都忘不了！咱俩是一对傻瓜！”李末不服气地反驳着文彬。

“嗨，你提她干什么？来，干！”文彬陪着李末一起喝，两个人越喝越多。小舟劝都劝不住，他担心地看着已经醉得爬不起来的两个大男人。

一箱啤酒下肚，文彬喝得不省人事，李末吐血了。

小舟吓坏了，他急忙给菁菁打电话："阿姨，我爸和二爸喝酒，两个人都醉了。二爸吐血了，我怎么也叫不醒他们俩。呜呜！"小舟哭了起来。

"小舟，你别哭，告我地址，救护车马上到。"武菁菁立即联系了救护车，她迅速赶到了医院。

小舟不哭了，他又慌忙给雪菲打电话，可雪菲正忙于逛街置办订婚礼品狂扫货，根本不接电话。

急诊室里，医护们正在抢救文彬和李末。菁菁匆匆赶来，她看着躺在诊疗床上的文彬和李末，内疚极了，她后悔不该让文彬去找李末。

经过医生的抢救，文彬醒了。

菁菁训斥他："文先生，你去和李末谈心，怎么喝那么多酒啊！你不要命，你要喝坏了身体，小舟怎么办？你这个爸爸怎么当的？"

文彬辩解："你让小舟忽悠我去找李末，我弟伤心，我这当哥的不得陪几杯呀，都是你那个好妹妹造的孽！武家女人我们惹不起。"

菁菁看着文彬喝得煞白的脸："是，我错了，我道歉，我就不该让你去找李末。"菁菁离开了急诊室。

小舟追了出来。"阿姨！你别生我爸的气，他就是缺个人管住他喝酒。"

菁菁问："雪菲不管他？"

小舟生气："她才不管呢，她只有花钱的时候才想起我爸。"

"小舟，你回去照顾爸爸吧，我去手术室等李末做手术。"菁菁说完就朝手术室跑去。

菁菁正在手术室家属等候区坐着，文彬提着输液瓶赶来了。他身后跟着小舟。

文彬问道："武大夫，李末怎么样了？什么情况。"

菁菁所："确诊胃出血。正在做胃部切除手术。他失血过多，再晚来一点就有可能抢救不过来了。"

文彬懊悔："我，嗨！我混蛋！我不该和他拼酒！我害了他。"这时，雪菲赶来了："对不起，我没听见电话，哥，你没事吧？"

文小舟白了她一眼。"你怎么才来？要不是菁菁阿姨帮忙叫了救护车，我爸和二爸都得出大事。"

"你爸喝醉酒是他自己不节制，我能天天看着他吗？"雪菲的嗓门不小。

小舟说："哼，我爸自从和你认识，酒喝得更多了，你和他在一起就知道拼酒，什么时候劝过他戒酒？"

"我？我这不是投其所好嘛！"雪菲的声音低了下来。

文彬看着这俩人："你们别吵了，这是医院。"他的身体还很虚弱。

小舟哭了："穆雪菲，你没安好心，你就惦记我爸的钱！讨厌！"

"你！你！"小舟这话说重了，雪菲气得说不出话来，她扭头跑了。

文彬看着雪菲跑远的身影，又看看眼泪汪汪的儿子，他无奈地闭上了眼睛。

菁菁注视着文彬和小舟，不禁对这爷俩充满了同情。

## 六

李末手术成功，胃被切除了五分之二。菁菁把他安排在特护病房，菁菁每天都来看望他，文彬抽空就到医院来照顾李末。

李末毕竟年轻，伤口愈合得很快，可他情绪消沉，住院三天不说一句话，消化科主任对李末的精神状态表示担心。

一天晚上，值夜班的菁菁她又来看望李末。李末睡着了，他嘴里喃喃自语，菁菁凑近了听到了一个名字：萌萌！

菁菁看着病弱的李末，眼泪掉了下来。她跑出了病房。

萌萌正在家玩着手游。菁菁来电："萌萌，你马上到医院消化科病房，李末手术住院了。"

"大姐，他做了什么手术？"

"为你喝酒过度吐血了，刚做完胃切除手术。你快过来！你要是不来，就别做我妹妹了。"菁菁说完就撂了电话。

萌萌懵了，她拿着手机在发呆。

就在这时，常建来取萌萌 COSPLAY 服装，萌萌一把拉住他。"常建，你陪我去医院。"

"你怎么了，病了？"常建担心起来。

萌萌摇摇头："你别问这么多。"她拉着常建就离开了家。

她俩刚走，王红也匆匆忙忙地跑下楼，打了一辆出租车直奔医院。原来，她无意中听到了医院二字，她怀疑女儿未婚先孕。

常建开车带着萌萌来到医院，俩人直奔消化科病房，王红跟踪而来。

菁菁在等萌萌，她把萌萌带到了李末床前。萌萌看着病床上瘦弱的李末，眼泪扑簌簌地流了下来，常建猜到了李末的身份。

李末醒了，他见到了站在床边的萌萌，笑了。

突然，王红闯了进来。她快步冲到李末的病床前，一句话不说，拉着萌萌就往病房外边走。

萌萌大吃一惊"哎，妈，你怎么来了？"常建不知如何是好，还是菁菁反应快。"婶，我们到外边说。"一行人出了病房。

李末的神情中充满了担忧。

王红瞪着萌萌："人家都不要你了，你还来看人家，你真犯贱！"

萌萌不想隐瞒："妈，是我提出离婚的，跟李末没关系。"

王红不信："不可能！到这时候了你还护着他！"

萌萌说："妈，我说的是真的。"

王红逼问："为什么？说呀！"

"因为你和爸爸要离婚，我不再相信爱情，不想结婚了！"萌萌毫无铺垫地说出了这番话。

王红看着女儿，萌萌表情平静，黑白分明的大眼睛不存半点瑕疵，王红信了，她倒在了地上。

王红心脏病再次发作，这次幸好就在医院，医生抢救及时，她脱离了危险，住进了心血管病房。

第二天，武志强全家都知道了萌萌和李末离婚的真正原因。

厨房里，武志强和玉英忙着给李末、玉英煲汤；客厅里，爷爷、奶奶为李末和王红的病情揪心。武家没了欢笑声。

最近，电视台在改制，蕾蕾每天忙乱。当她得知爷爷、奶奶为了萌萌、李末的事情寝食不安，她抽空跑了回来。

蕾蕾说："爷爷，奶奶，你们得好好吃饭，萌萌的事情交给我了。我有办法让他们复婚。"

玉英打断了她的话："瞧你能的，萌萌把人家李末伤成那样，李末怎么回头？"

蕾蕾认真起来："据我所知，李末深爱萌萌，萌萌也没忘了李末，都是萌萌不懂事，一时冲动办了荒唐事。只要感情在，复婚有戏。"

爷爷问："不会这么简单吧，萌萌把李末这孩子害苦啦。"

"是啊，蕾蕾，你不是为哄我们开心才这么说的？"奶奶也表示怀疑。

"我没有蒙你们，李末酗酒，就是因为他忘不了萌萌，人哪，只要还在念着，就是有感情。萌萌呢，这三年不和任何异性交往，没有再婚的打算，这不是俩人都在较劲吗！我去医院看看李末。"蕾蕾走了。

爷爷说："嗯，蕾蕾分析的有道理。唉，都是你那小儿子做的孽哟！"

"你，儿子都被你赶出去三年了，有完没完啊！玉英，蕾蕾真能管好萌萌的事？"奶奶不爱听，转移了话题。

"妈，我常催着她点，你别急。"玉英虽然安慰老人，可心里其实并不相信蕾蕾的话。

半天没说话的武志强发言了："爸，妈，放心吧，蕾蕾见识广，她跟萌萌好沟通，只要李末还喜欢萌萌，这事准成。”两位老人大喜。

李末还没出院，王红就拖着病体亲自来照顾李末。萌萌每天都来给李末和王红送饭，可她就是不和李末交谈。

蕾蕾来医院看望李末，恰好撞见萌萌守着睡熟的李末偷偷抹眼泪。她把萌萌叫出病房。“萌萌，看看你把李末折磨成什么样了，你不心疼？”

萌萌低头不语。

蕾蕾说：“萌萌，等李末病好了，你和他好好沟通沟通，心里有什么心结都解开，别闷在心里。多大点事啊。你们结婚、离婚，整得惊天动地的，差点出人命。”

萌萌说：“婚都离了，我们没什么可谈的。”

蕾蕾劝她：“婚离了可以复，去一趟民政局，本还是那色，内容大不同了！”

“我不想变内容，麻烦，一个人清净，二姐，咱俩都和大姐做伴挺好。”

“好什么好！她俩老大不小不结婚，当老家的都跟着着急，你不想结婚别拉着你俩姐姐，走走走，我怕看见你心里堵！”王红听到了萌萌的这番独身歪理，她气得轰走了萌萌。

# 第七章 窝心

## 一

病房的门开了。“儿子，儿子！妈来了！”随着声音，李末的母亲赵爱莲扑倒在儿子床边，大哭起来，父亲李水根看着儿子，眼圈也红了。

孩子是父母的心头肉，三年不见，儿子病成这样，父母能不着急吗！赵爱莲抽泣不止。李末看着两鬓斑白的父母，落泪了。他心知肚明，一定是文彬没有遵守诺言叫来了父母。

王红闻讯赶来，她见到亲家羞愧难当。“啊，亲家，你们来了。”

赵爱莲冲着王红嚷嚷起来：“谁是你亲家！我一个健健康的儿子，现在成了这个样子？都是武萌萌害的。”

菁菁担心王红的身体，急忙上前：“阿姨，李末酗酒怪我，本来我是看李末心情不好，想让文先生跟他好好谈谈，谁想到他俩一起喝大了。”

赵爱莲气得喊了起来：“婚都离了，有什么可谈的。你们姓武的一家人都有病吧！”

文彬进来了：“妈，都是我混蛋，我没有照顾好李末。你骂我吧。别怪武大夫。”

赵爱莲起了疑心：“你跟武家大姐什么关系呀，这么护着她！”文彬不知怎么接话了。

李水根忙说：“孩子还病着，你吵吵什么，有话好好说。”

王红诚恳道歉：“都是萌萌的错，真的对不起，我代女儿向你们全家赔罪，都怨我和他爸爸不该在婚礼前谈离婚。”

赵爱莲气更大了：“哟，我说呢，你们这家长当得真称职啊！上梁不正下梁歪！”

“你不能这么说话呀！我……”赵爱莲的话太伤人，王红脆弱的心脏承受不了了，她心慌地跌倒在地。

赵爱莲吓坏了：“哎，我又没打你呀！你别想讹我？”菁菁急忙叫来大夫抢救王红。

李水根和李末都埋怨赵爱莲太过分，赵爱莲一赌气离开了病房，可她刚走到电梯口，就撞上了站在电梯间的武萌萌。

萌萌面对着这位昔日的婆婆不知如何开口，赵爱莲见到她上去就是一巴掌：“李末被你折腾得差点没了命！”

萌萌不躲不闪，表情木然，李水根赶来拉走了情绪激动的赵爱莲。

菁菁安置好王红回到李末的病房，文彬埋怨道：“你看看武萌萌干的这叫什么事。”

菁菁替堂妹辩解：“她不是太年轻了嘛！谁都不是完人，她又不是故意的。”

“不是故意就行了？她一个人搅得两个家庭都乱套了。你还想着让他们破镜重圆！就算李末肯原谅，可你看刚才那阵势，萌萌回得了李家吗？”文彬说出了心里话。

菁菁问他：“那你说个解决的方案。”

“简单，李末和你的奇葩妹妹从此老死不相往来。”文彬要快刀斩乱麻。

“没问题，只要李末能放下，大家都安心了。”菁菁看看一直不说话的李末。

李末满脸抱歉：“我没事。大哥，大姐是为我好，我替我妈向阿姨道歉。她一直不知道我们为什么离婚，也是气懵了。”

李水根回来了，文彬向他道歉：“这三年，李末一个人在北京，我没有找到他。这次又跟他拼酒，他才得了这场大病，都是我的错。爸，你骂我吧。”

李水根直摇头：“唉，男人事业第一，李末这三年就这么荒废了，不肯回来接手李家的生意，每天为儿女情长消沉，没出息。”

王红在医院调养了十天，各项指标正常后出院回家静养。

夜晚，萌萌在卧室里和父亲微信联系。她早就偷偷重加了父亲的微信。萌萌向父亲诉说着思念之情，盼望父亲武志刚早日回家。

武志刚离异后向单位申请驻海外监理工程，他为女儿离异后的不婚状况焦急，可又鞭长莫及。

电话来了，是常建。“萌萌，我重新申请好几天了，你真不加我微信了？”

“不加！”

常建可怜兮兮地再次恳求：“好，不加就不加。我再说一遍，我是真心实意想和你发展比纯友谊进一步的感情。”

“我不想再进围城，是认真的，别再让我重复了。我们聊得来，哥们交往没问题，你要再添乱，那真的连朋友都做不成了。”萌萌刚打完电话，王红进来了。

“你真不想结婚了？”萌萌知道母亲又在外偷听了，她很无奈。

王红了解女儿对她的不满。“我没敲门，听到了你的隐私，对不起。以后我会注意，你可别背着我跟你爸联系。不是他出轨，我们不会离婚。你也不能和李末闹成这样。不说了，想起你那混蛋爸爸我就堵心。”王红关上门走了。

## 二

老穆媳妇费了九牛二虎之力，终于给武菁菁物色了银行高管，五十出头、离异的黄金王老五尤前宽。

一天中午，老穆在医务处安排了尤前宽和武菁菁见面。

尤前宽微笑着伸出了手。“你好，武医生，久仰大名。幸会！”

“你好！“菁菁礼貌回应。

这男人放肆地盯着菁菁：“嗯，看着可不显老。比照片还漂亮，医生就是会保养。菁菁，认识你很高兴。”他这几句话一出口，武菁菁第一眼对他的好感荡然无存。

“谢谢。尤先生，我们不合适。穆主任，我下午还要出门诊！”

武菁菁走了，她没给人家留一点余地，当场回绝了。

老穆很尴尬：“真是个老姑娘，不会说话。前宽，她这人性子直，你别介意啊！”

尤前宽却说：“有个性，我喜欢！”他要了武菁菁的电话喜滋滋地走了。

老穆一个人坐在医务处，脸色难看。他本来是为了巴结王俊明才给武菁菁介绍对象，可没想到武菁菁这么不给他面子，他恨上了武菁菁。

尤前宽几次打电话约武菁菁聚餐都被拒绝。武菁菁外表温柔，却不容易妥协，若是她看不上的男人，从不会给别人半点机会的，这也是她为何四十岁还没有找到一个合适伴侣的原因之一。

尤前宽离婚十几年了，只有他看不上别人，还从没有被女人拒绝过。常胜将军居然败在一老姑娘手上，他反而对武菁菁来了兴趣。电话约不到，他干脆到医院堵着武菁菁。武菁菁被他缠得实在心烦，她不知怎么摆脱这个尤前宽。

蕾蕾知道了这件事，主动请缨：“姐，我认识这人，我帮你！”

蕾蕾拉着大雨去银行找尤前宽：“尤总，我给您介绍一下，这是《择偶1+1》的导演张大雨。我们想请您做这个节目的嘉宾。”

“不行，我是高管，让熟人看见多不好意思。”尤前宽是电视台广告部的老客户，他和蕾蕾很熟，可他并不知道武蕾蕾和武菁菁的关系。

蕾蕾激他：“大大方方为自己争取爱情，丢什么人？你都五张了还单着，不急呀。”

尤前宽问：“这节目交多少钱？”

张大雨连忙帮着忽悠。“一分不收，公益性的。尤总，您条件优越，我们单独给你做一期。别人可都是三个、五个的一起上的。谁让我们关系好呢！”

尤前宽动心了。“那让我考虑考虑。”

蕾蕾妩媚地一笑：“行，我们随时为您服务。”

蕾蕾和张大雨的关心让尤前宽十分受用。在蕾蕾的鼓动下，尤前宽鼓足勇气上了《择偶 1+1》节目。节目一播出，反馈良好，几百个女士应征，节目组编辑应接不暇，尤前宽挑花了眼，他再也不惦记冷冰冰的武菁菁了。

一天，一个四十出头的女人闯进了栏目组，她没等别人开口，就自我介绍起来。“对不起，我没有预约，打扰了。我叫孟小萍，四十岁，离异，孩子归对方，国企公司职员，有房。我等不及了，尤前宽先生就是我一直等待的梦中人。”孟小萍说话的时候，弯弯眼睛一眨一眨的，故作女儿态，有些做作，但确实妩媚娇柔，很风骚。她填好报名表走了。

蕾蕾说：“这个女人为了争取自己的幸福够勇敢的，不错哎。”

张大雨却说：“我看这个女人不稳重，电视征婚节目要讲诚信，还是了解了解她的人品再说。”

“报名表上写明了，如情况不属实，后果自负，有什么可担心的。”蕾蕾嫌大雨过于小心，张大雨无奈妥协。

蕾蕾看好了这女人的大方和口才，很快就为孟小萍安排了和尤前宽上电视见面的机会。孟小萍使出浑身解数，击溃了百余应征者，脱颖而出。她俨然成了京城征婚节目的大明星。紧接着，她以百倍的体贴和自身特有的娇媚对尤前宽狂追烂打，功夫不负有心人，没出一个月，尤前宽就被这个离异女人俘获了，两人开始了热恋。

尤前宽对节目组真心实意帮他心存感激。他主动给《择偶 1+1》节目拉来了赞助，蕾蕾正为这个意外的收获高兴呢，母亲玉英来电话催问李末、萌萌复婚的进展。

蕾蕾高兴不起来了，她放下电话嘟囔着：“催催催，我们家的长辈怎么那么爱催命啊！”

张大雨了解李末和萌萌的事，他提议：“武导，别发愁，你还是让菁菁姐出面给他们两个人做做工作吧。”

“不求她。我答应爸妈的，再想办法吧。”

两人正说着，麦克来了。“奈尔，我是来道歉的，我不想离开你，我和那个女孩没什么事，就是故意利用她气你的，咱们不闹了好吗？”美国长大的麦克坦率、真诚，他当着栏目组的人说出自己的心里话。

蕾蕾皱眉：“你当过家家呢，想好就好，想散就散。”

“我真的错了，原谅我好不好。”麦克可怜巴巴地求蕾蕾。

蕾蕾被他磨的没办法：“行，你先回去，再找时间细聊。我要工作了。快走吧。”麦克很听话，走了。

蕾蕾趴在桌子上又捂起了肚子，她这老毛病跟情绪有很大关系。这次，大雨送上了自制的红糖姜膏。“你应该去医院看看，总这么疼不是事。”

“女人的这点事，你别管，忙去吧。”蕾蕾不想去医院，她的脸色晦暗，嘴唇发白。

张大雨终于忍不住悄悄给武菁菁打了电话，告知了蕾蕾不能完成老人心愿的愁事以及蕾蕾的身体近况。

菁菁给蕾蕾来电话：“萌萌的事急不得，我会再去做李末的工作。你自己身体不舒服要抓紧看病，别把小病拖大了。”

蕾蕾感动：“嗯？噢，没事，就是要来老朋友了，过几天就好。谢谢。”蕾蕾刚放下电话，大雨进来了。

蕾蕾埋怨大雨：“嘴真快，你还给我姐打起小报告来了？太不爷们了！”

大雨说：“男人都喜欢软妹子，你就不能略微温柔些，别再逞能了。”

蕾蕾说：“我挺好的，谁稀罕男人疼！”

“为一个不负责任的男人痛苦，有病不看发邪火，谁也不欠你的，你要自己受罪那就是活该。”大雨说完就走了，这是他第一次跟蕾蕾说这么重的话。

蕾蕾愣住了，她默默地喝起了姜糖水，这时的她看去不再张牙舞爪，样子十分柔弱。

李末病愈了，父母接他回家了，可他住了半个月，就又回了北京，第一件事就是来找武菁菁，两个人在一家茶座聊天。

菁菁说：“李末，你恢复得不错，记住，可不能再酗酒了。”

“嗯，我不会再喝了。大姐，我想找萌萌好好谈谈。”李末说出了自己这次来京的意图。

菁菁看着神情落寞、消瘦的李末，格外心疼。“李末，谢谢你对萌萌的包容。她变化太大，原来那么爱说爱笑、阳光热情的女孩，可离婚这三年，每天除了照顾流浪动物就是玩游戏。”

李末说：“我都看到了，她是变化不小。”

菁菁认真分析起了萌萌：“我估计她一定懊悔当年冲动的离婚，她才二十六，特别抵触相亲，更别提结婚了。”

李末态度诚恳：“大姐，我原来以为是萌萌移情别恋，可现在我知道没有第三者，我想和她试着重新开始，你要帮我。”

武菁菁大喜：“李末，你说的是真的？太好了，我尽力。”

当天晚上，菁菁主动向蕾蕾通报了李末的近况，俩姐妹暂时达成了默契。两人约了萌萌谈心，苦口婆心劝说萌萌和李末和好，可两人说得口干舌燥，萌萌却执意不和李末见面，气得蕾蕾想揍她，菁菁也实在搞不懂了，原来乖巧懂事的萌萌为何在复婚问题上如此固执。

王红从菁菁那里得知李末为了萌萌又回到北京，感动得直掉泪，她看到了女儿复婚的希望，病好了很多。

一个周末的傍晚，萌萌兴冲冲从外边跑回来。

王红问她：“大周末，你在外边忙什么呢？”

“妈，咱们社区的流浪猫都做了绝育手术了，这回呀，这些可怜的流浪动物再不会为生了小猫又没能力照顾烦恼了。”

王红不解：“你自己不结婚，却热心管小猫生育的事，闲得没事干了？你给我个准话，你想不想复婚了？”

“不想！我不结婚！”萌萌秒回。

两个人分手已经三年了。破了的镜子，裂痕斑斑，不可能重圆了，萌萌心已死。

“你？好，我再也不想和你啰嗦了，你走吧，我不想再看见你，别再回这个家！”王红气得血压又高了。

## 三

这次，王红和萌萌动了真格，她逼着萌萌收拾行李离开家。萌萌提着箱子刚走出电梯，恰巧被散步回来的爷爷、奶奶撞见。爷爷不许萌萌离家，萌萌听从爷爷的安排，暂住到了大伯家。

王红把女儿赶走后，正独自在家伤心落泪，玉英登门告知萌萌的动向。

王红和玉英讲述心中的郁闷：“嫂子，我一辈子要强，那年恢复高考，我考上了一所专科院校，可这时候偏偏就有了孩子。他爸爸求我别打掉孩子，我也舍不得，就放弃了上大学。后来我考上了夜大，多亏婆婆帮我照顾萌萌了，我才拿到了本科文凭。”

玉英点头：“是啊，你边工作边学习硬是拿了个大本文凭，太不容易了。”

“我工作上那么要强，考出了会计师证。可就没想到却遭遇丈夫变心、女儿婚变，好端端的一个家就这么完了。”王红抱怨起来没完。

玉英忙说："小叔子太不争气了。你身体不好，不能再生气了。"她虽然嘴上劝着，心里却对被公公赶走三年的小叔子充满了同情。

萌萌每天按时上下班，回到爷爷家就帮着武志强夫妇干家务，外表看似平静，可只要谁一提复婚的事，她就打着哈哈拐弯，日渐消瘦憔悴。

奶奶叹息道："唉，算了，由她吧，别再逼她复婚了。"爷爷同意奶奶的意见，大家不再提复婚的事了。

文彬得知李末还是固执不愿意回家，他要接李末到自家养病。开始李末执意不肯，文彬发了脾气，李末才勉强同意。文彬给李末雇了一个会做饭的保姆，菁菁送来了营养食谱。李末一日三餐调养着，李水根夫妇三天两头寄来上好的营养品，李末的身体恢复得很快。

雪菲不理解文彬父子为何让这个没钱没势又颓废的李末住在家里。可她看到三人关系密切，不敢多嘴。

在常建的再三恳求下，萌萌重新加回了他的微信，但警告他不许超越朋友的友情。

萌萌从菁菁那里得知李末平安出院，她又恢复了以往的业余爱好：参加常建组织的线下游戏活动，拉着常建照顾社区的流浪动物，每天忙得不着家。武家长辈们都对萌萌的这种生活状态暗中焦急可又无计可施。王红和萌萌形同陌路不对话，武志强夫妇为娘俩来回递话。

又是一个周末，菁菁、蕾蕾回家看望老人。

萌萌见到菁菁很高兴。"大姐，你回来的正好，你介绍的那位兽医专家同学人真好，就这么两个月，他已经免费给社区流浪动物做了50台绝育手术了。回头你约他，我们请他吃饭吧。"萌萌说得眉飞色舞。

菁菁气急了："萌萌，你这心里除了小猫小狗就不能想点正经事儿？"

萌萌反驳："动物怎么了，它们也是有生命的，动物比人可靠。"蕾蕾瞪她："萌萌，你这是变态心理，得治！"

"二姐，我心态挺好。"

"嘿，你原来一挺乖巧的小女孩，现在脸皮比我都厚。"蕾蕾正损她，有人登门拜访来了，是常建。

爷爷问常建："孩子，你和我们萌萌发展得怎么样了？"奶奶也满怀期待地看着他。

常建不敢哄骗两位八旬老人："爷爷，我和萌萌就是同事，铁哥们！"

"哼，男女还能成哥们，我听着新鲜！"爷爷不信。奶奶很失望。

萌萌和常建刚要出门参加线下游戏活动，萌萌穿上自己新缝制的 COSPLAY

服装，奶奶觉得好玩也想跟着去，两个孩子二话没说带着奶奶出发了。

爷爷看着奶奶兴冲冲走了，担心起来："这老太太怎么跟小孩儿混一块了，她这是得了阿尔茨海默病了吧？菁菁啊，你抽时间陪奶奶去看病。"

"好的，爷爷，我明天就给奶奶挂老年病专家号。"菁菁话音未落，蕾蕾接茬了。"爷爷，现在老人玩游戏是时尚，奶奶喜欢是好事，说明她心态年轻。"爷爷听了蕾蕾的话才稍感心安。

玉英同情离婚的王红，她催促蕾蕾抓紧解决萌萌复婚的事情，蕾蕾已经对萌萌完全丧失了信心。"妈，我看萌萌够呛，她想一个人就一个人吧。"

爷爷听了蕾蕾的话，神情严肃："蕾蕾，你又发表不结婚的奇谈怪论了，人来到世上一遭还是结伴好啊，做个饭、聊个天都需要伴啊。"

蕾蕾给爷爷普及新科技："爷爷，现在都进入了人工智能时代了，想聊天买个机器聊友，想吃饭呼外卖，这是科学的进步。"

爷爷却说："机器人也要人操作，突然停电就会出故障。程序都安排好了，不吵架，表情每天就那几个，有啥意思。别看我和你奶奶天天拌嘴，这叫生活情趣。"全家人都对爷爷刮目相看。

菁菁到文彬家看望李末，李末气色红润，人也胖了一点，菁菁很高兴。"到底年轻，恢复得真快，李末，以后可不能再酗酒。"

没等李末回话，文彬嘟囔起来："只要你那古怪妹妹不再挑事，他不会喝酒的。"

"萌萌离婚事出有因，现在我们全家都在劝她复婚呢，多给她点时间吧。"菁菁替萌萌解释。

文彬冷笑："哈哈，劝？！不想复婚拉倒，谁求谁呀？我弟有的是女孩追！"

菁菁不高兴了："文先生，我是想和李末好好商量，你别那么情绪化好不好？"

文彬嚷嚷："他的胃都少了五分之二，我能不心疼吗？"

菁菁不再和文彬争辩。"李末，有时间你找我，我们单独谈。"她说完走了。

"阿姨，我送你！"小舟不满地白了一眼父亲，追武菁菁去了。

武菁菁离开了文家，李末看着有些激动、脸红脖子粗的文彬，很是不安，可他不知如何化解大哥、大姐的矛盾，只能保持沉默。

蕾蕾架不住母亲玉英的催促，她把李末约到了电视台附近的茶餐厅。

蕾蕾说："李末，我也不绕弯子，今天你给我个痛快话，你和萌萌想复婚不？"

李末喜欢蕾蕾的痛快劲，回答得也干脆。"想！"

蕾蕾看着李末认真的神情，她笑了。

蕾蕾说："爽快！嗯，我听说萌萌是在婚礼当天失踪的，婚礼前你做了什么对不起她的事了？"

李末摇摇头："没有啊！婚礼前三天的晚上，我和一帮哥们在酒吧聚会，大家为我举办单身狗告别酒会！"

"酒会？说细节。"蕾蕾表情严肃。

李末向蕾蕾讲述了三年前那晚的单身告别聚会。

三年前，一所饭店里，李末和一帮死党在喝酒。

一朋友说："李末，后天你就要结婚了，这么早就把自己栓在家里，傻呀？"

李末说："萌萌特别想结婚，我随她。今晚就是我告别快乐单身汉的酒席。哥们，陪我多喝几杯！"

"不醉不归！喝！"几个刚毕业的男生喝得头昏脑胀。

这时，萌萌来找他，李末刚要走出包间，朋友们说："李末，这才几点，这么怕老婆，不喝了？"

李末不走了："没有，喝！萌萌，后天就结婚了，你今晚给我点空间呗，我哪儿也不去，哥们在一起高兴。"

萌萌神色焦急，央求着："李末，我有重要的事情要和你商量。你能不能少喝两杯？"

"萌萌，你和李末结了婚，天天商量，今晚把他就借给我们吧。"几个年轻男人都在替李末说话。

李末喝得晕晕乎乎，大声说："就是，别啰嗦，我们领证了，我跑不了！你快回家吧。自由万岁！女人真麻烦！"

萌萌看着已经半醉的李末，不再说话了，她转身走了。事后，萌萌没有参加婚礼，李末才意识到问题的严重性。可李末找不到萌萌，直到萌萌提出离婚，委托律师和李末办理了离婚手续，他们再也没有见过面。

蕾蕾听完了整个过程，豁然开朗。"你喝断篇了，酒这玩意真耽误事。我猜，那天晚上，萌萌第一次听到父母要离婚的消息，她特别慌，她拿你当了救命稻草，你却轰走了她。"

李末懊悔："唉！我怎么知道她摊上这事了！"

蕾蕾当即叫来了张大雨，大雨因做《择偶 1+1》俨然成了婚恋情感专家，三人共同商议说服萌萌复婚的对策。

张大雨是个热心人，他根据办婚恋栏目的实践经验给李末出了不少好主意，李末感激不尽，他当即加了蕾蕾和大雨两人的微信。

"太好了，有了微信联系起来就方便了。李末，我把我二叔的微信名片转你。

你和我二叔多交流，萌萌以前和爸爸关系好着呢。这是我趁萌萌没注意从她手机里扫下来的。”蕾蕾看到李末为了复婚的事这么主动配合，她兴奋极了。

张大雨不解：“武导，你为别人的婚事这么上心，自己也得抓紧了。”

蕾蕾瞪他一眼：“哎哎，又犯忌了啊！”

“知道知道，不提结婚，不提！”大雨忙附和。

李末奇怪了：“二姐，你不想结婚？”

蕾蕾说：“不想！”

“你刚才还劝我人生别留遗憾呢，怎么自己却恐婚？”李末大惑不解。

蕾蕾说：“你和萌萌是初恋，纯净，彼此相爱多年，理应修成正果，我还没遇到真爱呢。”

张大雨说：“大姐，眼光放低点，优质的白马王子毕竟稀缺。”

蕾蕾怼他：“嘿，要那没用的王子干吗？姐自己养一匹白马当公主不行啊！”

“姐，你可不是公主，是女王！”这是大雨对蕾蕾的真实评价。

三人正说着，麦克找蕾蕾来了。“奈尔！我想和你谈谈。”

蕾蕾看看他：“你怎么找这儿来了？我有这俩弟弟陪着呢，咱俩没什么可谈的。”

“你……”麦克尴尬地走了。

李末猜出了麦克和蕾蕾的关系：“哎呀，二姐，你是不是为了我耽误了正事了，我把他叫回来。”李末起身要去追麦克，大雨却拉住了他。“别去了，那位大哥不想结婚，不承诺婚约的男人能有什么安全感。”大雨话里带着对麦克的深深不满。

蕾蕾说：“结婚就安全？安全感要靠自己，我要的是自由。”

“二姐，萌萌要像你这么洒脱多好，根本就不会离婚，你怎么不早教教她。”李末后悔与蕾蕾相识太晚。

大雨也猛拍：“是啊，蕾蕾大姐本来就不是一般人，我未婚妻要有你一半的气度我就知足！”

蕾蕾说：“去去去，你们俩少忽悠我。我本来想活成大哥心中的女人，不料却活成了女人心中的大哥！你们俩的媳妇才多大，姐有今天这定力，那是年代的积累！我再想办法说服萌萌，大雨，哪天我和你媳妇微信下！年轻人有什么说不通的。”

李末被蕾蕾深深折服，大雨却看着蕾蕾气色欠佳的脸色，暗暗担忧。

## 四

大周末，郊区流浪动物保护中心，不少爱心人士到这里来认养流浪动物。一对不满二十岁的小情侣为了是否收养流浪动物意见不一。

义工武萌萌看着这对争吵不休的情侣，她的思绪回到了三年前。

婚礼前三天，父母突发离婚大战，乖巧的萌萌外惊慌失措。萌萌给李末打电话，可李末却迟迟未回应，萌萌焦虑不安，她从李末好友那要到了酒吧地址。

萌萌到了酒吧，她看到了李末和他那帮同学以及富二代的发小们奢侈的生活状态。她找到李末，还没等她说明来意，喝得醉醺醺的李末却对她表现出明显的不耐烦，萌萌难过极了，她默默地离开了酒吧。

萌萌回到家中，她拿出了几张打印纸，那是一份签署有效的婚前财产保证书，武萌萌对自己的婚姻彻底丧失了信心。第三天，她没有到婚礼现场，只是给李末的手机上发了一封解除婚约的信息。

蕾蕾向菁菁汇报了自己在李末那里的进展，菁菁得知李末的态度十分欣慰，她放下矜持，主动恳请文彬为李末和萌萌破镜重圆出谋划策。

文彬了解了李末坚持复婚的态度，爽快答应。通过这件事，他发现大博士武菁菁还是很有人情味的，不是冰美人。

当兵出身的文彬做事雷厉风行，当天，他就向饲料大王李水根咨询廉价的狗粮途径，李水根以为是文小舟想养小狗，大力支持。因为李末和萌萌复合时机还不成熟，文彬只得顺着李水根的思维敷衍。

他回到家又塞给李末一张银行卡。“20万，办个流浪动物救助站。不够，再加。”李末没接，疑惑地看着他。

“傻呀，追女孩不是要投其所好嘛！”

“哥，谢谢！”李末经文彬点拨，一下子明白了，他感激地接过银行卡。

晚饭时分，雪菲来了，她看到文彬和衣着邋遢、不修边幅的李末在餐厅愉快谈天，心里不快。

饭后，厨房里，保姆在洗碗。“文先生对这个李末是真好，他俩是怎么认识的？”小保姆很好奇。

“谁知道！他把一个流浪汉领到家里，供他吃喝，脑子进水了呗！”雪菲很不屑。

文小舟听到了她们的谈话，他想冲进厨房训斥二人无聊，又忍住了。

客厅里，文小舟央求二爸李末演唱新创作的爱情歌曲，李末禁不住小舟磨，拿起吉他弹唱起来。动听的旋律在客厅回荡，雪菲和小保姆都被李末的歌声吸引到了客厅。

李末的新歌旋律优美，歌词诗意浓浓，雪菲听入了迷，她不由得对这位北漂歌手的印象有了一点改观。

李末唱完一曲，“你还有吗？再唱一首！”雪菲没听够。

李末刚要继续弹唱，文小舟却说：“二爸，走，跟我去下围棋！”

他拉起李末头也不回就离开了客厅。

李末一住到进文家，就发现文小舟和雪菲关系相处很不融洽。他问小舟：“小舟，你不喜欢雪菲呀。”小舟使劲点点头。

李末劝他：“雪菲挺好的，年轻漂亮，对你爸又好，你可别乱搅和。”

“哼，她带着假面具，总是当着爸爸面装好人，背后一点也不善良。”

“嗯？别胡说。”李末虽然嘴上批评小舟，可心里感叹十一岁的孩子观察力惊人，他住到武家时间不长，接触雪菲并不多，可却早就察觉到了雪菲并不喜欢自己住在这里。

书房里，李末和文彬交谈。

文彬说：“我拿下了京郊一个区的幼儿园的营养配送餐单子，要是顺利，我还会再谈几个区。”

李末说：“不错，可小孩脾胃弱，食品加工原材料卫生要求、食品检测要求更高，可得慎重。”李末好心提醒。

文彬不以为然：“这个你放心，我老战友把关进货渠道，不会错！哎，你这么关心我，就回公司帮我吧，三年了，你也该玩够了。”

“哥，我那几个酒吧的驻店歌手合同都没到期呢。”

“别找理由，违约金我出。”文彬一句话堵住了李末这个不充分的理由。

李末说：“哥，我知道你为我做的每件事都是为我好，可我现在还没准备好回家。”

文彬劝他：“你就死心眼吧，现在武家大姐、二姐，还有武家爷爷、奶奶、大伯大娘、前丈母娘不都在帮你吗！”

“是啊，萌萌家人都很厚道。大姐那人特暖心，谁娶她谁有福！”李末随口接着文彬的话。

“武大夫的确不错，可一根筋，对人要求严苛，好人不一定适合当老婆。你呀，还是太年轻。”文彬也说出了对武菁菁的真实看法。此时的文彬心里只有一个女人，穆雪菲。

一天，蕾蕾给萌萌介绍了一个保护流浪动物的微信公众号：心心有爱。萌萌马上和热情的名为“一往情深”的客服私加了微信，两人微信互动顺畅。

武萌萌和“一往情深”聊得火热，常建吃醋了。萌萌笑他小心眼，自己都不知道这个“一往情深”是男是女，两人在微信中聊的都是关于保护流浪动物的事。常建第六感觉总觉得这个“一往情深”的名字有深刻含义，心里打鼓，每天都向萌萌探听“一往情深”的言行，萌萌烦了，征得“一往情深”的同意，仨人建了群。“一往情深”每天聊的都是流浪动物那点事，没出一周常建就腻了，主动退群了。

蕾蕾给菁菁发微信。“姐，李末和萌萌联系上了，进展顺利！”

菁菁大喜：“太好了！”

蕾蕾叮嘱道：“姐，事情还没成呢，你可别和家人说，更别去问萌萌。”

菁菁给文彬打电话。“文先生，萌萌和李末互动得挺好，谢谢你。”菁菁态度诚恳。

文彬却说：“他俩算是牵上线了，李末实在，你那妹妹想一出是一出，云里雾里的，真不让人省心。”

菁菁护着堂妹：“怎么可能呢，萌萌很懂事的，性格很好的。”

“我是领教过你和蕾蕾的厉害，武家姑娘不好惹，我是怕了你们了。萌萌可千万不能再伤李末了，他已经切过胃了，消化功能差，伤不起了。”

文彬这番话，一下子浇灭了菁菁喜悦的心情。可萌萌离婚这事确实做的离谱，武家理亏，她对文彬误解自家姐妹很无奈。可她心里很不服气：“大男人还记仇呢，自己不想想你当时是怎么对待我的，还怪人家发脾气。”武菁菁对文彬原有的那点好感大大减分。

一天，王俊明受邀请来电视台做健康讲座遇到了蕾蕾。“蕾蕾，又见面了。”

“啊？你来了。”蕾蕾反应冷淡。

王俊明丝毫没有在意蕾蕾的态度。“蕾蕾，我出国多年，国内的变化太大了，我都后悔回来晚了。”

蕾蕾看看他没说话就要离开。

“哎，你和你姐怎么都这态度啊？我们真的连朋友都做不了了？我就这么遭恨吗？”王俊明话里透着深深的委屈。

蕾蕾听到这话急了：“算了，你别再说了。可我丑说话说前头，成不成朋友另论，你要敢对我姐公报私仇，我饶不了你！”

“嘿嘿，蕾蕾，我是那种小人吗？说心里话，从我知道你姐至今未婚，我这心里不好受！我们那时都太年轻了，唉，我知道，我结婚了，现在说这些没用，太晚了。”王俊明竭力表白着自己对武菁菁的内疚。菁菁不给他机会说，他见到蕾蕾可算找到了机会不吐不快。

蕾蕾看着王俊明，虽然他看上去气色不错，但神情中显现出些许无奈和疲惫。“行了，大院长，你快走吧，我都知道了。再见！”

蕾蕾匆匆离开了王俊明，王俊明没有走，他站在原地看着蕾蕾的背影出神。

蕾蕾回到栏目组，坐在办公桌前发愣。张大雨抱着一摞播出光盘走到她面前。“武导，这是五期的《择偶 1+1》播出版，你审查下。武导？”

蕾蕾回过神来，开始看盘。

大雨坐在一旁，看着脸色有些憔悴的蕾蕾，小声嘀咕了起来。“武导，他都结婚生子了，你可别对他有想法，不合适。”

蕾蕾疑惑：“不合适？你说谁呀？”

大雨说：“王俊明！你们重逢太晚了。对不起，我刚才碰巧路过，你和王俊明……”

蕾蕾大笑起来：“哈哈哈……大雨，你太有想象力了，你以为我要和王俊明……别在生活栏目干了，去影视中心得了。你呀，知道什么呀？瞎操心！”

“嗨，对不起，没事更好，我不是怕你犯错误吗！你慢慢看。”大雨憨厚道歉后离开了。

蕾蕾仍然坐在那里，她从刚才王俊明话语中发现已婚的王俊明仍然对菁菁旧情难忘，她灵活的脑子里灵光闪现，拿起了手机。“萌萌，大姐的对象有眉目了，你得帮忙。”

“太好了，我需要做什么？二姐，你说。”萌萌为大姐高兴。

蕾蕾将自己要撮合武菁菁和王俊明重续情缘的突发奇想讲给萌萌听。

开始，萌萌听得兴奋极了，可当她得知王俊明已经成婚还有孩子急了。“嗨，不成，大姐怎么能当破坏别人婚姻的第三者呢！毁三观啊！绝对不行！”

蕾蕾说：“王俊明本来就是大姐的，我这是在帮大姐寻回曾经失落的幸福。跟三观没关系。”

萌萌问：“二姐，他俩以前认识？嗯，谈过恋爱？怎么散的？”

“你废话太多，保密！哎，你不许把我的想法告诉大姐。”

蕾蕾不肯再深说了，她本想和萌萌商量一个稳妥的办法，可了解了萌萌的态度，她放弃了。

第二天，蕾蕾以采访为名到院长办公室找王俊明来了。

医院走廊里，匆匆而来的武蕾蕾和医务处老穆擦肩而过。满腹心事的蕾蕾根本没看见他，老穆却对蕾蕾来医院充满了好奇和疑惑。

王俊明如约在等蕾蕾。蕾蕾一进门，单刀直入：“我知道你忙，不耽误你时间，今天我来找你就问一句话，希望你坦诚回答。”

王俊明宽容地笑了："蕾蕾，你也不小了，脾气还这么冲，没头没脑的，你问吧。"

蕾蕾看着他："俊明哥哥，你还爱我姐吗？"

王俊明避实就虚："我？我结婚了，说这些没有意义了。"

蕾蕾又追问："说呀！"

"我？我和妻子是相亲认识的，我算是奉母命结婚的，我们有个十一岁的女儿……"

"十八年了，我姐再也没谈过恋爱，她自己什么都没说，但我猜她一直没有忘记你。"蕾蕾说完扭头就离开了办公室。

王俊明被蕾蕾的突然袭击搞得有点懵。他打开电脑翻出留存的菁菁学生时代的照片，他看着照片中菁菁温柔、青春绽放的少女面庞，陷入了久远的初恋回忆中。

"王院长！"医务处老穆随着敲门声走进了办公室。

王俊明问道："噢，找我有事？"

老穆神色紧张："您赶快去 ICU 看看吧，有个心衰的病人死亡，家属闹起来了。"

王俊明站起身疾步走出了办公室，他没有来得及关掉电脑。

老穆看到了电脑里武菁菁少年、青年时代的照片，脸上流露出得意的神情。

老穆抬头看看办公室监控摄像头，摄像头没有打开，他马上把菁菁的数张照片转发到了自己的邮箱，然后又抄录了王俊明妻子的电子邮箱地址，迅速逃离了院长办公室。

原来，这个事儿爹一直跟踪蕾蕾来到王俊明办公室门外，他偷听到了蕾蕾和土俊明的谈话。

中午，医院食堂，武菁菁刚进饭厅就遇到了吃完饭的老穆。"武大夫！吃饭呢，嘿嘿嘿！"老穆没话找话，笑得诡异，捯饬着小短腿走了。

菁菁纳闷："穆主任笑什么？"

"这老穆爱记仇！心眼小，我看他那笑有内容，你小心点。"儿科主任和老穆共事多年，不喜欢爱八卦的老穆。

"我又没得罪他。怕什么！"菁菁不以为意。

## 五

元旦假日，北京长安街的贵宾楼，文彬和雪菲举办了盛大的订婚宴，宴席上高朋满座，老穆夫妇的虚荣心得到了极大的满足。

大雨担当这次订婚宴的摄像，原来他是这家婚庆公司请的首席摄像师。

李末应邀也来参加订婚宴，他身体康复后就自己在城里租房住了，他不愿意在文彬家看雪菲的脸色。

今天，他没有穿平日的牛仔乞丐服，着了一身耐克运动装，披肩长发也整齐地系在脑后，看上去简洁、帅气。李末刚进贵宾楼一层大厅，迎面碰到了雪菲。

雪菲见到李末大惊，这个李末竟然厚着脸皮来参加这场北京成功人士的聚会，她可不愿意让穷酸的音乐青年给自己精心策划的豪华订婚宴添堵。

于是，当着李末的面对门卫说：“别让这人进来！”说完扭头就走。

李末对雪菲的意图心知肚明，他转身正要离开饭店。

“二爸，别走，她凭什么轰你？”文小舟拦住了他。小舟亲眼所见雪菲势利眼的跋扈，小家伙气得满脸通红。

“别闹，我正好有事，不进去了。”今天是文彬的喜庆日子，大哥好不容易要订婚了，李末不想出事，他转身离开了大厅。

文小舟追上了李末。“二爸，我和你一起走，谁稀罕参加狐狸精的订婚宴。”

“别胡说！小舟！你是你爸唯一的亲人，你不参加，你爸会伤心的。赶紧上楼，别和你爸说这事，听话，要不我生气了。”小舟看着李末严肃的神情，不说话了。

李末走了，小舟拿起手机给武菁菁打电话：“阿姨，雪菲真讨厌，势利眼，她凭什么不让二爸参加订婚宴呀，我爸都不知道。她特爱装！”

菁菁正在医院值班，她好言安慰小舟：“可能雪菲有雪菲的理由吧，你不能因为这么点事就干涉你爸爸的订婚。小舟，你还是个孩子，不能干涉爸爸的幸福。我还有个会诊。”菁菁挂了电话。她没有注意到代培刘大夫在偷听她和小舟的谈话。

小舟郁闷极了，大人们都不肯认真听他的话，他气冲冲地进了电梯。

订婚宴开始了，文彬和雪菲正沉浸在来宾们对他们这对老夫少妻的祝福中。突然，文小舟跑上台一把抢过司仪的话筒，他拿出手机打开了微信视频：“各位伯伯、叔叔、阿姨，大家好！我叫文小舟，我是文彬的儿子，唯一的儿子，我郑重宣布：我反对爸爸娶穆雪菲，我不要穆雪菲做后妈！”小舟开始了视频直播。

文彬毫无防备，他万万没想到儿子在这种场合公开反对自己的再婚，一时不知所措。

雪菲站在布满鲜花的舞台上，呆若木鸡。全场的嘉宾都愣住了，订婚宴上鸦雀无声，场面十分难堪。

大雨第一个反应了过来：“文先生，你儿子在直播！快，抢下他的手机！”他大声提醒着文彬，自己急忙关掉了摄像。

小舟听到喊声，冲着大雨做了个鬼脸，文彬刚要抓他，小舟机警地跳下了舞台，他把手机镜头对着呆呆站在台上的雪菲猛拍，文彬急忙用身体护住雪菲，挡住了镜头。几分钟后，小舟大闹订婚宴的视频已经传到了网上。

大雨急忙找关系关掉了网络直播，他正打电话谢谢帮忙的朋友，就被几包糖果狠狠地砸中了脑袋。原来，小舟恨上了大雨，他拿着糖包狠狠砸向他，大雨不跟小孩计较，他揉着脑袋离开了这里。

订婚宴乱套了，嘉宾们扫兴离去。老穆夫妇和穆家亲戚们都执意要雪菲退婚，要面子的雪菲坐在椅子上失声痛哭。

小舟解气了，他扬长而去。

此时的文彬顾不上调皮、捣蛋的儿子，他使出浑身解数抚慰大哭大闹的雪菲。

# 第八章 “桃色”绯闻

## 一

微信、网络直播传播迅速，当晚，雪菲骤然成了新闻人物。媒体、观众、粉丝的评论铺天盖地，铁杆雪粉们拼力维护雪菲，更多的人是看热闹不嫌事大，探寻隐私的、对这场老少配恋情持不同观念的，网络上，雪粉、路人打成了一锅粥。

蕾蕾得知这一突发情况，她为年仅二十二岁的主持人雪菲的前途担忧，连夜到处托媒体关系弱化订婚事件的影响。

大雨打来电话。“武导，别急了，订婚直播已经屏蔽了，剩下的那点小视频闹不成大妖。”

蕾蕾惊喜：“大雨，谁这么有爱心？”

“我！”大雨大言不惭。

蕾蕾问道：“你？有这能耐？”

“都是同事，又是我栏目的主持人，能帮就帮了。”大雨轻描淡写回答着。

“行啊，大雨，行动也太迅速了。”“那天现场我正在做摄像。”“这么巧！你什么时候认识网络公司的大关系了？”“同学！”大雨轻描淡写。

蕾蕾说：“大雨，你为了还房贷够拼的，连婚庆摄像都干上了，缺钱你说。”

“不需要！嘿嘿，武导，你有存款吗？”大雨知道蕾蕾是个月光族。

蕾蕾不服气：“别看不起我，我是不存钱，可我那几个闺蜜可是富姐姐，需要我就帮你借。”

大雨笑了：“姐，你借我钱，还要求别人。这可不行，你也不小了，自己也存点钱备急用。”

“我这点工资够我还房贷，吃喝玩乐。一人吃饱，全家不饿。不跟你瞎侃了，我找总编为雪菲美言去。”蕾蕾放下手机。

通过这次突发事件，大雨看到了男人婆武蕾蕾内心的善良和包容，他对这位女领导的印象大有改观。

第二天武萌萌一到办公室，常建就凑了上来。“昨晚我发你的雪菲订婚的视频看了吗？”

萌萌从不关心这类八卦新闻。“打不开，发布者删除了，你发我这个干吗？”常建没再说话，他回到了自己的工位上。

上班了，萌萌收到一条微信：“萌萌，我们也订婚吧。”是常建发来的。萌萌吓了一跳，她抬起了头来，正遇到常建炽热的目光。

萌萌急忙回复了一条微信：“快吃退烧药！”

常建回：“我现在很清醒！”

“你又想被黑啊？我不会结婚！ 工作。”萌萌写完这句不再理他，常建满脸失望。

锦安医院医务处，老穆黑着脸坐在办公室。女儿订婚宴没办成，老穆颜面大失，他怕同事们的闲言碎语，窝在办公室里不肯出去。办公室的电话响了，老穆无奈地接起，他听着听着，脸色更加阴沉。原来是儿科那位爱八卦的刘大夫打来的，她告诉老穆自己偷听到订婚宴那天菁菁和小舟通过电话，老穆严重怀疑小舟所为是菁菁故意指使，他更加记恨菁菁。

文小舟闯了大祸，可这次他非但不认错，反而赖在李末的出租房不肯回家。文彬几次接不回小舟，老穆夫妇又威逼他在雪菲和小舟之间做出选择，文彬两头受气，苦恼极了。

文小舟本以为文彬会因为他大闹订婚宴而放弃和雪菲结婚的决定，可这次文彬对儿子没有丝毫妥协。

文小舟气恼动了真格，他不再上学，宣称父亲若娶雪菲为妻，自己就永远不回家了，要跟随二爸李末一起浪迹天涯。李末说破了嘴也奈何不了任性的小舟，他只得求助小舟最信任的朋友武菁菁。

菁菁接到李末的电话，当天晚上就接文小舟出去聚餐，她了解到了小舟闹事的起因。

菁菁劝道：“小舟，你维护李末没错，如果事后你和爸爸谈谈，让爸爸去处理多好啊！”

文小舟噘着嘴，一脸的不服气。“不好！我爸什么都听那只狐狸精的。”

菁菁耐心地劝他：“不许这么说雪菲。小舟，你爸爸一个人抚养你多不容易呀，你不希望爸爸幸福吗？”

小舟说：“这个世界上只有我最疼他。阿姨，你知道吗？我对爸爸印象最深的就是我五岁的生日，他为了满足我的要求，正月初五，他和战友们带着我去动物园看大老虎。我每次过生日，他都背着我掉眼泪。”

菁菁听了心酸。“是啊，爸爸和你相依为命，他尽量满足你所有的要求。你是他唯一的亲人,他爱雪菲,你却干涉他的婚姻自由,而且还是在大庭广众之下,过分了吧？”

小舟小声嘀咕：“雪菲自私、虚荣、虚伪，我不喜欢她。”

“你父亲喜欢雪菲一定有他的理由，你不尊重父亲，也是一种自私！为这点事离家出走，不去上学，自毁前程，太不值了，你自己好好想想吧。”菁菁说完就要走。

“菁菁阿姨，我错了，我是有些过分了。我向爸爸道歉！”文小舟接受菁菁这种平等对话的态度。

当李末弄清楚文小舟搞出这么大动静，原来是在为自己打抱不平，李末感动不已，他送小舟回家。

小舟向文彬郑重道歉，文彬了解了事情真相后原谅了儿子。

书房里，文彬和李末喝茶。

文彬说：“对不起了，兄弟，我替雪菲向你道歉。”

李末笑笑：“不用！”

文彬说：“雪菲优点不少，可的确好虚荣。我还是把你的身份告诉她吧！”

李末摇头：“别别别，哥，我还不想结束歌手生活，没做好回家的准备呢。”

“你呀！行，随你！给你自由！”文彬拗不过固执的李末，只好作罢。

雪菲从文彬那里得知小舟闹事是因自己赶走李末而起，自知理亏的她主动和文彬和好。可当她发现文彬个人出资帮助李末建立了一个公益性质的流浪动物救助站,又闹了起来。文彬不悦,表明和李末情感胜似亲兄弟,雪菲不敢再多言。

工作日，中午时分，文彬到医院找武菁菁：“武大夫，小舟能回家多亏你了，谢谢！”这次，他什么礼物都没敢带。

菁菁却送给文彬一个小礼物——几本关于家教的书籍：“文先生，男孩的青春期一般是 12 岁 ~14 岁，小舟十一岁了，你要对他耐心点，正确引导他度过叛逆的青春期。小舟早熟，其实挺懂事的，他只有想不通的时候才会逆反。”

文彬感激:“噢,我说这小子今年总跟我对着干,青春期了,理解。我会注意的,武大夫，你提醒得太及时了。”

“对了，回头，我把几个家庭教育的公众号发给小舟，让他转给你，有时间你看看。”菁菁想得很细。

文彬拿出了手机。“转来转去多麻烦，我们加个微信吧，我也好随时方便请教。”

“请教我？我又没孩子！”菁菁顾虑文彬加了自己的微信，雪菲又要吃醋。

文彬却误会了：“烦我？不愿意加我呀。也是，堂堂大博士怎么能看得起我这个当兵出身的。”他这么想着就准备放回手机。

细心的武菁菁看出了文彬的不快，她掏出了手机：“你加我吧。”菁菁边说边打开了自己的微信二维码图案，文彬喜滋滋地加了她的微信。

“武菁菁！”

突然，门诊大厅里有人高喊。两人同时回头望去，一个年龄大约三十七八岁的女人站在他们身后。

菁菁和颜悦色：“我是武菁菁，有什么事情吗？”

这女人身着名牌套装，中等相貌，气质很文静，可眼神却明显透着深深的恨意。

女人冷笑“有事，有大事！你一个救死扶伤的医生，怎么这么没有廉耻心啊？”

菁菁疑惑地看她：“有话好好说，我不记得见过你。”

女人恨恨地说：“少在这装傻，破坏别人家庭的幸福，我能好好说吗？！”

“你！”老实的武菁菁哪见过这种阵势，一时失语。

文彬看不得好医生武菁菁被欺负。“你谁呀？说什么呢？别在医院无理取闹了，出去！”

“哟，四十岁的老姑娘嫁不出去，勾引男人倒是好本事啊，你这准备了几个备胎呀！？”这女人声嘶力竭，医院大厅顿时围拢了一大群看热闹的人。

文彬吼了起来：“你欺人太甚了，跑到人家工作单位瞎咧咧什么？”

正闹得不可开交之时，医务处老穆来了。他看到文彬护着武菁菁，脸色阴沉，他表面上安排保安维持秩序制止女人继续喧哗，暗中却又让保卫处通知院长王俊明观看门诊大厅的监控视频。

王俊明正在开会，他看到视频中的这个发疯的女人大惊失色。原来，这女人是他的妻子孟小盈。他临时中断会议，急匆匆跑到了门诊大厅。

王俊明走到女人身边：“你？太不像话了，你向武大夫道歉！”

女人理直气壮：“我是你老婆，她做了见不得人的事，我凭什么道歉！”

王俊明看看里三层外三层的围观者，强压火气。“小盈！这是医院！别闹了，回家去！”

孟小盈冷笑：“心疼了？武菁菁不找对象不结婚，不就等你这位初恋情人离婚吗？哼，做梦吧。我和俊明感情非常好，我们生活得很幸福。武菁菁，请自重！”

孟小盈来医院本意只是想警告武菁菁，不想给王俊明造成太大的影响，她要顾及丈夫的脸面。可她没想到王俊明却让她给武菁菁道歉。

武菁菁的大眼睛一眨不眨地看着孟小盈，面色苍白像只受了惊吓的小兔子。

“孟小盈！你走！马上离开！”王俊明看着站在那里发傻的武菁菁，心疼极了，儒雅的他发火了！

孟小盈从没有见过王俊明有过这样的暴怒，她又害怕又委屈，掩面而去。

武菁菁被这突如其来的侮辱气懵了，木呆呆站在原地一动不动。文彬明显感觉到武菁菁是受了冤枉。大厅里看热闹的人越来越多，他急忙拉着武菁菁离开了门诊大厅。

菁菁坐在文彬的车里委屈落泪。文彬看到了一向矜持的武医生柔弱的一面。“武大夫，你别哭了，没人信那女人的话。”嘴拙的他不知如何安慰武医生。

武菁菁不愧是医生，她很快冷静了下来：“谢谢。你快走吧，我没事。”菁菁没等文彬反应跳下车跑了。

文彬站在车旁，看着跑远的武菁菁。“这就不哭了？”他自言自语地嘟囔着，一脸的同情，他开车走了。

老穆盯着文彬的汽车，痛苦地捂着腮帮子，他一直暗中监视着武菁菁和文彬，文彬这么护着武菁菁，老穆恨得牙疼。

武菁菁回到病房，一走进医生办公室，她就两腿发软坐在了椅子上，心口堵得难受。

刘大夫走了进来：“武老师，请你给我看看我写的医案。”

武菁菁机械地接过医案：“好，放这吧。”

刘大夫亲眼看见了刚才大门诊厅的那一幕，她是成心想看看武菁菁此时的惨状，这个女人是个恨人有嫌人无的挑事儿精。武菁菁表现正常，她失望极了。

刘大夫走了，武菁菁这才清醒了一些，她竭力控制着自己的情绪。她闭上眼睛，调整着呼吸，气息慢慢平稳了，心口不那么堵了。她望着窗外，树叶已经全部脱落了，一年中最寒冷的季节来临了，武菁菁感到了彻骨的冷。

晚上，王俊明下班回家。孟小盈照常端上可口的饭菜。王俊明不想让女儿娇娇知道父母的矛盾，他忍耐着吃完了晚饭。

娇娇睡了，王俊明把妻子孟小盈叫到书房。“你今天怎么了？为什么到医院去闹！像话吗？”

孟小盈没说话，她打开电脑，王俊明看到了自己珍藏在个人笔记本电脑里武菁菁少年和青年时代的数张照片。

王俊明大为惊讶。“谁发给你的？”

孟小盈冷笑：“用情很深啊！存了多少年了？我算了算，整整 18 年。”

王俊明没理她，他仔细检查着发邮件的地址和人名，一无所获。

王俊明忍住气：“小盈，你是个留学欧洲多年的知识分子，今天你在医院却像个……你太让我失望了。”他忍住不说了。

“哼，哈哈，我像个泼妇，羞辱了你最心爱的女人，你当然会失望。”

孟小盈的脸色也气得煞白。

王俊明看着她：“我们结婚十八年了，我没做过一件对不起你的事。”

“你跟武菁菁谈了几年？这么念念不忘啊？德国顶尖的医院要留你，你却坚决要回北京，还专门选中这家医院。原来是有这么个苦苦等你十八年还没结婚的老姑娘呀，你是不是特后悔跟我结婚。”孟小盈顺着自己的思路说着。

王俊明正色道：“你不要胡乱猜忌，我和武菁菁以前是谈过恋爱，但我们十八年没有任何联系，现在我们只是正常的同事关系。”

“骗鬼吧！这么多年，你一直留着她年轻时的照片，她也没有结婚。这叫正常？！”孟小盈咄咄逼人。

“我难道不可以保留点自己的隐私吗？寄照片的人明明是没安好心、挑拨离间。”

女儿娇娇推门进来了。“爸爸、妈妈！我怕！”

王俊明压住火气：“宝贝，没事，你怎么起来了？走，爸爸送你回屋睡觉。”他拉起女儿的手走了。

孟小盈边哭边清除着家中电脑上武菁菁的照片。

夜晚，老穆在家喝起了小酒，媳妇看着他惬意的神情，问道：“怎么想起喝酒了，又不是周末。”

“看了场好戏，高兴！”

媳妇眼睛发亮：“快说快说，什么事？”不是一家人不进一家门，这女人也特爱八卦。

老穆美滋滋地嚼了几粒花生米。“那个不识抬举的老处女栽了！人家院长老婆找上门来了。”

“真的，俩人打起来了！”媳妇是个唯恐天下不乱的主。

“谁又打起来了？”雪菲回来了。

老穆见到闺女。“哼，雪菲，订婚宴后，我这心里堵得难受，今天院长老婆指着武菁菁的鼻子骂她第三者，解气！哈哈哈！”

雪菲看着笑得差点岔了气的父亲。“啊，武菁菁真有事啊！凭她那把岁数和古板性情，还想追求海归帅哥王俊明？妄想狂吧？”

“哼，要不是文彬护着她，这个老姑娘一定会被院长媳妇整得更惨！这个文彬坏了我大事！他胳臂肘怎么往外拐呀！”雪菲听了老穆的话，醋劲上来了，当场拿起手机找文彬算账。

文彬正在和商家谈判，受不了她的胡搅蛮缠，关了手机。

雪菲又是一场大哭，老穆夫妇劝女儿沉住气，一定要逼着文彬送走小舟才能结婚，雪菲言听计从。

原来，这场闹剧的策划者正是老穆，他别有用心的在网吧给孟小盈发了一封诬陷武菁菁和王俊旧情明复燃的匿名邮件。

## 二

一时间，这场风波引起了医院里对超龄剩女武菁菁和院长王俊明关系的猜忌和议论，低调的武菁菁成了医院的绯闻人物，无辜、单纯的菁菁的平静生活被绯闻搅乱了。

周日晚上，菁菁来到儿科病房的医生办公室，她把自己负责的小患者的病案都仔细浏览了一遍，工工整整写好了医嘱，一直忙到天亮。周一早晨，接班的医生一到，武菁菁就认真移交了这几例病案。一切就绪后，她抱着纸箱离开了病房。接班医生以为武医生又要外出会诊，也没多问。

八点整，武菁菁去人事处交了辞职信，她不愿意再因为王俊明让人背后说三道四， 她阻止不了王俊明对自己的关心，只有远离这个人。

武菁菁走出医院大门那一刻，忽然有些感谢王俊明老婆的无理胡闹了。没有这件事的发生，她下不了辞职的决心。这些年，她的生活圈仅限于医院和家，直到今天才感觉到两点一线的生活的确枯燥而乏味。

周一是医院是最忙碌的，王俊明上午有一台复杂的脑科手术。中午时分，他刚走进到食堂就听到了关于武菁菁突然递交辞职信的消息，暗暗吃惊。

王俊明正在和人事处长了解武菁菁辞职的事，儿科主任来了。“院长，谁这么缺德搞出这些无聊的绯闻，毁了我们儿科最优秀的医生，这是成心拆儿科的台呀！”

王俊明说：“我的意见让武大夫先休息一段时间，调整下心情。医生压力大，我们也是人，心理承受能力也是有限的。找时间，我和她好好谈谈，争取留住她，你们看这样处理行不行？”人事处长和儿科主任都同意了王俊明的意见。

门诊挂号厅标注：儿科副主任医师武菁菁停诊。

小患者的家属天天来医院咨询武菁菁医生何时恢复门诊，老穆嫉妒武菁菁的名气，他再次暗中给孟小盈发了匿名邮件挑拨夫妻关系。 孟小盈天天和王俊明吵架，两口子开始冷战，王俊明外科手术工作劳累，他受不了妻子的无理取闹，离家出走，在医院办公室临时留宿。

武菁菁自医科大学本科做实习医生起，二十年没有离开过医院岗位。这次，她索性给自己放起了清闲的长假。

北方的冬天，干燥寒冷，可武菁菁在开足暖气的屋里待不住。手机显示今天空气质量显示良好，她想到户外呼吸新鲜的空气，穿上厚厚的羽绒服，走出了家门。

今天的北京天气晴朗，没有雾霾、没有沙尘暴，阳光把大地照得暖洋洋的。

武菁菁漫步在林荫道上，很久没有这样轻松了，庆幸自己辞职辞对了。她走累了，坐在路边的长椅上休息。

一位年轻的母亲推着婴儿车来到这里坐了下来。车里，躺着一个粉嘟嘟的婴儿，武菁菁看着婴儿，孩子瞪着乌溜溜的大眼睛也在朝她张望，婴儿的笑容融化了武菁菁心底的忧郁。

“武医生！”有人喊她，原来是尤前宽。他身边站着裹着裘皮大衣、时髦艳丽的女人孟小萍。

尤前宽满脸喜气：“武医生，我结婚了，这是我太太。小萍，这是锦安医院儿科的武大夫。”

“认识你真高兴，这么年轻就是大专家，真了不起！前宽，我们请武大夫一起吃个便饭吧。”孟小萍甜甜地笑着，脸上洋溢着新婚的快乐。

“好啊！ 武大夫，我和太太请你，这次你可一定要赏光啊。”尤前宽热情得有些过分，他是成心要在拒绝过自己的武菁菁面前晒幸福。

菁菁忙说：“恭喜你们。谢谢，我今天有事。”

“噢，那不打扰了，我们走了！改日再约。”孟小萍说完，亲昵地挽着尤前宽走了。

带孩子的女人也推着婴儿车走了，武菁菁一个人孤零零地坐在椅子上，好心情荡然无存，她被从未有过的孤独感包围。

夜晚，蕾蕾接到了菁菁的微信信息：你帮我安排相亲吧。谢谢。

蕾蕾如奉圣旨，激动坏了，立马拿起手机就拨了大雨的号码：“大雨，你在台里吗？等我，我马上到。”

半小时后，蕾蕾到了节目编辑室。

大雨正在剪片子。“武导，又有紧急任务了？”

蕾蕾兴奋地说：“太紧急了！你快帮我给我姐提供相亲对象。”

“给谁？”大雨一下子没反应过来。

“武菁菁！她主动要求的。”蕾蕾重点强调着最后这句话。

“啊？真是大好事！大姐终于想通了！”大雨也很高兴，他麻利地从电脑里搜出几十位35岁至45岁之间征婚男士名单交给了蕾蕾。“武导，这个名单你看看，你给大姐选！”

蕾蕾认真看了起来。“35岁不行，太小了，只要40岁以上的。”

大雨疑惑地看着蕾蕾：“谁说男的非要比女的大？俗了啊！”在他眼里，蕾蕾是个前卫的人。

蕾蕾说：“观念是观念，中国的现实是男人都愿意找比自己小的。”

大雨摇头：“现在80后、90后们择偶可不落俗套。”

“弟弟，我姐可是70后！”两人正聊着，大雨的未婚妻杨芳要和大雨微信视频，她每天晚上都要查岗。

大雨打开了视频。杨芳发现蕾蕾在这里，不高兴了：“哎，这么晚了，办公室怎么还有女的？”

大雨忙说：“噢，我们正在加班。”

“大半夜的，男女一起加班？！我傻呀！”杨芳没给大雨一点面子，竟然怀疑他有了办公室恋情。

大雨耐心解释：“哎，你可别胡说，这是武导，我们栏目组负责人。”

“哦，我说你怎么不愿意回家呢！大雨，你是欺负我是小地方人吧！”杨芳气得要摔电话。

蕾蕾忙凑到手机镜头前：“哎哎，弟妹！我们真的是在加班，我有对象，我男朋友可比你家大雨帅！我发你照片！”蕾蕾说着急忙给杨芳发了自己和麦克的合影。

蕾蕾说：“听大雨说你们春节结婚，我都备好了丰厚的礼金了。”

杨芳听了蕾蕾这番话才化解了对大雨的猜忌，下了微信。

大雨连忙道歉：“武导，对不起，你别生气。”他对今晚杨芳的无端猜疑很是难为情。

蕾蕾说:“没事,不过你这未婚妻也忒小心眼,公司男女同事晚上加班太正常,真给中国女人丢脸。”她嘴这么说着，心里却羡慕大雨恋爱的正常模式。

大雨笑了：“嘿嘿，她对我看得紧着呢！武导，我斗胆说几句，你对麦克太不上心了。”

“你少提他！忠诚靠自觉，天天看着没劲！”她话音未落，门卫打来电话，原来舒麦克又来电视台接蕾蕾了。

蕾蕾至今不肯原谅出轨的麦克，她对麦克总是避而不见。今夜，这个麦克也犯轴，一定要等蕾蕾出来。

大雨劝蕾蕾：“一个大男人，来了这么多趟，你们好了这么多年，你也给自己一个机会，好好谈谈！”

蕾蕾眼珠一转：“帮姐个忙，做我新男友！”

“啊？你拿我当挡箭牌？不行不行！”大雨拒绝。

蕾蕾激他：“平日姐可没少帮你啊，你可不能忘恩负义。”

“这？哪跟哪啊？”

“张大雨，你要不帮我，以后你栏目有事别再求我！”

“好好好，听你的，麦克恨死我了！”大雨硬着头皮充当了这个倒霉的角色。

蕾蕾给麦克发了自己亲昵搂着大雨的视频，果然奏效，麦克气走了，大雨却紧张得直冒汗。

“哈哈哈！”蕾蕾看着大雨的窘态，开心地笑了。大雨看着大笑的蕾蕾，着实佩服她心大，可他哪里知道武蕾蕾这叫强作欢颜，她自己还没想好如何对待出轨又回头的麦克。

两人继续为菁菁精心挑选着相亲对象，不知不觉就过去了三小时，总算在几十位征婚男士中挑出了 12 位满意的人选。

“行，就这些吧！大雨，谢谢！今晚多亏你了。”蕾蕾神情疲惫。

大雨赞叹道：“武导，你对大姐的事情真上心，她有你这个妹妹真好！”

蕾蕾心里苦涩极了。是啊，如果不是她太“在意”菁菁这个比自己大五岁的亲姐，菁菁的婚姻之路可能会很顺畅，或许姐姐早就为人妻、为人母了，然而，现实是残酷的。大雨察觉到蕾蕾有难言之隐，他没有多话。

武菁菁三天内全天候约见了一打优质男，忙得不亦可乎，态度十分积极。

蕾蕾回家向长辈们表功，大家为菁菁终于知道为自己的婚姻着急欣慰。

王红看着低头不语的萌萌有意唠叨：“太好了，菁菁这才正常了，自己的幸福就要自己来把握！”

萌萌面无表情假装没听见，奶奶示意王红别再多话，老人怕萌萌受刺激更逆反。

爷爷讲出了自己的担心。“蕾蕾，你给菁菁那么多人选成不了，会挑花眼的。”

蕾蕾解释：“爷爷，人多概率高，我姐可以择优录取。”

奶奶给予蕾蕾肯定：“蕾蕾，做得好！别听你爷爷的。”爷爷不说话了。

“蕾蕾，你妈给你包了茴香大虾饺子，快趁热吃。”老武从厨房端上来热腾腾的饺子，玉英拿着刚刚精心配制的蒜泥小盘。

蕾蕾拿起筷子吃了一个饺子。“好吃！大虾真鲜！”

“当然了，你妈听说你回来，现去超市买的鲜虾！”老武重点强调。

蕾蕾看看母亲玉英，小声嘟囔起来：“老妈，你是为了你宝贝菁菁才对我这么好吧？”玉英瞪她一眼没理她，转身回了厨房。

“妈，你别生气，我说着玩的。”蕾蕾追了进去。

接下来的一周，蕾蕾和大雨热情地向菁菁源源不断提供着相亲人选，结果却不尽人意。不是菁菁对男方诸多不满意，就是男方因菁菁学历高、年龄大、不苟言笑无果。

张大雨和蕾蕾终于认清了一个事实：相亲模式并不适合追求完美的武菁菁。俩人对菁菁相亲择偶的热情无奈消退了，反而是武菁菁本人对几十次的相亲失败没有气馁。

原本，武菁菁在寻觅终身伴侣这件事上总是抱着宁缺毋滥的心态，坚守着自己苛刻的择偶标准，并不在意别人对她大龄不婚的议论。她四十岁了，不是不婚主义者，更不想丁克。她渴望有个家，有个亲生孩子，身为医生当然知道自己的年龄已接近女性生育零界限，不会前卫到从精子库速配精子解决生育问题。她不明白为什么自己这么努力了，还是遇不到那个能让她心跳、相伴终生的男人。

武菁菁上网查找答案，又买了一摞有关爱情心理学的书籍。这回，休闲的医学大博士要好好研究研究是自己不正常还是男人不靠谱。她两天没出门，苦心研读有关爱情的心灵鸡汤，也没找出自己屡屡相亲失败的根源，她很迷茫。

第三天，武菁菁准备外出散散心。刚一出门，就看到自家防盗门上插着一张婚恋学习班的宣传广告：“爱情课，大学问！”菁菁被这句广告词吸引住了。

当天，武菁菁就来到这家婚恋学习班的地址——金融街一处高档写字楼。这家打着海归学子开办的高端婚恋学习班，学费昂贵，一周的课程竟然高达 1 万元。平日消费理智的菁菁眼都不眨就交了全款，她是真受刺激了。

菁菁开始上课，这个所谓“大学问”婚恋课程设置有男女相亲礼仪、服饰、化妆、烹饪等等，看似噱头十足，但都是花架子。课程的宗旨就是如何取悦男人，如何做一个相夫教子的中国式贤妻良母。

武菁菁是学医的，从十八岁进医学院算起，二十二年，面对的就是枯燥的医书、医学院教授、患者、病案，她全部的精力都用在了自己挚爱的儿科事业上。这次自作主张给自己放假了，有了闲暇时间的她很愿意学习这些必备的生活常识。可接下来的实践课程却让她无法接受：老师要求女学员要面对陌生男人做微笑状，美其曰——女人的吸引男人的魅力之就是微笑。

21 世纪是网络传媒信息大爆炸的时代，男人在生活快节奏的压力下，多数男人是养不起只会撒娇、依附于自己的女人，更喜欢女人的坚强和独立，中国人早已经摆脱了“男尊女卑”的封建桎梏。

武菁菁是武家第一个孙辈，爷爷是小学校长，父母因时代的原因都没能读成大学，长辈对她寄予厚望，爷爷亲自教授古诗词，母亲总是以她学习成绩名列全年级前茅骄傲，她早已经习惯了做一个优秀、自立自强的女人，紧紧包裹起自己内心的脆弱，遇事永远自己扛。

菁菁哪里容得下这种以“微笑”献媚取悦男人的所谓恋爱技巧，她对这个大价钱的“爱情课”，失望透顶。

## 三

武菁菁对相亲没了兴致，她的辞职报告还没有批准，自己也没想好下一步的工作计划。于是，她恢复了以往的生活情趣：观赏电影、话剧、音乐会，参观摄影、绘画展览，逛遍了北京的各大商场，甚至买了水栽培蔬菜的种子，准备过环保、绿色的家居生活，她要在还没有爱情的时候努力活出快乐的自我，享受生活。

周末，武家团聚日，武菁菁照例回了父母家。

玉英一见菁菁就说：“楼上张叔叔的孙子不爱吃饭，想周一找你看病。”

菁菁一愣。“我不在门诊了。”她不想让父母担心，隐瞒了休长假的真相。

“噢，那就让张叔去病房找你！”“我也不在病房，我？我休假！嗨，妈，我这就去张叔家看看孩子。”菁菁借机溜了，她怕话多语失。

细心的玉英感觉到菁菁似乎有心事。加班的蕾蕾正好打来电话，玉英说：“你最近见到你姐了吗？”“没有！忙！”“噢，菁菁怎么不年不节的休假了？”玉英对全勤的女儿突然休假有着隐隐的担心。

蕾蕾安慰母亲：“老妈，你就是太在意我姐，她打个喷嚏你都怀疑她感冒。肯定相亲不顺、心情不好呗！”

“你姐医院里没事吧，我就担心她又被不讲理的家长欺负……”

两人正聊着，菁菁回来了，她听到了母亲的话。“妈，你这跟谁打电话呢？”“我跟蕾蕾聊天呢！”玉英随意说着。

菁菁紧张起来：“妈，我什么事都没有，没人欺负我！你可别瞎猜，更别和蕾蕾乱说。”

玉英忙说：“我没说什么呀？”

“菁菁，你妈也是关心你，你这突然休假我们还真有点不适应。你……哎呀，别是生病了？”收拾完厨房的老武接话了，他也担忧起菁菁来。

菁菁心情烦躁：“爸，我好着呢，没病！”她的嗓门大了起来。

老武忙说：“哎，别吵吵，丫头，爷爷、奶奶都在睡午觉呢。”

玉英的语气尽量柔和：“是啊，我真没说什么，你别急呀！”大女儿脾气温和，从不发脾气，今天的确反常，老武夫妇有些不知所措。

菁菁看着小心翼翼赔着笑脸的父母，心里特别难受，她意识到自己有些过分，可又不想和父母解释王俊明妻子掀起的风波。她转身走了，老武夫妇面面相觑。

武菁菁回到自己家，倒在床上，蒙头大哭起来。终于把绯闻事件的委屈情绪发泄了出来。

老穆一直没消停，他在密切监视着王俊明的一举一动，一天下班，他发现王俊明没有回家，窥视到王俊明已经分居，更加认定王俊明和武菁菁旧情未了。

文彬请李末来文家聚餐，雪菲见到李末很是尴尬。

小舟成心在雪菲面前向李末示好："二爸，你多吃，清蒸鲈鱼，菁菁阿姨说你的胃病要多补充蛋白质，我爸特意为你做的。"

雪菲心里发堵，蹦出一句："哼，你那个菁菁阿姨不再是好医生了，辞职了！"

李末和小舟大吃一惊，小舟急了："菁菁阿姨怎么可能辞职，造谣！"

李末也满脸质疑。

文彬闷头吃饭没说话。"这个大博士还真是傲娇啊，为了一个绯闻就不当医生了？！"他心里暗暗替武菁菁不值。

武菁菁为远离王俊明，决定不再回锦安医院工作了，可目前院里还没有正式批准她的辞职报告，她暂时并不能应聘北京其他医院。休息了半个月，习惯了医生忙碌的生活，她有些觉得无聊了。

这天晚上，武菁菁正打算再给医院人事处长打电话催催辞职的事，文彬来了电话："武大夫，听说你休假了，你为我们公司开办几场食品卫生讲座吧，讲座费一场两千。"

"我不想做这类商业性讲座。文先生，抱歉了。"武菁菁皱着眉头拒绝了。

普及医学保健知识，是医生的职责，可要是因为文彬可怜自己目前的处境，讲座专门为她设定开办，菁菁那颗强烈的自尊心很受伤。

自己好心好意想帮武菁菁做点不失她医学大博士身份的事，结果却热脸贴个冷屁股，自找没趣。

文彬正郁闷，小舟找他："爸爸，我想周末请菁菁阿姨看电影，吃顿大餐，您给我点儿活动经费。"

"医生阿姨有钱，我没经费！"文彬说完就回了自己房间，小舟看出父亲心情不爽。

李末正在文家辅导小舟做数学题，小舟叹气："二爸，我爸和菁菁阿姨好像又闹意见了，你说他们两个年龄加起来快九十岁的大人，怎么就老不团结呢？"

李末笑了。"我知道你的心思，不过，据我对他俩人的了解，他俩脾气不和，再说你爸对雪菲一心一意，你个小孩就别乱点鸳鸯谱了。”小舟听了李末的话，心情沮丧。

武菁菁果断拒绝了文彬的好意，可等冷静下来似乎觉得自己对文彬的态度不够委婉。

那天王俊明妻子闹事，恰恰让文彬撞到，菁菁觉得很丢人。平日温和的菁菁自己也不明白为什么要和文彬发火，可话已出口，无法收回了，她懊悔起来。躺在床上翻来覆去难以入眠，她索性拿出手机随意翻了起来。“美女医生辞职当主播，月薪3万。”朋友圈的这条视频的题目吸引了她。

夜晚九点整，一个名为“我是小儿医”的主播上线，网络、微信同时段开播，虽然主播没露脸，但主播优美的声线，生动、实用的内容还是吸引了众多家长，一传十、十传百，听众人数迅速数倍增长，仅仅三天，这个号称“小儿医”的主播就引起了北京专业儿科医生们的广泛关注，锦安医院儿科医生们都听着这个主播的声音感觉耳熟。

老穆又来劲了，他怕得罪王俊明，不敢公开找事，匿名向医院纪委举报武菁菁利用休假做直播赚取丰厚的收入。

纪委很重视，立即向微信、网络核实，经查实：这位“我是小儿医”的主播实名注册确实是武菁菁，但她没有收取粉丝的任何礼物，也拒绝了多家广告公司的商业赞助，完全是义务宣传。纪委在医院内部会议上公开表扬了武菁菁遵守职业道德的行为。

老穆白忙了一场，他气得狠狠地摔碎了一个水杯。

## 四

这天傍晚时分，武蕾蕾正在和大雨商量工作，雪菲笑吟吟地走到她面前：“武导，你大姐现在可是大名人了。辞职当主播，老姐姐还真会赶时髦！恭喜啊！”雪菲的话明显带着讥讽的语气。

蕾蕾没说话，只是难以置信地盯着雪菲。

“嗯，自己听听吧！”雪菲把“我是小儿医”的公众号推送给了蕾蕾。原来，今天雪菲和文彬商量出国办豪华婚礼的事，文小舟又故意捣乱，文彬对调皮的儿子无奈。雪菲心里很憋屈，她十分嫉妒武菁菁和文小舟关系融洽，今天是故意找碴，雪菲看着满脸焦急的蕾蕾解气了，她化妆去了。

“辞职？我姐怎么会辞职？”菁菁辞职的消息太意外了，蕾蕾的脑子直犯晕。

昨晚，《快乐创意》节目的选手要换人，特邀嘉宾的档期又和圣诞夜演出冲突了，加上原来的服装赞助商又提出了新要求，这一系列的问题都要在今晚九点直播前解决，蕾蕾加班协调，一夜未眠。

蕾蕾认真听起了“我是小儿医”的直播。“没错，是我姐的声音！她酷爱自己的职业，怎么可能辞职？！”

突然，蕾蕾想到了那次自己和王俊明在电视台的谈话。“糟了，我办错事了！”她拿起车钥匙就走。

“哎，你别急，慢点开车！”张大雨提醒着蕾蕾，他又一次发现武蕾蕾特别在意武菁菁。

武蕾蕾匆匆走了，张大雨来到化妆间。“雪菲，你以后说话能不能委婉些？”

“怎么了？”雪菲明知故问。

大雨说：“武导一直对你不错，从你进台实习到今天成为当红主持，她没少帮你，你这样对她太不厚道了！”

雪菲看着大雨严肃的神情：“哟，你倒替她打抱不平了？没事，她心大着呢，男人婆对人要求严，知道你想抱她的粗腿，差不多得了！”

“雪菲，你？！”大雨没想到年轻的雪菲心里却这么阴暗，他嘴拙，也不想多说了，扭头走了，雪菲却得意地随着耳机哼起歌来。

蕾蕾开车直奔医院，怒气冲冲冲闯进了王俊明办公室。

王俊明正在吃饭，他见到蕾蕾一愣：“蕾蕾，你怎么来了？找我有事？”蕾蕾盯着王俊明不说话。

王俊明被她看毛了。“说话呀！”

“我姐为什么辞职？”

“噢，嗯？她没告诉你吗？”王俊明试探着反问蕾蕾。

“废什么话，我要知道还来问你呀？”蕾蕾说话不客气。

王俊明太了解蕾蕾的火爆脾气，既然武菁菁没有透露给家人辞职的真正原因，他也不想多事。“没什么，她工作太紧张了，休假！”王俊明轻描淡写地说着。

蕾蕾不信。“没那么简单吧？你是不是欺负我姐了？”

“我敢吗？再说，我是那种小人吗？”王俊明再次反问。

蕾蕾不说话了，她环视起办公室来。她看到了办公室长沙发上的被褥，又看着办公桌上的快餐，心里打起了问号。

蕾蕾问：“你住办公室了？怎么不回家？”

王俊明敷衍。“啊？工作忙！住这方便！”可他话音未落，自己的手机响了。

王俊明看看手机又看看蕾蕾，他把电话挂断了，手机铃声一连响了三次，王俊明无奈地接了起来：“有事？嗯，孩子感冒多喝开水，不能随便吃药，我明天回去看她。就这样吧。”王俊明的声音冷冷的。

蕾蕾的眼睛亮了："你分居了？"王俊明默认。

"为什么？"王俊明还是没说话。

蕾蕾很激动。"为我姐？你动真格了？够意思！噢，我姐是为你辞职了，爱情啊！"

王俊明不想解释，他任凭蕾蕾瞎猜，自从这次来锦安医院就职见到武菁菁的那一刻起，他的心就乱了。菁菁没有结婚，菁菁对他敬而远之，菁菁不给他独处的机会，他委屈又矛盾。

"行，我没什么事了，你休息吧。你是博士后，学问顶天了，自己把握吧。俊明哥哥，我走了！"蕾蕾一阵风似的来，又一阵风似的闪了。

王俊明闭眼躺在沙发上，他眼前闪现出高中时代的武菁菁那双充满崇拜的纯真的眼睛，他的嘴角微微扬起。

武家团聚日，玉英紧张突然休假的菁菁身体欠佳，亲自下厨给菁菁煲汤，引起了蕾蕾的嫉妒。武志强忙为小女儿找平衡，他主动申请以后要经常给蕾蕾送去美味营养的餐食，蕾蕾这才开心起来。

菁菁主动来帮厨。可她能力实在有限，干什么都显得手忙脚乱。

玉英在一旁看着直叹气："唉，菁菁，你一个人吃饭尽瞎凑合，我要是走了，看你一个人怎么办！"

菁菁说："妈！您这么健康，一定会常命百岁！"

"哼，就你这样气我，活不了几年了。"

老武不爱听了："老伴，想扔下我呀，没门！菁菁，做饭不难学，我教你。"

"好，爸爸，等我学会了，每天给您做一样菜。"书呆子女儿对烹饪如此热情，老武求之不得，他当即耐心地教起女儿来。

爷爷、奶奶看到菁菁在厨房忙乎，两位老人对女神终于食了人间烟火惊喜万分。

饭后，萌萌说："大姐，你休假了，你到流浪动物救护站当义工好不好？"

"好啊！你去的时候叫上我。"菁菁很想体验体验新生活。

萌萌乐坏了。"谢谢大姐！"

王红听着姐俩儿的对话，气得要命，忍不住埋怨了起来："菁菁，你当大姐的要带个好头。别纵容萌萌，你想独身是你的自由，可萌萌年轻还想要孩子呢。"

"妈！"萌萌气跑了。

菁菁没说话，玉英不乐意了："王红，是萌萌找的菁菁，怨得着我闺女吗？"

王红知道又说错话了。"噢，对不起，菁菁，萌萌救助流浪动物都快魔怔了，你可别跟她瞎掺和。"

王红一走，玉英就落泪了。菁菁忙安慰起来："妈，你别这样，婶的话你别太介意了。”玉英不理她，自己生着闷气。

“妈，我已经托朋友帮我物色对象了，以后我不会只忙工作的，我会以生活为主，行吧？”玉英听了菁菁这话才止住了眼泪，菁菁从小就言出必行，她相信大女儿。

萌萌还在和母亲冷战，仍然住在爷爷家。母亲说话总是阴阳怪气，她很苦恼。

夜深了，她躺在床上睡不着，又给“一往情深”发起了微信：“筹集流浪猫狗绝育资金应该是救助站的重点工作。”

“一往情深”立即回复。“好，你写提案，我来执行！”

萌萌敲了这几个字，随手发了一个愁眉苦脸的图示，“一往情深”马上回复了一个大大的问号。

萌萌发信息：“我妈反对我关注流浪动物，矛盾无法调和。”

“一往情深”回复：“没关系。耐心和她沟通，有妈妈关心多幸福。”

萌萌表述着自己的意见：“没觉得，她关心过度，成负担！”

“一往情深”回复：“世界上最爱你的人是母亲，别跟她怄气。”

“好，我尽量。很晚了，你也睡吧，晚安！”萌萌心情好了很多，她放下了手机。

李末看着手机里的微信，脸上露出了笑容，他握着手机睡着了。

# 第九章　突发事件

## 一

武菁菁休息了二十天。

王俊明给儿科主任亲自打电话，催她动员菁菁复职。

儿科主任却说："这些年，武大夫从没有请过病事假，加班是常态，她有的是调休假。院长，我们都清楚她为什么要辞职，你得拿出说服力强的方法，空谈没用。"王俊明尴尬地放下了电话。

下午时分，菁菁去超市买东西，撞到蕾蕾和麦克当街争吵，菁菁惊讶。

麦克走了，菁菁走到她面前。"蕾蕾，马路上吵架不嫌丢人啊！你们俩好了这么多年，有话不能好好说？"

蕾蕾犯了驴脾气。"你知道什么呀？不用你管，你走吧！"菁菁不再多言离去，蕾蕾看着姐姐的背影眼圈红了。

晚上，武菁菁正在做晚饭，门外有人按门铃，是蕾蕾。菁菁透过门禁看着神情落寞的蕾蕾，心一软，她打开了房门。

蕾蕾提着一箱啤酒走进了房间。"姐，对不起，我下午态度不好，别生气啊！"菁菁没说话。

"姐，麦克出轨了，他向我道歉要回头，我不要他了。五年了，爱情？！狗屁！"蕾蕾如实告知了自己和麦克的近况。

菁菁看着沮丧的蕾蕾："实指望你能完成爷爷的任务，这下咱俩都没戏了，麦克知道错了，你就原谅他吧。"

蕾蕾摇头："不，我不要有瑕疵的感情，都是成年人，没心情玩暧昧。没劲！姐，我想喝酒，现在就喝！"

"好，我陪你！"菁菁爽快地答应了。

蕾蕾很高兴。"姐，你真好！咱俩还从没在一起喝过酒呢。那时候，我小，你不让我喝。后来就没机会了。嗯，你肯定没一个人喝过酒吧？你一直是个乖孩子！我喝，我常喝，喝醉什么都忘了！爽！你喝！”她打开一罐啤酒塞给菁菁。

菁菁接过啤酒，一饮而尽。

蕾蕾激动：“姐，谢谢你今天能陪我喝酒，我高兴，太高兴了！你肯原谅我了？”

“我都忘了，有什么原谅不原谅的！你别提，我烦！”菁菁自己打开一罐啤酒，咕嘟嘟喝了起来。

蕾蕾喊了起来：“好酒量！不愧是我武蕾蕾的亲姐！来，干一杯！”

三杯酒下肚，蕾蕾的话更多了。“姐，我知道现在道歉太晚了，时间回不来了，可人回来了，有缘不怕晚，他还是你的。”

菁菁开始嚷嚷：“他？他结婚了，当爸爸了！很幸福！我，我还没有嫁出去！没有！”她的情绪也激动了起来。

蕾蕾说：“姐，他分居了，我亲眼看见的，他心里有你。”

“别胡说！我们没关系，没关系了！”菁菁几乎不喝酒，她空着肚子酒喝得太猛，头晕了起来。

“姐，都是我不好！我害了你，你打我吧！”蕾蕾抓住菁菁的手就扇起了自己的耳光。

菁菁哭了：“姐不打人，不打！”

“姐，我走了！”

“醉酒不能驾车！”菁菁还算清醒。

蕾蕾笑笑：“不酒驾，有代驾！”她拨通了一个代驾电话。

夜晚，张大雨正在和李末商讨举办爱护流浪动物专场晚会的事宜，他接到了蕾蕾的电话。“怎么又喝醉了？啊？在大姐家？”张大雨要去接蕾蕾。

李末听说武菁菁也喝醉了，不放心，两人一急忙赶到菁菁家。大雨、李末看不懂优雅女神武菁菁为何要陪着霸道男人婆武蕾蕾酗酒。

李末用菁菁的电话拨通了萌萌的电话：“萌萌，我是李末，你两位姐姐都醉了！”

“不可能，我大姐从来不喝酒！”萌萌认定是李末为找借口约她在撒谎。

李末只好给萌萌发了俩姐姐醉酒的视频。

萌萌匆匆赶来，她看着喝得醉意浓浓的两位姐姐，心里难过，自己也喝了起来，毫无悬念，她很快也喝醉了。

她推开了要扶她的李末：“大姐，二姐，APP有了‘共享男友’，只要缴纳押金，随便你挑自己喜欢的款，看电影、逛街、旅游，随便！”

蕾蕾搂住了萌萌：“哈哈哈，妹妹，共享男友比你那手机里的青蛙实惠，就是，没有必要找一个男友给自己添麻烦。那句话怎么说来着，本来找个人给自己遮风挡雨，最终风雨都是他带来的。弟弟，对吧？”她拉住了大雨。

萌萌醉倒在李末的怀里，李末把她抱到了床上。

仨姐妹都醉得不省人事，李末、大雨照顾好她们睡下。

王红意外接到了李末的电话，她得知萌萌在菁菁住所留宿。王红以为李末和萌萌复合有戏，兴奋得睡不着觉了。

李末、大雨开车离开了武菁菁的家。一路上李末一言不发，路过便利超市，李末买了几瓶白酒，大雨担心他的身体把他带回了自己的住所。

李末一进门就要喝酒，大雨忙拦住了他：“李末，你的胃不好，喝茶唠唠好不好？”李末看着大雨关切的神情放下了白酒。

大雨沏了热腾腾的一壶热茶，俩人边喝边聊。

大雨说：“李末，武家这仨女儿扎堆不婚，武导不按情理出牌，我理解；大姐学问太高开窍晚，耽误了自己也是无奈；嗯，你那前妻外表看上去清纯、可爱，可从离婚这事看骨子里也是个作女啊，你怎么就放不下她呢？”

李末说：“我从第一眼见到武萌萌就认定这辈子她就是我媳妇了。”

他完全沉浸在大学时代和萌萌相爱的甜蜜之中。

七年前的秋季，大学校园里，新生报到。

熙熙攘攘的人群中，形象出众的武萌萌和李末被学校社团的积极分子包围着：“新同学，参加话剧社吧？”“我们是舞蹈团的，你会跳舞吗？”“欢迎会你来我们合唱团，我们是流行乐队的……”

新生武萌萌直摆手：“我不会，我什么都不会……”入校第一天的她实在不习惯这种抢人场面。

李末却神态自若：“我参加流行乐队，武萌萌也算一个！”

武萌萌惊讶地看着李末，她不明白这个男生怎么知道自己的名字。

可当她看到这个青春阳光的帅男生期待的目光：“噢，我听他的。”武萌萌竟然答应了。

高年级男生们失望地离开了，李末笑了，武萌萌的脸红了。

第二天一早，仨姐妹酒醒了，菁菁为自己身为大姐没有带好头羞愧，萌萌反复回忆自己昨晚在李末面前有没有失态，只有蕾蕾最开心：“挺好，昨晚，你俩才算最正常。”

菁菁电话邀请文小舟周末一起去京郊吃农家宴。小舟成心当着雪菲的面让爸爸跟自己一起去，文彬拒绝，雪菲得意，小舟气爸爸不给自己面子闹了脾气。

周末，菁菁、小舟会合，萌萌和常建早已经等候在这里。菁菁见到常建有些意外，可她看到萌萌和常建在一起相处愉快，她也只好顺势而行了。

机灵的小舟为二爸李末担心了，他急忙偷偷微信通知了李末，李末指示他打开手机定位。

冬日的京郊气候虽然较室内有些寒冷，但天高云淡，空气质量优良，堪比氧吧效应。

游玩的旅客稀少，菁菁、萌萌、常建玩得很尽兴，只有小舟一路上鬼鬼祟祟。原来，李末一路跟踪而来，他怕萌萌发现，只能远远地跟在后边，躲得很辛苦。

文小舟竭力讨好萌萌，他故意当着常建的面说尽李末的好话；常建要和萌萌合影，小舟屡屡捣乱；萌萌不忍伤害热情的小舟，她任凭小舟把李末吹得神乎其神，还主动和小舟合影。常建气恼又无奈，只好做到一个字“忍”。

这次郊游，萌萌了解了小舟，她同情幼年丧母的小舟，两个单亲家庭的孩子惺惺相惜，成了好朋友。

第二天，李末领着小舟吃大餐，餐桌上，李末显得心事重重。

小舟看出来了：“二爸，你发什么愁呀，放心，我一定帮你追回萌姨！她虽然有些魔幻，可我喜欢她！”

李末不信：“吹牛吧！现在她和我都不能正常对话，你个小孩能行？”

小舟得意地向李末展示着自己和萌萌的亲密合影。“二爸，萌姨主动加我微信了，我们特谈得来，我当你卧底！”李末看着照片露出了笑容。

李末当即掏出手机给小舟的微信红包里存了二百元。“这是一个月的活动经费，随时向我汇报情况。”李末对重新追求萌萌有了信心。

文小舟高兴：“谢谢二爸，你给我钱可别告诉我爸，要不他会没收的。”

“放心吧，可你不许玩游戏乱花钱，二爸相信你有约束自己的能力。”

“说实在的，那个常建打游戏是高手，要不是因为你，我会和他成为好朋友的。”小舟说出了真实感受。

李末倍感危机：“你觉得他比我帅？”

小舟看着一身乞丐服、脑后系着长马尾辫的李末，不好意思地点点头，李末有了挫败感。

## 二

周一，文彬刚上班，李末来找他了。“哥，我来报到了。”

文彬看着剪掉了长发、身着名牌休闲服、英气逼人的李末，乐得合不拢嘴。

李末为了赢回萌萌的爱情，他不再消沉度日，主动担任了瀚文食品公司的策划部执行总监一职。

策划部女同事都被李末帅气的外形、气质吸引，想入非非，暗中展开了爱情争夺战。可李末却对女属下的爱慕视同空气，90后女生们背后给这个不苟言笑、冷冰冰的上司起了一个绰号：冷面绝杀。

李末很快就适应了自己的新工作，策划总监当得十分称职，他忙里偷闲不忘手机聊天。

“心心有爱”群的群主“一往情深”热衷开展救助流浪动物公益活动，宅女萌萌和这位志同道合的微友交流融洽。

舒麦克终于在公寓门口堵住了蕾蕾：“奈尔，我想和你认真地谈一次，就一次，请你给我这个机会。”麦克神情严肃。

蕾蕾看着他消瘦的面庞、诚恳的眼神，她让麦克走进了自己的公寓。在麦克的不懈努力下，蕾蕾终于原谅了麦克，两人重归于好，他们尽情享受着恬静、浪漫的二人世界。

圣诞节前夕，一个月圆的夜晚，蕾蕾如约到了国贸80层的一家餐厅，麦克早已经等候在这里。

桌台上一对典雅形状的蜡烛，烛火摇曳生姿，烛台四周摆满了火红的玫瑰花。落地窗在夜幕的衬托下变幻成了深蓝的色调，优美的音乐旋律下显得异常宁静迷人。

蕾蕾心里隐隐不安起来，她默默地坐了下来。麦克倒了两杯红酒，递给蕾蕾一杯。

麦克举起了酒杯：“奈尔，陪我喝一杯！”

蕾蕾也举起了酒杯，两人对饮，蕾蕾等待着麦克的下文。

麦克深情地望着蕾蕾：“亲爱的，我们在一起五年了，我很爱你！”“我知道！”蕾蕾轻轻回应着。

麦克从兜里拿出了一枚婚戒。“我们结婚吧！”麦克毫无铺垫地蹦出了这一句。

蕾蕾满目惊讶：“律师大人，我们可是有协议的。”

“终止合同，结婚！”麦克掷地有声，态度强硬。

蕾蕾问道：“为什么？我们相爱需要一张纸证明吗？”

“非常非常需要！”麦克神情严肃。

“发生什么事了？你病了？那件事已经过去了，我信任你！”蕾蕾实在不理解麦克这个坚定的不婚主义者今晚的求婚行为。

麦克说：“奈尔，我今年三十八岁了，我的爸妈都是中国人，他们要我成家，我也想有自己的家，想让我的孩子有合法身份。爸妈都老了，你和我一起回旧金山好吗？”

蕾蕾听着麦克的话，她伸出了自己的左手，麦克笑了，他把蕾蕾小指上的戒指去除，婚戒套在了蕾蕾的无名指上。婚戒大小正合适，麦克是用心了。

蕾蕾也默默地去除了麦克小指的尾戒，给他套上了婚戒。她端详着这一对设计精美的钻戒，眼睛里泛起泪光。麦克看着神情激动的蕾蕾，他长长舒了一口气。这个发誓不婚的三十五岁的女人终于放弃了自己的固执，麦克等待着蕾蕾的感言。

蕾蕾闭上了眼睛，任泪水哭花了妆容，麦克心疼地拿起纸巾为她轻轻擦拭，蕾蕾紧紧抓住了他的手，她睁开了眼睛。“麦克，谢谢你！”

“你答应了？奈尔！”麦克激动极了，他紧紧地抱住了蕾蕾深情地吻了起来，蕾蕾热烈回应着。

两个人吻够了，又坐在桌台前。

麦克说：“亲爱的，我明天就正式拜见你的父母！”蕾蕾想起麦克和父母第一次相见的尴尬场面情不自禁地笑了起来，麦克也笑了。

蕾蕾喝光了自己酒杯里的红酒。“麦克，我不想结婚，我不能再耽误你了！哈哈，你毁约了，嗯，那份违约金你不用给我了，就算是我给你的新婚礼物吧。”她说着摘掉了婚戒，重新戴上了那只不婚戒，此时，她的神情十分镇静。

麦克了解蕾蕾，他死心了。“好！我尊重你的选择，我们还能做朋友吗？”

“当然，好朋友！”麦克再一次紧紧拥抱了蕾蕾，转身离去，他彻底走出了蕾蕾的世界。

蕾蕾一个人坐在餐厅里，望着窗外的圆圆的月亮，心里空空的。

深夜，蕾蕾走出餐厅，可她不想回到空荡荡的家，她开车来到电视台。

编辑室里，大雨带着《择偶 1+1》栏目组开始赶制春节专题节目。蕾蕾来到这里，大雨正在聚精会神剪辑片子。

蕾蕾说：“你忙去吧，我来编片子。”

“雪中送炭！领导！太及时了！”大雨也不客气，他高兴地站起身子准备给蕾蕾腾地。

突然，他喊了起来：“你脖子上的怎么这么一大块青？是麦克？他敢打人！我报警！”他拿起手机就要拨 110。

蕾蕾看着大雨那一脸的愤怒心里感动：“他没打人，他回美国了！我没有答应他的求婚，我们彻底分手了！”

大雨憨憨地笑了。“噢！嘿嘿嘿……”

蕾蕾再也抑制不住自己的情绪，她趴在编辑台上大哭起来。大雨急忙关紧房门，开大了音乐声。

一天，《择偶 1+1》审查中出了小问题，总编批评了蕾蕾。

蕾蕾一回到栏目组，见到大雨就把几张节目碟盘摔在了桌子上。“张大雨，节目质量怎么把的关？马上改！”

“最近活太多，实习生编的，我疏忽了。好好好，别急，我马上改！”大雨好脾气地拿起碟盘放进了编辑机。

“要是再让总编室挑出毛病来，《择偶 1+1》的年终奖也就别想要了，别说我没提醒你！”蕾蕾把在总编那受的气都撒给了大雨。

张大雨没理她，低头修改着节目碟。

一旁正在修指甲的雪菲看不上大雨的窝囊：“都当上导演了，还这么让人呼来喝去的，没有大本事就别在北京混，北京大妞的软饭不好吃吧！”张大雨装作没听见没接茬。

蕾蕾急了：“你说谁呢？别没事找事啊！”

雪菲看着蕾蕾，讥讽道：“老牛想吃嫩草赶时髦啊！可也不能太心急喽！”她的婚事因小舟的捣乱一直没落地，她嫉恨武菁菁，连带上了武蕾蕾。

张大雨站起身来，不屑跟雪菲计较。蕾蕾一把拉住他。“干活！”张大雨只好又坐下了。栏目组的同事都紧张起来，大家都了解蕾蕾的暴脾气。

蕾蕾走到雪菲面前，声音提高了八度：“张大雨的婚房都已经备好，春节即将和张家口老家的未婚妻完婚。你以为每个人结婚都要人人皆知，一个订婚宴搞得鸡飞狗跳、丢人现眼？”雪菲语塞，站起身走了。

蕾蕾看着专心干活的大雨，她知道是自己随意乱发脾气才引发了这场无聊的争论，她对大雨充满了歉疚。

## 三

雪菲开车来到瀚文食品公司，蕾蕾的几句话让爱面子的雪菲受了大刺激，她要找文彬确定结婚的日期。不巧文彬正在开会，雪菲索性坐在文彬办公室等了起来。

雪菲正在百无聊赖地翻看着网页，朱经理走了进来。他是文彬的老战友，负责食品原材料进货的采购部经理。

朱经理一见雪菲就套近乎：“我说这办公室怎么这么亮堂，原来是大明星光临啊！”雪菲看看他没说话，她瞧不上土气的朱经理。

“雪菲，你越来越漂亮了，你和文总的婚礼什么时候办？我可想早点吃喜糖！”朱经理专捡雪菲爱听的说。

雪菲说话了：“他总说忙，我可不催他，他不急我急什么。”

“那是，嫂子，你这么年轻，追的人多了！我得催他马上跟你结婚！”雪菲听着受用。朱经理看雪菲高兴，得意地走了。

文彬开完会回到办公室，见到雪菲有点意外。“你怎么来了？”

雪菲说：“找你当然有事了！”

朱经理又回来了：“文总，这个食品原料进货合同请你马上签字！”

“好，你去供货方实地考察了吗？”文彬拿过合同认真看了起来。

朱经理说：“我办事你还不放心？你和雪菲的婚礼时间定了吗？”

文彬正要认真核查这份食品合同的合格检验证书，雪菲不耐烦了，她拿起笔塞到文彬手里。“哥，你快签吧，我有重要的事要跟你说。”

“是啊，雪菲可等你好几个小时了。”朱经理也在一旁催促着。

文彬心疼地看着一脸委屈的雪菲，他放下食品检验证书，拿起笔在合同上签了字。

朱经理拿到文彬签好字的合同就离开了办公室，他一出门立刻通知供货方马上发货，一脸的得意。

雪菲催婚，文彬还没有做通儿子小舟的工作，他担心一场婚礼又会让小舟搅得鸡飞狗跳，只好求雪菲体谅自己的难处，再给他些时间。雪菲委屈得要命，文彬看着眼泪汪汪的雪菲心疼坏了，他为了弥补对雪菲的歉疚，放下忙碌的工作带着雪菲又去逛逛场了。

雪菲是奢侈品店的 VIP 会员，她每次来店里不心疼钱，老店员都供着这位财神奶奶。雪菲今天气不顺，她试了数个包包、皮鞋、套装都不满意，文彬知道她气不顺，耐心哄着、陪着她。整整三个小时，雪菲总算搞定了自己想买的东西，文彬长舒了一口气。

## 四

进入腊月了，武菁菁的辞职报告迟迟未见批复。

武菁菁不想再和王俊明有任何的瓜葛，这天下午，她来到医院，正准备上电梯到四楼的人事处，手机响了，菁菁接了起来。

“菁菁，你马上到医院！”是儿科主任。

菁菁笑了：“嘿嘿，真巧，我刚到医院。我的辞职报告批下来了？”

儿科主任说：“少废话，幼儿园几百个孩子集体食物中毒，马上到门诊大厅接病人。”她说完就撂了电话。

武菁菁没有半点犹豫，转身就往医院门诊大厅跑。一进医院大厅，她就被眼前的情景惊呆了。这里聚集了一百多人。这些人带着浓重的郊区口音，大厅里乱成了一锅粥。

王俊明、儿科主任、医务处穆主任都在这里。院里的保安、行政人员在维持秩序，医务人员接诊着一批批送来的小患者。

儿科主任见到武菁菁，一把拉住她："是这样，郊区幼儿园几百个孩子午餐后都出现了呕吐中毒现象。我们医院今天分到了五十个，全部安排进了病房治疗。家长们都怕孩子留下后遗症，闹起来了。"

武菁菁问："那孩子们现在情况怎么样？"

儿科主任说："中毒程度不一，有头晕恶心的，上吐下泻的，还有发烧的，初步抽血检查、诊断都是急性肠炎。"

王俊明来到她身边，满怀期待："菁菁，好医生网站上患者和家属对你的评价很高，你是儿科全科专家，请你和家长们好好沟通沟通，解除他们的后顾之忧。"

情况紧急，武菁菁不再计较个人恩怨，她麻利地套上实习生递给她的白大褂，冲进了人群。她耐心地和家长们做着解释，保证医院会全力治疗中毒的孩子。家长们见到武菁菁，情绪缓和了不少。

正在这时，文彬带着秘书和几位部门经理来了。

此时的文彬两眼发红，头发蓬乱、衣着随意。他从事故发生到现在几个小时，在收治中毒孩子的五家医院来回奔波。

文彬诚恳地跟家长们道歉，愤怒的家长围攻他要说法。

这次中毒食物原材料的进货是朱经理干的，出事后，他的手机就一直关机，文彬根本联系不上他，可自己是法人，又在合同上签了字，文彬有口难辩，又急又累，他一下子晕倒在地上。

"真能装，奸商，打死他！"有人趁机起哄。

秘书急得高喊："我们总经理中午到现在一直都在处理这件事。他曾经是特种兵战斗英雄，头部有弹片。"家长们这才罢休。

急诊室医生急忙对文彬进行施救，经过医生抢救，文彬刚苏醒过来，武蕾蕾带着扛着摄像机的张大雨就进来了。

蕾蕾说："文先生，对不起，我是临时被台里抓差，只能公事公办，你可别介意。"

文彬挣扎地站了起来："我是公司法人，监管不力，我应该承担责任！"他心里清楚，必须接受采访给家长和全市人民一个交代。

"蕾蕾，文先生身体太虚弱，你先让他静养静养好不好？"菁菁进来了，她是到急诊接新来的小患者的，听说文彬晕倒很是担心。

蕾蕾不肯走。"能买得起跑车，却拿伪劣产品给孩子吃。黑不黑心？"

文斌没有逃避："我有责任，可到现在我还没找到负责进货的经理，他跑了。"

菁菁说：“蕾蕾，你应该给文先生一点时间，让他调查清楚，你再对他做一个全面采访不是不是更公正？”

“行！大雨，我们走吧。”菁菁替文彬求情，蕾蕾不好再坚持了，带着大雨采访别人去了。

菁菁来到文彬床前。“你怎么样？好点吗？”

“没事，老毛病，紧张、劳累就头疼，吃几片止疼药就好了。”

“止疼药哪能随便吃！你先休息，什么都别想。”菁菁安慰着文彬。

雪菲从网上看到事件报道就火急火燎地给文彬打电话，可文彬的电话一直占线。雪菲急忙赶到公司，公司乱套了，全体员工都在忙着处理事件，雪菲从保安那里得知事件起因是朱经理最近一批货进货渠道出了问题，文彬却在这个要命的合同上签了字。

聪明的雪菲一下子就联想到前几日朱经理让自己催文彬签的那份没有认真审核的合同，她后悔莫及。

秘书打电话告知她文彬的病情，雪菲心急如焚赶到医院。她本想向文彬认错，可当她看着躺在急诊床上的胡子拉碴、一下子变得苍老的文彬，感到害怕又陌生，不敢走近，她在急诊室门外站了一会儿匆匆走了。

## 五

蕾蕾带着张大雨到了儿科病房，遇到正在这里坐镇的院长王俊明，她拉住王俊明就开始采访，王俊明积极配合。

采访结束，蕾蕾和大雨正要进电梯，王俊明追了过来。“蕾蕾，嗯，我想和你谈谈。”

“行，大雨，你先下去。”蕾蕾爽快答应。

王俊明和蕾蕾站在电梯间聊了起来：“我想好了，我要重新追求你姐，你得帮我！”

“没问题！”蕾蕾爽快答应。

王俊明刚要进电梯，蕾蕾又叫住了他。“哎，这就走了？我还没说完呢！你听着，必须马上、立刻恢复单身！”

“这个你放心，我当然要这么做的。可你也得给我点时间，我会处理好的。”王俊明态度坚决。

蕾蕾看着他：“行！我信你！我姐的后半生我可就托付给你了。你要再敢辜负她，我饶不了你！”

王俊明看着凶巴巴的蕾蕾笑了：“你呀，多大了，还像个孩子，我都四十多了，你放心吧，我靠谱……”

“靠谱什么？”武菁菁站到了他们面前，她是从楼梯上来的。

王俊明和蕾蕾都尴尬地看着她。

菁菁气得满脸通红：“你们疯了？武蕾蕾，你太不像话了！你是个记者，输出的应该都是正能量呀！”

蕾蕾不以为然：“姐，别说得那么邪乎！本来俊明哥哥就是你的。”

“你有没有道德感啊！我不会吃回头草，更不会当破坏别人婚姻的第三者。”

蕾蕾不屑：“什么时代了？怪不得你到现在还单身呢！”

菁菁气急了：“你……我乐意！你赶紧离开医院！”姐妹俩刚复苏的情感又降到了冰点。

王俊明不知如何化解姐妹俩的矛盾。“你俩别吵，菁菁，你别生气，不怨蕾蕾，都是我不好，是我找的她，我错了！”他不知该说什么好。

武菁菁看着王俊明，这个骄傲的男人从没有这样惶恐过。她心里别扭，不再多说，扭头跑进了儿科病房。

王俊明看着蕾蕾：“对不起，你为了我们的事，委屈了。”

“你别跟我姐计较，她是冲我呢，不许撤火啊！”蕾蕾鼓励着王俊明，王俊明似乎又找回了信心。

文彬因这次突发事件焦头烂额，他那弹片残留脑中引发的头疼病复发了，神经外科将他收治留院。菁菁得知文彬的旧伤是参加反恐作战时遗留的，面对这位曾经的侦察英雄，菁菁肃然起敬，格外精心照料文彬。

这天晚上，病房的门推开了。“爸爸！”文小舟扑到了文彬的病床前。原来是菁菁找人把小舟接来的。

文彬见到小舟，他憔悴的面庞露出了欣慰的笑容。

小舟安慰爸爸。“菁菁阿姨通知我的。爸爸，我陪你！”

菁菁说：“文先生，你安心治病，这几天小舟放学就来医院，我带他到食堂吃饭。”

文彬的眼睛湿润了。“武大夫，谢谢你！”

武菁菁带着文小舟到医院食堂就餐，王俊明看到菁菁和小舟亲密的样子，心里很不舒服。

武菁菁看到王俊明却主动走到他面前，王俊明暗喜。

“王院长，你能不能抽空看看文彬的脑部 CT 片子，争取把他脑子里的弹片取出来。”菁菁的这番话一下子浇灭了王俊明的期盼，心里直泛酸。

王俊明抬头看着武菁菁，菁菁正用那双清澈的大眼睛注视着她，眼神中充满了信任。

王俊明暗自羞愧，他知道菁菁仅仅是想减轻这位战斗英雄文彬的病痛，没有任何私心杂念，他的心情顿时轻松了许多。“好！忙过这段时间，我一定认真研究文彬的病案。”

老穆也来食堂吃饭，他有意坐到王俊明饭桌前。“这个武菁菁，儿科抢救病人这么忙，她还有精力管文小舟？”王俊明没有理他，匆匆吃了几口，走了。

老穆讨了个没趣，正闷头吃饭，刘大夫坐在了他对面。“穆主任，前些天，武大夫和院长闹绯闻做出姿态高调辞职，这会儿文彬出事了，别人躲都躲不及，她却跟文小舟套上近乎了，这老姑娘是找不到对象真急了？还是读博读傻了？”

“乐于助人挺好！”老穆起身走了，他现在只惦记女儿，没心思管武菁菁了。

## 六

文彬负责的瀚文食品公司被法院查封，公安部门已经立案，公司因这次突发的中毒事件陷入了倒闭的危机。老穆密切关注公司事故处理的进展情况，他担心文彬公司破产，高级公寓会被抵债，叮嘱雪菲看好自己名下的财产，催着雪菲和文彬马上分手，雪菲却犹豫不决，老穆焦灼不安。

自从事故发生，武菁菁和儿科同事们日夜加班抢救中毒的小患者，她吃住都在医院。可不管多忙，她都不忘给每天放学来看望文彬的小舟订饭，文彬对武菁菁心存感激，可要强的他不好意思向武菁菁当面表达谢意。每次武菁菁来病房探视，文彬都在装睡。

文彬作为法人代表被警方传讯，这么多孩子失误中毒，案情严重，警方羁押了文彬。鉴于朱经理是主谋，文彬是失察，加上头部旧伤复发，他被允许取保候审。

雪菲是电视台名主持，她怕自己的荣誉受损，不再到医院看望文彬。

事故发生后，雪菲天天都到公司打探消息。这天，她又来到总经理办公室。

秘书问道：“文总在医院呢！你来这儿有事吗？”秘书对雪菲不去医院照顾生病的文彬很有看法。

雪菲说：“他有医生照料，我去没用。朱经理有消息了吗？”她来这儿的目的是打探逃跑的朱经理的下落。

“没有！嗯，你找他干什么？”秘书狐疑得盯着雪菲。

雪菲心虚。“不，我就是替公司着急，随便问问。这人能抓住吗？”

秘书说：“天网恢恢疏而不漏，立案了，他跑不了！”

“那是，我走了！”雪菲不敢久留，她转身正要离开这里，李末推着行李箱进来了。

秘书见到李末大喜。“李总，你回来的真快！”

“你马上通知公司所有部门经理，开会。文彬住院期间，我全权处理公司的业务！”李末放下行李箱，语气坚定。

公司出事，文彬病倒了，正在国外出差的李末得知消息马不停蹄地赶回北京，他主动承担起了翰文食品公司总裁的重担。

直到这时，雪菲才知道了李末的真实身份——翰文食品公司的最大股东，李氏集团的唯一继承人，雪菲懊悔自己有眼无珠。

老穆闻听李末的真实身份来了精神，他和妻子一起撺弄雪菲抛弃即将破产的文彬，转追年轻、帅气的富二代李末。

雪菲惊讶：“爸、妈，我怎么能在文彬最难的时候抛弃他？”

“醒醒吧，女儿，爱情不能当饭吃，你两年的大好青春都赔给了文彬，他不亏。”雪菲闻听老穆此言还真动心了。

当天夜晚，李末正在办公室整理资料，雪菲提着一个保温盒来了。

“李末，我给你熬了海参粥，你快趁热喝！”她说着就要给李末盛粥。

李末已经从秘书那里知道了雪菲对生病的文彬的冷漠态度，他也去看望过文彬，文彬只字不提雪菲。李末恨雪菲绝情，可他万万没想到雪菲竟然厚着脸皮向他示好。

李末浓眉紧锁:“不吃,你拿走！你应该去医院看我哥！”他的声音冷冷的，脸色很差。

雪菲不敢多言，她尴尬地收起保温盒走了。公司门口，她遇到了文小舟，两人形同陌路。

李末坐在办公室生气，他不理解文彬为何会喜欢雪菲这么爱慕虚荣不靠谱的年轻女孩。

办公室的门又开了，文小舟闪了进来：“二爸！”

“小舟，你好吗？我忙坏了，也没顾上看你。”李末很抱歉。

“没事！我晚饭都在医院吃，菁菁阿姨照顾我呢。”

“噢，那就好，这几天医院太忙，你可别给她添麻烦。”李末打心眼里敬佩善良、仗义的武菁菁。

文小舟看出李末情绪不好：“二爸，雪菲到公司干吗？”

“有病！别提她！”李末的火气不小。

文小舟看出了李末的不悦，鬼马小机灵一下子猜到了雪菲来公司的目的。

事故发生后，雪菲对文彬的态度一百八十度大转弯，文小舟不但不生气，甚至喜上眉梢，他现在巴不得借机让父亲远离雪菲，娶武菁菁为妻。这一次，小家伙为了父亲的幸福，准备牺牲二爸，他动起了歪脑筋。

第二天下午，李末接到了小舟请他帮文彬取换洗衣服的微信，他驱车来到文彬的公寓。

他发现房门开着，刚一推房门就看见了雪菲。

雪菲见到他惊喜万分："哟，你怎么来了？"

"我来给文彬取几件衣服。"

雪菲递给他一个大皮包："我一接到小舟的微信就赶到这里整理出来了！"

李末一声不吭地接过皮包转身就走。

"李末，咱俩都是90后，应该很好沟通的，我们做个朋友好不好？我加你微信吧。"雪菲说着拿出了手机。

李末没理她，他匆匆离开了这里，他知道上了小舟的当。他心里十分清楚文小舟那点心思，他对调皮的小舟利用自己赶走雪菲很无奈。

李末开车刚到公寓门口，却迎面遇到了武萌萌。

"萌萌！"李末急忙停下车。

"大姐让我来和小舟临时做个伴。"萌萌讲明了来意。

李末说："大姐想得真周到，小舟住我那儿。"

"公司出事，你还有时间照顾他呀？"李末听到萌萌这句体贴的话，心里暖暖的。

"你上车，我带你去看小舟！"武萌萌看着李末满脸的诚恳，不好拒绝了。

她正准备上车。雪菲开着车追上来了："李末，你跑得真快！武萌萌，你来干什么？！"她一眼就看到了武萌萌，爱拔尖的雪菲哪里容得下其他女孩搭讪自己看中的李末。

一辆出租车驶来，武萌萌招手上车走了。

李末急忙打电话求两位姐姐帮忙向萌萌解释误会，菁菁在医院忙得脱不开身。蕾蕾听说了这事马上微信萌萌，劈头就训："李末要被别人抢走了！你真够熊的！"

萌萌回应："二姐，你急什么？我和李末早已经翻篇了，他爱上谁是他的自由。"

蕾蕾急了："真给武家丢脸，你和大姐怎么都这样，谈恋爱还礼让？！好男人要抢！"

萌萌问："你让我和谁抢？"

"装！别说你没看见雪菲！那是小舟那熊孩子成心要利用李末赶走雪菲要的坏心眼，你可别错怪李末啊！"

“嗨，李末要是看上了雪菲，我祝贺他！二姐，你别瞎操心了，我来电话了，不聊了！”萌萌下线了。

## 七

晚饭十分，外卖送来快餐，李末想着雪菲的事心里发堵没胃口。他打开手机，发现“往事如烟”没在线。

公司内部的座机响了：“李总，你快到公司大厅，要账的来了！”保安急急地说着，李末拿起手机冲下了楼。

公司大厅里，十几个合作单位的人集体来公司要结算剩余款项，李末压住性子，说得口干舌燥，总算暂时劝走了这批要账的人。

李末回到办公室，他咕嘟嘟喝了两瓶矿泉水。打开饭盒刚要吃饭，保安闯了进来。“李总，不好了，大厅里又来了好多工人！”李末急忙跟着保安又回到大厅。

瀚文食品加工厂的车间主任老徐带着十几位工人站在大厅里。

李末刚全面接手公司工作，两人都是第一次见面。

李末问道：“你们来公司有事吗？”

老徐说“我姓徐，包装车间的负责人，听说文总病了，公司是你负责了？”

“是，我姓李，是公司总裁。”

老徐说“那太好了，李总，马上就要过年了，年终奖什么时候能发给我们？”

李末说：“还有一个月才放春节假，年终奖急什么？”

老徐说“工厂都被查封了，我们没活干了，今年想早点带着钱回家过年。”

这两天，银行催债，合作方要结款，现在连公司内部的工人都来要账，真是墙倒众人推！

李末烦躁起来：“公司从没有拖欠工人一分钱工资，每次年终奖都是同行业最高的，现在公司出了点事，你们就不能等事情平息了再要账？”他的脸色很不好。

老徐说：“李总，我们知道公司的难处，可我们没活干，这一个月的工资肯定没了，我们等不起，还是给我们结了吧，大家心里踏实。”

李末火了：“你是盼着公司垮台要辞职对吧，我接受，不过公司账目查封，一分钱都没有！你们去法院告我吧！”

老徐气坏了：“我是代表工人跟你商量，你这是要赶我们走？！”

几个年轻工人急了：“老徐，别跟他啰嗦了！有劳动法，他说开我们就开我们？曝光，给他曝光！发网上！给电视台打电话！”他们说着有打开了微信开始直播的，有给电视台、网站打电话的，闹成一团。

这时，秘书带着公司的几位部门经理赶来了，他们看到这番情景都慌了。

秘书说:“大家别这样,都是公司自己人,有话好好说,闹到外边影响不好……”

“不怕，谢谢！直播，赶快直播，你们不嫌事儿大，我怕什么？大不了公司关门！”李末发起少爷脾气来了。

晚上，直播结束，停车场内，蕾蕾截住了雪菲。

自从文彬公司出事，雪菲怕同事耻笑，谎称自己身体不适，除了主持就没在电视台露过面。

蕾蕾说：“雪菲，文彬对你这么好，他刚遭难你就不要他了，不合适吧？”

雪菲一撇嘴:“武导,别给我上课,我现在对他没感觉了,我又没卖给文彬！”

蕾蕾问：“那你现在想追求的人爱你吗？”

“我会让他爱上我的。”雪菲对搞定李末超自信。“嗯？武导，你什么意思？跟踪我？让我给你妹妹让路？！”雪菲回过味来了。

蕾蕾正色道：“雪菲，他俩的事有点复杂，萌萌和李末本来就是一对，李末从没忘记萌萌，你放弃吧，不会有结果的。”

“00后都十八岁了，80后阿姨对不住喽，我不听你上课啦，我这就去公司找李末，拜！”雪菲开着跑车疾驰而去。

蕾蕾看着跑车扬起了灰尘，她捂着肚子蹲在了地上。

“武导，又犯老毛病了？”张大雨来到停车场。

“我让雪菲气的。”“嗨，她怎么招你了？”蕾蕾把雪菲抛弃文彬改追李末的事情告诉了他。

大雨劝她说：“你也别生气了，淡定点。虽说雪菲是公认的美人，依我对李末的了解，他绝不会看上这位刁蛮、任性又自私虚荣的公主……”他还没说完，蕾蕾的手机响了起来，她又接到总编临时派的采访任务。

“大雨，你赶紧回去拿机器，跟我去瀚文食品公司！”

“又出事了？你不舒服，回家休息，我找别人。”

“少啰嗦，我死不了！”蕾蕾去开车了。

蕾蕾带着张大雨，急急赶到了瀚文食品公司，公司里已经挤满了闻讯赶来的大小网站、报社的记者。李末认为工人小题大做，拒绝媒体采访。

蕾蕾和大雨站在外围，从私人感情上，蕾蕾和大雨都不想做这个采访。

他俩正观察着事态的发展，雪菲来了，她带着大大的墨镜：“你们来凑什么热闹，我起码还算同事吧？落井下石，好意思吗？”

蕾蕾见到她很是惊讶，她急忙拉住雪菲悄声问道:“妹妹，你都要另辟蹊径了，还来这儿干吗？”

“我和文彬还没正式分手呢，这些工人成心捣乱，哎哎，你们这些记者不能只听一面之词啊！”雪菲甩开蕾蕾，不管不顾嚷嚷起来。

局面愈加混乱，网站直播不断更新着事件的发酵行为。

李末、大雨以及公司中层们都不知如何应对雪菲的突然举动，幸亏蕾蕾机警，她把话筒塞给了雪菲。“雪菲，你来得正好，这期采访你来做。”

“我不做！”雪菲拒绝。

“我接受采访。”文彬走到了蕾蕾面前。

“你快回医院，我能处理！”李末担心地看着身穿病号服的文彬。

文彬看到了工人发到网上的视频，他知道是李末处理不当，可这场风波是自己失职引起的，他不能责怪李末，为了替李末解围，他跑回了公司。

文彬竭尽全力安抚着民工，可没人肯信他的话，各路记者也追着文彬发问，虚弱的文彬哪里招架得住这个混乱的场面，他急得头疼病又犯了，他捂着头坐到了沙发上。李末看着被病痛折磨的文彬，意识到自己犯了错误，懊悔极了。

工人们不肯罢休，各路媒体记者们为了收视率、点击率、报纸发行量不断炒作着这个突发事件，场面失控。

“大家静一静，静一静，听我说两句！”突然，一个女人高声喊了起来。是武菁菁！

原来，武菁菁发现文彬私自离开了医院，她担心文彬的身体，带着药品匆忙追到了公司。她看到工人带头的是老徐，她镇静地站了出来。

“武大夫？！武大夫！”果然，老徐一见到武菁菁，激动起来。

大厅里所有人都惊讶地看着武菁菁，文彬按着剧烈疼痛的头挣扎地站了起来。

武菁菁大声说：“各位媒体朋友、工人兄弟们，公司目前因这次偶发事件遇到了困难，但我了解公司老总的人品，他们不会拖欠工人工资的。文总带病从医院赶到这里就是为了解决大家的问题，我以医生的名誉替他担保！”

“哟，这是急着要做落魄老板娘的节奏啊，也不看看自己有没有这个能耐！”雪菲小声嘟囔着，一脸蔑视的表情。

“雪菲，你别成心找事啊！”蕾蕾气得想骂娘。

张大雨急忙拉住她。“注意影响！注意影响！”

蕾蕾忍住了自己的暴脾气。

老徐力挺武菁菁，向众人讲述好医生武菁菁对自己这个普通农民工一视同仁、挽救了他女儿生命的故事，工人们带着对武医生的信任离开了公司。

雪菲怕见文彬，更怕被别人认出，急忙溜走了。

事件峰回路转，媒体记者们有跟踪民工而去的，有争着采访武菁菁、文彬的，菁菁的义举化解了文彬公司的重点矛盾。张大雨动用自己网络公司的关系，网络上对武菁菁的赞誉点击量猛涨。

文彬感激武菁菁仗义帮忙，菁菁催促文彬服下缓解病痛的药，劝他赶紧跟自己回医院。文彬爽快答应。但他要和李末先处理完公司善后工作，菁菁妥协。

文彬委托李末变卖个人资产为工人发年终奖，为中毒患儿支付后续医疗费，自己引咎辞职。

办公室门外，张大雨不知如何报道这个特殊的拖欠工人工资事件，蕾蕾想闯进文彬的办公室要说法。

武菁菁拦住了她："文彬的病情经不起你的狂轰滥炸，你别去找他了。"

"姐，那我的采访怎么交差？"姐妹俩正说着，文彬出来了。

菁菁忙说："蕾蕾，你别太犀利了！"

文彬感激地看着武菁菁："武大夫，我没那么脆弱，我接受电视台的独家采访。"

采访结束，文彬在菁菁的劝说下回到医院继续治疗，同时等待司法公正判决。

# 第十章　春节到

## 一

半个月后，锦安医院儿科食物中毒的幼儿病情大多都稳定了。

武菁菁已经连续加班连轴转了十几天，傍晚时分，她正准备在医院找个地方小睡一会儿，闺蜜成华打来了电话，武菁菁高兴极了，她请了两小时的假就和成华聚餐来了。

成华是武菁菁的大学同学，两人读书时形影不离。成华硕士毕业后和先生出国研读心理学，成了专职的婚姻咨询专家。现在，成华回北京发展，她成立了自己的工作室。

两姐妹十年没见了，QQ、微信聊天总是不尽兴。今晚，两人正聊得兴奋，菁菁的手机响了。“菁菁阿姨，我爸爸跑了。我一个人在家，我害怕，呜呜……”是文小舟。

菁菁急了：“哎，小舟，你别哭，我马上到。成华，对不起，一个孩子单独在家，我不放心……”

“孩子？谁的孩子？菁菁，你有事瞒着我？”成华很意外。

“嗨，你别瞎猜了，开车送我！”菁菁拉着成华就跑出了餐厅。

两个人来到文彬的公寓，文小舟一见到武菁菁就把一封文彬的信递给了她。

“儿子，你在家乖乖的，生活费打在支付宝和微信里了，钱不够找二爸要，我去外地追查劣质食品的窝点，一定抓到朱经理为民除害，为自己洗清冤屈。我已经带了你菁菁阿姨为我配的药，别担心。理解爸爸，支持爸爸，等着爸爸胜利归来！”

武菁菁看完了这封信，神色焦急：“你爸爸太鲁莽了，他还病着呢。”

成华默默观察着情绪激动的闺蜜。

小舟哽咽着："呜呜，我打他电话关机了，二爸的电话一直占线。"

"就要过年了，你爸爸就这么把你一个人扔在家里也放心？！"武菁菁对文彬的行为很不满。

小舟哭得更伤心了。"爸爸头疼得厉害，他一个人在外边要是晕倒了谁救他呀！呜呜……"

"你别担心，他带着药呢。小舟，别哭了，跟我回家。"菁菁决定暂时照顾文小舟。

她帮着文小舟收拾了换洗的衣服、学习用具，成华开车把文小舟送到了菁菁的公寓。菁菁安排好小舟睡下了。

菁菁要赶回医院值班，成华送她："你和这个文小舟的父亲是什么关系？"

她已经从菁菁这里了解了瀚文食品公司中毒事件的前因后果。

菁菁答："朋友！"

"没那么简单吧？"

"我们真是普通朋友，他有女朋友，一个小他 20 岁的漂亮主持人。"

陈华失望："噢，遗憾啊。这男人蛮有责任感！不错，我还以为你们之间能发生点故事呢。"

"我们俩没故事，尽是事故。"菁菁一句话泯灭了成华美好的愿望。

文彬作为瀚文食品公司中毒事件的主要负责人，他已经被警方传唤，还是保释后才允许住院的。作为被限制嫌疑人，未获得有关部门批准私自去外地要承担相应的法律责任，武菁菁对逃跑的文彬的安危充满了担忧。

春节将至，食品中毒患儿经过医院全力抢救，终于全部脱离了危险，全部康复出院了。

儿科同事们聚餐庆贺打胜了这场抢救小生命的攻坚战，院长王俊明应邀参加。

庆功宴开始了，武菁菁带来了小客人文小舟。同事们都心疼小舟，大家争着照顾小舟。小舟爱上了这群敬业的儿科医生，他对儿科职业产生了深深的迷恋，嚷嚷着长大也要做一名儿科医生。可一听说医学院学生要背好多本砖头厚的医书，当场泄气。

晚宴结束，餐厅门前，菁菁带着小舟在等网约车，王俊明开车来到他们面前。"上车吧，我送你们回家！"

菁菁不给他机会："谢谢，我们叫车了。"

王俊明下车走到武菁菁面前。"菁菁，我想和你谈谈。"

菁菁不想谈。"太晚了，有话明天说吧。"懂事的小舟躲到一边去了。

王俊明诚恳地说："菁菁，你就不能给我一次机会吗？"

“不能！马上就过年了，你赶快搬回家，妻子、女儿都在等你团聚呢。”菁菁一口拒绝。

王俊明不死心：“菁菁，我有好多话要跟你说！”

菁菁正色道：“王院长，我的辞职报告请你批准。”

“啊？你还要走？”王俊明很受伤。

“王院长，我是医生，我需要一个正常的工作环境，请你尊重我的选择。”菁菁的话让王俊明顿时哑口无言。

其实，武菁菁重返儿科后就决定不再辞职，刚才的气话纯粹是为了打消王俊明对自己非分之想。她舍不得离开这个为之奋斗近二十年的工作岗位。身正不怕影子歪，她不再计较那些捕风捉影的流言蜚语。

网约车到了，武菁菁和文小舟上了车。

汽车刚启动，王俊明冲到车窗前。“菁菁，我一定会给你一个满意的答案！晚安！”王俊明说完自己开车走了。

文小舟亲眼所见大院长王俊明对武菁菁如此深情，他很清楚王俊明是父亲和武菁菁走到一起的最大劲敌。他坐在后座上，偷偷观察着副驾驶座位上的武菁菁。

此时，武菁菁皱着眉头靠在了车坐上，她闭着眼睛一言不发。

文小舟心里十分不安，他拨打着文彬的手机，无奈，文彬手机始终显示不在服务区。他又给李末打拨打电话。可李末的手机也打不通。

小舟愈发慌乱起来：“阿姨，两天了，我爸怎么还不接我电话呀？”

“别急，可能在山区信号不好。”菁菁安慰着小舟，随手发了一个微信信息给蕾蕾。

夜深了，文小舟睡着了。

菁菁和正在赶制春节节目的蕾蕾微信视频。

“姐，我收到你微信了。我把熟悉刑事案件的一个律师微信名片转你，有关文彬案件的咨询你问他好了。”

“好，你和麦克抓紧订婚吧。”

“他回美国了，我们彻底分手了。”蕾蕾故作轻松地告知菁菁这个消息。

菁菁遗憾：“我和萌萌没戏了，本来指望你能让爷爷、奶奶高兴呢，怎么跟老人交代呀！”

蕾蕾说“愁什么,我怎么可能落单,放心吧,春节我准带个男友让老人开心。”她的语气似乎胸有成竹。

蕾蕾历来有异性缘分，男性朋友一大堆，菁菁从不担心蕾蕾的婚姻问题。

菁菁说："过完春节，你得抓紧到我们医院查体，总肚子疼要重视！"

"好，我去，姐，我求你别告诉家人，我烦他们絮叨。"菁菁无奈应允。

蕾蕾对菁菁对她的主动关心很是感动，她的眼睛湿润了。

## 二

腊月二十七，《择偶 1+1》春节特辑全部验收过关，张大雨紧绷着的弦松了下来。

这时，他才发现蕾蕾摁着热水袋捂着肚子坐在椅子上，气色很差。"武导，你别硬挺着，去医院看看吧。"

"切，年根儿让我去医院，丧不丧！女人每月那点事，至于嘛！"

两人正聊着，一个四十出头的男人闯到了栏目组。

这人叫袁正，是中科院的博士后。这位未婚大龄科学家为春节应付爹妈催婚，催促张大雨紧急安排自己上栏目征婚。春节期间，《择偶 1+1》只有往期特辑，没有相亲嘉宾安排，大雨很为难。

袁正又缠上了蕾蕾，他向蕾蕾吐槽家人逼婚的苦恼，大雨借机去卫生间闪了。

蕾蕾正为没有完成爷爷的恋爱任务不知如何交差，她看着愁眉苦脸的袁正，认真核查了袁正的身份证、户口本，确定了他的单身身份，蕾蕾灵机一动，决定违规假公济私一回。

蕾蕾说："袁先生，我特理解你，咱俩情况差不多，我家老人也逼婚！"

"噢，你也没结婚？不可能！"袁正看着美丽、魅力四射的蕾蕾，根本不信她的话。

"真的，没骗你，我刚和男友分手。"

"哟，你是女的，家里人一定更着急。"袁正看着蕾蕾认真的表情，相信了。

蕾蕾装出可怜状："是啊，我都三十五了，我家老人都愁坏了。袁先生，要不咱俩互助下？"

"互助？"袁正没听懂，他傻愣愣地看着蕾蕾。

蕾蕾压低声音说："这你都不懂，还博士后呢。当下不都流行租女友度年关吗？"袁正恍然大悟，欣然同意。

蕾蕾和袁正加了微信，两人商议好春节袁正请爸妈来京，届时，蕾蕾以袁正女友的身份亮相。袁正乐呵呵走了，蕾蕾心情不错。

大雨回来了。"科学怪人走了？武导，还是你行，我真对付不了他。"

"你少嫉妒，人家是国家精英，高品质征婚男！"蕾蕾不同意大雨的看法。

第二天，蕾蕾刚上班，袁正又来了。"蕾蕾导演，这是我拟的一份临时伴侣合同，你看看有没有需要补充的。”蕾蕾看着这份写满了数据、论文般的合同差点笑岔了气。

“有那么可笑吗？这可是我查了好多国内外数据熬了通宵才赶出来的。你要同意就签字盖章，不同意咱俩就算了。”袁正说着就撕合同，博士后脾气还不小。

“别撕别撕，我同意！”蕾蕾怕失去这个机会，急忙签了字，袁正这才满意离去。

袁正走了，蕾蕾正拿着自己签过字的临时伴侣合同相面呢，张大雨推着行李箱来了。“武导，我回家过年了！”

“嗯，你未婚妻早等急了！我发你的9999元红包还满意吧，祝你婚姻幸福长久。”

大雨很高兴。“太多了，武导，谢谢！”

“快走吧，你这次回家算是婚姻落地了，你爸妈不会再唠叨了。我还得找辙蒙骗，你看看这个，太搞笑了，又是一节目素材，春节回来咱们就做一期催婚专题。”蕾蕾说着把手里合同递给了大雨。

张大雨快速扫了一眼这份临时伴侣合同。“你真签了？哄骗老人不好吧？”

蕾蕾强调着自己的理由：“后天就是春节，我认识的男闺蜜们不是旅游、就是有主了，我没办法了。”

“你就见过袁正一面，你就敢和他假扮男女朋友？还签了这种合同，太草率了！”大雨竟然有些气恼。

蕾蕾不以为然：“嗨，我又不和他上床！我爷爷、奶奶都八十多了，哄他们过年高兴呗！”

张大雨知道现在蕾蕾听不进去他的话，他只得带着对蕾蕾的担忧踏上了回乡路。

## 三

腊月二十九，萌萌依然没有回自己家住的意思，爷爷、奶奶也不好勉强她，由着她的性子来。

午饭后，萌萌一个人躲在书房里。她看到微信上收到了“一往情深”发来的新年贺卡，上书：一切重新开始！

萌萌回复了一张贺卡。并写上了自己的春节愿望：盼父归来！

她正在和三年未见的父亲微信聊天，王红推门而入，萌萌猝不及防。

王红狠狠地瞪着女儿：“好啊，你又和他联系！你要气死我呀！”萌萌低头不语，但脸上明显流露出对母亲的不满。

“武萌萌，你怎么这么没骨气，你爸出轨害你离婚，你还惦记他？马上和他断了，手机给我！”她说着就要上前去抢萌萌的手机。

萌萌急了：“妈，你太不讲理了，你和他离婚了，可他还是我爸爸，你无权干涉我和他的交往。”

“你！你把手机给我！”王红本来是接女儿回家过年的，没想到萌萌再次“背叛”了她。她气得心脏又开始发慌了。

萌萌哭了：“不给，就不给！”她跑出了书房，拉开大门冲出了大伯家。

爷爷、奶奶和武志强夫妇都听到了王红娘俩的争吵，他们正要出面劝解，王红强忍着眼泪也走了。

爷爷见不得娘俩儿成了冤家，奶奶抱怨二儿子三年不归，老两口又吵吵了起来，老武使出浑身解数哄着这对老小孩开心，玉英感叹家家有本难念的经。

菁菁收留了小舟，她笨手笨脚地给小舟做饭，饭菜好歹做熟了，可一不小心还是被火烫伤，菜刀切到手。

“阿姨！”小舟看着菁菁流血的手指，鼻子发酸。

菁菁难为情地笑笑：“嗨，我太笨了，不许笑话我。”

小舟安慰武菁菁：“没当过妈妈的女人不用学做饭！”菁菁感动，更加喜欢这个懂事的孩子。

正在这时，萌萌来了。

菁菁看出萌萌了情绪不好，她什么都没问，只是给萌萌盛了碗米饭。“我刚学会做几样菜，你尝尝！”

萌萌惊讶地看着一桌子的饭菜。“大姐，都是你做的？”

“当然，阿姨为了做饭手都受伤了，她做的饭可好吃了。”小舟为菁菁捧场。

萌萌把菁菁拉倒厨房，悄声道：“大姐，你能完成爷爷的任务了！”

菁菁不解：“什么意思？”

“你和文大哥有戏啦！”萌萌由衷地为武菁菁高兴。

“我们俩没戏，你可别回家乱说！”两人正聊着，李末来了。

这些天，中毒患儿的赔偿工作告一段落，瀚文食品公司因事故还未调查清楚仍然处于停顿状态。

文彬从走后，一直未联系李末，李末也打不通他的电话。今天，他处理完公司的事情就来看望小舟。

李末见萌萌也在这里，暗暗兴奋。可还没等他和萌萌说话，门铃响了。

菁菁打开房门，雪菲站在了门口，两人相互都很惊讶。

菁菁问：“雪菲，你是找我吗？”

“这是你家呀？”雪菲答非所问。

雪菲走进房间，她看到了武萌萌、李末和小舟，原来她是跟踪李末而来。

文小舟见到雪菲很不高兴：“你来干什么？”

雪菲没理他，她看着武萌萌：“你也在这儿？”

“她是我小姨，二爸的女朋友！”文小舟成心气雪菲。

雪菲听到女朋友这个词，她上下打量着武萌萌，满脸的不屑。“武萌萌，你不要对李末动什么歪心思了，凭你的条件竞争不过我的。”

萌萌听了雪菲的话，看看李末的尴尬脸色，心里觉得好笑，她默默地离开了菁菁家。

“萌萌！”李末急忙要去追萌萌。

雪菲拦住了他。“李末，你别走啊，我们好好谈谈。”

李末对厚颜的雪菲反感至极：“穆雪菲，我再说最后一遍，我们没什么可谈的，请你自重！”李末夺门而去。

雪菲站在房间里，神情尴尬。

菁菁有些过意不去：“雪菲，感情的事情不能勉强的，你不能这么任性！”

雪菲恼羞成怒。“我有任性的资本，管得着吗？！”

小舟说：“雪菲姐姐，我二爸不喜欢你，你别再找他了。”

雪菲狠狠地瞪了一眼文小舟，拉开门闪了！

雪菲走了，武菁菁自言自语起来：“一个战斗英雄，一个虚荣、任性的小女孩，这俩人怎么凑一起的？”

“菁菁阿姨，我爸爱的不是雪菲，而是我妈！”

“你妈？！”菁菁大惑不解，这是她第二次听小舟提到自己已故的母亲。

文小舟打开手机相册收藏夹，他翻出了珍藏的母亲遗照给菁菁看。菁菁惊讶地发现这个去世多年的美丽女人果然和雪菲有几分相似，菁菁认可了小舟的判断。

萌萌来到了救护站。狗儿猫儿们摇着尾巴亲昵地围了上来。她听义工阿姨说有一只小狗因老主人去世得了抑郁症。她跑过去抱起了这只通人性的小狗。小狗蔫蔫的一副百无聊赖的样子好可怜，萌萌拿出手机给它放起了舒缓的音乐，小狗竖起了耳朵，有了点生气。

萌萌轻轻地抚摸着小狗，一边朗诵起徐志摩的抒情诗来：“轻轻的我走了，正如我轻轻的来……”小狗听着听着居然温顺得趴在了萌萌的怀里，眼睛亮了。

李末赶来了，看到这幅和谐温馨的画面感动极了，他静静地坐在了萌萌身边，萌萌没躲避。

李末说："萌萌，我很久没有读诗了，记得是我们俩找了好几家书店才买到徐志摩诗集，你逼着我一首首念给你听，念得我嗓子都哑了，第二天演出我只能破着嗓子唱，结果同学们说我是崔健再生，我出名了！"

萌萌看看他没说话，曾经，她在李末面前是那么霸道、无理，李末总是无条件满足她所有的要求。

萌萌放下小狗，小狗撒欢地跑了，萌萌脸上流露出欣慰的神情。

李末看出萌萌心情不错，他急忙借机表白："萌萌，我们复婚好不好？"萌萌低下了头。

"噢，不复婚也行，咱俩重新恋爱，走正常恋爱程序好吗？"李末生怕复婚要求吓退了萌萌。

萌萌看着小心翼翼的李末，很过意不去。"李末，你别这样，我们是老同学，当然可以保持正常的友谊。"

"好好，友谊就友谊。我什么都听你的。嘿嘿嘿……"李末说着笑了起来，他笑得有点诡异。

萌萌瞪了他一眼："你笑什么？又憋什么坏呢？"

"萌萌，入校第一天我就向你表白，你说不了解我要保持纯洁的友谊，可我见到你第一眼就爱上了你，嘿嘿嘿，从那时起，我们俩不就友谊上了。"李末仍然沉浸在美好的爱情回忆中。

李末越说越兴奋，他的眼睛里洋溢着喜悦的神采，萌萌被李末的热情深深感染了，她想起了许多往事：李末嗓子哑了，听说吃生鸡蛋能恢复嗓音，她买了生鸡蛋每天监督李末吃掉。结果，李末的嗓子确实恢复了，可他再也不吃鸡蛋了。萌萌怎能忘记两个人曾经就这么痴痴地恋着、傻傻的爱着。

李末偷偷瞄了萌萌一眼，他看到了萌萌情绪的变化，高兴地说："萌萌，我……"李末的手机响了，打断了他的话。

李末接了起来："妈，你别着急，我回家，我带萌萌一起回去……妈，你听我说，妈！"赵爱莲不同意李末再和萌萌交往，撂了电话。

李末看着你和萌萌："萌萌，我妈要不同意我们复婚，噢，不不不，恢复友谊，我就不回家！"他的语气十分坚定。

萌萌诚恳地劝道："你不能这样，三年不回家，老人多伤心哪！"

"我爱你，我不能没有你，我要和你白头到老，生一个孩子，不，我们得要二胎，要是以后政策允许，我们就要三个孩子，顶多要一个男孩，我喜欢女孩……"

萌萌脸色骤变，表情呆滞。

李末还在滔滔不绝规划着未来生育计划，丝毫没察觉到萌萌的情绪变化。

萌萌站起身匆匆地走了。

“哎，萌萌，你去哪？等等我，我和你一起去！”李末要去追萌萌，萌萌飞跑起来，她上了一辆停在救助站门前的出租车。

李末追出来，出租车已经开走了，他站在救助站院子的大门前，沮丧极了。

义工阿姨走到他的身边，这是一位七十岁的老人，脸上沟壑丛生，印下岁月的沧桑和坎坷。她是李末成立了这家流浪动物救助站以来最热心也是年龄最大的义工。

“孩子，慢慢来，感情的事情急不得。”义工阿姨了解李末和萌萌的事情。

李末说：“嗨，她那么爱美，我跟她提生那么多孩子干什么？”他以为是自己的闲聊吓到了萌萌。

义工阿姨安慰他：“也许，萌萌还在为自己草率离婚纠结着，三年时间不长，可你俩都不再是以前单纯的大学毕业生，你要像对待小动物一样耐心，要重新了解萌萌。”

“我等她，谢谢阿姨！”李末的情绪好了很多。

萌萌打车来到一处街心花园，晚饭时分，寒冷冬日的公园里没有一个人，萌萌坐在冰凉的木椅上哭了很久，李末对孩子的渴望扎透了她的心。天完全黑了下来，萌萌站起身离开了街心公园。

## 四

已近晚上九点了，萌萌还没回来，爷爷、奶奶不放心了。玉英连忙去了王红家。

萌萌没有回来，王红守着空荡荡的家独自落泪，她不敢再招惹性格孤僻的女儿，更恨掀起这场两代人感情风波的罪魁祸首——出轨的前夫。玉英安慰了王红几句，回家向老人报信。

星巴克咖啡厅，萌萌坐在角落里发呆，武志强打来电话催她回家。萌萌回到大伯家，她勉强和长辈们打了招呼就钻进了自己的临时卧室，再也没有出来。

奶奶叹息道：“唉，孩子要跟爸爸联络有什么错？王红太较劲了。”

玉英说：“妈，弟妹那是有气没地方撒。”

“三年了，还有完没完？老二也真是，有人不让回家就躲到国外去了，这又要过年了就不知道家里还有人惦记呀？”奶奶看着爷爷话里有话。

爷爷咳嗽了几声：“嗯，不早了，睡觉，睡觉！”他说完回卧室去了。

奶奶生气：“玉英，今天我跟你睡！”

“哎，咱们睡觉！”玉英和奶奶回了自己的卧室，志强没有选择的去陪爷爷了。他心疼年事已高的父母，心里埋怨三年不归的弟弟。他做出了决定，过完春节，一定要设法找到弟弟，劝他回家，他希望武家能过一个真正的团圆年。

奶奶躺在床上翻来覆去睡不着："玉英，要过年了，老二不回家，菁菁的对象没着落，萌萌又这么不让人省心，武家就没有一件让人高兴的事！"

"妈，有，有！"玉英说着拿出手机给蕾蕾打电话。"蕾蕾，春节你一定把那个麦克带回家给爷爷、奶奶拜年，你们三个就指望你能让老人开心了。"

"好咧，我一定让爷爷、奶奶满意！"蕾蕾为自己终于受到母亲重视得意。

玉英放下手机。"妈，蕾蕾的对象是个著名律师，美籍华人，人长得也不错。"

奶奶说："蕾蕾这孩子打上幼儿园就敢和男孩子打架，男孩还都喜欢找她玩。长大了，对象换了好几个了；菁菁听话，这都四十岁了连一个男朋友都没有，老天不公平！"

"妈，都怪我，从小把菁菁管得太严了，这孩子让我管傻了，就知道学习、工作。"玉英很内疚。

奶奶说："缘分，都是缘分，谁都怨不着！"婆媳俩关灯睡了。

大年三十，蕾蕾负责的春节档栏目全部搞定，假男友也有了人选，一切都安排得妥妥的，蕾蕾踏踏实实地睡着了。

她正睡得香甜，突然，一阵急促的手机铃声把她吵醒了，蕾蕾迷迷瞪瞪地接起来电话。

"蕾蕾导演，我是袁正！"

"有事啊？"蕾蕾打了一个大大的哈欠。

袁正说："我要和你马上见面，地址就在电视台旁边的茶吧，我有重要的事情跟你谈。我等你！"他不等蕾蕾回答就撂了电话。

"有病吧？"蕾蕾本来不想理袁正，可又怕惹恼了袁正完不成爷爷的任务。她无奈地从床上爬起来，简单洗漱了一下就赶到了茶吧。

袁正见到她就拿出了一张纸，又是一个合同：结婚协议。

蕾蕾懵了："你给我看这个干吗？"

"我们正式结婚！"袁正没有任何铺垫。

"结婚？我和你？袁先生，咱们就见过一面哎。你开玩笑吧？"蕾蕾盯着袁正，满目质疑。

袁正神情严肃："蕾蕾导演，我没心情开玩笑，我爸妈来北京了，他们要求我春节结婚，不然就不再认我这个儿子。不就是给父母看个结婚证吗？我上网查了，结婚登记可以预约，我们准时到达，加上路途的时间，两小时内就能完成结婚登记的程序。"

蕾蕾问道："我们不需要恋爱，彼此了解吗？"

袁正拿出一个腕式血压表递给蕾蕾："你先量下血压，我再详谈。"

蕾蕾心里虽然对袁正的行为疑惑不解，还是量起了血压，她想搞清楚袁正葫芦里卖的啥药。

蕾蕾的血压 120 / 80，非常正常。

袁正很满意："蕾蕾导演，很好，你现在情绪非常稳定，那我们就可以继续谈话了。"他说着又从手机里展示一个装着一大一小两条金鱼的鱼缸的视频。

"鱼类交配是在不断优选中进行，37 条后才遇到了强壮、体型最大的配偶完成交配，不再挑了。"

蕾蕾看和金鱼的泡泡眼对视了半天。"几个意思？"

"别急，我还没表述完呢！"袁正卖起了关子。

蕾蕾不再多话，等着他的解释。

袁正说："鱼儿在交配期拒绝了前 37 条，它们选中的交配鱼儿是第 38 条最强壮的鱼。"

"啊？我是你找到的第 38 条鱼？"蕾蕾有点明白了。

"你的理解力不错！"袁正又从手机翻出一堆表格、图案给蕾蕾看。"我这几天收集对比了几大交友网站的交友约会成功的互动模式，你正好就是那个 38，略好，次优，我终身伴侣的最好选择。"

蕾蕾竭力憋住笑："啊，我这款还是次优品？"

袁正点点头："以上所述是用数学计算出的爱情规律，你 35 岁了，不能错过我们俩的最佳机会，错过了你再也找不到比我更合适的结婚对象，晚景将很凄惨！当你孤老地死去，没人知道，只有猫会吃掉你的尸体……"

蕾蕾嚷嚷了起来。"打住打住！年根儿了，别说这种晦气话，我忌讳！"

"我是数学家，你要尊重科学！"袁正依然顺着自己的思路拽。

蕾蕾冷笑："哼，你真敢想啊！做研究课题还得有个艰难探索的过程吧，你和我没有任何感情基础就结婚，那成家后，你就不怕我们的家成了火药库，说炸就炸！"

"我们领证只是走个过场，给老人一个交代而已，别这么认真！"袁正说出了心里最真实的想法。

蕾蕾瞪着这个自大的科学怪人："你？你不该来我们电视台的征婚栏目，应该去精神病院！"

"你是电视台导演，说话可要担法律责任，你不同意结婚也不能侮辱我！不结婚算了！"袁正怒气冲冲地走了。

蕾蕾小腹又隐隐作痛。此时，她很后悔没有听大雨的话，随手在微信上发了无法完成爷爷逼婚任务的朋友圈。

张大雨和家人正在吃饭，他看到了蕾蕾的这条微信，心里多了几分对蕾蕾的担忧，隐约感觉到蕾蕾的假男友计划不顺利，不知从什么时候起，大雨对蕾蕾多了牵挂。

大雨的父母听说武蕾蕾三十五还未婚，都替儿子的这位女同事着急，他们赞成老人逼婚的做法，大雨不爱听父母唠叨开车出去了。

大雨来到未婚妻杨芳家的楼下，他本来想和杨芳去看电影，杨芳却以重感冒怕传染大雨为由不露面，大雨知道杨芳对自己不回老家工作有意见，他早就习惯了她爱耍小性的脾气，扭头回家陪父母去了。

大雨和朋友投资的网络公司效益好，合伙人催他回京讨论新项目。大雨却说老家完婚后带着妻子一起回，大家笑他是爸妈的乖宝宝，大雨并不在意朋友的揶揄。

## 五

这两个月，蕾蕾的老朋友迟迟未来。粗略地算了算时间，自己和麦克最后一次做爱是在两个月多前。

“天呐，可别怀孕！”蕾蕾吓坏了。

她急忙买了怀孕试棒检验，还好，没看见可怕的红线，她放心了。可是腹部下坠的感觉越来越强烈，让她非常的不舒服。节假日医院只有急诊，蕾蕾挂了号就来到急诊室。碰巧遇到王俊明和医院几位领导正在这里慰问值班医生，她不想见到王俊明，赶快逃了。

蕾蕾回到家喝了一大杯大雨做的姜茶，肚子好受多了。嫁给大雨一定很幸福，蕾蕾冷不丁冒出了这样的念头。

大年三十，北京的大街小巷节日氛围浓郁，菁菁带着小舟乘坐地铁回韵园小区。文彬走了一星期了，一直没有联系小舟，他的手机始终关机。

菁菁看着闷闷不乐的小舟，没话找话：“我没有完成爷爷的任务，爷爷肯定不高兴，你要帮我，见了爷爷嘴甜点，哄他开心。”

“没问题！阿姨，你别发愁，我老爸回来准能帮你完成任务！”小舟知道爷爷的任务。

“你又乱说，我和你爸没可能。”菁菁明白小舟的心思。

小舟凑近武菁菁的耳边，压低声音说：“阿姨，我没说是真的。很多人都租个男女朋友骗爸妈过年，你俩也可以和爷爷玩这个游戏啊！”孩子受到了网络传播的不良影响。

菁菁看着一脸轻松的小舟：“小舟，我和你爸都不会玩这个游戏，任何时候，你都不许为了达到个人目的撒谎、骗人。”小舟看着神情严肃的菁菁点点头。

文小舟到武家过年，菁菁只说受文彬出差临时托付。率真活泼的文小舟给武家带来了久违的童趣和欢笑，爷爷、奶奶很开心。

玉英把菁菁叫进了卧室。“菁菁，你是读书读傻了，这么爱管闲事，想当后妈呀！”

“妈，孩子一个人在家我不放心。”菁菁耐心做着解释。

玉英建议要文彬的表姐接走小舟，菁菁急了。“妈，我的事不用你管。”她说完就走出了卧室，玉英急忙跟了出来。

“爷爷、奶奶，我提前给二老拜年了，小舟，我们走！”菁菁拉起小舟就要离开。

奶奶问：“菁菁，我可想让你们在家守岁呢，大过年的去哪儿啊？”

“是啊，家里好容易来了孩子，小舟，陪着我这老头子下棋，谁都不许走。”爷爷已经猜出是玉英招惹了菁菁。

玉英知道拗不过一根筋的菁菁，赶紧借坡下驴：“菁菁，你工作这么忙，又不会做饭，小舟，你搬到我家好不好？”

小舟乖巧答应：“好！谢谢姥姥！”菁菁也不好再坚持走了。

玉英走进厨房和老武发起了牢骚：“菁菁的脾气怎么越来越像蕾蕾了，一点火就着。”

“不会吧，准是你又招她了。老伴，菁菁热心没错，爸妈都喜欢小舟，你也大度点。”武志强早就看出玉英不想让女儿和单身父亲文彬走得太近。

“我都让孩子住咱家了，满意了吧？”

“我媳妇就是善良，做得好！”老武诚心诚意夸起了玉英。

全家都对收留小舟投了赞成票，玉英妥协了。

蕾蕾回来了，她见到小舟吃了一惊，背着小舟埋怨起来：“姐，我听说文彬离开本市有十几天了，他都成了通缉犯，你把小舟领咱家过年，不怕受牵连？”

“我不怕！”菁菁刚摆平了母亲，蕾蕾又发表了这番危言耸听的言论，菁菁心里特别扭。

蕾蕾不敢再多言。

王俊明的妻子孟小盈眼见丈夫不归家，她带着女儿娇娇去医院求丈夫回家。

王俊明为了女儿才勉强回家了。

十一岁的娇娇乖巧可爱，自从父亲搬到医院不再回家，母亲天天流眼泪，她因父母婚姻陷入危机常做噩梦。娇娇为挽回父母婚姻，她偷偷给大姨打电话告知了父母的婚姻现状。

夜晚，萌萌忙完流浪动物救助站的事情回到大伯家，三个女孩凑齐了，她们一起陪着爷爷守岁，玉英把王红也叫来了，加上小舟，武家的客厅里挤得满满的。大家边看春节晚会，边包饺子，大家有说有笑，气氛温馨。

爷爷坐在沙发上，他看着三个孙女："武家人凑齐喽，哈哈，这才有个过年的样儿！不过你们一个孙女婿都没给我领回来。萌萌，我不反对你救那些可怜的小猫小狗，你和李末打算怎么办啊？"萌萌低头不语。

爷爷继续说："几个月了，电视台、网络上、公园都试了个遍，你们都是普通人家的孩子，总是挑剔别人的毛病可不好，难道找个知心爱人比北京建地铁都难吗？"

蕾蕾和爷爷争辩："那也不能是个男的就行……"

菁菁抢先向爷爷道歉："爷爷，这些天我看了不少介绍恋爱技巧和恋爱心理学的书，我已经找到自己谈不成男朋友的原因了。现在只要有人介绍我都去见，我可努力了。"

蕾蕾想起博士后袁正，又看看一本正经的博士菁菁，气乐了："纸上谈兵没用，互动才能出真爱。你要想找到合适的对象，就得拿出时间和人家谈。姐，你这么多年习惯了一个人闲云野鹤，两个人鸡飞狗跳的日子你过得了吗？"

爷爷满意地点点头："蕾蕾说的有道理。家就是简单、平淡，每天彼此牵挂，云山雾罩的，玄玄乎乎摆出几十个条件靠不住。找个好人，自己做个好人就行了。菁菁，有进步，自己的事就得自己上心……"

奶奶嚷嚷起来："催催催，婚姻这事得靠缘分。老二让你赶走三年了，你就不能改改脾气。"奶奶抱怨起来。

"大过年的，提他干什么！"爷爷无奈地看看老伴。

"过年了，我想儿子了！"两位老人又闹起了别扭，家里的气氛有些压抑。

又是一年过去了，女儿们的婚姻大事没有着落，长辈们心里都不舒坦。

## 六

大年初一，张大雨兴冲冲提着礼物去看望未来的丈母娘，杨芳摊牌，原来她再也忍受不了两地分居的思念之苦，有了新感情。大雨接受分手的现实，平静地和杨芳解除了婚约。

父母责怪大雨没有早结婚弄丢了媳妇，逼着儿子回张家口工作。大雨坚持自己的梦想，大年初二就返京了。

张大雨一回京就主动联系蕾蕾。“武导，我回来了，杨芳和我分手了。”蕾蕾为他没有结成婚遗憾。

大雨问：“你和袁正去见爷爷了？”

“没有！这人有病，我闪了。”蕾蕾把袁正要和她领证的事情说了。

大雨大笑：“哈哈，活该！”

“嗯？你回家吃豹子胆了？跟姐这么横！”大雨这是第一次这么跟蕾蕾说话，她很不适应。

“姐，初三我去给爷爷拜年，欢迎不？”蕾蕾大喜。

正月初三，蕾蕾带着大雨回武家给长辈拜年，奶奶喜欢憨厚、幽默的大雨，爷爷却担心大雨和蕾蕾相差五岁的年龄。

老武夫妇惊讶蕾蕾换了对象，王红对大雨半信半疑；菁菁和萌萌都羡慕蕾蕾有大雨这样的男闺蜜雪中送炭，但在爷爷、奶奶面前不忍戳穿蕾蕾的骗局。

蕾蕾指引全家观看电视台《择偶 1+1》春节特辑，电视里，孟小萍作为重点嘉宾，在电视上和新婚丈夫尤前宽大秀恩爱。

“这对是我介绍的，不错吧？”蕾蕾得意极了。

王红盯着电视屏幕脸色发白。“蕾蕾，你……你知道这个女人是谁吗？”她指着蕾蕾气得浑身发抖。

“当然知道，孟小萍啊！”蕾蕾奇怪地看着王红。

王红大喊起来：“就是这个女人插足拆散了我们家，让萌萌的婚姻解体，她缺大德了。别人欺负我们也就算了，自家侄女也给这么个不要脸的第三者脸上贴金，你让人寒心不寒心！”

蕾蕾惊得扔掉了遥控器。“什么？婶，我真不知道孟小萍就是破坏您和叔叔婚姻的第三者！”她为自己当初没有深入了解嘉宾人品后悔莫及。

大雨主动替蕾蕾承担了责任：“婶，我是这个栏目的导演，我没有把好审核关，是我不好，对不起，真对不起。”

玉英说：“弟妹啊，我们都没见过这个女人，这也太巧了。”

“是啊，我和玉英向你赔罪了，蕾蕾绝对不会是成心的。”武志强也在一旁帮腔。

王红哭了：“你们都别说了，我不听，不听！你们就没把我当一家人，就想看我的笑话！”

“妈，您别这么说，二姐又不是故意的。”萌萌嫌母亲小心眼。

王红瞪着女儿："萌萌，好啊，你爸把你害惨了，你不恨他；你姐给这个不要脸的女人说媒拉纤，你还护着她；你还是我女儿吗？噢，我忘了你姓武！"她对这个不争气的女儿失望透了。

全家人正不知如何化解王红的怨气，有人用钥匙打开了房门，一个身材修长的五十多岁的男人走了进来，三年未归的武家老二武志刚终于回家了。

蕾蕾兴奋地大叫起来："二叔？！爷爷、奶奶，二叔回来了！"

全家人都惊喜万分，只有王红的表情情冷冷的，视前夫如空气。

武志刚说："爸，妈！我回来了！"

奶奶激动地拉住了儿子："儿啊，你可回来了，想死我了。你怎么有这么多白发啊！在外头受大罪了吧？"她老泪纵横，武志刚搂着母亲落泪了。

爷爷坐在沙发上一动不动。

武志刚看着三年未见的白发父母，满脸羞愧，扑通一下跪在了地上。"爸，我错了。"

"哼，男儿膝下有黄金，起来吧。"爷爷没有再赶走儿子，他看着面容憔悴的小儿子心里发酸，自己回卧室去了。

武萌萌扑到父亲怀中喜极而泣。

# 第十一章　动了凡心

## 一

武家人都为二叔归来高兴。

王红却冷冷讥讽："还有脸回来呀？"

武志刚看着前妻一脸的愧疚。

奶奶忍不住了："儿子有错，理应受罚，我们老两口当初不都把他赶出家门了吗？用你们读书人的话说，人非圣贤，孰能无过，别再不依不饶了。"

婆婆都发话了，王红不敢再多言了。她不想看到前夫，拉开房门正准备回自己家，没承想，房门外站着三个人，带头的女人竟然就是孟小萍。

"我们找武菁菁，武菁菁你出来！"孟小萍怒气冲冲，扯着嗓子喊着，她身后跟着孟小盈和王俊明的女儿娇娇，三个人闯进了武家。

客厅里的人看着三位不速之客都愣住了，蕾蕾见到带头闯进来的孟小萍目瞪口呆，大雨急忙用眼神示意她不要冲动。

王红急忙关上了房门，她不声不响地盯着孟小萍，神情古怪。

菁菁迎上去："你们找我有什么事？"

她在公园只见过孟小萍一次，没什么印象。不明白王俊明的妻子孟小盈为何带人闯到自己的父母家。

孟小萍说："武菁菁，我今天带着妹妹和外甥女到你父母家，就是要让他们好好管教你这个破坏别人家庭的第三者！"她是接到外甥女娇娇的求救电话，要为妹妹讨公道。

武家长辈大惊。爷爷、奶奶坐在沙发上一言不发；武志强夫妇看着菁菁一时失语；武志刚见到孟小萍心惊肉跳。

菁菁脸色煞白："你、你在胡说些什么？谁是第三者？"

王红拍手大笑："哈哈哈！好，太好了！报应，真是报应！孟小萍，你妹妹活该！"

武志刚吓得急忙躲进父母房间不敢出来了。

孟小萍看到王红顿时神色慌乱，她没想到能在这里碰到王红。全屋子的人还处在惊诧中，孟小萍倒是很快镇静了下来。

"武菁菁是你家人啊！那你可得好好管教了。四十岁的人了，自己嫁不出去却惦记上了别人的丈夫。武菁菁，你别在你爸妈面前装无辜啊！"孟小萍毫不示弱，她才不在乎自己以前的身份呢。

武菁菁站在原地发懵，她看着气势汹汹的孟家姐妹，心里委屈，可就是一句话都说不出来。

玉英摇头："我不相信，菁菁做不出这种缺德事！"

志强急了："你凭什么这么侮辱我女儿！"

孟小萍冷笑："哼，女儿这么老了还留在家里，你们天天跟着她呀？你们女儿本事大得很，勾着院长围着她团团转哪。"

王红跑上去就要撕扯孟小萍："孟小萍，我还真没见过你这么不要脸的第三者，自己的黑历史还没洗白呢，就跑到老人家面前胡说八道！"

蕾蕾也挣脱了大雨的阻拦冲了上去。"孟小萍，好啊，你想闹我陪你，你要赔偿欺骗电视台的违约金。"

"啊，武导，你也在这？武蕾蕾？哦，你是武菁菁的妹妹啊。我能理解你维护你亲姐，可我也是姐姐，能忍心看着我亲妹被人抛弃吗？"孟小萍对蕾蕾有所顾忌。

蕾蕾正色道："王俊明要离婚是他自己的事情，你们找我姐没用，再闹我就不客气了。"

"冷静，冷静啊！"大雨忙提醒蕾蕾别乱说，毕竟蕾蕾是电视台的栏目负责人。

孟小盈哭了："你？你这是什么话，没有武菁菁挑拨，俊明不会离婚的，我们一直过得好好的。"

"哭什么哭！没出息！你们家老人管不管自己的女儿啊！"孟小萍喊得声嘶力竭，她是存心要闹事。

王红指着她的鼻子骂道："你别拿着屎盆子往别人身上扣，自己撒泡尿先照照自己的脸吧！"

"就是，你自己在电视台签了婚姻情感经历属实的协议书，节目播出了，知道你底细的人会怎么看我们电视台，你毁坏了栏目的名誉，你得交违约金！"

蕾蕾戳中了孟小萍的软肋。

孟小萍开始撒泼："谁违约了，我就是太单纯了才受了上司渣男的欺骗，是他潜规则我，我是受害者！"

奶奶劝解无效，爷爷大吼一声："都给我住嘴！"屋子里顿时安静了下来。

奶奶笃定自家的大孙女干不出这种缺德事。爷爷神情严肃，当场让武菁菁和孟小盈说清楚。

菁菁这才清醒了过来。"孟小盈，我和王俊明就是同事关系，感情上没半点纠葛。"她神情严肃。

武家长辈们都大大地松了一口气，情绪都放松了下来。

大雨偷偷瞄了蕾蕾一眼，只见刚才还张牙舞爪的蕾蕾，此时她那双长长睫毛下覆盖的大眼睛滴溜溜乱转。

孟小盈的情绪稳定了下来。"好，我再信你一次。"女儿娇娇紧紧依偎在妈妈身旁。

孟小萍瞪着妹妹。"小盈，人家说什么你都当真，活该被人欺负！"孟小盈低头不语。

王红和蕾蕾看出孟小萍还想在武家纠缠下去，两人都急了，她们拉着孟小萍要到外头理论。孟小萍知道斗不过这两个厉害的女人，不再多言，拉着妹妹准备离开武家。

"呜呜呜！我爸爸要离婚了！阿姨，我求求你，你把爸爸还给我妈妈吧。"突然，女儿娇娇拉住武菁菁大哭了起来。

武菁菁尴尬地看着这个哭得伤心的小女孩，正不知如何安慰，文小舟从大人身后跑到娇娇面前。"娇娇！"

原来小舟和娇娇是同班同学好朋友。

娇娇抽噎着看着文小舟："你怎么在这儿？"

小舟认真地说："娇娇，菁菁阿姨就是救过我的好医生，她人可好啦，不会做拆散别人家庭的事情。"

娇娇破涕为笑。"文小舟，刚才干吗去了？阿姨，误会您了，对不起，我替我妈妈和姨妈向您道歉！妈妈、大姨，我们回家吧。"

娇娇带着对武菁菁的崇拜和信任，拉着母亲和孟小萍高高兴兴地离开了武家。

这场风波平息了，武志刚才从父母房间里溜了出来。

王红见到他气大了："人家都堵上门欺负你侄女，你倒当起了缩头乌龟！哼，心疼你老情人了？噢，前脚回家她后脚就跟进门，你们联系得够紧密啊！"

志刚替自己辩白："我怎么知道她会找到这里，我发誓这三年从来没和她联系过。”

“发誓？！你为了孟小萍这个不知廉耻的丧门星，官丢了，家散了，女儿的婚姻解体了，你还不接受教训，还跟家人撒谎！”王红不信前夫的话。

“我……我真的没有撒谎！”志刚无力招架伶牙俐齿的前妻王红，他不再说话。

萌萌看着父亲无辜的表情，她心疼父亲，急忙拉走了情绪激动的王红。

喧闹的客厅里安静了下来。

武菁菁再也忍不住心里的委屈，她坐在沙发上捂着脸哭了。

志强递给菁菁一大包纸巾：“菁菁，别哭了。”

奶奶说：“孩子，不哭了啊，全家都信任你。”

爷爷叹息：“人家找上门来也不是没有一点道理，单身大龄未婚女人被人家当婚姻假想敌很正常。你要是早成家，根本就不会有这种事情发生。唉！”

蕾蕾看着抽泣不止的菁菁，听到爷爷的这几句话，内心的罪恶感越发强烈。

玉英坐到菁菁身边：“菁菁，这个王俊明不是你们院长吗？她媳妇为什么要怀疑你？”

“我们就是同事！小舟，你在姥姥家乖乖地听话，我回去了。”菁菁怕母亲多问，站起身匆匆走了。

玉英唠叨起来：“菁菁太冤了，大年初三让人堵在家里骂一顿。不行，蕾蕾，过完年你陪我去医院找王院长，你姐不能背黑锅！”

“我不去！大姐和王俊明是中学校友，她曾经是这位学长的崇拜者，他老婆怀疑也正常。”蕾蕾透露了这个十分重要的信息。

蕾蕾对姐姐早恋的揭发完全颠覆了菁菁乖乖女的形象，长辈们都向蕾蕾打探究竟，蕾蕾却卖关子不肯再说。

玉英生气：“你这孩子，我要去医院找王俊明问问情况，你就搬出他们是校友忽悠我。”

“我说的是真的，爱信不信！”蕾蕾对母亲偏袒菁菁有意见。

玉英说：“你打从幼儿园起就和男孩玩过家家的游戏，招的那些五六岁的小屁孩为你打架。上了小学、中学，男生都上咱家找你郊游，要不是我拦着，估计你早和这些男生离家出走了。”

“妈，那都太久远了吧？不提了，不提了。我们走了。”她拉着大雨走了。

文小舟好羡慕这个有爱的大家庭。

大雨开车送蕾蕾。

蕾蕾说：“不好意思啊，你都看到了，我姐惹了这么闹心的事我妈都不说她，知道我在家的地位了吧？”

大雨感慨：“我很喜欢你们家人，老人都那么善良、实诚。”

“那行，在我没找到下家之前，你还继续帮我打掩护。”蕾蕾倒是不和大雨客气。

“没问题，我就当你备胎了！”大雨话里有话。

蕾蕾奇怪地看着他：“弟弟，别胡说，咱俩就是兄弟情。”

大雨忙拐弯：“什么都行，听你的。哎，姐，今天我看明白了，你巴不得王俊明离婚吧？”

“聪明！”蕾蕾不否认。

大雨说：“今天娇娇哭得那么伤心，孩子太可怜了，你可不要为拆散王俊明的婚姻推波助澜。”

蕾蕾瞪着他：“你知道什么？王俊明本来就是我姐的，又不是我姐要找他，现在是王俊明要离婚找我姐，我拦得住吗？这事咱不讨论，要不我就下车！”

“又急了，我也没说什么呀！我帮你这么大的忙，总得请我吃饭吧？”大雨好脾气的哄着蕾蕾。

蕾蕾听着舒服，不再耍性格了。

当天晚上，萌萌主动搬回家去住了。王红指责女儿不和自己一心，反倒向着出轨的父亲，是个白眼狼。萌萌表明父母都是她的挚爱，缺一不可，王红气结。

萌萌将父亲归来的消息分别通知了常建和“一往情深”，消息后缀大大的笑脸符号。

常建语音回复：明天拜访叔叔，欢迎吗？

李末还在公司整理账目，他回复了微信“往事如烟”一个大大的“贺”字。

## 二

夜晚，志强拉着弟弟喝酒。志刚感激哥哥、嫂子这三年对王红母女的照顾，志强训斥弟弟撂下老人、家庭，国外躲清闲。

两人都喝了很多酒，志刚向哥哥讲述了三年前自己“出轨”背后的阴谋。

三年前，武志刚任公司老总，有人想升职挤走他，利用孟小萍制造了并不存在的桃色绯闻；孟小萍妄想假戏真做，不为武志刚作证；王红又受孟小萍电话刺激去公司大闹，一系列事件的爆发，武志刚被停职审查，被迫调离岗位去海外工作。

志强为弟弟蒙冤难过，老二却说最对不起的是女儿萌萌。武志强劝弟弟复婚，志刚打怵王红的更年期脾气，兄弟俩都喝醉了。

大年初四一大早，常建提着礼物到武萌萌家拜年。王红见到常建很高兴，她热情地要留常建在家吃饭。

武志刚来看望王红，萌萌高兴地给父亲介绍常建："爸爸，这是我同事常建！"

"武叔叔，过年好！"常建礼貌问候武志刚。

武志刚勉强回应。"过年好！小伙子，你和萌萌什么关系啊？"他的语气冷冷的。

"同事，好朋友！"常建感觉到二叔对自己的冷淡，心里很不舒服。

武志刚说："好朋友？男女很难成为朋友，你和萌萌是认真的还是玩玩？"他的话太直白。

常建生气了："叔叔，请你尊重我，也尊重萌萌，我从不拿感情开玩笑。阿姨，我走了，再见！"他说完扭头就走了。

萌萌忙追了出去。

常建在等电梯，萌萌抱歉地说："常建，你别生气，我替爸爸向你道歉。"

"你有这样的爸妈活得太不容易了！他们是一对奇葩，不离婚才怪！"常建毫不掩饰对萌萌父亲的看法。

"我爸以前可随和了，他最不爱管闲事了，这次回来怪怪的。没准时差还没倒过来，闹觉呢。男人也有更年期，我爸也更了？"萌萌满脸愁容。

常建听了萌萌的话，哭笑不得，他看着萌萌一脸无辜状，心疼极了。

"好了，萌萌，你快回去吧，不用送我，我没生气。春节游戏线下活动定在正月初八，COSPLAY 服装你可得出新。"常建走了。

萌萌回到家中，志刚在等萌萌。"萌萌，你因为我和你妈离婚影响了你和李末的婚姻。我回家了，你也应该和李末复婚。"他表明了自己的态度。

萌萌看着父亲："爸爸，我盼着你回家，但不希望你干涉我的生活。常建很单纯，我们很谈得来，你不该这样对待我的朋友。"她说出了对爸爸的不满。

"常建没结过婚吧？他父母愿意找一个离过婚的儿媳妇？"志刚说出了自己的担忧。

萌萌嚷嚷了起来。"爸爸，你现在怎么变得和我妈一样婆婆妈妈了！"

"我怎么了？你们爷俩儿吵架扯上我干吗？萌萌是越来越没规矩了，总是和我作对，都是你干的好事！"王红听到了女儿的话，不高兴了。

志刚辩解道："哎，我又干什么了？你别总翻旧账行吗？王红，我们能不能正常对话了？"

王红怨气冲天："不能！我没请你来，你回来干什么！"

萌萌哄王红：“妈，爸刚回来，你别这样！都是我不好，你别生气了。”

志刚看着女儿小心翼翼的神情，心里发堵，他转身走了。

“我爸走了，这回你满意了吧？”萌萌也回了自己的房间不再出来。

王红一个人坐在空荡荡的客厅里拿起电视遥控器，扫着电视节目。

一圈下来，没有一个节目入她的眼，她烦躁得关了电视，坐在沙发上开始发呆。

志刚回到父母家，爷爷、奶奶看着小儿子沮丧的神情，老人明白儿子又被王红赶出来了。

爷爷说：“怎么，又吵架了？一个大男人和老婆就不能好好说话？！”

志刚看看父亲，他心里有太多的委屈，可老人都八十多了，他们经不起事了，志刚低头不语。

奶奶不高兴了：“他有老婆吗，早就被人家扫地出门了，你就少说两句吧。”

“没出息！都是你宠的。”爷爷埋怨奶奶总是惯着小儿子。

奶奶急了：“他是我儿子，孤单单的一个人三年了，容易呀！这家有我一半，别总看不上他。”

二老又呛呛了起来，五十多岁的人还让父母操心婚姻大事，志刚心里很难过。

一大早，李末接到了一个微信信息：“常建拜年，警惕！”

李末连忙回复：“拜托，密切关注新动向！”他居然在萌萌身边安插了卧底。

他翻看着手机微信，“往事如烟”没有单独给他发任何信息，微信朋友圈关注的都是游戏线下活动和流浪动物救助站的信息，李末失望地正准备关掉手机，微信铃声响了。

李末的父母催李末回家。李末坚持要带萌萌一起回。母亲赵爱莲坚决反对儿子和萌萌复婚，母子沟通不畅，赵爱莲气呼呼下了视频。

李末郁闷，文彬走后，音讯全无，他整日挂念着文彬的安危；萌萌还是躲着他，父母又不支持他复婚；就连小舟来电话询问最多的也是文彬；瀚文食品公司仍在查封中。一种无形的孤单感包围了李末，他看着一桌子丰盛的快餐，一点胃口都没有。

就在这时，雪菲提着食品保温盒又来了：“李末，大过年怎么还吃外卖？快尝尝我们家的过年大餐！”

李末看着雪菲那张自信满满的美丽的脸庞，神情严肃：“穆雪菲，我再和你说一遍，最后一遍，我们没有任何可能性。这辈子我就认准武萌萌是我媳妇！你不要再来公司了，请你自重！”他说着拉开了办公室的大门。

雪菲受不了李末的冷落，打算放弃对李末的追求。老穆夫妇却用“男追女，隔层山”“女追男，隔层纸”的道理给她打气，雪菲又找回了信心。

## 三

文小舟住在武志强家，他主动找爷爷教自己下棋，陪着奶奶聊天、看电视，跟着武志强去超市买菜做家务，利用各种机会向武家长辈力荐文彬。爷爷、奶奶、志强都看好了把儿子独自带大的文彬，只有玉英却为优秀的大女儿菁菁可能要当后妈心情不爽。

玉英背着小舟和远在海外的儿子视频聊天，催促儿子抓紧为菁菁在海外物色合适的伴侣，儿子应允，玉英有了希望。

春节假日，菁菁在家休息，成华来了。两姐妹喝着热腾腾、冒着香气的浓浓的红茶。

成华看着陈设简单、单身宿舍式的房间：“菁菁，过了年你就四十一了，你还打算结婚吗？”

“结呀，可我找不到合适的人。”菁菁还是老生常谈。

成华问道：“你到底想找什么样的，说说具体的条件，你也别不好意思，我发动同学们给你找。”

“我没条件，你别为我操心了，我慢慢碰吧，我只求找到我的 soulmate！”菁菁和好朋友不隐瞒自己的恋爱观。

成华有些着急：“我的老同学，你一个学医的怎么有颗文艺心？你多大了，还有时间追求浪漫爱情吗？”

菁菁不服气：“追求爱情和年龄无关，是心态！”

“我亲爱的菁菁，你以为自己是谁？安徒生笔下的睡美人公主，躺上千百年就能等来钟情的王子！？哼，你就是睡成千年木乃伊，也不会实现公主梦的，时光不会倒流，醒醒啦。”成华对菁菁不讲客套，这画面描述得够惨烈。

菁菁不服气：“安徒生的优美童话硬是让你给糟蹋了，谁规定四十岁的女人就不能做做少女梦？”

成华正色道：“你多大？四十哎，不是十八！别怪我说话难听，你是老姑娘了，不是纯情小姑娘！半辈子过去了还做少女梦呢。你不能再期盼着虚无缥缈的激情点燃你，踏实落地的情感才能给你真正的幸福感！”

菁菁疑惑了：“我不要车、不要房，不求高收入，只求觅一知己，这择偶的条件不算高吧？”

“正因为你对男方不要求硬件条件，软包装的分寸更不好把握，网速都 5G

了，现代人谈恋爱都追着网速跑，很少有人会花大量时间追求一个不喜欢自己的人。你每天三点一线，男人是不会追求一个不需要自己的女人的……”成华正准备认真和菁菁讨论择偶观念，菁菁的手机铃声急促响起。

菁菁接起电话，是工人老徐。

老徐说：“武大夫，我们都等着拿钱回家过年，今天都初四了，公司还没给我们补发年终奖。工人们都找我要钱，我不想麻烦您，可我真是扛不住了！”

由于瀚文食品公司和文彬的个人资产都被法院冻结了，年前，工人们没有拿到年终奖。

“徐师傅，我知道了，你把一个具体的奖金数额发我微信上，我这就去筹钱，晚上给你一个准信。”武菁菁当然记得她对农民工做出的承诺。

菁菁放下老徐的电话，一刻不耽误，开始向亲朋好友借钱，成华当即把几万外币通过手机银行转给了菁菁。

菁菁感激地看着成华：“我替工人们谢谢你，也替文彬谢谢了。”成华问道：“文彬有信吗？”

菁菁摇摇头。

成华说：“菁菁，你对文彬的事情这么上心，你对他的感觉已经超越普通朋友了。”

“职业病！我是可怜这些工人，他们背井离乡，家里都等着用钱呢。”菁菁强调自己帮文彬公司凑钱的动机。

成华：“你就嘴硬吧！”

菁菁竭力表明文彬的粗犷大兵性格根本不合自己一贯的儒雅型择偶口味，成华反而更坚定自己的判断：性格互补才更有吸引力。菁菁忙着筹钱没工夫听婚姻咨询专家的分析，匆匆忙忙走了。

## 四

临近傍晚，武菁菁匆匆来到文彬的公司找到李末：“我把老徐要的钱数都凑齐了，你给我个手机银行账户，我给你把钱转过去，你赶紧发给工人们，好让他们回家过年。”

李末感动地看着武菁菁：“大姐，这笔年终奖已经全部到账了，我刚发给工人们，你放心吧！”

“公司资金解冻了？”菁菁一块石头落了地。

李末说：“没有，我一接到你的电话，知道老徐向你催款，我跟我爸要的。”

“嗨，我怎么忘了这茬了，你怎么早不跟家里要？”武菁菁这才想到李末家资产数十亿。

李末如实禀报："大姐，家里一直为离婚的事情不原谅萌萌，尤其是我妈，我不想求他们！"

菁菁明白了。"噢，真是个大少爷，你这一赌气，几百名工人这年都过不踏实。"

李末脸红了。

菁菁忙说："李末，我话重了，我理解你的处境，我家人都知道你为和萌萌复合做的努力，真的很感激你。对了，忘了告诉你，二叔回来了，萌萌的工作我来帮你做，你赶紧回家看望父母。"

李末兴奋起来："哎，谢谢大姐，我马上订票回家！"

两人正要离开公司，李末接到了文彬短信：已查到黑作坊，联系电视台速来。地址 XXX。

李末急忙拨打文彬的手机，可手机仍然处于关机状态。

菁菁说："怎么还联系不上他，不会出危险吧？"她神情焦虑。

李末说："大姐，你别担心，就这么一个黑作坊，我哥摆得平。"他说完就把文彬的短信转发给了刑警队刘队长。

刘队长正在和有关部门为老战友文彬因伤取保候审私自离开本市辩解，看到李末的这条短信，他带着几位刑警开着警车就冲出了刑警队。

蕾蕾假日值班，大雨自愿陪同，两个人正在讨论家庭如何防范"第三者"的策划案，李末来电话了。

"二姐，我哥需要电视台配合，拜托你了。"李末语气急促。

蕾蕾立即向台领导做了汇报，她自告奋勇要做一次现场捣毁黑作坊的采访直播节目。领导当即表扬武蕾蕾抓社会新闻神速，批复同意她和张大雨立刻奔赴第一现场。

李末、蕾蕾、大雨、菁菁在指定地点会合了。

李末开着一辆大马力的吉普车，蕾蕾、大雨正要上车，菁菁抢先拉开车门坐到了副驾驶的位置上。

蕾蕾惊讶："姐，你也要去？"

李末劝道："大姐，路太远了，你别去了。"

菁菁没动窝："快走吧，文彬走了二十多天，他的旧伤万一复发了，我是医生，能帮上点忙。"

吉普车向河北疾驰。

菁菁通知萌萌照顾好小舟。

萌萌得知菁菁和李末在一起。"大姐，你们一定要注意安全啊！"

李末从手机免提中听到了萌萌的叮嘱，欣慰地笑了。

蕾蕾说："姐，文彬只身入虎穴够爷们，可你也不至于为他这么上心吧，不怕晕车了？"她担心姐姐的柔弱体质适应不了八百公里的长途颠簸。

菁菁没理她，闭着眼睛休息。

大雨说："文彬大哥一个人在外边查访、蹲守了这么多天，我可算见到和平年代的孤胆英雄啦！"

"这算什么，大哥是特种部队的侦察兵，上天入地的本领你们都没见识过，这几个黑心老板哪里是他的对手？那个朱经理是他带过的兵，大哥能让他跑了？"李末猛夸文彬。

蕾蕾说："得得得，我一句话招你们这么多话，文彬是大英雄，我姐学雷锋，他俩都是好人。"蕾蕾妥协了。

夜晚，萌萌坐卧不安，她终于还是拨打了李末的电话，可电话不通；她又急忙拨打菁菁和蕾蕾的电话，也都显示不在服务区，萌萌更加担心了。

常建打来电话："萌萌，我那只青蛙终于回来了，你的那只到哪儿了？"

"常建，先别管青蛙了，现在我俩姐姐还有李末、张大雨都失去了联系，怎么办呀？他们不会出事吧。"萌萌和常建急急地说着。

常建安慰她："噢，你要不放心，明天我开车送你去找他们！"他听出萌萌依然关心李末。

萌萌心存感激，可嘴上却说"李末毕竟是老同学，我总该关心一下吧？常建，我真的不打算再结婚了，你可别耽误了自己。"

"嘿嘿，我才二十四，没人催我，不急的，我等你，或者说在等一个结果，我等得起。快睡吧，晚安！"常建结束了谈话。

武萌萌放下手机，她对常建很有好感，但仅仅是好朋友的感觉。爱过、恨过、怨过、悔过，走过的路不能回头，她不能给常建一颗破碎的心。

## 五

黑作坊现场隐秘在河北一个偏僻的山区，文彬喝着矿泉水，啃着干烧饼，一个人蹲守在黑窝点院外的隐蔽处，他等待着援兵的到来。

老刘带着刑警队员在当地警方、工商的配合下对黑作坊团伙进行了收网围捕。

李末、菁菁、蕾蕾和张大雨也及时来到了现场，他们见到了文彬。

文彬头上系着一根粗麻绳，勒着头部，缓解着头痛，胡子没刮，面容消瘦，憔悴不堪，一双眼睛布满了血丝，身上裹着脏兮兮羽绒服。菁菁见到文彬如此落魄的样子，鼻子酸酸的，她强忍住没当众落泪。

蕾蕾、大雨在第一现场做报道，制假者指挥着十几名不明真相的村民拿着菜刀、铁棍扑了上来。

蕾蕾遭遇危险，大雨为保护蕾蕾头部受伤。李末要去救大雨，文彬一把拉住李末，自己冲了上去。

文彬身手不凡，几下就撂倒了带头抵抗的制假者。

警察鸣枪示警，村民们这才明白上了坏人的当，他们纷纷扔掉了作案工具，站在原地等待警方的处置。

刘队长秉公办事，他亲自给触犯刑法的文彬戴上手铐，准备押着老战友回北京。

文彬看着老战友开心地笑了。自己终于亲手抓住了黑作坊的制假者，朱经理也已经在县城落网，这么多天的劳顿没有白费。

此时此刻，他最大的愿望就是好好地睡上三天三夜，最好的地方恰恰是看守所。

武菁菁不明白戴上手铐的文彬为何这么开心，她为立功的文彬委屈，可内敛的她不知如何能帮到文彬。

蕾蕾来到刘队长面前。“刘队长，能不能行个方便，我现在要采访文彬！”她这是为了帮文彬洗清冤屈。

刘队长暗暗赞叹蕾蕾机警，他当即暗示警察们给蕾蕾开绿灯。

大雨带伤坚持摄像，蕾蕾采访到了文彬孤身查访黑作坊的详细经过。

采访结束，文彬就要被刑警押走了，菁菁追到警车旁。“文先生，小舟很好，他在我父母家，你放心吧。”她知道文彬现在最惦记的应该是儿子。

“孩子有你照顾我当然放心，武大夫，谢谢！”在他最困难的时候，未婚妻避之不及，武菁菁却给了他无微不至的关心，文彬的眼睛湿润了。他不想让菁菁看到眼泪，急忙钻进了警车。

警车开走了，菁菁站在原地泪流不止，李末、大雨不知如何安慰这位受人尊敬的姐姐。

蕾蕾拿出纸巾递给菁菁，菁菁接过来躲到李末的车里去。

蕾蕾自言自语地嘟囔着：“哟，我姐这是真动了凡心了？！”

李末带菁菁回京了。

受伤的大雨住进了当地医院。

蕾蕾连夜整理采访素材，大雨不肯休息，坚持和蕾蕾一起编辑稿件，两个人第一时间将捣毁黑作坊制假点的采访新闻视频和稿件发回了电视台。

采访任务完成了，失血过多的大雨再也支撑不住虚弱的身体，一下子躺倒在病床上。蕾蕾一边细心照料受伤的大雨，一边琢磨着菁菁和文彬的事。

“文彬不愧是当过兵的，今天现场真不含糊，多亏他出手救你。我姐要是跟他在一起也挺有安全感的啊。给，自己擦擦脸，太脏了。”

蕾蕾说着拿着一条热毛巾递给了大雨。

大雨接过毛巾，毛巾还散着热。他随意在脸上擦了两把，又把毛巾还给了蕾蕾。蕾蕾接过毛巾刚一转身，突然，大雨亲了蕾蕾，蕾蕾惊呆。

大雨说：“我爱你！”他大胆向蕾蕾表白。

蕾蕾乐了：“别闹，好好躺着，姐就当你是被人砸了脑袋智商为零，这话不能乱说的。”蕾蕾认为大雨是一时冲动，大雨的自尊心很受伤，他赌气躺回到床上不理蕾蕾了。

电视里播放了抓获制假黑作坊的报道，武家人为蕾蕾和大雨的能干骄傲。同时，大家从电视里见到了被技术屏蔽的文彬。

小舟看到爸爸衣着不整，头发、胡子乱蓬蓬的身影，难过得哭了。

爷爷、奶奶、志强都称赞敢于担当的男子汉文彬，三人都盼着文彬早日来家做客，爷爷干脆直言要定了文彬这个孙女婿。

小舟听到老人们对爸爸的评价兴奋极了，他知道爸爸用自己的行动赢得了大家的尊重。

玉英看着戴着手铐的文彬的身影心里添堵。“菁菁怎么也跟着去了，记者去采访，她一个儿科医生不是添乱吗！准是蕾蕾撺弄的。”

屋里的人都没搭茬，小舟小心翼翼地看着玉英，他感觉到了玉英对父亲的深深不满，孩子又犯愁了。

志强怕小舟难堪，急忙拉走了玉英。

菁菁回到母亲家，小舟执意要去拘留所看父亲。菁菁只得陪着小舟来找刘队长帮忙。刘队长很为难，菁菁和小舟这才了解到拘留所规定犯罪嫌疑人不得探视。

小舟哭了，他赖在刑警队不肯离去。刘队长心疼这个没妈的孩子任由他闹，警察们放下工作哄着伤心的小舟。最后，还是菁菁以要给文彬买生活用品为由劝走了小舟。

刘队长去拘留所看望文彬。“老文，这些都是武大夫和小舟给你买的。”他说着把一堆日用品放到了文彬面前。

文彬看看他没说话。

“武菁菁可比穆雪菲强太多了，雪菲太虚荣，武大夫才适合做老婆，人家对你是真不错。”刘队长由衷地赞叹武菁菁。

文彬还是没说话，他低下了头。他感激武菁菁对自己真诚的帮助，可现在的他根本没资格谈感情。

雪菲看到电视报道惶恐不安，朱经理被警方抓获，雪菲很怕文彬会找自己算后账，无奈之下，她这才把自己受朱经理蒙骗，糊弄文彬签字的事情经过告知了父母。老穆夫妇责备女儿没脑子，可木已成舟后悔晚矣。

文彬经此大难很难再翻身，雪菲和文彬分手了，不用再嫁给文彬当后妈，千万公寓又早已落户在雪菲名下，女儿也不算太吃亏。老穆想到这些，劝女儿不要紧张，叮嘱她对糊弄文彬签合同一事死不认账，雪菲应允。

## 六

大雨被铁棍击中头部造成了轻微的脑震荡，需要静养几日。大雨是为了救自己才受的伤，蕾蕾主动把他接到自家公寓。大雨甚喜，蕾蕾却警告大雨别自作多情。

大雨安心接受蕾蕾的照顾，他年轻，身体素质好，头上的伤口愈合的很快，脑震荡引起的头晕症状也很快消失了。但他为了便于和蕾蕾接触多交流，故意隐瞒伤愈赖在蕾蕾家。

蕾蕾对大雨照顾得无微不至，三餐精心调配，帮大雨放好洗澡水，换洗衣服及时熨烫，大雨没想到霸道的蕾蕾如此细心照料自己，他愈发认定了蕾蕾，他再次向蕾蕾表白。

蕾蕾这回认真了：“我是你大姐，怎么能忍心对小弟下手，你就做我的蓝颜知己、纯哥们挺好的。”

大雨斗胆放狂言：“不，我不做你哥们，要做你爷们！”

蕾蕾盯着大雨的眼睛：“你玩真的？”

大雨很严肃：“当然！我没有跟你开玩笑。”

蕾蕾正经起来:“好,咱俩这么熟了,我也不兜圈子,你知道我对婚姻没兴趣。”

大雨问道：“姐，你为什么这么讨厌结婚？”

“结婚对你们男人是好事，找个媳妇伺候着。女人呢，从被父母宠的小公主迅速成为照顾一家老小的全能主妇的黄脸婆！”蕾蕾说出了自己对婚姻的看法。

大雨说：“咱俩结婚，我干家务，我宠你！”

蕾蕾笑了：“哈哈，我一当姐的让弟弟伺候。不能够！现在先别说好听的，咱俩同居！”她成心要将大雨的军。

果然，大雨急了：“我不同居，我是男人，我要对你负责，你要和我好，我们就奔着结婚走。”

蕾蕾乐了：“哈哈哈，小封建，谁让你负责了，感情是相互的。”

“不行！我爱你，就要娶你为妻。我知道你看不上结婚那张纸，但这是我对自己心爱的女人的承诺。”大雨的态度很认真。

蕾蕾看着这个比自己小五岁的同事、知己，她对大雨突然产生了些许不舍的情感。

蕾蕾妥协：“嗯，要不咱这样，现在都时兴试婚，你又不喜欢同居，那我们来个试同居，就是住在一个屋檐下的哥们，近距离生活试试？”

大雨同意了，他主动上交生活费，采取了软磨硬泡的追求攻略，天天腻着蕾蕾，他有信心感化不婚族武蕾蕾。

一晃两个月就过去了，大雨住在蕾蕾家，真正见识了蕾蕾精致的高档生活方式。家里电器一应俱全，高档集合厨具、上万元扫地仪和多功能马桶、国外进口的电动牙刷等等等等，生活用品无不体现了完美的精致，来自张家口的大雨可算开眼了。

大雨看着蕾蕾在手机上购物，食指在手机屏幕上轻轻一划，几万元奢侈品瞬间下单连眼睛都不眨，虽然蕾蕾用的是自己挣的钱，大雨在一旁看着还是心惊肉跳替她心疼。

一天晚上，蕾蕾召集一众单身女闺蜜在家聚会，喝到兴起，女人们大放厥词把中国男人贬得一无是处，谁都没把房间里唯一的男性张大雨放在眼里，大雨很郁闷。

大雨亲眼所见蕾蕾日常轻奢的生活态度，蕾蕾的闺蜜们对男性不屑一顾的张扬个性，他自己萌生了退意。他不担心养不起蕾蕾，俩人都是奋斗的年纪、多多挣钱理所当然，而是担心两人的生活圈子不能重合。

蕾蕾心知肚明倒也坦荡，明言两人不是一个星球的人，撞不出火花。大雨搬出了蕾蕾家，两个人又回到了铁磁哥们的状态。

## 七

下午，王红和萌萌刚刚吃完饭，萌萌收拾好桌子就拎着猫食就出门了。直到一小时后才回家，她刚进门，王红就数落开了。

“你整天对院子里的流浪猫、救护站的小动物抛洒爱心，我心口堵得难受，你管管我行不行？”

萌萌急了：“妈，不舒服干吗不早说，我陪您医院看急诊去！”

“不去，闺女，妈这病只有你能治。”

萌萌这才明白了王红话里的潜台词，一声不吭地进了自己的房间。

王红追了进去：“我话还没说完呢！那个害人精都成家了，你却还单着。能不能给妈争口气，找个好女婿，就算为我找的。”

“妈妈，您别逼我了，我不想结婚。”

“萌萌，你要老死家里吗？”王红狠狠瞪着她。

萌萌也被母亲逼急了，放出了狠话：“您要嫌我丢人，我明天就出家当姑子去，落得一身干净。”

“你？等我死了你去，没人拦着。呜呜！”王红气哭了，她摔门离开了萌萌的卧室，萌萌咬着嘴唇以沉默抵抗着母亲的逼婚。

就在这时，门铃响了，萌萌透过门镜看到了父亲，她高兴地开了门。

“爸爸！”

“萌萌，妈妈呢？”

萌萌冲着王红的卧室嘟嘟嘴，一脸的无奈。

武家老二看看女儿的表情，问道：“又跟你妈拌嘴了？”

萌萌低头默认。

父亲叹气了。“唉，你们娘俩儿，针尖对麦芒总顶着。你回屋吧，我去看看你妈。”

萌萌直摇头说：“爸爸，正下雨呢，你这不是闯雷区吗？不要太勇敢噢！”

父亲嗔怪道：“你这丫头，别捣乱，我这就去拜访王母娘娘！”

他说着敲响了王红的房门。

萌萌见父亲进了母亲的房间，连忙回自己卧室去了。

王红见到前夫进门，急忙擦干了眼泪。“你来干什么？出去！”

“王红，你先别赶我走，我们都老了，要学会放下……”

“放下？你说得倒轻巧！不是你造的孽，萌萌能放弃那么好的婚姻。一想到女儿这三年受的罪，我就恨你，恨死你，你走！”王红咬牙切齿打断了前夫的话。

武志刚再次被王红轰出了家门。

萌萌听到父亲关门的声音，也听到了母亲的哭泣，她知道父亲又被母亲赶走了，她失望地离开了气氛压抑令人窒息的家。

萌萌约常建一起来到流浪动物救助站，两人打扫狗窝忙得满头大汗，常建的陪伴让萌萌的心情好了很多。

小舟出现在狗窝旁边：“小姨，你来救助站怎么不叫上我和二爸？”他身后站着李末。

文彬被收押进了看守所，李末要等这场官司的结果，他只得放弃了回家看望父母。当他得知今天萌萌带了常建来到救助站，急忙叫上小舟也匆匆来到这里。

小舟拉着常建要玩游戏，他是要给二爸制造接近萌萌的机会。常建看出了小家伙的鬼心眼，不急不恼，索性和小舟交上了朋友，这个游戏高手分分钟就俘获了小男孩的心。

李末走进狗窝，他二话不说拿起扫把开始清扫狗粪，污垢沾染了李末的白色旅游鞋。萌萌默默看着李末，不敢相信这个有洁癖的男人竟然有这么大的变化，她竭力掩饰着内心的感动。

晚饭后，菁菁正在厨房洗碗，玉英凑到她跟前。“你最近和文彬走得太近了啊！”她是趁小舟不在家说出了心里话。

菁菁说：“妈，文彬是冤枉的，他是好人！是英雄，他遇到困难了，我帮帮他不应该吗？”

玉英耐心地劝道：“菁菁，你助人为乐做好事，妈没意见，你可不能和文彬谈婚论嫁，不合适！”

“我都四十岁了，合适不合适，我自己有数，妈，你就别管了！”菁菁扔下没洗完的碗筷离开了厨房。

玉英又追了出来：“你这孩子，你怎么这么跟我说话？咱俩成了冤家了？！”

菁菁看看母亲没说话，她从没想过要和文彬有什么情感上的进展，可最近母亲三天两头劝她远离文彬，她受不了母亲无端的猜忌，拿起包走了。

玉英坐在沙发上生气，她对书呆子菁菁这股子轴劲很无奈。

第二天一大早，志强拉着玉英来到花房。最近，玉英脾气见长，他想买几束鲜花排解玉英的坏心情。

玉英在花房挑花尽显吝啬本色，横挑竖拣总是嫌贵。

花房女老板看出玉英情绪不佳。“大姐，你是不是有什么烦心事？”

玉英没说话，志强接茬了。“唉，也没啥大事，她就是着急我家女儿的婚事。”

老板说：“嗨，这有什么愁的，买盆桃树盆栽在你女儿的卧室，保准招来好女婿，可灵了！”

“啊？桃花运？！”玉英动心了，她连价都不讲，买了店里两盆最茂盛的桃树盆栽。

玉英将小桃树搬进了家门，她这回可给自己找了个差事，天天早晚站在桃树旁祈祷，脾气好了很多。

武志强明知这招是花店老板瞎掰，可还是主动承包了精心护理桃花树的任务。

奶奶围着桃树盆栽转起了圈，她对这个方法半信半疑。

爷爷看不上大儿媳的折腾：“玉英啊，我看你这是有病乱投医，七仙女要想下凡，王母娘娘拦不住的。自己不急，家里养八颗桃树也白搭。”

蕾蕾回家得知了桃树的来历，她跟母亲嚷嚷：“妈，我要搬走一棵也转转我的桃花运！”

“你有大雨了，不能再找了，再说桃树成双才灵验！”玉英一口回绝。

蕾蕾看着母亲站在桃树前祈祷的虔诚举止，她的心情很复杂，羡慕菁菁的同时又有着一丢丢的嫉妒。

# 第十二章　不速之客

## 一

朱经理和制假者归案，法院即将开庭审理文彬案件，雪菲担心自己的名声扫地，老穆全家如同热锅上的蚂蚁坐卧不安。

老穆现在最担心的还是雪菲名下的那处房产，因为依据法律，赠予人可以收回赠与。雪菲给文彬惹了这么大的祸，在文彬最困难的时候又抛弃了他，是个男人都咽不下这口恶气，老穆很后悔过早撺弄雪菲离开文彬了。

秘书和李末都提议必须让雪菲出庭为文彬作证，文彬却为了保护雪菲名主持的名誉拒绝了。

秘书私下找到雪菲，他劝雪菲站出来帮文彬洗清冤屈。雪菲得知文彬的决定后愧疚又感动。她瞒着父母主动找了律师，请律师代为出庭为文彬作证。

一天下午，玉英和海外定居的儿子微信视频。

儿子乐呵呵地说："妈，我给大姐找到一位从事医学研究的美籍华人陈教授，五十岁，夫人去世了，孩子都独立单过，陈教授很喜欢大姐的形象和职业。"

儿子说着从网上传过来几张照片，一位很稳重的中年男人。

玉英对这人的条件很满意。

武家人很快都知道了这件事，爷爷、奶奶先急了。

奶奶说："不行，美国太远了，我一个孙子在外边就够揪心的了，再走一个我可受不了。"

爷爷很不满意。"是啊，我就不信在中国这么大的地方菁菁就找不到自己的缘分？"

玉英忙解释："我看这人的条件挺好的，只要对菁菁好，美国有他弟弟，两人相互照应着，也行啊！"

“行什么？你整天念叨见不到儿子，这又想打发菁菁走，哼，到时见不到闺女可别冲我哭鼻子。”志强明确了自己态度。

武志刚提出了自己的担忧：“距离远近还不是关键，两个人的生活背景相差太远了，菁菁不小了，她能适应海外的生活吗？”

“桃树显灵了，我这钱没白花。”玉英没想那么远，她为女儿觅得般配郎君欣喜。

小舟默默听着老人的争论，他盯着桃花盆栽直运气。

当天晚上，菁菁被母亲玉英紧急召回了家中。她听说弟弟给自己找了个美籍华人，吓了一跳，从来没想到自己的姻缘会在万里之外。

菁菁刚想拒绝，可当她看到母亲期待的目光，话到嘴边又咽了回去。为了母亲的苦心，菁菁只得坐在电脑前和陈教授开始视频，两人礼貌交谈，气氛还算融洽。

小舟看着视频聊天的菁菁，失望极了。

瀚文食品公司儿童食品中毒案开庭，中毒孩子的家长代表，李末、武菁菁、文小舟都参加了旁听。

法庭上，控告双方经过激烈的答辩，事实确凿，黑作坊制假者、朱经理都得到了应有的惩罚。由于文彬属于被蒙蔽者，抓获制假者又有重大立功表现，从轻处理，判处渎职罪一年，缓刑一年，当庭释放。

雪菲躲在家中心神不宁，她在等待着对文彬的判决。老穆夫妇方知女儿背着他们请律师代为出庭作证，两口子一起埋怨雪菲不该淌文彬的浑水，雪菲心情复杂落泪了。

律师给雪菲打来电话，雪菲得知文彬胜诉，心情顿时轻松了。蕾蕾、大雨也发来了微信，同事的点赞温暖了雪菲的心。

老穆夫妇安排雪菲和多位富豪男士相亲，雪菲和文彬的恋情彻底结束，李末对她唯恐避之不及，雪菲对感情心灰意冷，任凭爸妈折腾。

老穆挑中了几十亿身家资产的富二代，三十岁的阔少看中了雪菲的美貌和名主持的身份，他要求雪菲和他闪婚，但前提是必须在他拟好的一份不平等的婚前协议上签字画押。

雪菲委屈拒绝，老穆夫妇却贪图富贵极力劝女儿接受这份婚前协议。雪菲厌烦了没完没了父母为自己安排的没完没了的相亲，草率闪婚。

蕾蕾以出镜记者的身份采访了文彬。武家长辈们看到了电视采访，大家都为文彬的案子尘埃落定高兴。

玉英舒了一口气，庆幸儿子及时给菁菁介绍了海外专家，她实在不愿意优秀的大女儿嫁给破产又有孩子的文彬。

文彬带着小舟来到武家，他感激菁菁和武家人对小舟的照顾。爷爷、奶奶、志强热情接待文彬，玉英却态度冷漠，文彬尴尬告退。

文彬走了，菁菁不满母亲怠慢文彬，气恼离家。

爷爷、奶奶埋怨玉英，玉英躲到卧室里委屈落泪，志强夹在父母和媳妇中间两头为难。

李末在自己的公寓为文彬接风，小舟睡了，文彬又开始酗酒，李末夺下了文彬的酒杯。“哥，别喝了！”

文彬苦笑：“当初没有重视你的意见，我太哥们义气轻信人了。因为我的疏忽导致那么多幼儿食物中毒，我毁了瀚文公司数十年树立起来的口碑，辜负了爸妈对我的信任！”他捂着头，痛苦万分。

李末说：“哥，爸没怪你，谁能想到朱经理会这么坑战友啊！你休息几天，公司还等你回来坐镇呢。”

文彬用绳子狠狠勒着脑袋：“我哪有脸再在食品行业干！不回，不回！公司交给你了，我走！”

李末看着被头疼折磨的文彬，心疼极了。“哥，好，听你的，你别急，快吃药吧。”

“药？药在哪儿？给我，快给我！”文彬的旧病复发了，他不该喝酒。

李末拿出药片递给文彬：“哥，这是大姐给你配好的，她让小文嘱咐你按时吃药，你真不能再喝酒了。”

文彬一口吞下药片，片刻，他的头疼缓解了。

李末说：“大姐特善良，那天你被刘队长押走，她躲在车里哭了半天，她对你是真关心。”

“武菁菁是个好女人，她对我们爷儿俩那是没说的。可我现在一个穷光蛋，没资格谈情说爱。”

这场突如其来的人为事故，瀚文食品公司损失惨重，为偿还公司为中毒孩子垫付的各项费用，文彬把公寓、豪车、存款、公司股份都已经变现，他一无所有了，他只有小舟。

小舟并没有睡着，他关着灯躺在床上，借着窗外的月光和妈妈的照片悄悄对话：“妈妈，你在天堂还好吗？爸爸回家了，他的生意垮了，他又喝酒了，菁菁阿姨不会再管他了，你保佑他重新振作起来好不好？”

这个早熟的孩子，他已经明白破产的父亲不可能再娶到优秀的好大夫武菁菁了，他偷偷地哭了。

# 二

天亮了，韵园小区的居民开始了新的一天。

晨练的、超市买菜的、准备上班的，居民们按部就班忙碌起来。

萌萌和往常一样，上班前来到爱心角给小区里的流浪小猫喂食。

“哇哇！哇哇！”几声婴儿的哭声。

这哭声很弱，在院子里忽隐忽现，晨练的居民们循声找寻着。大家发现小区石凳上一个小小的婴儿躺在厚厚的棉被里。这个婴儿眼睛大大的，长得十分好看，只是脸色看起来白得有些泛青。

居民们议论纷纷：“哟，这么冷的天怎么把孩子放外边。谁家的孩子？孩子的脸都冻青了！哎哟，是弃婴，看，还有纸条，写了生辰八字呢，刚满月，爹妈缺大德了！打电话，马上通知福利院！”

萌萌跑上前，她抱起孩子转身就跑。

邻居大妈高喊：“孩子，这可不是小动物，别管闲事！”

萌萌头也不回，她跑得更快了。

事儿妈李冬花借机造谣：“哼，别喊了，你们知道武萌萌为什么离婚吗？她就是因为不能生育才被婆家赶出来了。”她正在唾沫星子乱喷，王红、玉英、老武早市买菜回来了。

“姓李的，你少在这胡说八道！”王红哪里容得下李冬花这么糟蹋女儿，她扔下买菜车冲向这个挑事精。

玉英也急了：“李大妈，现在是法治社会，，造谣诽谤可要负法律责任！”

李冬花看着气得脸色煞白的王红更加得意：“哼，我造谣？！瞧瞧你家闺女对弃婴那股子上心劲儿！她离婚三年了吧，怎么找不到新老公呀？不会下蛋的母鸡，再漂亮也没男人要！”

王红气得浑身发抖，她捞起刚买的大白菜就砸向李冬花，两个女人撕扯到了一起。

正在晨练的武志刚赶来拉架，李东花看见高大的志刚不敢恋战，吓跑了。

萌萌抱着弃婴来到锦安医院，菁菁早已经等在急诊室门前。

菁菁和急诊科医生经过对弃婴的全面检查，发现弃婴患有先天性心脏病，心脏外科专家建议立即将孩子送往儿童诊疗条件相对优越的儿童医院。

俩姐妹抱着女婴刚走出门诊大楼，迎面撞上了拉着行李箱的王俊明。菁菁大喜，她一把拉住了这位脑外科专家。

王俊明心中一阵狂喜，他以为菁菁回心转意，两人复合有戏。

昨天晚上，王俊明从娇娇那里无意中得知妻女擅自闯到菁菁家闹事，他受不了妻子的无中生有的闹腾，再次离家出走回到医院。

武菁菁神色焦急："王俊明，你快开车送孩子去儿童医院！"王俊明空欢喜一场。

医生的职责让王俊明暂时忘却了个人烦恼。他和菁菁简单交流了弃婴的病情，俩人都担心这个患有心脏病的小小婴儿，再也经不起路途的颠簸。

王俊明当机立断，他亲自联系著名儿科外科专家前来锦安医院给弃婴做心脏手术。

武菁菁笑了，她抱着弃婴又匆匆返回了急诊室。

王俊明看着武菁菁的背影，心里又燃起了希望。

萌萌赶回了家，进门就说："妈，给我存折，孩子手术需要押金。"

"不给，你管什么闲事，人家骂得那么难听！"王红的气还没消呢。

萌萌无奈正要离家，武志刚拦住了她。"萌萌，我给你转！"他迅速从自己的手机银行账户上转给女儿两万元。

"谢谢爸爸！"萌萌激动给了爸爸一个大大的吻，转身就跑。

刚才王红和李冬花打架，志刚护着王红赶跑了李冬花。王红有些感动，志刚借机来找王红聊天。

志刚正得意，王红开口了："你是成心要害死女儿啊？"

志刚诧异："我又怎么了？"

王红恨恨地说："她已经很不正常了，结婚没热情，伺候猫狗倒是情绪高得不得了。这会儿又想照顾弃婴了，一个女孩子，让别人怎么看她。"

志刚说："管别人怎么看，女儿做得对，总不能见死不救吧？"

王红又嚷嚷了起来："女儿这辈子就毁你手里了，你滚！"

武志刚又"滚"回了父母家。

爷爷、奶奶听说了两个孙女救助弃婴的事情，他们为孩子们的善举骄傲，爷爷催着志刚去医院帮弃婴垫付住院费。

武志刚刚走，王红来了。她看到全家人都支持萌萌，自己也不好多言了。

蕾蕾得知姐妹们救助弃婴的感人事迹，第一时间带着栏目组到社区采访弃婴事件。

在社区片警的协助下，栏目组调看了小区监控视频。视频中：一个把脸部包裹得严严实实的男性抱着婴儿走进了小区，几分钟后，他又空手离开了小区，消失在摄像头监控不到的区域。

片警暂时没有查到与案件有用的线索，警方认定这是一起蓄意抛弃孩子的事件。

蕾蕾带着栏目组到医院跟拍这一弃婴事件。

社区片警来到医院通报了情况，他们准备将弃婴移交孤儿院。

萌萌拽着片警不肯撒手:“你们把孩子交给我吧,我养她,别把她送到福利院。求求你们了！”她的语气近乎哀求。

社区片警犹豫了。“你要收养是好事，可家里人同意吗？”

“同意，同意，我们都同意，我们武家要这个孩子！”志刚、菁菁都支持萌萌的爱心行动。

蕾蕾没有说话，她用电视镜头表达了自己对妹妹萌萌的敬意。

孟小萍看到了电视报道，不由得讥讽起来：“哼，武家人真够逗的，三个嫁不出去的女儿争着养弃婴，这不是变态嘛！”

“武家的女儿个个漂亮、能干、心眼好，一件挺正能量的大好事，这么说人家不合适吧？”尤前宽不解妻子为何如此诋毁武家人。

“嗨，我没别的意思，就是觉得女人都应该结婚生子！我去看看银耳汤炖好了没有啊？”她急忙闪进了厨房没敢再出来。

李末回老家看望父母,赵爱莲拉住儿子就唠叨个没完。“儿子,你可回来了，搬回家住吧，妈可想你了。你要听我安排，多见几个门当户对的好姑娘……”

李末敷衍着母亲：“行，妈，我一定在家多住几天，不过，姑娘我就不见了，别耽误了人家……”

就在这时，李末的手机有微信来电的声音。

李末打开了手机屏幕，他看到大雨发来的萌萌收养弃婴的视频惊呆了。

## 三

李末连夜坐飞机赶回了北京。

赵爱莲和李水根埋怨起来：“儿子真不听话，他心里就没这个家。”

李水根劝她：“你要给儿子的情感多一点空间，他已经长大了，不是孩子了，他会处理好自己的事情。”

丈夫总是偏袒儿子，赵爱莲很无奈，她一个人坐在沙发上伤心落泪。

武家为养育弃婴召开家庭大会,爷爷主持会议,全家除了王红都投了赞同票。

王红面露不悦：“萌萌，你要孩子可以自己生，养个弃婴你是闲得发慌吗？”

萌萌低头不语。

王红对古怪的女儿又疼又恼：“萌萌，你拖着个孩子是真不打算结婚了？”

萌萌还是不说话，王红哭了，志刚看着这对针尖对麦芒的母女俩，愁得不如何是好。

突然，门铃响了起来。武家来了客人，是李末。他手里提着两大袋子婴儿用品。全家人都惊讶地看着登门拜访的李末。

武志刚第一个迎上去，给了李末一个大大的拥抱：“李末，谢谢你！”

李末看着前岳父：“叔叔，你回家了真好！”

志刚笑了：“是啊，回来了！爸、妈，你们知道吗？是李末和我的一次次沟通，我才有勇气踏上回家的路。”

萌萌默默看着李末和父亲，站在那里一动不动，蕾蕾看不下去了，她急忙跑上去接过了李末手里的东西。

爷爷、奶奶为李末登门拜访笑得合不拢嘴。

王红见到李末心情大好，她拉着李末不撒手：“李末，你原谅萌萌吧，她当年太幼稚、任性了，都是我和她爸爸不好。”

志刚被前妻的反常举动搞得哭笑不得，蕾蕾、菁菁看到婶婶为女儿挽回婚姻低三下四的举止大跌眼镜。

玉英忙说：“王红，你让李末快坐下喝口水吧。”她担心李末会看不起王红。

“好，阿姨，您放心，我会和萌萌复婚的。”李末语气很诚恳。

萌萌仍然一言不发，表情淡漠，她似乎拿李末当一路人。

## 四

自从大雨上次离开蕾蕾的家后，两人工作中依然密切配合，一切如常，大雨心里舍不下蕾蕾这个看似霸道实则古道热肠的姐姐，逐渐接受了在生活理念上蕾蕾和自己的差异，深深爱上了她。

虽然，蕾蕾一再声称两人只能是铁哥们关系，大雨却不在乎蕾蕾的态度，有空就到武家帮着老武夫妇干家务，他的厚道、勤快和幽默赢得了武家长辈们的喜爱。大家都帮着他在蕾蕾面前说好话，蕾蕾经不住众人忽悠，也就试着跟着大雨的节奏慢慢进入了恋爱状态。

李末羡慕大雨和蕾蕾的感情进展顺利，一天，他请大雨吃饭：“哥，二姐那么强势，你都拿下了，真牛！”

“蕾蕾外表看着厉害，其实骨子里挺温柔的，她对人特真诚，不装！”情人眼里出西施，现在，大雨看蕾蕾都是优点。

李末说：“唉，以前萌萌单纯、开朗，她要什么小心思我都猜得透，可现在她的情绪忽上忽下，我的心都累惨了，她还是跟我保持距离。”他愁云满面。

大雨说：“弟弟，万水千山从头越！萌萌有万变，你就一条：诚心诚意就够！”

李末委屈："我还不真诚啊！就差把心挖出来给她看了。"

"你呀，还是太爱面子。萌萌固执，可武家人不全都向着你吗？正面攻不下，侧面迂回呗！蕾蕾坚持不婚有十几年了，萌萌离婚才三年。你们俩都是初恋，感情基础那么好，我就不信你暖不过来她的心。"

李末听了大雨的分析，深受启发，他放下富家少爷的架子，忙里偷闲也常到武家看望长辈。

电梯间，萌萌见到李末："你怎么又来了，我们不可能了，你别在我这儿浪费时间。"她的表情很认真。

李末说："以前你家人对我那么好，我来看看老人总行吧。"他不在意萌萌的冷漠态度。

萌萌急了："李末，我是认真的，你怎么不听呢？"

李末不急不恼："我们是同学，又不是仇人，正常来往总可以吧，我不想失去你这位朋友。"

萌萌看着李末，他曾经是那样骄傲的人，受不得半点委屈的。可现在却对自己的刁难百般谦让，他变了，变得让萌萌心痛。

两人正在僵持，爷爷和武志刚走出了电梯，志刚陪着爷爷在社区里跟棋友杀了两盘棋。

爷爷看到李末，高兴极了："小子，来了，快回家！今天吃饺子，有你最爱吃的牛肉馅。"他拉着李末就进了家门。

爷爷没把李末当外人，志刚看着愣在一边的萌萌："闺女，看见了，爷爷喜欢李末，全家都喜欢他，回家吧！"

"我回自己家吃！"萌萌扭头进了电梯。

电梯门关上了，志刚无奈地摇摇头。他是多么渴望女儿能找回昔日的幸福。本以为自己回家了，女儿能够很快复婚，可现在看要解开萌萌的心结，不像原来想得那么简单。女儿心灵的创伤愈合难度不小，志刚内疚极了。

武家长辈们看着大雨、李末这俩小伙子殷勤进出武家，乐开了花。

晚上，吃过全家团聚饭，菁菁刚走出社区，玉英就来了电话："爷爷头晕得厉害，快回来！"

菁菁急忙返回。她看到爷爷躺在床上，脸色很不好。"怎么了？爷爷！"

"没事儿，菁菁，我今天高兴啊！"爷爷的情绪倒是不错。

奶奶埋怨起来："哼，非要喝那么多酒，不听劝。"

菁菁给爷爷量起了血压。"高压 170，不行，去医院吧。"

武志强正要背爷爷。"大伯，我来！"李末背起了爷爷。

玉英弯腰要给爷爷拿鞋，突然，她坐在了地上。

“哎哟！我的腰！”玉英的腰病犯了，她直不起身子来了。

奶奶慌了：“这可怎么好？”

全家人小心地抬起玉英回到自己的卧室，奶奶、王红不放心跟了进来。

玉英平躺在床上。“我没事，你们快送爷爷去医院。”李末背起爷爷就走。

奶奶说：“萌萌，看见了吧，家里有年轻男人就是不一样！”

萌萌小声嘟囔：“可以叫救护车呀！”

“有这么快吗？”王红气得要揍她。

奶奶催促道：“萌萌，你带我去医院，我不放心你爷爷。”萌萌只得从命。

武家人浩浩荡荡都奔了医院。

李末在医院忙前忙后跑得满头大汗，萌萌心疼他，可说出的话却让人不舒服：“李末，谢谢你，我家里人来的不少了，你回去吧。”

李末没吭声。

奶奶生气了：“李末，甭理这不通情理的丫头，萌萌，你这话要让爷爷听见，会气死的。李末，你就是我的亲孙子，这家里就指望你了，跟我进去看爷爷。”

奶奶说着拉起李末的手走进了急诊室，萌萌无可奈何。

爷爷经过输液救治，血压稳定住了。菁菁本来打算让爷爷住几天医院，可爷爷恋家，不肯住院，李末又开车送爷爷回家了。

安顿好爷爷，已经是深夜两点了。奶奶说：“萌萌，去送送李末！”

萌萌不敢不从，她把李末一直送到了楼下，临走，她撂下一句话：“夜里开车，小心点！”

“好！”李末答应着。

萌萌转身回家了。李末带着欣喜开车走了，萌萌的关心让他看到了希望。

## 五

武志强要照顾两位病人，三个女孩又忙于工作，王红夫妇照料弃婴无法分身，武家顿时乱了套。

奶奶主持家务，她请来了老家亲戚小兰协助自己料理日常生活。

小兰今年二十五岁，是小镇高中生。她结婚早，孩子都三岁了。她天天都要几次和儿子、老公通微信，三人互动尽显幸福甜蜜。当她得知三位姐姐至今还在享受快乐的单身生活，惊叹不已。

蕾蕾问她：“小兰，你后悔结婚那么早吗？”

小兰说：“后悔啥，我和老公是初中同学，我俩都没考上大学，在小镇生活，够吃够喝挺好的。”她很知足。

菁菁问：“小兰，你就谈了这一个对象？”

“啊，有啥挑的，人就怕比，有的是优秀男人，比来比去，心乱了。我就觉得他肯吃苦，对我好，就他了。”小兰很朴实。

“有道理！”菁菁认同。

萌萌追问：“你俩吵架吗？”

小兰答道：“嘿嘿，要是两口子不吵架，那就离着分手不远了。”

奶奶夸赞起小兰来：“听听，你们听听，小兰这孩子多接地气，你们三个呀，学历、见识、能耐看着都比小兰高，可在找对象这件人生大事上小兰可比你们几个活得都明白。”

自从文彬接走小舟，已经半个月了，父子俩再没登门。爷爷、奶奶时不时就念叨着这爷儿俩，玉英听到很不高兴。武志强夹在中间很无奈。

爷爷、玉英生病，菁菁每天都来看望父母。

晚饭后，腰肌劳损的玉英躺在床上，菁菁进来了。“妈，厨房都收拾完了，没什么事我走了。”

玉英要坐起来，菁菁忙制止：“妈，您要想腰椎早点复位，就得遵医嘱躺着，少动。”

玉英不动了。“好，你是医生，我听你的。你跟海外专家有进展吗？”

“他白天，我夜里，他也很忙，我们碰不上。”菁菁强调着时差，其实是她自己没兴趣和人家交流。

玉英早就从儿子那里了解到了真实情况，她心里明白女儿的心病。

“想谈，就能挤出时间。你心里是不是还放不下文彬啊？”母亲这是明知故问，菁菁没说话。

玉英很不高兴：“有什么好的，一个转业军人，破产了，还拖着个半大小子，什么都没有了，他配不上你！你虽然四十了，可你是大医院的专家，越老越吃香，我可不想让他占你的便宜！”

菁菁没想到母亲会有这种庸俗的想法，她只是同情文彬，喜欢小舟，从没想过要和文彬超越朋友的界限，茫茫人海中要找那个想谈恋爱的人太难了。

菁菁烦了：“妈！你都说了些什么呀？我不结婚，我没有想任何人，我跟谁都不结了，行了吧？”

蕾蕾推门进来了，她是来给母亲送汤药的。“妈，您该吃药了。”

“我不吃，死了清净，你们俩就合伙气我吧。”玉英很伤心。

蕾蕾把药端在母亲的床头：“妈，菁菁招你不高兴了？她都这么大了，不可能永远做你的乖宝宝，你也应该给人家点自由，别管得太多了。”

玉英不爱听：“文彬就是不行，你就巴不得你姐倒霉！”

“嗯？你看不上文彬怎么又扯上我了，我有这么腹黑吗？我是你亲女儿哎！”蕾蕾委屈极了。

玉英挥手：“走走走，都走！”

一向听话的大女儿最近总是和她拧着，玉英很伤心。

姐妹俩刚走出母亲玉英的卧室，发现门口堵了一堆人，原来母女三人的争吵声早已经惊动了全家。

菁菁一声不吭地给爷爷量血压，经过几天的治疗，爷爷的血压平稳了，菁菁放心地走了。

蕾蕾也要走，爷爷、奶奶却把她叫进了自己的卧室，两位老人给蕾蕾下达了撮合菁菁和文彬的新指令。

蕾蕾立即召集大雨、李末、萌萌三人聚会。

“大雨，你负责给我姐送旅游门票，找个北京周边适合谈恋爱的地儿，别太远，两天足矣；李末，忽悠去旅游的任务就是你的了，不能带小舟。”二位弟弟从命。

萌萌坐在饭桌前，一副无精打采的样子。蕾蕾看看她：“哎，萌萌，精神点，大姐和你最好，你也出点主意。”

萌萌慢悠悠开口了：“二姐，你别忙活了，他俩不可能了。”三个人都等着她的下文。

萌萌说：“大姐已经和一个丧偶的海外医学教授加了微信，据说进展顺利。”

三人闻听这个新情况都泄了气。

当天回到家，李末来看望父子。“哥，大姐的弟弟给大姐介绍了一个海外的医学专家。”

文彬说“好事啊，武菁菁能找到了各方面和她相配的对象不容易，祝贺她！”

李末着急了：“哥，你应该争取下，我听说大姐并不太积极，你有机会。”

文彬苦笑：“我知道你是好意，可我目前的处境能给人家什么？我要先找工作养活自己和小舟。对了，小舟，你别再去找武医生了，听见没有？”

小舟勉强答应了，看得出他很不情愿。他亲眼见过武菁菁和海外专家的第一次聊天，为即将失去武菁菁这位大朋友难过极了。

蕾蕾、大雨、萌萌得知此事，三人都埋怨李末多话。李末本意是想鼓起文彬的斗志，可事与愿违，好心办了坏事，他懊悔不已。

## 六

一个周末，菁菁和成华聚餐。

成华问道："菁菁，你和文彬最近有进展吗？"

"我和他从没有开始过，小舟都不找我了。"菁菁情绪低落。

成华说："你就端着吧，多大了，你不是小姑娘了，爱情要主动出击。"

成华作为旁观者和婚姻咨询师，她很看好菁菁和文彬这对年龄相仿、人品相近的好人。

菁菁摇摇头："我没想过要和他怎么样，我妈太伤人家了，算了，不联系就不联系吧。"

成华菁菁理解的处境，也清楚闺蜜孤傲的性情。"唉，这俩人都挺骄傲，急不得。"她这样想着，不再多话。

玉英发现文彬撤退，悬着的心终于放下了。"菁菁，你弟说了，人家陈教授对你印象不错，你岁数不小了，自己抓紧点，有时间多和人聊聊，我看你们两个能成。"

趁着玉英洗漱的空档，志强悄悄叮嘱菁菁："别听你妈的，甭管多大岁数，都要找一个真心相爱的人才能白头偕老不留遗憾。找不到，爸爸宁愿你独身。"

菁菁感激父亲理解自己，父女俩的手紧紧握在了一起。

菁菁心疼为自己的择偶问题操碎心的年过六旬的父母，她试着加强了和陈教授的网上沟通。

# 第十三章　难以攀登的冰山

## 一

一天下午，王红家卫生间的地堵了，武志刚急忙上楼去疏通，忙了整整两小时。

王红递给武志刚一块干净的毛巾。“擦擦手吧。”

“哎，王红，我们谈谈行吗？”武志刚试探着前妻。

王红说：“地漏通了，你快回你爸妈那儿吧，我不想谈。”

志刚坚持：“三年前的事情很复杂，很多事情你都不清楚。”

“那个孟小萍直接打电话找我，还在小区门前堵着我给我看了你们的合影，还要怎么清楚，非要捉奸在床你才承认？”王红想起三年前那个耻辱的画面就恶心。

志刚说：“我跟你说过无数遍了，你就不信那些照片是PS过的，有人是要陷害我！”

“敢做还不敢当了，你出息越来越大了，跟老外学的？”王红的嘴够损。

“我？嗨，算了，不说了。”志刚无奈地走了。

夜晚，萌萌没有睡，她和“一往情深”正在微信聊天：“我妈就不让我爸回家，我爸现在过得比流浪猫都惨。”她说得有点夸张。

“一往情深”回复：“别急，慢慢来。”

萌萌微信上打字飞快：“我都等了三年了，我爸妈不复婚，我妈又这么变态，我怕爸爸又要走了。”

“一往情深”安慰着萌萌：“你爸若是还爱你和你妈，他不会走。”

“但愿吧，晚安！”萌萌打出一连串的渴望标识下线了。

夜深了。公寓里，李末坐在床上，他看着已经没有了微信回复显示的手机发呆。

“末末，我累了，你背我；末末，弹吉他悠着点，你手指都起厚茧了，很疼吧；末末，我英语四级还没过呢，你帮我背单词吧！”

武萌萌，大学四年，她精致、美丽的脸庞天天在李末眼前晃着，她是那么崇拜李末。武萌萌天天和李末腻在一起，羡煞一众同学单身狗。

李末有了信心，开始行动了。他只要有时间就去接送萌萌下班。萌萌不想让他难堪，只得坐上他的专车。

每天上午九点整，李末都会让花店把一束无法退货的鲜花送到萌萌单位，风雨无阻。

武萌萌的同事们见到李末，议论纷纷。“哟，这男生长得超帅，脑子是不是有病？“他敢追武萌萌，外星来客？”受虐狂？！“嗨，萝卜青菜各有所爱呗！”

武萌萌根本不在乎同事的议论，我行我素，仍旧关注动物、玩游戏，按着自己的程序来。鲜花无法退货，她只能用这些花点缀办公室。办公室里每日花香飘溢，成了单位一道浪漫的风景线。

一天上班时间，李末又来送萌萌。

“李末，你来单位我拦不住，不许说出你跟我的关系！”萌萌临上地库的电梯前，她对李末发出了严正警告。

李末宽厚地笑笑：“行，只要能见到你，什么都听你的。”

萌萌转身进了电梯。

李末刚要开车离开，常建挡住了他。

李末摇下车窗：“有事吗？”他对这个和萌萌相过亲的男孩存有戒心。

常建没说一句话，交给李末一张表格，塞着耳机听着音乐晃晃悠悠地走了。

这是一张萌萌业余时间的行动路线表，李末惊喜万分。

## 二

张大雨大学期间就格外勤奋，勤工俭学、省吃俭用，给自己制定了长远的人生规划。他和同学投资入股的网络视频公司终于上了创业板，回报丰厚。

绩优股大雨一夜之间成了爆款，女孩儿们对他大献殷勤，大雨不接招，他对蕾蕾痴心不改，打算向蕾蕾正式求婚。

“五一”长假前夕，张大雨背着蕾蕾在商场挑结婚钻戒，电视台领导通知他马上去外地参加全国电视台婚恋栏目展示会，飞机票都给他订好了，大雨只得给蕾蕾发了个告知微信就匆匆走了。

“五一”长假前的最后一个工作日，电视台突发状况。总编退休，总编室人员变动，蕾蕾负责的栏目广告商又出了状况，《快乐创意》栏目停播。栏目组解散，武蕾蕾待岗了。

蕾蕾回国三年，正式应聘进入电视台，没日没夜地赶制节目，紧张异常。她要强，每天都把自己累到极限。这次难得清闲了下来，她给自己安排了一系列海外旅游项目，准备逐一实施。

《择偶 1+1》风头正劲，大雨忙得四脚朝天，蕾蕾没有把自己待岗的事告诉正在外地出差的大雨。

当天晚上，她从网上登录了北京一家著名旅行社的网站，填了出境旅游的一系列表格。

第二天，她就接到了旅行社导游的电话："蕾蕾女士，我们看到了你填写的表格，根据你的个人婚姻状况，我们为你推荐了一款单身女子远赴海外旅游、体检、冷冻卵子、生育集一体的旅游项目。"

"冷冻卵子？！嗯，好事！"蕾蕾曾经在网上看到过国内一线明星国外冷冻卵子的报道，在不想要孩子的时候，先冷冻自己最佳生育期健康的卵子，这样即使到了八十岁，只要想要自己的孩子也能如愿以偿。

蕾蕾动心了："嘿嘿，谁说世上没有后悔药？"有了这项高科技，女人的生育时间自己可以说了算。

冷冻卵子的最佳年龄是 28 岁到 41 岁，蕾蕾 35 岁了，她连价格都不问就交了一千元定金。

蕾蕾仍然坚持不婚的原则，只是这次她没有强迫大雨签订不婚合同。她还没有做好跟任何一个男人结婚的准备，可她从没想过要放弃做母亲的机会。

蕾蕾兴冲冲去了指定医院做出国前的例行检查，B 超检查过后，医生看着片子皱起了眉头。"你有多发性子宫肌瘤，还是去妇科做一下全面检查吧。"

蕾蕾联想到自己近一年的肚子无规律疼痛，没敢耽误转身就去了锦安医院，她刚要走进妇产科门诊，老穆突然闪了出来。"哟，大导演，你也来看病了！"蕾蕾看着老穆没说话。

"你是要看产科还是妇科？我帮你介绍专家。"老穆盯着蕾蕾，一脸的探究隐私的表情。

"谢谢！我们要做一个妇产科专题，我是来采访的。"蕾蕾撒谎了。

老穆坏笑："噢，大导演，你可真敬业啊，采访还买了病历本了。"

这个事儿爹眼睛毒得很，他早就看到蕾蕾书里蓝色的病历手册。

蕾蕾转身离开了妇产科门诊，她厌烦透了这个满脸猥琐爱八卦的油腻老头。

蕾蕾一出医院就打上了出租车。

司机问她，“去哪儿？”

“不知道！”蕾蕾烦躁极了。

幸亏司机是个热心肠，没计较她的态度：“姑娘，你说个大概的地儿，我也好走啊！”

蕾蕾问：“师傅，这附近还有医院吗？”

“有，好几家妇产医院呢，不过都是私立的，您去哪家？”

“您随便，哪儿人少去哪！”

“得嘞！我们去明星首选的好医院呗！”

就这样，这位司机把她送到了美人美妇产专科医院。这家医院服务周到，价格昂贵，一通检查下来，一小时花了三千，还全是自费。蕾蕾有点心疼，可又实在不愿意去求姐姐菁菁，只好认了。

一位妈妈级的女医生看了蕾蕾的一系列的检查报告。“你把家属叫进来吧。”

“没有，我一个人来的，你说吧，我能承受。”蕾蕾强作镇静，其实她心里紧张极了。

女医生慢悠悠地说：“姑娘，你子宫里头长了肿瘤，需要手术切除。”

“肿瘤？”蕾蕾吓得不轻。

女医生说：“噢，你别怕，还好，不算太大。”

“是恶性的吗？”蕾蕾出汗了。

女医生面无表情。“目前无法判断，要等手术后切片化验结果出来才能做出正确的诊断。”

“噢，那手术费用是多少？”

“嗯，四五万吧，加上住院费，你先准备出六万。”

蕾蕾微微皱起了眉头：“有危险吗？”

女医生煞有介事：“手术倒是成熟，要是良性的就保留子宫，恶性呢？那就要摘除子宫和卵巢，这样才能确保延长你的生命。”

蕾蕾吓傻了。

女医生怜悯地看着她。“你还没生育过，是有些可惜啊。回去跟家人商量一下，抓紧给我来电话，我们好安排床位和手术。”

蕾蕾昏昏沉沉地走到了医院停车场。

蕾蕾坐上自己的座驾，她把检查结果撕得粉碎。“去他的子宫癌！”

蕾蕾压根不信，她严重怀疑这家私立医院医生的诊疗水平。她开车来到锦安医院地下车库，拿出手机刚要打给姐姐武菁菁，又收回了手机。她担心如果告诉菁菁就等于武家人人皆知。

癌症疑云骤起，蕾蕾早已经没有了旅游的心情。

## 三

蕾蕾待岗，收入骤减，“刷爆族”蕾蕾为还房贷经济吃紧，她必须要马上找个新工作填补钞票的紧缺。

蕾蕾把自己的简历发在招聘网站上，第二天好几家传媒公司人事部门都打来电话通知她面试。她对自己的工作能力应聘新工作信心满满，可几天面试下来皆因职位、薪金和自己预想的相差甚远，蕾蕾失望而归。

蕾蕾回到父母家，她把父亲叫到厨房：“爸，你借我点钱吧？”

“没问题，要多少？我转给你。”志强痛快答应，二女儿打从去国外留学就没跟他要过钱。

蕾蕾咬咬牙：“五万！”

志强面露难色：“一万以内不用跟你妈申请汇报，你要这么多钱干什么？”

“急用！别和我妈说。”蕾蕾不想多说，更不想让母亲知道。

“你们爷儿俩又背着我嘀咕什么呢？”玉英扶着墙进了厨房。

蕾蕾看看母亲没说话，

志强借机说：“老伴，蕾蕾想借五万元。”

“五万元？你把家里当银行啊！每月挣好几万都花哪儿了？信用卡又透支了？你就不能学学菁菁，从不乱花钱……”玉英没完没了地唠叨了起来，志强几次想制止都没成功。

蕾蕾烦了：“妈，我什么都不如武菁菁，你别说了，我不借了！”她离开了家。

蕾蕾跑回了自己的公寓，她翻看着手机银行信用卡欠款金额，每家银行信用卡的欠款都在两千以上，她烦躁地把手机扔到了沙发上。

蕾蕾把家中所有的名牌包、鞋、服装、首饰整理了出来，这才发现有很多东西连包装袋都没有打开，十几个纯皮名牌包包已经长毛了。

蕾蕾没时间懊悔。她把堆积成小山的货品分门别类拍好照片发到了朋友圈和二手奢侈品拍卖网上。闺蜜们纷纷发来微信，她们不知蕾蕾这是抽的什么风。

骄傲的蕾蕾不愿意向大家诉苦。“嘿嘿，姐开始玩简约风了，这些东西都是新的，很多都是限量版，我费多大劲才搞到手。有稀罕的给个好价拿走！姐不是贪财啊，下本钱的人才会珍惜嘛！”

蕾蕾表面嘴硬，她心里对自己花钱无度没计划懊悔极了。

## 四

大雨出差回来，他听说蕾蕾暂时待岗，急匆匆赶到公寓看望蕾蕾。

蕾蕾拿出了以前购买的限量版洋酒。“来，咱俩喝了它！”

大雨问：“你不是说这酒要留到结婚喝吗？”

“哈哈哈，结婚早着呢，这酒留着没用，中国人不认，卖不出去，喝了，喝了不浪费！”蕾蕾试着在网上卖过这瓶原价 9999 元的洋酒，网上却有人认出这酒一瓶在原产地不足 5 美元。

大雨知道蕾蕾待岗心情不好，他陪着蕾蕾喝了起来。

蕾蕾一杯杯地喝着，她要把这 9999 元的冤大头酒都喝回来。

大雨心疼地看着蕾蕾：“姐，不喝了好吗？你喝得太多了！”

“喝酒暖胃，肚子不疼，不开刀多好……”蕾蕾大口灌酒。

大雨打断了她的话：“开刀？你怎么了？”他很担心。

“姐没事！你少管我，我花钱买的酒，喝，都喝光！姐下岗，谁说姐没钱了！还别将我，买！再买五瓶！”蕾蕾醉了。

大雨夺下她的酒杯：“你醉了，别再喝了！待岗就好好歇着，想去哪儿玩就去哪儿玩，我养你，我们结婚！”他说着把准备好的钻戒交到蕾蕾手里。

蕾蕾喝得头疼剧烈，她看看闪闪发光的钻戒，又看看大雨满脸的真诚，搂着大雨哭喊起来：“嘿嘿，又一枚钻戒，我武蕾蕾有人等着娶啊！谢谢，好弟弟！收起来，给个好姑娘！”她边说边把钻戒塞进了大雨的口袋里，她不能让这个好男人绝后。

她迷迷糊糊地拉起大雨的大拇指：“我要做‘丁克’，‘丁克’你同意吗？同意就盖章！”

“别胡说，你醉了，睡觉吧！我们明天再说。”大雨已经习惯了蕾蕾跳跃性的思维，根本没把她的话当真。

大雨把蕾蕾抱在床上，他照顾蕾蕾睡下了。

第二天中午，武蕾蕾醒酒了。

大雨上班去了，他给武蕾蕾做好了一天的饭菜，冰箱里也装满了蔬菜瓜果、速冻食品。

蕾蕾心里暖暖的，大雨是一枚暖男，如果结婚，他是最佳人选。蕾蕾上网查了多发性子宫肌瘤的后果，加上私立妇产医院的老医生对自己的警告，更让武蕾蕾心神不定：“不管是不是癌，生育肯定受影响，大雨可是独生子！”

蕾蕾想到这些，她给大雨发了一条微信：‘丁克’是我清醒的决定，我们还是好朋友!

张大雨看到了这条微信，他被蕾蕾的决定着实吓住了。他很爱蕾蕾，但如果因为这份爱情让张家断子绝孙，大雨还真就承受不起‘大不孝’的罪名，他伤心地收起了订婚钻戒。

## 五

萌萌正式收养了弃婴，她给这个女孩起了一个好听的名字：武月圆。

萌萌将全部的业余时间和精力都用来照料弃婴，她除了定期给流浪动物救助站送狗粮，没时间参加线下游戏活动了，常建虽然失落但也理解萌萌。

周末，常建来给萌萌送婴儿奶粉，刚走进电梯，李末提着两大袋子婴儿尿不湿冲了进来。

两人一起进了萌萌家。圆圆做完手术后身体康复得很快，小脸红扑扑的，甚是可爱。

常建抱起圆圆：“圆圆，爸爸来看你喽！”

李末看看他：“哥们，越权了，我才是圆圆的爸爸。”

常建怼他：“你送花送了几个月，我该帮的也都帮了，可你自己搞不定，我也没办法，咱俩可是公平竞争！”

李末劝他：“弟弟，求求你，别和我捣乱，帮人帮到底嘛，我抱抱孩子！”

常建抱着孩子不撒手。

萌萌接过了孩子。“你俩别闹了，你们来看孩子我欢迎，可我再说一遍，我不会结婚的，你们都别在我这浪费时间了。”

两人不敢再争辩，默默地守护在萌萌和孩子身边，萌萌却把这俩男生全视如空气。

王红在一旁看着生气，转身去了武志强家。

玉英卧床养病，志强每天对她照顾得无微不至。

王红看着嫉妒又羡慕：“大哥，这都一个多月了，你天天这么伺候嫂子，真不容易。”

志强憨厚地笑笑：“应该的，应该的。”

奶奶借机劝王红：“少年夫妻老来伴，你和老二和好吧。”

“妈，这萌萌疼弃婴都没边了，回家除了吃饭就是抱着孩子不放手，口口声声说不再结婚了，李末来了也不给人家好脸。我一提复婚就跟我急，这都是他爸爸害的，我不能原谅他。”王红还是怨气冲天。

奶奶不言语了。

武志刚对复婚前景心灰意冷，李末也搞不懂萌萌为何不想复婚。曾经的翁婿经常聚餐聊天，相互慰藉。

## 六

文彬带着小舟搬到了一处两室一厅的六十平米的普通住宅。

忠心耿耿的秘书来看望文彬："文总，这房子太小了！"

文彬纠正他："别再叫我文总了！"

秘书说："好，文哥！我认识一位著名的专业离婚律师，他说穆雪菲自己退的婚，你们没有登记，你送她的公寓、豪车都能要回来。"

文彬奇怪地看着他："要这些干吗？"

"你为了偿还中毒幼儿的医疗费和赔偿金，卖掉了自己的公寓、车子、股份，还有全部的积蓄，赔光了你所有的老本。你和小舟还得生活呀！"秘书替他鸣不平。

文彬语气诚恳："雪菲真心爱过我，车子、房子是我能给她的最后的礼物。她这么年轻，应该开始新生活，我真心祝福她。"

秘书叹息道："你对雪菲太好了，她将来一定会后悔。"

"不提她了。说起来我算够幸运了，我能用自己的力量清算了瀚文公司的全部债务，无债一身轻，知足了！"文彬很乐观。

秘书走了。

文彬搂过儿子愧疚地说："小舟，目前爸爸只能给你这种生活环境了，是爸爸没做好，对不起你。"

小舟说："挺好的，原来的房子太大了，你总出差，我一个在家还害怕呢。爸爸，我转学吧，这样可以天天见到你，你也需要照顾啊。"

文斌看着懂事的儿子笑了："别担心我，你的教育经费我一分没动。你马上就要中考了，转学会影响成绩。"

"好吧！嘿嘿，我跟您说实话吧，我就想能在外边吃快餐，寄宿学校管得太严了。"其实小舟是想减轻文彬的经济负担。

文彬严肃起来："你不许背着我乱吃东西，还想挨一刀啊？"

小舟睡了，文彬抚摸着儿子阑尾手术留下的疤痕，孩子小，好了伤疤忘了疼，总是要让人提醒才能加强自我保健意识。

"对呀，孩子们因我的疏忽大意生病遭罪，我在哪儿跌倒，就从哪儿爬起吧。"中国的儿童医疗保健事业起步晚、空间大、前景无限，文彬找到了重新创业的方向。他激动地打开电脑查着有关资料，彻夜未眠。

武菁菁辞职未果回到儿科，加班加点又成了工作常态。不是菁菁想当劳模，而是她除了给孩子自看病还真找不到其他的乐趣。

王俊明仍然和妻子分居住在医院，他跟孟小盈是通过相亲结合的，两个人日子过得不温不火，他爱女儿，对妻子的感情谈不上深爱，亲情的因素居多。现在他一门心思要和菁菁重修旧缘，寻找各种机会接近武菁菁。

一天夜晚，菁菁正在儿科病房医生办公室值大夜班，院长王俊明又来了。“菁菁，你睡会儿吧，我替你值班！”

菁菁正在网上查资料。“王院长，你明天还有大手术，不早了，你赶快休息吧。”她盯着电脑没抬头。

“没关系，反正我现在也睡不着，我值前半夜！”王俊明不想离开儿科。

菁菁抬起头来看着他：“你这是又要赶我离开这家医院？”这是菁菁的杀手锏。

果然，王俊明神色顿时紧张起来：“又急了，行行，我走！大夜班让主治医生值吧！”王俊明无奈地走了。

办公室的门关上了，菁菁长舒了一口气，她整个人放松了下来。

母亲打来电话：“菁菁，陈教授的事情考虑得怎么样了，人家这么好的条件还一直在等你，难得人家一片真心，你得抓紧给个回复了。”

半年了，菁菁和陈教授一直微信交流，陈教授学识渊博、国际医学界享有盛名。他很满意菁菁温婉知性的形象和气质，多次向菁菁提出结婚要求，急迫地想接菁菁出国定居做全职太太。

陈教授作为结婚对象，若论条件几乎无可挑剔，可两个中年人连真人都没有见过就要结为夫妻，共度后半生？如果走进婚姻，不是因为爱情，仅仅为了结婚而结婚，菁菁觉得有些不可思议。

爷爷、奶奶、志强、志刚仍然不看好这份没有感情基础的海外婚姻，只有玉英生怕菁菁错失了这段在她看来完美的良缘，天天催着菁菁。

今晚，王俊明再次对自己毫不掩饰地追求，促使菁菁慎重考虑出国事宜了。

## 七

第二天一大早，菁菁正交班。王俊明打来电话：“你快到 ICU 病房，米雅老师病危了。”

菁菁不信：“不可能，她上周还来医院给实习硕士生现场指导呢！”

王俊明说：“她是乳腺癌晚期，全面扩散了。她没告诉任何人，今天晕倒在讲台上了。”

菁菁撒腿就往 ICU 病区跑。米雅是医学院的女教授，菁菁的导师。她一生未婚，视菁菁为自己的女儿。

菁菁跑进 ICU 病房，看到成华、王俊明都在这里。

菁菁来到米雅老师的病床前，米雅看到她，惨白的脸上呈现出了笑容，她用微弱的声音说："菁菁，你来了。"

菁菁强忍眼泪："老师，您为什么不告诉我？"

米雅说："我自己疏忽了，发现得太晚了，我这个医生当得不称职。你知道，我爱漂亮，我不愿意切除双乳，放化疗掉光了头发难看又遭罪。"

"老师！"菁菁憋不住了，哭出了声。

"别哭，孩子，你们三个都在太好了。成华、王俊明，我可把菁菁托付给你们了，一定要帮她建立一个美满幸福的家庭，拜托了。"

王俊明看看菁菁又看看成华，两个人都示意他不要冲动，他只好把想说的话咽了回去。

成华说："老师，你放心吧，菁菁的事包在我身上了。"

米雅老师笑了，她看着菁菁："菁菁，你是我最得意的学生，可事业不能代替亲情。我这次住院，病危通知单签字都要靠学生帮我签。你要勇敢地追求爱情，也许只要一次主动，就能挽回遗憾。千万别学我，一次分手就成了永别，当年为了事业，我没有跟我最爱的人去远方……"

就在这时，一位七十多岁的白发男人走进了病房。这男人气质儒雅，他来到米雅的床前。"米雅，我来了。"

米雅看到他，眼睛刷的亮了起来，她的双颊竟然有了血色，精神大振，一点不像弥留之际的垂危病人。

菁菁等人连忙退了出去，病房里，只留下了这位老人。

米雅轻轻地说："你抱抱我好吗？"她的神情竟然如少女般羞涩，"好！"老者扶起了米雅。

米雅拼尽全力说："我的枕头底下有一件红毛衣，我本想走的时候让学生帮我穿上的。"

老者忍住悲痛，他从米雅的枕头底下拿出了一件款式陈旧、但颜色亮丽如新的红毛衣。

"米雅，五十年了，你还留着它！"

米娅点点头。"我喜欢，舍不得穿！"

老者眼含热泪帮米雅穿上了红毛衣，他按响了床边的呼叫器。

菁菁、成华、王俊明和医护们都跑了进来。

"来，给我们合个影！"老者把身穿红毛衣的米雅扶了起来，米娅虚弱地倚在老者厚实的肩膀上。

王俊明举起手机，含泪为两人拍了几张合影。

老者把米雅紧紧搂在了怀里。米雅知足地笑了，她安详地闭上了眼睛。老者看着米雅，老泪纵横，他就是米雅的初恋情人——一位常年驻守北疆部队医院的医学专家！

米雅老师去世了，菁菁、成华、王俊明都参加了她的葬礼，米雅遗嘱公布，全部的遗产都无偿捐献给了医学院，以资助那些家境贫困的医学生。

葬礼后，菁菁受米雅生前委托来到她的住所整理遗物。成华前来帮忙，两个人看着米雅老师大学时代和初恋情人亲密的一张张合影，以及保存了五十年的信物，菁菁感慨万分。“成华，米雅老师为了事业，感情上做出了这么大的牺牲，值吗？”

成华说：“这个答案在米雅自己的心里，别人无法判断。”

菁菁说：“米雅老师的恋人跟我讲了他和米雅老师相恋的故事。当年，我们这位老学长响应国家号召，主动报名去了驻扎在昆仑山的部队医院，可米雅老师想继续攻读儿科学位，两个人谁也说服不了谁。等人家都结婚了，米雅老师又后悔了。”

成华问道：“那她为什么不及时给学长写信？”

“米雅老师当时太年轻、又要强，再加上赌气，抹不开面子主动写信。好在她临终前，见到了她一生唯一深深爱过的人，只是晚了五十年。”

成华听菁菁讲完了这个令人唏嘘的爱情故事。

她说“菁菁，看来这就是米雅老师一生未婚的心结，她直到去世都没有打开。有人认为不去爱就受不到伤害，白发苍苍都没有真正的爱过一回。米雅老师在常人看来是不幸的，但她至少在这个世上曾经遇到过一个愿意共度一生的人，她没白来世上一遭，她是幸福的。人啊，往往走不出自己的心魔，感情的事情无法评判对错。你在听我说话吗？”

菁菁没说话，只是加快了清理的速度。成华不再追问，她看出菁菁心有触动。

## 八

武家几位长辈聚在一起又一次开会，小兰受邀列席参加。

爷爷说：“菁菁最近没完没了地加班，蕾蕾也说忙不回来了，这个萌萌倒是天天在家，可她抱着孩子不撒手，大雨、李末也见不着了。”

王红说：“爸，李末总给孩子送东西，萌萌就是不松口，气死人了。”

志刚犯愁：“我一说复婚，萌萌就躲，我是没办法了。”

王红白了前夫一眼。她心里依然对前夫充满了怨恨。没有志刚的出轨，26岁的萌萌怎么可能会是今天这种消极的生活状态。

志强安慰老人："爸，年轻人谈恋爱都注重感觉，顺其自然吧。"

"是啊，急有什么用！"奶奶赞同大儿子的话。

小兰看着愁眉苦脸的一屋子的人，疑惑不解："我仨姐姐都是高颜值，我就不信她们就找不到一个疼她们的男人！"

"唉，疼他们的男人都求着她们嫁，可你这仨姐姐比着考验男人的耐性！"玉英也生气。

小兰笑了："我明白了，姐姐们就是学问太大了，想得越多越不想结婚了。"

"是啊，女人要是座冰峰，这男人有几个能拿出攀登珠峰的毅力拿下他们。"爷爷觉得小兰的话有道理。

玉英说："恋爱这事，自己要是不积极，谁都没辙。我同学跟我聊起她外甥就遇到这么一个女孩，男孩看好她想追，可问遍了女生宿舍的同学，就是没一个人知道女孩的手机号码，男孩只好放弃了。"

这次的家庭会开得很不成功，大家讨论了一下午也拿不出解决的方案。

这天，武蕾蕾到电视台总编室打探消息，新栏目虽然不少，但都是综艺娱乐类节目，生活频道改版，节目安排还未定，她只能等。

武蕾蕾在走廊里匆匆走着，心里憋屈，以前台里把她使唤得像条驴，整天围着节目转。现在倒好，大有卸磨杀驴的不祥之兆。

"蕾蕾！我可找到你了！"王俊明站在了她面前。

蕾蕾问："你怎么来了？"

"我来参加健康讲座的录制，我和你姐复合的事还得请你多费心。"王俊明一脸真诚的表情。

武蕾蕾疑惑："我能帮你什么忙？"

王俊明说："你姐总是躲着我，我和她没法交流，你帮我传个话，我是一定要和你姐在一起的。"

"我不管！"蕾蕾蹦出了三个字。

他可怜兮兮地看着武蕾蕾："求你了，蕾蕾！我和菁菁的事你最清楚，只有你能帮我。"

蕾蕾见不得熊男人："我姐是一个把荣誉看得比生命还重的人，可你到现在还没有恢复自由，我怎么帮啊？"

王俊明被点醒了："我知道了，我不会让菁菁为难的。蕾蕾，谢谢你的提醒。再见！"他匆匆得走了。

“坏了坏了，王院长要动真格了，你闯祸了！”张大雨从背后窜了出来，他听到了俩人的谈话。

武蕾蕾不以为然：“你嚷嚷什么，大惊小怪！”

大雨劝道：“你赶紧去追王院长，别让他冲动，他有孩子，万一以后后悔了，对孩子伤害太大了。”

蕾蕾不爱听了：“你烦不烦？想做卫道士，没人表彰你！王俊明是个成年人，他可以对自己的行为负责，你可真累！”

她说完转身就走，大雨拉住了她。“好好好，我多话了，我不管了。我那《择偶 1+1》还得你保驾护航呢，你来帮帮我好不好？”

“我没空！走了！”骄傲的武蕾蕾认为大雨这是在可怜自己，一口回绝了。

大雨望着蕾蕾远去的背影，一脸的无奈。

晚饭时分，王俊明回家了，孟小盈以为丈夫回心转意，急忙给他盛了满满一大碗饺子。娇娇给爸爸端上食醋、蒜蓉，她赖在爸爸怀里不肯离开。

夜晚，娇娇睡了。王俊明递给孟小盈一张早已经签好字的离婚协议书。

“我们离婚吧，房子、存款、女儿都留给你，我什么都不要。”

孟小盈盯着王俊明：“你……你回来就为了给我这张纸？”

“是，我们没有很深的感情基础，没有爱情的婚姻这样维持下去，对你对孩子都不好。”王俊明说完就离开了家。

王俊明走了，孟小盈走进女儿的房间，看着熟睡的女儿，失声痛哭，惊慌失措的她只得求助姐姐。

孟小萍听说妹夫王俊明铁了心要离婚，妹妹婚姻面临解体，她拨通了王俊明的手机。“好啊！王俊明，你要敢跟我妹妹离婚，你这院长也就做到头了，我不会让你和武菁菁好过的，你们给我等着！”她不等王俊明回应就撂了电话。

王俊明知道孟小萍是个说得出就干得出来的厉害角色，他不怕丢官，可他不想单纯的武菁菁再次受到伤害。他立即拿起电话催促孟小盈尽快在离婚协议书上签字。

“我不签！”孟小盈回了三个字。

娇娇为父母闹离婚难过极了，她的学习成绩从全班前三名掉到了第二十一名。老师把孟小盈叫到了学校，孟小盈看着女儿的成绩单欲哭无泪。她想和娇娇好好谈谈，可原本懂事的女儿变得叛逆，放学回家就把自己反锁在卧室里不出来。

孟小盈为了女儿回归正常的生活和学习状态，她不再乞求王俊明回头，一咬牙在离婚协议书上签了字。

娇娇渴望一个完整的家，她不想失去爸爸，抱着一线希望求好朋友文小舟帮忙。“小舟，求求你，你赶紧让你爸爸和武医生好吧。”

“大人的事，我说了又不算。你怎么关心起我爸来了？”小舟没明白她的用意。

娇娇说了实话：“我爸爸要离婚追求武医生，你爸爸可不能放弃。”

小舟说：“我爸没戏了！”

娇娇不信：“你爸又高又帅，他和武医生特搭，你爸不喜欢武医生了？”

“菁菁阿姨确实特别好，可我爸现在破产了，他没有资格再和大院长、大专家竞争了！”文小舟分析得头头是道。

娇娇急哭了：“那怎么办？我就要没家了，没爸爸了！呜呜……”她哭得伤心极了。

文小舟傻了：“哎哎，你别哭啊，嗯，菁菁阿姨已经找到一个国际上著名的医学专家，她很快就要去美国定居了。”

娇娇听到这个消息立马不哭了，她看到了希望。

娇娇当天就把武菁菁要出国结婚定居的消息分别通报了父母。

王俊明听到这个消息急了，他拿着妻子签好字的离婚协议书来找武菁菁。“菁菁，孟小盈同意离婚了。”他说着把离婚协议书递给了武菁菁。

菁菁没有接，她惊讶地望着王俊明：“你为什么要离婚？”

王俊明说“当年，你误会我，不愿意听我做任何解释，我家里又催我结婚，我和孟小盈是相亲认识的，没有感情基础。你想出国我陪你，我们一起走，你想去哪儿都行。十八年前我错了，现在我不能再失去你！”

菁菁说：“你的女儿十一岁了，你妻子为你的学业、事业都付出了很多，你怎么能这样对待她们？”

王俊明振振有词：“没有爱情的婚姻就是坟墓，我爱你！十八年了，我没有忘记你，菁菁，我知道你还爱着我，我要和你在一起。”他用炽热的眼神注视着武菁菁。

武菁菁看着面前这个儒雅的男人，神情严肃情起来：“王俊明！你和你妻子感情好不好跟我没关系，但是我警告你，你要是为了我离婚，那你把我当成什么人了，我们就连普通朋友都做不成了。你走吧，我们没有什么可谈的。”

武菁菁把王俊明轰出了医生办公室。

王俊明不死心，他又找到成华，希望成华能帮助自己说服菁菁回头。“成华，我是真心实意的要和菁菁过后半生的，你帮我劝劝她好吗？”

成华看着这位深陷感情误区无力自拔的学长：“俊明，你为了满足自己的私欲离婚，这样的冲动之举，会给妻子、女儿造成多大的痛苦你认真想过吗？”

王俊明为自己的行为辩解：“我和孟小盈的感情真没那么深。”

成华说：“我记着你刚出国三个月就和孟小盈结婚了，算起来你们在一起生活了十八年，她为了支持你的学业和工作，放弃了自己的学业，几次推迟要孩子的时间，她对你可是百分百的付出，她很爱你，女儿更是离不开你。”

“我承认，我妻子为我付出了很多，可爱情是相互的，菁菁到现在都没找男朋友，她是在等我，我不能再辜负她。”王俊明又找出了新理由。

成华叹息道：“是啊，你应该比我更了解菁菁，她善良、正直，眼里揉不得一粒沙子，轴着呢！她至今未婚，原因很多，可从今天她对你的态度可以肯定，武菁菁绝不要一个为了个人私欲抛弃妻女的负心汉做丈夫，更不会把自己的幸福建立在别人的痛苦之上。你为她离婚，这锅她背不起！”

“我背！我要菁菁幸福！”王俊明秒回复。

成华气乐了：“说得轻巧！退一万步，你和菁菁结合了，你妻子、女儿会恨她一辈子，你们会过得轻松、快乐吗？哪来的幸福可言！”

王俊明不说话了，他的确没有认真了解武菁菁的真实想法。

几天后，成华把王俊明和武菁菁约到了咖啡馆。

成华说：“菁菁，你和俊明好好谈谈，都是老同学，说开了多好啊！”她说完就走了。

武菁菁等着王俊明开口。

王俊明说：“菁菁，十八年前，你没有接受我的道歉，今晚，你能接受我郑重的道歉吗？”

菁菁说：“我有责任，你几次找我，我都不见你。”

王俊明说：“那天，德国留学通知书到了，我想找你再争取一次机会，可你却狠狠地摔了门，让人很尴尬。我那时也太年轻气盛，我就再没有去找你。”

“摔门？我什么时候摔过门？哦，那天傍晚，就要下雨了，风很大……”菁菁惊讶地看着他，竭力回忆着十八年前的情景。

王俊明自嘲起来：“哈哈，我那可怜的自尊心！我要不过分自爱，自以为是，我们怎么可能因一道门而分手？”

菁菁看着面前这个她曾经深爱过的男人：“是啊，爱情就是一个偶然，我们称之为缘分。偶然相遇，偶然相爱，但失去爱，却绝非偶然。王俊明，你曾经给过我最美好、最单纯的爱情，我们俩都为青春付出了沉重的代价。时光不会倒流，我们都回不去了。”

王俊明问：“你原谅我了？我们还能做朋友吗？”

菁菁认神情严肃：“我原谅你，我们当然可以做朋友，你要好好珍惜你的夫人和女儿。”

“我会的，我也希望你早日找到你的幸福！”王俊明真正放下了。

“嗯，谢谢学长！”武菁菁终于说出了这句话，她以无比信任的目光注视着王俊明。

王俊明的眼睛湿润了。

隔壁包厢里坐着两个女人，她们是跟踪王俊明而来的孟家姐妹。孟小盈听到这里流泪了。“姐，我误会了人家好几次，骂了人家，她还帮我说话，武菁菁是个好人。”

孟小萍瞪着妹妹直皱眉：“你呀，就傻吧，你以后可要看紧王俊明，惦记他的女人太多了。”

孟小盈看看姐姐没说话，她打心底佩服正直的武菁菁，不再听信姐姐的挑唆。

# 第十四章　漫漫爱之路

## 一

王俊明和妻子孟小盈坦诚相待，两人重归于好。

娇娇迫不及待地把父母和好的消息告诉了文小舟，她鼓励小舟帮助父亲文彬追到好阿姨武菁菁，小舟却对破产的父亲没有信心。

人小鬼大的娇娇见说不动小舟，她灵机一动有了主意。

一天下班前，武菁菁收到了一封邀请函，她看着邀请人的姓名愣住了。

武菁菁如约来到咖啡厅，娇娇热情迎接她。她把小舟父子的心结告诉了菁菁。菁菁惊讶小孩子的成熟，为娇娇的热心深深感动。从此，儿科医生武菁菁的微信里又多了一位小朋友。

武菁菁约成华聚餐："娇娇太可爱了，看见她我都后悔没早结婚要个女儿了。"

成华说："你现在后悔还来得及。"

"唉，王俊明是我中学起就崇拜的偶像，可从他执意要离婚这事看，他生活中好像挺弱智的啊？"菁菁很有感悟。

成华点她："哪有十全十美的人，王俊明医术好，人品也不错，也不可能事事都完美呀！你呀，对人要求太高，尤其对男人。别在天上做女神了，走下云端吧。"

菁菁不服气："我运气不好，误打误撞地成了大龄未婚，认了！"

成华说："少拿运气说事，是你自己不去积极努力寻找，爱情没那么复杂，只要每天都彼此挂念着，就是一份踏实的情感。"

菁菁说："我挺努力的。"

"那我听听，你怎么努力的？"成华一点也不客气。

菁菁叹气："唉，我妈催我和陈教授出国定居，这二十年，我从医学院实习生一步步走到今天，受过委屈，也哭过，不少家长、小患者喜欢我，我也收获了前所未有的成就感。让我放弃这一切，我真的舍不得。我根本做不了全职太太，一天听不到小患者的哭声，我就心慌。”

成华看着好友：“那你决定放弃陈教授了？”

菁菁点点头。“我们俩都没实质接触过，我对他的印象只是视频聊天，还有他在医学上的成就，这根本谈不上了解。唉，找一个优秀的男人比中彩票都难啊。”

成华说：“是啊，站在大街上举目四望，对面走过来一个人，你撞上了是爱情；对面过来一辆车，你撞上了就是车祸。文彬和你就很合适，别再错过了。”

“文彬就那么看低我，我有那么俗吗？谁图他钱了。”菁菁一想起娇娇的话就别扭。

成华劝她：“看看，要不说你和文彬才是一对，都傲得不行。别太追求完美了，人无完人。从这次事故处理看，文彬是个特别肯担当的男人，雪菲给他惹了这么大的祸，又在他最困难的时候抛弃了他，可他却没有一句埋怨，这样的纯爷们不多了。文彬当过兵、离过婚、经过商，他的人生阅历太丰富了，生活上可是大博士，错过了，你可不见得再能遇到这样的好男人。”

菁菁说：“我知道他人不错，可人家不理我了，连小舟都躲着我，我能怎么办？”

成华说：“追呀！”

“我一女的追他？”菁菁直摇头。

成华有些着急：“自己都凋零成明日黄花了，还孤芳自赏呢，我知道你最讨厌相亲。你要想脱单就要有足够的自信，主动出击，不然，你寻觅的爱情永远是天上够不着的星星，海底捞不着的月亮。”

菁菁为难：“说实话，我这一辈子就追过王俊明一个男人，那是因为我俩是中学、大学的校友。”

成华说：“四十岁应该是成熟的女人了，如果你比过去还显得稚嫩、脆弱、缺乏魅力，那你用眼泪换来的经历就毫无价值。好的归宿就是成长，结果不重要，重要的是要懂得自己内心的真实感受，你要学会撩汉。”

菁菁撇嘴：“这词真难听，你怎么跟我妹说话一个腔调了？独立女性都这么粗鲁啊？”

成华不在乎：“实在的大实话。别说你心里对男人就从来没有渴望？”

菁菁说：“当然有，那得是好男人。”

陈华教她：“好男人都站在原地等你？我说句话你别不爱听，你是老姑娘，还想让人家把你当小姑娘追，这就是你说的努力？不给对方机会，也不给自己机会。你连追求的勇气都没有，好男人后边有的是女人盯着呢，要抢！懂吗？”

菁菁问：“怎么抢？”

陈华明示：“小舟喜欢你，就是优势。”

菁菁摇头：“我才不想利用孩子绑架他呢。”

成华说：“好菁菁，找一个可以用温暖拥抱你的人，有益于身心健康。武大夫，这道理不用我说你也该明白哟！”

武菁菁不再矜持，她主动去看望文彬父子。

小舟见到她，高兴地拉着她的手：“菁菁阿姨！”

武菁菁看着文彬说：“我来看看你和你爸爸，欢迎吗？”

“欢迎，欢迎！”文彬言不由衷。

武菁菁关切地问：“你的头还疼吗？我跟王院长说了，他想给你做一次专家会诊，争取把你头上的弹片取出来。”

“太感谢了。手术以后再说吧。”文彬现在除了给儿子留下的那点儿教育经费，他没有钱做手术。

菁菁说：“我知道你现在是创业阶段，工作忙。可要是再犯病会影响工作的。你等我电话，专家会诊的时间定下来，我马上通知你。”

文彬现在不再是大公司的总经理和股东了，许多以前的朋友、那些平日对他怀有动机的女人们都没影了，可武菁菁却给了他许多实实在在的帮助。他心里很感动，他已经看出武菁菁对他有意，可他现在不能拖累别人，尤其是这个实心眼的好女人。

文彬说：“武大夫，谢谢你工作这么忙还惦记我的事，以后你不要来了，太麻烦了。”

文彬的直白让菁菁很尴尬，她转身走了。文彬呆呆地站在那里，神情落寞。

小舟理解爸爸的难处，懂事的孩子转身回了自己的房间。

成华知道了武菁菁在文彬那儿受到冷遇，第二天，她就找到了文彬。“文彬，我就问你一句话，你喜欢武菁菁吗？”

文彬说：“她是个好女人，我现在配不上她了。再说她不是要出国了吗？”

“收起你那点儿可怜的自尊心吧。菁菁不想出国，她放不下你和小舟！你可不能辜负她。”成华扔下三张电影票走了。

文彬面对成华的突然袭击，一时不知所措，他拿着电影票在发愣，文小舟却一把抢过了电影票。“爸爸，我要和菁菁阿姨看电影！”

文彬看着儿子乐了！

从那场电影开始，文彬和武菁菁开始了正式的交往。

菁菁有时间就给小舟辅导功课，小舟又成了她的跟屁虫。

## 二

文彬将自己要从事儿童保健的创业计划告诉了武菁菁。菁菁大力支持，她用了三个晚上帮助文彬完善了一份儿童保健企划书。

文彬拿着企划书找银行贷款融资，可结果并不理想，主要原因还是因为那场瀚文食品公司的儿童中毒事件，投资商对文彬有疑虑。

文彬只能去找私人小额贷款公司，可高昂的借贷风险让文彬望而却步。他已经四十三岁了，一切从头再来，不敢贸然借贷，文彬的融资似乎进入了瓶颈。其实，他有一个强大的后盾——干爹李水根，他却不肯去找李氏集团。

文彬心情不好，又犯了头疼病，可他就是不肯去医院。菁菁无奈，她想起了一个人。

周末，菁菁主动给蕾蕾打电话："蕾蕾，你能不能找尤前宽帮文彬的新公司融资？"

"姐，你是医生，只管救死扶伤，钱的事水太深，别掺和！"蕾蕾说完就撂了电话。

这还是蕾蕾回国后第一次跟菁菁这么不耐烦，菁菁有些纳闷。她哪里知道此时的蕾蕾为了凑齐三个月的房贷和生活费，正在和网友讨价价还价售卖着自己库存的奢侈品，她忙得焦头烂额，哪儿还有心思管别人的闲事。

今天又是武家聚餐的日子，菁菁刚到母亲家，萌萌就把她叫去为弃婴圆圆做日常的健康检查。

弃婴圆圆术后恢复得很好，王红虽然对女儿收养圆圆不情愿，可她还是传授了萌萌不少养育婴儿的经验。

菁菁看着小脸红扑扑的圆圆："圆圆又胖了，气色越来越好，各项指标都很健康，不错！"

萌萌感叹："姐，养个小孩比我想象的麻烦多了，没有我妈帮忙真不行！"

王红瞪她一眼："哼，现在知道养孩子不容易了，后悔了吧？"

"不后悔！"

大家正聊着，常建、李末来了，武志刚跟在两人的身后。

常建说："萌萌，你要的这家品牌的尿不湿太难买了，几个超市都脱销，今儿，我是赶着超市六点一开门才抢到的。"

“谢谢你！”萌萌由衷感谢。

李末没说话，他把一大箱子进口奶粉放到了厨房。

武志刚替李末表功：“萌萌，李末托人从国外带的奶粉够孩子吃到一岁的。”萌萌看看李末没说话。

常建抱起圆圆：“女儿，爸爸来看你喽，姥姥、妈妈给你吃什么了，又胖了一圈。”

“给我抱抱吧，正宗的爸爸在这儿呢！”李末要抢圆圆，常建抱着孩子不放手。李末挤到孩子眼前哼起了音乐小曲，孩子笑了，李末得意极了。

王红进了厨房准备给两位客人切水果，志刚进来了。

志刚说：“王红，你多跟萌萌念叨念叨李末对她的好，促成促成！”

王红说：“我说有用吗？复婚的事顺其自然吧，常建这孩子会说话、性格好，也不错。”

志刚有点急了：“李末对萌萌是一心一意，离婚三年都没变，这样的男孩不多，女婿不能换啊！”

王红白了他一眼：“我眼不瞎，我也没想换，可你看萌萌，打从俩人重逢到现在，就不给李末机会，她根本就无心恋爱，更别提复婚了，气死人！”王红又唠叨上了。

志刚说：“你也别太着急了，慢慢来，咱们还是要尊重萌萌的意愿。”

“你少在这儿充好人，闺女这几年总是和我拧着走，以前这孩子多听话，都怪你！”王红又开始翻老账。

志刚不高兴了：“你怎么又扯上我了，有完没完？我跟你说过三年前的事情很复杂，可你到今天都不肯听我解释，我们不吵了行不行？”

“不行！祸是你招来的，女儿的婚姻就是你毁的。”王红的声音越来越高。

志刚真急了：“你要不是在孩子婚礼前在家跟我闹离婚，她能逃婚吗？你不能把责任都推到我头上！”

两人又开始新一轮的大战，李末想去劝，菁菁拉住了他。

“我还有事，先走了！”常建第一个开溜。

菁菁、李末也趁机离开了这里。

萌萌烦透了父母的唇枪舌剑，她抱起孩子也离开了家。

孩子都不愿意结婚了，可父母从来不想一想，自己的婚姻让孩子多绝望。

菁菁送常建和李末到了楼下。“二位，对不起，岁数大了总爱纠结往事，叔叔、婶婶这样闹下去，复婚是够呛了。”

常建说：“两个人在一起就是要快乐、舒服，这么打多累呀！”

李末叹气："唉，打也是一种交流方式，我挺羡慕他们的。"

"你的大招都用完了吧，哥们已经让你了，你要再攻不下萌萌，我可就上了。"常建下了战书。

李末没理他，转了话题："大姐，我听小舟说，你和我哥交往的挺默契的，谢谢你照顾他们爷儿俩。"

菁菁说："有什么谢的，小舟和我投缘，我喜欢他。文彬重新创业不容易，他为融资的事情急得又犯了头疼病了，你得帮我劝劝他去医院接受正规治疗。"

"融资？他怎么不找我？"李末一听就急了，他急匆匆地走了。

## 三

文彬正在出租房屋里打电话四处筹钱，李末门都不敲就闯了进来。文彬吓了一跳："你怎么来啦？"

李末气呼呼地说："你还是我哥吗？"

"废话！"文彬不知李末哪儿来的这么大火气。

李末马上切入了正题："你办新公司必须跟我合作，要不然我就再也不认你这个大哥了！"

"你急什么？听我说，我转业后刚开始创业，爸妈就拿出资金扶持我，我给公司闯下了大祸，没脸见他们，我不能总是依靠李家，我想凭着自己的力量重新创业！"文彬看着激动的李末心怀愧疚。

李末也说出了自己的心结："正好，我也不愿意总让别人说我是坐享其成的富二代，早就想自主创业让老爸骄傲一把，哥，你带我一起干！"

李末的这番话，让文彬没有了拒绝的理由。

瀚文食品公司重组。文彬负责市场调研，产品推销；李末负责产品研制；武菁菁兼职担任了公司儿科医学顾问；李水根资金入股；童舟儿童保健公司正式成立。

李末干劲冲天，李水根乐得合不拢嘴，他感谢干儿子文彬带动李末走上了创业正轨。

武菁菁工作忙碌，她已经两周没回父母家了。这天她忙里偷闲给母亲玉英打电话："妈，家里都挺好的吧？"

"挺好的，你和陈教授的事情考虑的时间可不短了，你给我个准话。"玉英的腰病好多了，她正在和爷爷、奶奶坐在沙发上看电视。

菁菁说："妈，我不想出国，我在锦安医院干了二十年了，舍不得丢了这份工作。我离不开北京，更离不开你们。"

玉英很失望："噢，再说吧，我给你包了你最爱吃的韭菜猪肉馅饺子，我给你送医院去？"

"谢谢妈，你多给我包点好吗？够三个人吃的。"

"三个人？你……你是说文彬和小舟？"玉英反应还挺快。

一旁的爷爷、奶奶都听到了，他们面露喜色。

菁菁和母亲摊牌了："嗯！我和文彬都忙，没时间包，小舟可馋您的饺子呢。"

"你怎么又和他们父子俩搅和在一起啦？文彬有什么好啊？以前他是公司大老总，经济收入好，可现在他除了和你年龄相当，哪点配得上你？我不同意！"玉英也表明了自己的态度。

爷爷、奶奶皱起了眉头。

菁菁说："妈，我都这么大了，您还是让我自己做回主吧，我和文彬好，不是因为他的地位、金钱，我是看好他的人，他坚毅、敢于担当，是个好男人，也许这就是爱情吧，希望您能理解我、支持我！我出诊去了。"她放了电话。

菁菁对文彬大为赞叹，她和母亲阐明了自己的爱情观，玉英握着手机直发愣。

奶奶说话了："玉英，文彬是个实在人，也很能干，不错。"

玉英心有不甘："他现在穷了，还拖着个孩子。"

爷爷生气了："玉英啊，你以前可不是个嫌贫爱富的人，怎么六十多了倒沾染上了社会上的不良习气啦？"

"我……"玉英不敢多话了。

志强提着一个饭盒从厨房里走出来。"玉英，我给菁菁送饺子去！"

玉英说："先别送了！"

志强奇怪地看着她。

"你闺女说了，她要三个人的量，你那点饺子不够吃的。"玉英的话里仍然带着怨气。

志强看看爸妈，两位暗中给他使眼色，他心领神会："好事啊，菁菁就是懂事，你说她要是真嫁到国外你不想啊？儿子远在美国，蕾蕾也没个定性，我们岁数越来越大，将来最能指望上的就是大闺女啦！文彬那人厚道，稳重，他要是做了咱家的女婿，准对咱俩差不了。"

"行了，你少说两句，快去买点韭菜、猪肉馅。"志强的这番话，说到了玉英心里。

## 四

一个周末，萌萌正在流浪动物救助站给新来的残疾京巴狗打针。

突然，她身后有人高喊："武萌萌，你还要不要脸了？！"李末的母亲赵爱莲站在了她的面前。

原来，赵爱莲从家乡来北京看望儿子，李末要来给流浪站送狗粮，她硬要跟来，意外发现宝贝独生儿子竟然还在和前妻武萌萌有密切的交往，她这才明白为何儿子不肯回家相亲。

萌萌放下京巴，站起身，她一声不吭地看着赵爱莲。

义工都围了过来。

赵爱莲恨恨地指着萌萌："武萌萌，是你自己要和我儿子李末离婚的，三年了，怎么，没找到合适的又回来勾引我儿子？你怎么就阴魂不散呐？"

萌萌依然沉默，任凭前婆婆大发雷霆。

"妈，你嚷嚷什么，你别骂萌萌，是我找的她。"李末赶到了。

赵爱莲更来气了："她都不要你了，你为了她不去相亲，不回家，还差点丢了命，怎么还护着她？"

李末说："妈，你别闹了，我再说一遍，我不相亲，这辈子我只娶武萌萌为妻！"他的神情是那样的坚定。

赵爱莲气坏了："你要娶武萌萌就别回家，我不要这个儿媳妇！李师傅，送我去机场！"她扭头走了。

萌萌一直沉默不语，她就那么呆呆地站在那里一动不动。

李末心痛极了。"萌萌，你别生我妈的气，她刚到北京，我不是有意让她来的，对不起！"

"没关系，阿姨说得对，李末，我再重申一遍，你不许再提复婚的事，否则我就离家出走，让你永远也找不到我！"萌萌说完也走了。

李末被两个最爱的女人如此固执气晕，围观的义工们都对李末充满了同情。

## 五

菁菁在和文彬的深入接触中，越发感受到这个男人的细心和担当，她从心底萌发了对文彬的疼惜，小舟更是认定菁菁是后妈的不二人选。

文彬从这次事业挫折中真正体验到了菁菁的善良和体贴，女博士心底干净、无私，这让文彬从崇拜转成了深深的爱慕。两个合适的人相处就是有一种很舒服的感觉，这感觉微妙、轻松又自然。文彬和菁菁这对四十大龄的男女都欣赏彼此，终于相爱了。

童舟公司注册成功，新公司即将开业，文彬心情大好，他带着菁菁和小舟到超市购买食品。

雪菲也带着保姆来到超市，她见到三人连忙躲到货架后边，她偷偷看着三人亲密相处，很是羡慕。

雪菲新婚仅三个月，富二代老公就显露出了花花公子的本性，花心又有家暴行为。雪菲回家和父母哭诉想离婚，老穆后悔没有深入了解男方人品就让女儿闪婚，但由于雪菲已经怀孕三个月，婚前和夫家签订的婚前协议写明：若女方主动提出离婚，就要净身出户。贪财的老穆只得劝女儿从长计议。雪菲婚后已经辞去了工作，她想离婚却得不到父母的支持，只得妥协。

雪菲回忆着文彬百般疼爱自己的点点滴滴，她为自己爱慕虚荣无力自拔懊悔不已。

春去夏来，北京进入了一年中最炎热的季节。

在菁菁的催促下，文彬终于去了医院。心脑血管外科专家王俊明组织专家对文彬进行了全面的会诊。王俊明亲自为文彬做了脑部微创手术，彻底解除了他的健康隐患，文彬出院后在家休养了半个月。

这天,他怀着感激之情到院长办公室找王俊明。不巧,走廊上,却撞上了老穆。

老穆早就听说武菁菁和文彬好上了，他心里很不舒服。女儿雪菲婚后的日子过得很窝心，老穆见不得老姑娘幸福。

老穆主动和文彬打起了招呼：“文彬，听说你手术很成功，祝贺啊！”

文彬和他点点头，他不想和这个势力小人多话。

老穆盯着擦身而过的文彬，在背后提高了嗓门：“嗬，跟大院长抢媳妇来了，有能耐！”

文彬停住了脚步：“穆先生，我和武菁菁谈恋爱，跟你们院长有什么关系？”

老穆阴沉着一张脸：“王俊明为了和武菁菁续旧情，分居、闹离婚，闹得全院人人皆知，你可小心别让人家给你戴了绿帽子！”

文彬浓眉紧锁：“武菁菁现在是我的爱人，你说话可要负责任。”

老穆冷笑：“哼，你以为我诽谤？那是要承担法律责任的。他俩年轻时关系可不一般，听说武菁菁因为王俊明还大病了一场呢，至于得了什么病，嘿嘿，男女那点事，自己想去吧。”他说完扬长而去。

文彬一个人呆呆地站在医院的走廊里。

“文彬，你来了！”王俊明回来了。

文彬看着他没说话。

王俊明热情地说：“放心吧，手术很成功，注意不要太劳累，别熬夜。菁菁是个好女人，你要好好珍惜她。祝你们幸福！”

本来，王俊明这几句祝福的话语很平常，可此时的文彬受了老穆的挑拨，这话让他听着刺耳。

“谢谢你，王院长！”文彬冷冷地说了这么一句扭头就走了。

王俊明被文彬情绪的突然变化搞得莫名其妙，他以为文彬是脑部手术后的正常反应，也没在意。

晚上，菁菁下班了，她来找文彬，看出文彬情绪不好，她关切地问：“文彬，手术后感觉不舒服吗？”

“心疼！”文彬的语气很冷。

菁菁丝毫没察觉到他的异样，热情地说：“啊？心脏难受吗？手术检查时没什么问题呀。嗯，也许是麻醉药后遗症，别担心，明天我们再去检查。”

文彬看看她：“菁菁，我们都这个年纪了，两个人相爱应该坦诚相待，我不希望有任何的欺骗。”

菁菁大惊：“我什么时候骗过你？”

文彬看着一脸无辜状的菁菁：“我是当兵出身，说话不爱绕弯子，你和王俊明究竟怎么回事？”

菁菁坦然：“我们是同学，曾经在学校谈过恋爱，就这么点事。”

“说得真轻巧，你们很多年没见，可他一回国就到了锦安医院做院长；为了你，他和妻子闹离婚，差点连院长都不想干了，可见他对你是旧情难忘啊！”文彬的语气里带着浓浓的醋意。

菁菁解释起来：“嗨，那都是我妹妹蕾蕾捣乱，他才对我的未婚产生了误解。都过去了，我们就是同事和老同学的关系。”菁菁想问题很简单，自己行得端，走得正，没有什么可隐瞒的。

文彬听她说得这么轻松，更来气了：“他可是你曾经的恋人，你会忘了他？！”

菁菁很不高兴：“你什么意思？不错，王俊明是我第一个男朋友，可我们十八年都没有联系过，我们现在都有了自己的生活，我凭什么要去惦记别人的丈夫！”

文彬说：“哼，凭你俩不一般的关系，他是你生命中的第一个男人吧，别不敢承认，我是过来人，孩子都有了。我没别的意思，只是想知道现在你对他是什么感觉？”

菁菁气坏了：“你……你怀疑我的人品？！既然你对我这么不信任，我也没什么说的了。”

菁菁转身走了。

## 六

武菁菁回到自己的住宅，越想越委屈。她不明白文彬今天犯了什么病，好端端的为什么要吃王俊明的醋。

“他是同情我找不到对象，为了安抚小舟才找我谈恋爱？现在后悔了？找事打架想分手？”

这一夜，武菁菁胡思乱想，失眠了。

文彬连着三天没和菁菁联系，菁菁也不愿意理他，两个人就这么僵持着。

繁华街道，一辆豪华轿车停在了马路边上，一个男人拽着一个女人的头发把她拉下车。女人竭力护住自己的脸，男人对她一顿拳打脚踢，这男人喝得醉醺醺的。

很快围了一圈看热闹的人。

“住手！凭什么打女人！”文彬路过，他冲上去把打人者掀翻在地。

那个男人坐在地上大骂：“我打我老婆，你管什么闲事！找死啊！”

女人抬起头，她看见了文彬，紧紧抱住了他，是雪菲，文彬大吃一惊。

雪菲抱住文彬大哭起来，文彬看着被打得鼻青脸肿的雪菲，他不知道自己该说什么，只能任由雪菲抱着自己。

雪菲的丈夫看着勇猛的文彬，他知道自己不是文彬的对手：“哼，穆雪菲，你等着，回家再收拾你！”他开车走了！

一辆出租车停了下来，坐在车里的武菁菁看到了这一幕。本来，她想去找文彬好好谈谈，现在看来已经没有这个必要了，她催促出租司机驶离了这里。

人群散去了，雪菲不哭了，可她抱住文彬不肯撒手：“彬哥，我错了，我要和你在一起。”

文彬说：“别这样，你已经成家了，理智些。”

“我现在很清醒，我不想生下他的孩子！孩子只有三个月，做掉她很容易的。”雪菲想堕胎。

文彬说：“雪菲，你就要做妈妈了，不能这么感情用事，她是一条小生命，你就忍心杀了她？”

雪菲眼泪汪汪地看着文彬：“彬哥，我不该离开你，我好后悔。”

文彬看着这个他曾经爱过的年轻女孩憔悴的面庞，心里也不是滋味。“雪菲，我们的感情已经结束了，不可能再回到过去。我们的年龄差距太大，你年轻，路还长着呢。他要再打你，你就报警，快回家吧！”文彬神情严肃，他此时很清醒，雪菲需要的男人不是他。

雪菲太了解文彬了，他认定的事情很难改变。雪菲心里很明白，自己伤害这个男人太深了。文彬保护她是出于善良的本能，一切都无法挽回了，他们的缘分尽了。

雪菲站起身，最后看了一眼这个曾经呵护她如宝贝的男人，打车走了。

文彬站在路边，看着远去的出租车，如释重负。

这时，手机里传来了微信的声音，文彬拿出手机查看："文彬，我们分手吧！"是武菁菁发来的。

文彬没有回复，他对武菁菁和王俊明现在的关系还没理清，武菁菁却提出了分手，文彬很纠结。

菁菁发完了这条分手微信，心里空空的，她正想回家睡觉，母亲打来电话。"菁菁，你爸做了一桌菜，你和文彬一起回家吃饭吧。"

"妈，文彬不回来了，我们分手了。"菁菁如实禀报。

玉英吓了一跳："怎么回事？快回家，别让我着急。"

菁菁回到了父母家，长辈们劝菁菁不要轻易放弃文彬。菁菁看着这群老人焦灼的目光，自己都四十一岁了，老人们还在为她的感情操心，菁菁很内疚。

"我知道你们都很关心我，希望我和文彬有个好结局，爱情的基础就是相互信任，感情不能掺任何杂质，他既然不信任我，那就没必要再交往了。"她表明了态度就要走。

小兰拽住了她。"大姐，别走，谈恋爱哪有不吵架的，你们有误会谈开就好了。"

菁菁说："误会分大小，我有我的底线。"

小兰摇头："我虽然只见过文彬大哥几面，但我看得出这男人很厚道，你别轻易放弃他。一吵架就分手，这可是十六岁孩子干的事。"

"是啊，小兰说的有道理，菁菁，你已经四十出头了，不能这么任性。"奶奶为小兰助力。

爷爷说："嗯，菁菁，别看小兰学问没你大，在恋爱经验上，你可比她差远了。"

菁菁委屈："爷爷、奶奶，你们不了解情况，文彬这次太过分，他无端怀疑我，我不能原谅他。"

玉英不解："你这么大了才第一次谈恋爱，他怀疑什么？"

菁菁不想提文彬对王俊明的猜疑，故作轻松："嗨，妈，你就别问了吧，反正我和文彬结束了。"

玉英直叹气："唉，你说得轻巧。这些日子，我也看出来了，文彬真不错，事业心强，人长得也好，你们年龄又相当。你对家务一窍不通，他能一个人带大了孩子，家务错不了。本来想你有他照顾，我也能放心了，可你就说散就散了，你怎么就抓不住一个好男人！”

母亲历数文彬的优点，菁菁越发委屈，她不知道文彬为什么要怀疑自己和王俊明的关系，她委屈得落泪了。

志强见不得女儿落泪：“孩子已经够难受的了，你说这些干什么？”玉英也伤心了：“都是我不好，我不说了还不行啊！”

正在此时，一个月未照面的蕾蕾回家了。

“爷爷、奶奶，我回来了。爸，有好吃的吗？我饿了。妈，你和姐怎么了？”蕾蕾发现了两个落泪的女人。

志强说：“没什么，你妈因为你姐要和文彬分手生气了，她怪你姐姐抓不住好男人。”

蕾蕾看着流泪的菁菁，心里内疚，脱口问出：“妈，你这可就冤枉我姐了，她和王俊明的初恋是我破坏的。”她的话犹如一颗炸弹让武家失去了平静。

毫无心理准备的玉英犯了低血糖病，一下子晕了过去。

蕾蕾吓傻了，幸亏菁菁及时救治，玉英才缓过气来。

她瞪着蕾蕾：“你说，怎么回事？”

“妈，没事，蕾蕾你快走吧！”菁菁的脸色很差。

蕾蕾心虚地看着姐姐：“噢，我刚才是胡诌的，我走了！”

玉英看出了女儿们的不安：“蕾蕾，你敢走！菁菁，你们俩一定有什么事瞒着我，说！”

志强也催着蕾蕾：“闺女，家里没外人，说吧！”他也明显感觉到了两个女儿都在刻意隐瞒着什么秘密。

奶奶说：“我们活了这么大岁数，什么没经历过？说吧。”

爷爷也催：“蕾蕾，你们姐儿俩总不能瞒我们一辈子吧？”

四位长辈都神情严肃地等着蕾蕾开口，她看着低头不语的菁菁。“姐，让我说吧。十八年了，我都快憋死了！”

菁菁看看她没说话，转身进了父母的卧室。

蕾蕾和盘托出了许多年前的往事。

蕾蕾十七岁那年，二十二岁的菁菁告诉最亲密的妹妹自己恋爱了。姐妹俩从小就这样，总是瞒着父母相互交流着小秘密。

原来，当年，武菁菁刚入中学，一场全校篮球比赛，十二岁的小丫头暗恋上了校篮球队队长王俊明。为了追随这位高一的大哥哥，压根不喜欢体育的武菁菁，只要有王俊明的比赛，她准到篮球场去当啦啦队员。

生性腼腆的菁菁不敢主动和王俊明说一句话，当然，王俊明压根不知道中学校园里有这么个崇拜他的小学妹。

三年后，王俊明考入了医学院。

武菁菁为了实现自己的爱情梦想拼命读书，从小晕血的她居然考取了王俊明就读的医学院。

武菁菁一进医学院，就发现了一个严重的问题：医学院女多男少，颜值高、学习优秀、体育好的王俊明已然是全院女生们追捧的校草。菁菁心里急坏了，她知道再暗恋下去就会失去王俊明。

于是，武菁菁积极张罗办起了中学同学会，这是菁菁想出的一个不失身份又能正式结识王俊明的办法。一来二去，王俊明终于注意到了美丽、端庄、聪慧的小师妹。当他得知菁菁居然暗恋了自己整整六年，深受感动。就这样，一对俊男靓女谈起了恋爱，那年，武菁菁只有十八岁。

当时的校规不允在校本科生公开恋爱，要强的王俊明和菁菁没有公开恋情，两人的保密工作绝对到位。

蕾蕾虽然比姐姐小五岁，可她打小就有男孩缘，打从幼儿园起，真真假假的小男友就没消停过。

她听完了姐姐早恋的故事，乐得直蹦高："姐姐，菁菁，你太能装了。六年，你可真耐性！"

菁菁脸红了："谁装了，我不敢说嘛！万一我说了，他要看不上我多丢人！"

蕾蕾一撇嘴："哼，死要面子活受罪。不过，这个王俊明也是一奇葩，我算算，你俩差三岁，那年他都二十一了，就没谈过恋爱？"

菁菁使劲摇摇头。

"他生理不会有毛病吧？"十七岁的蕾蕾想的还挺多。

菁菁轻轻打了她一下："你个小丫头，怎么比我们学医的还敢说！"

蕾蕾一脸的坏笑："中学生也上生理课，谁不懂啊！哎，姐，你和王俊明的恋爱公开了吗？"

菁菁又摇摇头。

蕾蕾问："为什么？"

菁菁说："学校不准本科生谈恋爱，我们俩可不想受处分。再说，咱妈规定我不到二十五岁不准谈恋爱。"

蕾蕾说："噢，你这是读研了想公开，才想告诉我，你可真是妈妈的乖宝贝！"

菁菁不好意思地笑了，她认可了妹妹的猜测。

当天晚上，菁菁就把王俊明介绍给了蕾蕾。

整个一个寒假，蕾蕾对未来姐夫王俊明进行了诸多考验，博士王俊明让这个精灵古怪的小妹妹折腾得够呛，总算达到了蕾蕾的标准。

蕾蕾叮嘱菁菁：“姐，王俊明不错，我批准他当我姐夫了。不过，你得赶紧公开你对他的专属权，万一他被人家抢走就坏了！”

“不可能，我们两个人谈了四年，感情稳固得很。”菁菁很自信。

蕾蕾和姐姐商定，等王俊明考取留学读博后，菁菁就带他去见父母。

高二期末考试，蕾蕾没考好还早恋，武志强夫妇被班主任叫到了学校。

玉英气恼蕾蕾给家人丢脸，当众数落起了小女儿：“你怎么这么不争气！形象、学习、品行样样不如你姐姐，不知道努力，竟然还早恋！唉，我们家一儿一女正好，你就知道惹祸，多余生你！”

郝玉英气头上的话说得太狠，一个十七岁的女孩哪儿受得了亲生母亲的这般奚落。虽然事后武志强想尽办法安慰蕾蕾，可于事无补。说出的话，泼出的水，少女蕾蕾的心已经被母亲伤透了。

由于蕾蕾和弟弟硕硕是龙凤胎，他们刚出生时父母都是双职工，爷爷还没退休，奶奶一个人照顾不了三个孩子，玉英就把蕾蕾送到姥姥家抚养。也许是蕾蕾小时候没有和父母生活在一起的缘故，玉英对她关注不够，长大了又总是挑她的毛病，所以蕾蕾和母亲总是较劲。

武蕾蕾最厌烦母亲处处拿优秀的姐姐和自己比，年少气盛的她嫉妒心作怪，动了坏心眼。

一天傍晚，十七岁的蕾蕾去宿舍找王俊明。

蕾蕾拿出了英语书：“俊明哥哥，我最愁背单词了，听我姐说你背单词有诀窍，教教我呗！”

王俊明有点怕蕾蕾，这女孩的跳跃性思维一般人都应付不了，要不答应她的要求，你就别想安心做事。王俊明放下自己的事情就给蕾蕾认真辅导起了英语。

蕾蕾学累了。“哥，歇会儿吧，咱们放松下，你教我跳交际舞好不好？”

自从王俊明认识了蕾蕾，他知道菁菁和蕾蕾姐妹感情深厚，爱屋及乌，王俊明对蕾蕾总是有求必应。

王俊明没有多想，他扶住蕾蕾的腰，一板一眼地教了起来。十七岁的蕾蕾的身高已经有 165 厘米了，两人的舞步很协调。跳着跳着，突然，蕾蕾一个踉跄差点摔倒，王俊明下意识地去拉她，蕾蕾就势倒在了王俊明怀里，她的一双美丽的大眼睛柔柔地盯着王俊明，年轻的王俊明心慌意乱，他不敢和蕾蕾对视。

恰在这时，菁菁提着饭盒走了进来，她看到两人搂在一起惊呆了。

蕾蕾也不说话，她站起身跑掉了。

王俊明满脸通红：“菁菁，你别误会，蕾蕾让我教她跳舞，她摔倒了，我们什么都没做。”他是个老实人，越急越乱。

菁菁看着神情慌乱的王俊明，愈发怀疑起来，她撂下饭盒就跑出了王俊明的宿舍。

接下来的一星期，王俊明天天去找武菁菁要做解释，菁菁都把他拒之门外。一天晚上，王俊明再次找武菁菁想澄清误会，可他走到宿舍门前正要敲门，房门却狠狠地关上了。骄傲的王俊明哪里受得了这般冷遇，他扭头走了。

王俊明委屈无奈，一赌气加急办理了出国留学手续，一个月后飞往德国，他再没有联系武菁菁。

武菁菁拼命学习来掩饰失恋的痛苦，她没有和家人透露一个字。

事情过去了三个月，武蕾蕾对母亲的气消了。

一天，她主动来找姐姐菁菁，菁菁默默看着自己的亲妹妹，等着她开口。

蕾蕾说：“姐，你别生气了，那天我是替你考验王俊明呢。我让他教我跳舞，我故意摔倒，看他对我有没有定力。这个王俊明太经不起考验了，你以后可要看牢他！”她的语气很轻松。

菁菁欲哭无泪：“你……你混蛋！我没有你这个妹妹！”

蕾蕾看着面色苍白的姐姐，她没把这个玩笑看得有多严重。“不认就不认！”她拔腿就走。

“你站住，你向我保证，我谈恋爱这件事不要告诉爸妈，就当从来没发生过！”菁菁提出了这个要求。

蕾蕾走了，菁菁打开电脑给王俊明发了一封郑重道歉的邮件，可邮件被系统退回了，王俊明的邮箱已经不存在了。

菁菁顶着瓢泼大雨冲出了宿舍，她得了急性肺炎，一周高烧不退，吓坏了父母和老师。

十七岁的武蕾蕾恋爱次数太多，她把失恋当经验，从没有失恋的痛苦。可当看到病床上病危的姐姐，才意识到姐姐是用生命对待自己的初恋。

蕾蕾想尽各种办法和王俊明联系，却得知王俊明已经匆匆结婚，方感一时冲动办了错事，但木已成舟，蕾蕾追悔莫及。

从此，姐妹俩在父母面前假装若无其事，背后却再无交集。

蕾蕾变得爱学习了，她执意要去外地上大学，大学期间拼命打工攒钱，大学一毕业就考去澳洲留学，远离了父母、姐姐，直到三十二岁才回国。

姐姐菁菁对自己的冷漠，蕾蕾心知肚明是自作自受，她只恨自己当年幼稚、莽撞，害苦了姐姐。

菁菁讲完了往事。

玉英恨小女儿做事太过分，她动手打了蕾蕾。

菁菁听到客厅里乱哄哄的声音，急忙跑出了父母的卧室。

“妈，您别这样，事情过去这么多年了，责怪蕾蕾有什么用。我是太要面子才没告诉您我初恋失败。我一直没找对象没结婚，是太追求完美了，跟别人没关系。”

玉英万万没有想到优秀的菁菁有着如此痛苦的初恋，她为可怜的大女儿难过。

玉英气得直哆嗦：“蕾蕾，菁菁可是你的亲姐姐呀，你怎么能干出这么缺德的事！你的心太狠了，我们武家没你这样狠心的孩子，你走！我不想再看见你！”

武蕾蕾早知道只要母亲知道了这件事，就会是这个结局，她没说一句话，转身离开了父母家。

# 第十五章　恋恋波折

## 一

武蕾蕾被母亲赶出了家门，她没有丝毫的抱怨，反而有了一种解脱的感觉，这一天她等了十八年。

她走进酒吧，掏光了身上所有的钱，坐在吧台前尽情畅饮。

武家客厅里，玉英伤心地哭着，她实在太心疼善良的菁菁了。为了保护妹妹蕾蕾，菁菁居然替她隐瞒了十八年。

志强劝玉英："玉英，别哭了！"

玉英说："我对菁菁要求太高了，你说我规定她恋爱年龄干什么？我要不是把蕾蕾骂得太狠了，这孩子也不会报复姐姐，都怪我呀！"她为自己当年对孩子的教育不当懊悔不已。

奶奶劝慰着玉英："你别太自责了，这么多年都过去了，后悔没用，过好眼前最重要。"

爷爷看着菁菁："菁菁，你在感情上耽误了这么多年，时间都被你浪费掉了，可惜喽！文彬不是个小肚鸡肠的男人，好好和他交往。"

小兰说："大姐，你对爱情这么专一，好男人肯定都喜欢你，你可不能轻易把文彬大哥推出去让给别的女人。"

菁菁望着大家期待的目光，她很感动，情绪好了很多。

酒吧里，蕾蕾又喝醉了。

"姐，你怎么又喝了这么多酒？"大雨站在了她身旁。

蕾蕾倚着吧台盯着张大雨："你来干什么？我喝，我有钱，我乐意，你是我什么人，用你管？你走，走啊，你不走我走！"她催着酒吧服务生帮她叫了代驾。

“这大姐是谁呀？”突然，一个女孩冲到了吧台前。

大雨说：“我同事，她喝醉了。”

女孩说：“大姐，快回家吧，酒吧泡着解除不了失恋的痛苦。大雨，我们喝酒去。”

大雨眉头紧皱，不说一句话，看得出他厌烦这女孩的多嘴。

蕾蕾醉眼惺忪地扫了一眼这个衣着时髦、年轻貌美的女孩。她拍拍大雨的肩膀：“弟弟，不错，不错！祝贺啊！”

代驾到了，蕾蕾晃晃悠悠地走了，大雨尴尬得站在吧台前。

原来，今晚，大雨带着朋友给他介绍的新女友到这里约会，他想忘掉蕾蕾这个从不按常理出牌的女人，尝试着和其他女人交往，自嘲也是个以毒攻毒的办法。

代驾车里，武蕾蕾倚在后座上，她亲眼所见张大雨有了新感情，表面洒脱，心却很痛很痛……

一天，文彬接到了王俊明的电话。“文彬，我们谈谈好吗？文彬如约来到了一家茶室。

王俊明诚恳地说：“我承认，我对武菁菁至今未婚确实震惊、内疚过，幻想过要和她重新追寻美好的初恋感觉。可菁菁是个特别有正能量的人，她绝不允许我抛妻弃女。是菁菁点醒了我，物是人非，十八年过去了，我们再也回不到过去了。你可别听信谣言，放弃菁菁，你会后悔的。”他是从成华那里了解到文彬因他引起的误会。

王俊明坦诚的一席话让文彬解开了心结。

文彬知道自己误会了武菁菁，很是懊悔。那天，他冲动之下说了那么多伤害菁菁的话，实在不好意思一个人见武菁菁，他拉着李末和小舟去了武家。

文彬见到菁菁：“菁菁，我不想和你分手，我错了，你原谅我好不好？”

菁菁看着文彬，这男人虽然衣裳整洁，还刮了胡子，表情从容。可面容憔悴，眼圈发黑，看来睡眠不佳，菁菁心软了。

“菁菁，小舟需要你，他离不开你！”文彬又加了一句。

文彬的话证实了菁菁的猜测，他仅仅是因为儿子才愿意和她交往，菁菁的心又凉了。

“我们不合适，你走吧。”她一副拒人于千里之外的神情。

小舟急了：“哎呀，菁菁阿姨，我爸天天唉声叹气的，见了您倒不会说话了，爸爸，您以前哄雪菲的招数呢！”

“嗨，你这孩子，雪菲给她买东西就高兴，菁菁阿姨想要什么我真不知道！”

文彬虽然很尴尬，但他还是放不下架子。

志强把文彬拉到一边：“你怎么能怀疑菁菁的人品，她心善，可眼里却揉不得沙子，这下你可捅了马蜂窝喽。”

文彬满脸愧意：“伯父，我错了，我错大发了，您帮帮我吧，我不想失去菁菁。”

奶奶说：“孩子，夫妻间最忌讳相互猜忌，你要好好向我们菁菁赔不是。”

爷爷看出了文彬大男子主义的毛病，他想帮文彬：“文彬啊，我这大孙女人品没挑的，可她除了学习、看病，家务事可就不灵喽！”

志强也说：“菁菁做饭水平是差点。”

玉英检讨：“是啊，文彬，你别看菁菁这么大了，处理问题太弱智。都是我包办给惯的。”

志强接话：“对对对，现代词就叫情商太低！”

文彬看着四位老人期待的神情，心里暖暖的，他父母早逝，这一刻他找到了家的感觉。

“菁菁，我爱你！”文彬情不自禁地喊出了这句话。

文彬用炽热的目光注视着菁菁，菁菁被他看得脸红了。

小舟笑了：“老爸，这还差不多！菁菁阿姨，我也爱你！你就原谅他吧，我爸说他肠子都悔青了。”

“哎哎，儿子，你给爸爸留点面子！菁菁，我没有你不行，比小舟更需要你，你可不能不要我，我……”文彬搜肠刮肚地想着道歉的词，他急得满头大汗。

菁菁低头笑了，文彬看着她也憨厚地笑了起来。小舟和李末击掌庆贺，武家长辈们喜笑颜开。

## 二

志强家的门铃响了，萌萌抱着圆圆来了，她身后跟着武志刚。

萌萌一见菁菁就说：“大姐，圆圆发烧两天了，高烧40度！”

菁菁观察了一下孩子：“估计是肺炎！我们赶快去医院。”

“我开车送你们！”文彬反应超快。

志强忙说：“文彬，晚饭还等你做呢！”

志刚点将：“李末，你开车送他们去医院！”

文彬反应了过来：“叔叔，我跟您切磋下厨艺好不好？”他说着跟着志强进了厨房。

李末和菁菁急急地走了，萌萌只好抱着圆圆跟了出去。

爷爷、奶奶露出了满意的笑容。

圆圆被确诊为肺炎，她被收治住院。

常建得知消息跑来了。“萌萌，陪床的事我包了，你回去休息。”他一到医院就急着表现。

李末说：“我女儿住院有我照顾，你们都回去吧。”

常建不走：“我也是圆圆的干爸！”

李末劝他：“总得讲个先来后到吧，孩子是我送来的，病情我最熟悉。”

萌萌受不了这俩人的闹腾，自己离开了病房。

儿科病房的护士拿出了医院探视规定：“你们俩别闹了，医院规定不能陪床，孩子有我们照顾，你们都回去吧。”两个男人才消停了。

菁菁、萌萌准备回家，李末和常建去停车场取车了。

菁菁劝萌萌：“萌萌，你就别折磨李末了，复婚吧。他对一个没有血缘关系的孩子都能这么热心，爱孩子的男人错不了。”

萌萌听了这话，脸色骤变。她看着菁菁的神情变得很古怪，菁菁心里咯噔一下。

李末和常建把车开到了医院门口，菁菁刚要上李末的车，萌萌却连招呼都不打坐上一辆出租车就走了。

“萌萌！”菁菁看着远去的出租车愣住了。

常建下车了。“哎，萌萌怎么打车走了？李末，你又得罪她了？”

李末没说话，他的情绪很不好。

“不是，是我劝萌萌复婚，她不爱听了。”菁菁解释着。

李末说：“大姐，我一提复婚她就逃，根本不给我交流的机会，唉！”

常建不信：“武萌萌在单位正常得很，李末，我看她就是不想和你复婚，你也别坚持了。”

“萌萌对复婚的反应太过激了，不正常啊！”菁菁开始为堂妹萌萌的精神状况担忧了。

萌萌直接来到了动物救助站。她刚下车，迎面碰上救助站的义工阿姨，她手里抱着刚出生就夭折的小狗。萌萌帮着义工阿姨一起掩埋了小狗宝宝。她坐在地上哭惨，哭够了才顶着红肿的眼睛离开了救助站。

李末回到家中，他翻看着“往事如烟”的微信，一条哀悼夭折狗宝宝的图片出现在“往事如烟”个人相册里，图片下面敲了满满一行流泪的表情符号。

“唉，她什么时候能像关心小狗这样关心我就好了！”李末苦笑起来。

## 三

菁菁和文彬恋爱了，她努力学习操持家务，可超负荷的儿科门诊工作量还是让她有心无力。

文彬主动承担了家务，他的细心、能干体现在方方面面：修马桶，通下水管；家里的电器坏了，他看下说明书就能修好；做饭，西餐、中餐都能摆上一大桌，大事小事他总有办法。菁菁这才知道文小舟没有吹牛，文彬真的是“无所不能”。

四十岁的武菁菁享受到了父爱之外的异性关怀，她也努力改变着单身多年的单调生活习惯。门诊午休时间，菁菁在网上搜起了烹饪视频，竟然还认真做起了笔记；晚上回家，她在手机淘宝上购买生活用品；周末假日，她走进商场专柜为文彬精心挑选服饰，这位不食人间烟火的女博士终于接了地气。文彬和菁菁相互关怀，爱情愈发稳固和甜蜜。

蕾蕾自那日被玉英赶走就再也没有回家。武志强放心不下，他给蕾蕾发微信、打电话都未见回音。志强劝玉英原谅二女儿十八年前的年少不懂事，玉英默许他找蕾蕾回家。

武志强几次去公寓找蕾蕾，蕾蕾却避而不见。玉英气恼小女儿总是不理解做父母的心，暂时也懒得搭理蕾蕾了。

那天在酒吧，蕾蕾用那么恶劣的态度对待大雨，其实，她就是不想自己的不育耽误了大雨，她不想再恋爱、更坚定了不结婚的信念。

她手机里依然保存着自己和大雨的合影照片，她想给自己最后的这场恋爱经历留下美好的纪念。

现在，蕾蕾深切体会到，虽然已经进入了智能时代，拥有一部手机就可以足不出户，生活的便利无所不能，但这些都代替不了爱人之间真实的相互体贴。如果生活幸福，没人愿意把自己封闭在虚拟的网络空间。

电视台新栏目迟迟未定，武蕾蕾为还房贷，剪辑、编导、拍广告片，做微电影，只要能赚钱的案子，不管大小她都接。过度的劳累加速了肚子疼痛的频率，下身不规则流血的现象越来越频繁，失血导致了她身体疲惫不堪。

私立医院几次打来电话催武蕾蕾住院。

蕾蕾抱着一线希望问：“医生，有没有不用开刀的保守办法。”

“你自己看着办，等床位的人有的是。”医生硬邦邦的话令蕾蕾更加恐惧，手脚立马冰凉，一天，蕾蕾如厕后，她看到了马桶里的大量鲜血，吓得两腿发软。天不怕地不怕的蕾蕾怕了，她意识到不能再拖延摘除子宫的手术了。她翻看着微信朋友圈中一张张婴儿的照片，泪如雨下。

蕾蕾正在公寓里自怨自艾，闺蜜们打来电话约她去郊区女子养生馆游玩。

蕾蕾说："姐妹们，别再结伴搓堆儿不婚了，趁着还有忠实的追随者就嫁了吧！"

闺蜜们不解坚定的独身主义者蕾蕾为何放弃了初衷。

"我累了！"蕾蕾放下了电话。

事业、经济、健康三重的打击让人猝不及防，蕾蕾的心情糟透了。

武蕾蕾至今都没有向任何人透露自己遭遇了危机，女汉子不愿意借债欠人情。可她现在银根吃紧，根本凑不齐私立医院的高昂手术费用，下一季度的房贷也没有着落，蕾蕾决定卖掉自己的公寓和汽车救急。

蕾蕾的汽车九成新，她卖得很顺。

张大雨负责的征婚节目火爆，投资的网络视频公司业绩良好，新女友对张大雨很紧张，总怕这个爆款会被别的女孩抢走。这女孩对大雨天天查岗、时时监控，甚至大雨开个会也要给她发会议室现场视频，大雨后悔找了这么个没有感情基础的小女生填补感情空白，药下得过猛吃不消了，他寻找各种借口逃避这种令人窒息的爱。

武蕾蕾的运气超好，公寓挂到房屋中介网上三天就有了买主，买主是一位北京大妈，老太太热情、大方，没和蕾蕾讨价还价，全额付款，半天就和武蕾蕾办完了过户手续。

蕾蕾拿到了千万房款，搬到了三环内一处普通住宅住下，她的心踏实了，情绪好了很多。

她给自己的生活重新做了规划，考虑身体康复后要工作，交通工具必不可少，她先赎回了自己的汽车。

"等术后身体康复了，再拼吧，房子会有的，爱情会有的……不行，恋爱就要结婚，结婚就要生孩子？孩子……"蕾蕾不想了，踏踏实实地睡着了。

## 四

蕾蕾卖完房后，在出租房里整整睡了三天。

她吃过午饭，简单整理了住院的物品，提着箱子就出了门。

张大雨一斜杆青年，工作两头忙，基本没有太多的时间陪伴新女友。这女孩对大雨很不放心，她总担心大雨和前女友武蕾蕾私下有联系。

这天，女孩趁着大雨去厕所的空翻看起他的手机，私自删除了武蕾蕾的电话号码和微信。大雨气急了，夺过手机宣布恋情告吹，结束了这场为失恋填空的情感闹剧。

张大雨心里放不下武蕾蕾，他开车来找蕾蕾。

张大雨刚到武蕾蕾的新住处，就看见蕾蕾的车开出了小区，大雨急忙开车跟了上去。

蕾蕾开车停在了一家私立妇产医院门前，张大雨跟踪蕾蕾进了医院。

武蕾蕾办完了住院手续住进了病房，她躺在病床上，静心休息。

突然，病房门被推开了，武菁菁、张大雨冲到了蕾蕾的病床前。

原来，跟踪而来的张大雨从护士站得知蕾蕾要在这家医院做子宫切除手术，他急疯了，拿起手机当时就通知了大姐武菁菁。

武菁菁正在医院出门诊。“大雨，你看住她，千万不能让她做手术！”她撂下电话，找到儿科主任：“主任，我家里有急事，我要请假！”

武菁菁工作以来头一次破例当班请假，儿科主任二话没说代她出诊。

武菁菁看着病床上面容憔悴的妹妹，火冒三丈：“武蕾蕾，走，你马上跟我去锦安医院！”

蕾蕾看着她现在最不想见到的两个人。“嗯？张大雨，是你把我姐叫来的？你跟踪我？我的事自己能处理，你们走吧！”

菁菁急了：“你胡闹！马上离开这家医院！大雨，帮她收拾东西！”

大雨不由分说迅速清理了床头柜、卫生间的蕾蕾的私人物品。

蕾蕾嚷嚷起来：“张大雨，你少管我闲事！别动我东西。”

“这是医院，不能喧哗！”那位接诊的妈妈级女大夫来了。

武菁菁看着这个穿着白大褂的无良医生，如小豹子般地扑了上去，照着这个女人的脸狠狠打了一巴掌！

屋里的人都愣住了，蕾蕾从没有见过姐姐如此暴怒，她傻呆呆地坐在床上。

老大夫捂着脸狂叫：“哎，你怎么打人？医闹啊！保安，快叫保安！”

菁菁说：“我是锦安医院儿科的武菁菁，是她姐姐！我不光打你，还要到有关部门告你。你就这么草率地要切除一个未婚女人的子宫，你玷污了医生的名声，不配当医生！”

张大雨亮出了记者证：“我是电视台记者张大雨，你要想打官司我们全程奉陪！”

老女人吓得脸变了色，一句话都说不出来了。

武菁菁、张大雨带着武蕾蕾离开了这家医院。

菁菁安排蕾蕾住进了锦安医院，蕾蕾的病确诊是多发性子宫肌瘤，专家建议蕾蕾做微创手术剥离肌瘤，保住子宫。菁菁遵守对蕾蕾的承诺，这件事暂时不告诉爸妈，姐俩又像小时候一样达成了默契。

半个月后，医院通知武蕾蕾住院开刀。蕾蕾简单收拾了衣物，没和任何人打招呼，自己悄悄住进了医院病房。

主治医生告诉她："武蕾蕾，你的各项检查都正常，下周二手术，你让家属来医院签字。"

蕾蕾问："我自己签行吗？"

医生说"按照规定手术，病人不可以自己签字。哎，武医生不是你亲姐姐吗？她就能签！"

蕾蕾心里总是觉得对不起姐姐，她不想欠姐姐的人情。毕竟是一个手术，万一有危险，她不能让家人埋怨姐姐。

菁菁了解妹妹的心结，她也不好勉强蕾蕾，可又不能让爸妈来医院，菁菁犯了难。

大雨来看望武蕾蕾："我给你签！"

蕾蕾同意了："哎，谢谢哥们！姐，万一我手术出事，你不要埋怨他。大雨，我姐的人品你放心好了。"

手术那天，一大早，玉英和武志强赶到了。

菁菁到底还是没憋住，她把蕾蕾住院的事情告诉了爸妈，玉英看着病恹恹的蕾蕾，落泪了。

蕾蕾说："妈，你怎么来了？我没事，就一小手术。"

"你眼里有我这个妈呀！出了这么大的事还瞒着我。"玉英埋怨起来。

蕾蕾愧疚："妈哎，我不是怕您担心吗？我错了，您别生气！"

玉英哽咽了："我和你爸现在还能动，你要再不结婚，等我走了看谁能照料你。"

大家等在手术室外，为确保蕾蕾子宫损伤降到最低，医生们小心翼翼地剥离着蕾蕾子宫内的肌瘤，手术进行了三个多小时。

手术结束，当麻药劲过去，蕾蕾睁开眼睛，看到了父母和大雨。

玉英说："蕾蕾，你醒了。"

"你妈从手术开始就不吃不喝，你手术完一出来，她就守在你身边。"武志强告诉女儿。

玉英不放心护工，每天忍着腰痛来看望做完微创手术的蕾蕾，武志强天天变着花样给蕾蕾做好吃的。

蕾蕾体验到了危难时刻亲人才是最坚实的臂膀，她不再逞强，出院后随母亲搬回家住。

## 五

手术后，武蕾蕾住在父母家养病，大雨忙里偷闲就到武家嘘寒问暖，汇报台里的工作进展。

爷爷、奶奶知道是大雨及时救了蕾蕾，两位老人对大雨赞不绝口。

长辈们为大雨创造着恋爱机会。“我们散步去了，小兰啊，你跟我们一起去。蕾蕾，你好好招待大雨。”

房间里只剩下蕾蕾和大雨。大雨说：“姐，我们重新开始吧！”

“张大雨，我喜欢去健身房锻炼，你说我浪费，楼下溜达着就能减肥；我花几百元看一场话剧，你说在家搜视频比现场效果一点儿不差。咱俩三观差了一个马里亚纳海沟，能成两口子吗？我往四十奔了，很难再为别人妥协了。”

大雨说：“就这点儿事啊，好办，我妥协呀！你也知道，我一老北漂，不抠哪儿来的钱供房子啊。不过，现在好了，钱包鼓点儿了，你去健身我买卡，你看话剧我陪着，我决定了，这辈子的媳妇就是你了！”大雨表明了态度，他用那双笑眯眯的小眼睛深情地望着蕾蕾。

蕾蕾不敢直视大雨，假装没看见。“我们不是说好了吗？咱俩是好哥们！我不结婚。”

“行，我也想好了，不结就不结，我也不在乎那张纸了。我们同居，只要你让我一辈子守着你就行。”大雨的脸皮变厚了。

蕾蕾没想到保守的张大雨居然接受了自己的不婚观念，她没词了，坐在沙发上半天没说话。

大雨暗暗得意：“哼，就这两下子呀，你也没什么大招啊，这回看谁耗得过谁！”

夜晚，大雨走了，玉英埋怨蕾蕾：“蕾蕾，大雨对你是一心一意的，你就不能对人家好点？你已经不是任性的年龄了！我知道你嫌我这个当妈的俗，就愿意守着深夜归家的一盏灯。你呢，读书多，喝过洋墨水，可你就是座灯塔，把光调得柔和点不好啊？”

志强也忍不住批评起来：“是啊，现在这个飞速发达的时代，浮躁的男人太多，大雨人厚道又勤快，是个过日子的好男人，你要是把人家气跑了，后悔都来不及。”

“爸、妈，我知道他对我好，人很不错，可我比他整整大了五岁，他的事业正是上升期，恋爱的机会多得很，我现在处于半失业状态。医生说子宫肌瘤容易复发，万一再犯就不容易怀孕，大雨可是独生子，我不能耽误他。”蕾蕾说出了自己内心的真实想法。

四位老人听了蕾蕾这番话，一下子倒都接不上茬了。

小兰发言了：“二姐，男女相爱和年龄有什么关系，年龄小的弟弟能喜欢你，那是你有魅力，有福气，别人羡慕嫉妒恨白搭。你做的是妇科手术，又不是开颅手术，智商怎么就下降为零了？只要一个男人真心实意的和你过日子，疼你就足够了。至于生孩子这事更简单了，高科技办法有的是，结婚吧，姐！”

蕾蕾辩解道：“我不小了，已经过了冲动结婚的年龄。再说，女人要想拥有高质量的生活，独身最好！”

小兰停战：“得，我这高中生说不过你这海归硕士！怪不得三位姐姐都结不成婚呢，文化太高，想法太多，这世上的男人得有多大的耐心才经得住你们这般考验！”

爷爷说话了：“人活一辈子，遇见的人太多太多，可最终真正知心知底的人没几个。爱情、婚姻都要有付出和磨合，而不是现成的情感等着你。这家里不多你一个，只是你遇到了大雨这么真心对你的男人还不想嫁，又抱怨全世界的男人没有好东西。这就是矫情！”

蕾蕾没词了，她心里十分清楚大家说的有道理，可自己就是对婚姻充满了恐惧，过不了心里这道坎！

## 六

那日医院一别，李末几次去王红家，萌萌都躲避不见。

王红和武志刚拿这个怪癖的女儿一点办法都没有，两个人相互指责，打得不可开交。

周五的夜晚，李末正在公司加班，父亲李水根来了。

李末愣了：“爸，你怎么来了？”

李水根说：“你不欢迎啊？”

“太欢迎了！您早告诉我，我就去机场接您了。”李末见到父亲很高兴。

李水根环视着李末的办公室，几部电脑同时开着，电脑屏幕上各种儿童保健数据、图标令人眼花缭乱。办公桌上，地上堆着几十种儿童保健的样品。

李水根问：“看样子童舟公司进展得不错。”

李末答道：“有我哥掌舵，菁菁大姐专业上把关，我们现在正在整理市场调查数据，您放心，童舟公司一定大火！”

李水根看着充满自信的小儿子：“儿子，爸爸为你高兴，我把集团交给你也放心了。”

“爸爸，您答应让我创业的，我还没干出点名堂呢，我太年轻，商业经验太少了，现在还不想接班。”李末强调着不接班的理由。

李水根长叹道：“唉，我知道你们年轻人都想自己闯，可我等不及了。孩子，我得了胃癌，这次来北京就是做手术的。”

李末不信：“爸爸，不可能，您这么健康，怎么可能得癌？”

李水根看着不知所措的李末。“医生说是胃癌中期，不能告诉你妈！”

李末不解地问：“您得了这么大的病，为什么要瞒着我妈？”

李水根神情凝重：“我是集团董事长，公司运转需要稳定，你妈她经不住事，告诉她只会让她着急，帮不上任何忙，还会给公司添乱。”

妻子赵爱莲是个心直口快的女人，李水根担心让妻子得知自己的病情会闹得全城皆知，那将会对公司发展很不利。

李末哭了：“爸爸，我马上回家，您放心，我会把集团的工作做好。”

“男儿有泪不轻弹。现代医学这么发达，我是做好了和癌症长期共存的准备了。末末，你哥牺牲了，李家就你这根独苗。我希望能在有生之年看到你成婚，爸爸支持你复婚！”李水根说出了此行来京的目的。

李末再次来武萌萌，家里没有人，萌萌见到他抱着孩子又要躲，李末拉住了她。

“武萌萌，我这次来只为了一件事，我爸爸让我回去接班，我要和你复婚，带你一起回家！你坚持不复婚，从此我不再打扰你！”他的神情极为严肃。

萌萌看着李末：“李末，我不复婚。我一辈子都不会结婚了，我后半生就和圆圆一起过。你回家吧，祝你幸福！”她又一次表明了不婚的决心。

李末绝望了：“好，我尊重你的选择。我走了，你多保重！”他转身离开了王红家。

房门关上了，萌萌抱着圆圆呆呆地站在客厅里，眼泪夺眶而出。

晚上，李末来找文彬：“大哥，我爸爸得了胃癌，我要回家接他的班，童舟公司暂时只能靠你了。”

“干爸病了？什么程度了？我们只顾工作，关心他太少了！我这个当大哥的太失职了！”文彬内疚不已。

李末说：“大哥，该自责的是我，我为了自己感情的事，三年没回家，爸爸一定是为我着大急了，我太混了！”他难过极了。

文彬安慰他：“回家好好照顾妈妈，北京的公司我会全盘负责，干爸在北京治病有我呢，有什么困难咱哥俩一起扛！”

李末叮嘱：“爸爸的病情你要严格保密。”“我明白！你放心吧！”

李末说：“大哥，我爸希望我尽快成家，萌萌还是坚持不复婚，我们彻底结束了。”他的情绪很低落。

“你是独子，接你爸的班是对的。缘分尽了，谁也没办法。”文彬安慰他。

李末回到父母家中，他向母亲赵爱莲主动表示同意相亲。赵爱莲欣喜，到处给儿子张罗相亲对象，为李家说媒者络绎不绝，赵爱莲得意极了，千挑万选，选中了家世，年龄、形象、学历都和儿子李末般配的富二代女孩。女孩相亲时就毫不掩饰刁蛮无礼的性情，李末很不喜欢她。

可赵爱莲对李氏家族的未来儿媳妇只有一个要求：门当户对。她每天催着李末和这个被家人宠坏了的傲娇小姐沟通联系，李末只要表现出不耐烦的情绪，赵爱连马上就给“出国公办”的李水根打电话。

李末为生病的父亲少受打扰，听从母亲的安排。他和这个富二代女孩订婚了。

文彬将李末订婚的消息告之武家，武家人都为萌萌感到惋惜。萌萌却像没事人似的请文彬代自己向李末表示祝贺，大家对萌萌复婚的事情彻底死了心。

一天午休时分，机关办公室里，武萌萌饭后还没回来，几个同事们闲聊起来：“哎，这些天怎么没人来送花了？我就说那个帅哥肯定没长性，你们还不信？就武萌萌那副冷冰冰的样子，谁也受不了！”

常建听到急了：“背后议论人的毛病就不能改改吗？”

“我们聊天碍你什么了？不想听别听！你总护着武萌萌，她给你什么好处了？常建，你可真是常常犯贱啊！”女同事们七嘴八舌数落起了常建。

常建说：“我愿意为她犯贱。大家都是同事，武萌萌从没有伤害过任何人，你们探寻人家的私事有劲吗？”

正说着，武萌萌回来了，办公室顿时停止了议论。

萌萌说：“大家都在啊，正好，我今天宣布一件事：常建是我正式的男朋友！”

常建惊讶得看着她，武萌萌勇敢迎视着他的目光。她是在门外听到了同事的议论，不忍常建为自己受别人的奚落。

夜深人静，卧室里，萌萌心里空落落的，她打开手机上微信和“一往情深”聊天却没有得到回应，她看着手机发起呆来。

萌萌眼前挥之不去李末的身影，她用毛巾被蒙上头哭了，生怕母亲听到她的哭声，她紧紧捂住自己的嘴巴，哭得浑身发抖。

# 第十六章　势如破竹

## 一

武蕾蕾住到父母家，父母每天变着花样做可口的饭菜为她调理身体，蕾蕾很快康复了。但是，她又想搬出去单过了，因为长辈们逮住机会就给她灌输结婚的好处，她有些烦。

一个周末，大雨来看她。

蕾蕾说：“你带我出去找房吧，我想租房。”

大雨笑笑：“好啊，我先带你参观下我的新房，你要满意，租我的，都是熟人，租金随意！”

蕾蕾二话不说就跟着大雨走了。

不一会儿，两人来到了一个小区门口。

“到了！”大雨说着下了车。

蕾蕾看着小区大门：“哎，这不是我原来的公寓小区吗？你也买了这儿的房子了？”

“啊，我喜欢就买了。”大雨边说边往小区里面走，他和保安打着招呼，看来大家已经混熟了。

旧地重游，蕾蕾看着熟悉的环境，心里酸甜苦辣说不清，她默默地跟着大雨，一直走到了自己原来的公寓门前，萌萌愣住了。

大雨打开门，蕾蕾走了进去，看到屋里的摆设分毫未变，她站在那里傻了。

大雨说：“姐，这房子满意吗？”

蕾蕾看着他不说话。

大雨赶紧解释起来：“啊，是这样，我去买房，正碰上你卖房，这房子我太熟了，不用再考察就买啦。”

“就这么简单？”萌萌不信。

“啊，就这么简单！”大雨不想多说。

蕾蕾回忆起了收房款的情景。“不对呀，当时买我房的是一位北京老太太。到底怎么回事？说！你不许骗我。”

“嗯，嗨，那老太太是我以前的老房东，待我特好，我知道你自尊心强，不会让我买你的房，就请老太太出马了。不过你放心，现在房主是我。”大雨憨厚地笑了。

蕾蕾还是不信：“上千万的房款，你哪儿凑的？你为我借债了？不行，走，你马上跟我去银行，我手术费都报销了，那钱除了交了房租违约金，都在呢，你马上把钱还了。”

她说完转身就要走。

大雨拉住了她。“没有，我把自己的两套房都卖了，买了你这套公寓后还有富余。”

蕾蕾强忍眼泪：“你？那你住哪儿了？”

“我一大男人住哪儿不能凑合！”大雨说得很轻松。

蕾蕾再也忍不住了，她紧紧抱住了大雨，放声大哭，再也不肯撒手。

大雨等她哭够了，轻轻说道：“姐，我们结婚吧！这房子的户主还是你，明天咱就去过户！”

“不，明天先去民政局！”蕾蕾又霸道上了。

当天，蕾蕾带着大雨回家了，她一进门就喊：“我和大雨订婚了，你们得给我准备嫁妆！”

玉英无奈：“你就不能学学你姐矜持点，有个女孩样儿？”

爷爷说：“我和你奶奶早就给你备好了！”

志强说：“蕾蕾，你都不跟大雨好了，他都宁愿亏本卖了自己的房子帮你保住公寓。你们年轻人都爱讲究个温柔、浪漫啊，温柔能装，浪漫舍得花钱也能营造，可心疼一个人是装不出来的，这就是真爱！”

奶奶数落起了蕾蕾：“你呀，都是假嘚瑟，要不是大雨愿意等你，你后悔都找不到家门哭！女人这一生，撞到个好男人比撞个电线杆难多了。”

爷爷也训她：“是啊，你看到了，生活中有了困难，大雨对你的事这么上心，这就是朋友和丈夫的区别，懂吗？”

蕾蕾一听又急了：“爷爷，奶奶，您二老早知道房子的事了？”

志强说：“大雨哪儿肯主动告诉我们，是我和你妈遛弯时路过你那个小区发现的。”

玉英叮嘱道："蕾蕾，大雨对你这么好，你可不许欺负他！"

"是啊，蕾蕾，在这个世界上，找到了那个对的人就可以一起柴米油盐酱醋茶了，赶紧的，你和大雨搬走吧，我们也想清静清静！"志强最了解女儿。

蕾蕾和大雨订婚了，他们甜甜蜜蜜过起了自己的小日子。

人逢喜事精神爽，爷爷的血压稳定了，玉英的腰也养好了，小兰要回家了。

菁菁、蕾蕾送她。小兰对菁菁说："二姐马上要结婚了，大姐，你也赶紧和文彬大哥结婚吧，我一定回来参加你们俩人的婚礼，别让我跑两趟了。"小兰把直白的催促当作了临别赠言。

## 二

蕾蕾和大雨感情落地，菁菁为他们高兴。小兰的话也深深触动了她。

菁菁给成华打电话："我妹妹订婚了！"

成华很高兴："太好了！张大雨能够攻下蕾蕾这样的不婚强硬派，他太了不起啊！"

菁菁问："成华，我的事怎么办？"

"催呀！"成华秒回。

菁菁惊讶："嗯？你知道我要问什么？"

成华说："大雨求婚成功了，你心里着急了，可又不好意催文彬。"

菁菁佩服至极："天哪，不愧是婚姻咨询专家，神了！"

成华说："我太了解你了，你是一个永远不会主动提要求的人。文彬不求婚，估计还是大男子主义思想作祟，你要是想和他结婚就主动出击！"

李末走后，集团董事会重新任命文彬为总经理，加上童舟公司开业在即，他忙坏了，很久没时间进厨房了。

这天傍晚，文彬给小舟和菁菁做了一顿可口的晚饭。晚饭后，小舟回书房做作业去了。

菁菁看着略显疲惫的文彬："文彬，我们订婚吧！"

文彬惊讶地看着一本正经的菁菁。"菁菁，我虽然刚恢复了总经理的职位，工资不低，公司给我配了车。可北京的房价这么高，我暂时买不起房子。"

菁菁说："我在乎过这些物质条件吗？没车可以坐地铁，乘公交车；你没房我有，房子虽然不大，够咱们三个人住的。"

"耶！菁菁阿姨，我可以改口叫你妈妈了，这一天我盼了好久啦！"文小舟突然从自己的房间窜了出来，原来他一直在偷听两人的谈话。

菁菁看着小舟兴奋的神情，她的眼圈红了。"谢谢你，小舟！"她竭力抑制住内心的激动。

小舟看着爸爸着急：“爸爸，你说话呀！”

文彬低头不语。

菁菁尴尬极了，她起身走了，文彬没有去追她。

小舟生气了：“爸爸，你怎么这样啊，阿姨多伤心啊，我不理你了！”

文彬苦笑地看着儿子：“我现在什么都给不了你菁菁阿姨，结婚不合适。”

小舟理解爸爸的处境，他心疼地看着爸爸不言声了。

## 三

张大雨催着武蕾蕾登记结婚，可蕾蕾又出了难题：“我要等姐姐一起办婚礼。”

大雨知道蕾蕾的心结，他只好求文彬抓紧求婚。“大哥，小弟的幸福就指望你了！”

文彬说：“我一个四十多岁的大男人，不能给我爱的女人一个属于自己的家，说不过去呀！”他还是大男子主义思想作怪。

“大哥，都什么时代了，房子都能3D打印了，你这观念还停留在20世纪！大姐图过你钱吗？她要的是一个家，不是房产哎！”大雨说的句句都在点上。

文彬还在犹豫，成华来了电话：“文大哥，是我建议菁菁主动求婚的。你可是军人出身，求婚有那么难吗？”

文彬陷入了沉思。

周末，武家团聚日到了。全家人都到齐了，张大雨忙进忙出，他忙得满头大汗，武志强吃上了现成饭。

大家正要开饭，门铃响了，文彬来了。

今天文彬穿了正式的西服，正值夏季，这打扮来参加家宴未免有些离谱，武家人都莫名其妙。

武菁菁皱起了眉头，她估计文彬是因为求婚的事情登门来道歉的，可道歉至于穿成这样吗？菁菁哭笑不得。

直率的蕾蕾乐了：“文大哥，你这是刚参加完高级酒会吗？”

文彬说：“我想先耽误大家十分钟，有重要的事情要宣布。”他的表情很严肃。

大家都等着他的下文。

文彬从包里取出一个小盒子，这盒子式样陈旧，很有年代感，他从里面取出了一枚翡翠戒指。

文彬拿着戒指走到菁菁的面前，他单腿跪下了。

全家人都愣住了。

蕾蕾、大雨反应超快。“大哥，你要向大姐求婚啦！”两人一起喊了起来，不愧是从事媒体的。

文彬没理他们。

他郑重地说：“菁菁，这是我家的传家宝，到你这儿，已经四代了，虽然它没有钻戒值钱，可却是我最珍爱的，你能接受吗？”

菁菁看着文彬，她的心跳在加快，双颊绯红，不知所措。

蕾蕾喊：“姐，嫁给他！嫁给他！”大雨、萌萌也跟着起哄！

菁菁伸出了右手。

文彬拿起手机：“儿子，阿姨答应了，进来吧！”

随话音未落，门铃响了，大家打开房门，文小舟手捧一大捧玫瑰跑了进来。

在全家人的祝福声中，武菁菁戴上了文家这枚祖传戒指，她眼里沁满了泪水。

文彬紧紧拥抱着菁菁，他感觉自己挖掘了一个大宝藏。这枚祖传戒指，小舟的妈妈、雪菲都嫌土气，不愿意接受。可菁菁却如此欣喜地收下了。这些年，文彬离婚后没少接触女人，以前他挑中的年轻美貌的女人全都是冲着他的地位、金钱来的，只有菁菁对他的感情是百分百的真挚和纯净，文彬将菁菁视如珍宝。

## 四

李水根经过了北京肿瘤医院的专业治疗，病情得到了很好的控制。他回到老家准备参加儿子李末的婚礼。

未来儿媳一家和李家联姻看中的是李家的资产，未来儿媳跋扈、乖张，李末为了父亲在痛苦中煎熬。

李水根发现了这桩婚姻的真相后，他宁愿经济受损，不顾赵爱莲的反对，坚决让李末退婚了。

赵爱莲是个粗线条的女人，她心里只有儿子和家务，竟然一直没有发现丈夫的病情，为了李末退婚，天天和李水根闹，李水根无奈又躲到北京去静养了。

老武家喜事连连，两个大龄女儿都订婚了，爷爷、奶奶每天高兴得合不拢嘴。玉英也不发愁了，奶奶的广场舞跳得更起劲了，爷爷散步都哼上了京剧。

傍晚，玉英陪着奶奶遛弯，蕾蕾和大雨回来了，两人亲亲密密秀恩爱羡煞一众大妈。

“老太太，你家蕾蕾胆子够大的，找了个小女婿，不怕离婚啊！”李冬花就这么烦人。

玉英白了李一眼：“你要不怕挨揍，这话你跟蕾蕾当面说去！”

李冬花嘴不吃亏：“嗨，我这不也是关心吗？就算我没说。”她知道蕾蕾的厉害。

菁菁带着小舟也回来了，小舟见到玉英和奶奶，小嘴甜得抹了蜜。邻居们看着蕾蕾和菁菁幸福的样子，大家都为武家高兴。

奶奶乐呵呵地说："我俩孙女快结婚了，到时候我给大家发喜糖！"

"哟，这后妈可不好当啊！"李冬花又来了一句。

玉英气得说不出话来。

奶奶却笑呵呵地回击："他大妈，没看见孩子和菁菁有多亲吗？菁菁白拣了这么个孝顺的半大小子，这福气可不是谁都能有的。没错，俩孩子是错过了最佳婚期，可现在都找到了特别疼爱她们的好男人，你说说我家孙女的本事得多大吧！"

李冬花灰溜溜地走了。

眼见菁菁、蕾蕾喜事将近，武家只剩下萌萌还未脱单，王红一家像霜打的茄子，蔫了。

入夏以来，萌萌不再上网聊天，她和电脑绝缘了。她的性情更加古怪，每天按时上班，在家一句话都不说，消沉的厉害，只有看到圆圆的时候才露出一丝笑容。

一到周末，萌萌就像避难似的去市郊流浪动物救助站当义工。

王红和志刚心疼消瘦、沉默的女儿，可这女孩什么都不说，两人无可奈何。

王红急得又犯了心口疼的毛病。

萌萌照顾王红吃药，王红看着她清心寡欲的样子就来气："萌萌，你俩姐姐都要结婚了，你打算还一个人耗下去呀？"

萌萌说："谁说我一个人呀，我有圆圆啊！"

王红忍耐："看样子，你是铁了心要当一辈子未婚妈妈，不想结婚了？"

萌萌轻松答道："结婚多没劲，我一个人想干什么就干什么！"

王红心里发堵："李末订婚了，菁菁、蕾蕾也订婚了，你也别天天在我眼前晃，赶快找个主把自己嫁出去，我看那个常建就挺好！"

萌萌说："我们是同事，没可能！"

王红说："那就马上相亲！"

"我不相亲，一是浪费时间，二是我不想结婚，别害别人！"萌萌再次明确表态。

王红看着女儿决绝的表情，她气得直揉胸口。"我头胀得厉害，血压肯定又高了，你别气我啊！"

萌萌不吱声了。母女俩正僵持着，武志刚来了，他看出来母女俩又闹起了别扭。

志刚说："王红，孩子已经明确表示不想结婚了，你催她相亲有什么用?这么吵来吵去的，你身体吃得消吗？"

"你少装好人！"王红又闹了起来。

志刚忍耐："我们不吵了，有话就不能好好说呀！我真是怕了你了！"

王红扯着嗓子喊："谁让你来了？这家没你更清净！"她不肯休战。

圆圆吓哭了，萌萌急忙把孩子从婴儿车里抱起来哄着："爸，妈，你们不要吵了！别吓着孩子！"

武志刚气得摔门而去，不过临走他还顺手带走了垃圾。

王红看到了他这个举动，紧绷的脸放松了下来，她转身回了卧室。

客厅里，萌萌搂着孩子来回走着自言自语："圆圆，你都听见了，催婚的是他们，争吵的还是他们，他们当咱俩是空气哎！"

圆圆笑了，她似乎听懂了萌萌的话。萌萌已经对父母复婚不抱希望了。她天天看着父母这对50后的怨偶相处得还不如一路人，萌萌认定了婚姻特没劲。

赵爱莲绝食了，起因是儿子李末不肯再相亲。李末看着几天不吃不喝的面容消瘦的母亲，被迫答应母亲安排自己的婚事，赵爱莲这才肯吃饭了。

一个周末的下午，京城一所高档茶室里，李末和武萌萌不期而遇，他们俩是被各自的母亲押来相亲的。

赵爱莲见到萌萌不依不饶，王红护着女儿与赵爱莲争辩，两边的介绍人忙着劝解，场面尴尬极了。李末、萌萌乘乱双双逃走了。

## 五

李末开车带着萌萌一起来到流浪动物救助站。两人一别数日，李末发现萌萌更加消瘦了。

李末问道："萌萌，圆圆好吗？"

"长胖了，也长个了，不太爱生病了。"萌萌的语气很平静。

李末注视着萌萌，他有很多话想告诉她，可一时不知从何说起，两个人就这么呆呆地坐着。

义工兽医来为流浪动物打疫苗，萌萌起身去帮忙了。

李末看着萌萌在兽医面前有说有笑，他似乎又看到了四年前那个单纯、开朗的武萌萌。

"末末，我累了，你背我！末末，计算机选修课你得帮我过关！末末，今晚咱看通宵电影吧！"

四年了，他再也没有听到萌萌爽朗的笑声。以李末对萌萌的了解，他不相信萌萌对自己的订婚无动于衷，可现在为了父亲，李末只能对躲避自己情感的萌萌无可奈何。

王红得知李末没有成婚，她对萌萌复婚又有了些许期盼。可只要她一提复婚的事，萌萌仍然坚持不婚，王红无计可施、焦躁不安，血压居高不下，前夫武志刚又成了她不良情绪的发泄对象。

老大家喜事连连，老二家战事不休，爷爷、奶奶面对两个儿子冰火两重天的生活境遇，每天的情绪也跟着忽上忽下如同坐了过山车。

赵爱莲回到北京的寓所，她和李水根抱怨儿子的乌龙相亲事件，李水根听说李末带走了萌萌，他深知儿子还是忘不了武萌萌，说服赵爱莲不要再对儿子逼婚了。

夜晚，李末回来了。

“爸爸，我问过您的主管医生了，他说靶向治疗的效果在您身上起作用了，肿瘤控制住了，祝贺您！”李末为爸爸高兴。

李水根说：“与癌共存，肿瘤也是慢性病，我这后半生跟它战斗到底了！”他对自己的病情很乐观。

李水根问：“儿子，你和萌萌又去救助站了？”

李末惊讶地望着父亲点点头。

“谈得怎么样了？”

“老样子！”

李水根说：“别灰心，萌萌是个善良的好女孩，她一定还在为自己草率离婚内疚，爸爸一时半会儿死不了，你要还是忘不了她，就把她追回来！”

李末惊喜地看着爸爸，父子俩的心贴得更近了。

李氏集团根据经济形势变化，把集团的重点项目都放在了北京。李水根作为集团负责人全盘掌控，文彬辅佐，李末又把工作重心转移回了北京。

李末向武菁菁和盘托出了父亲生病的事实，“大姐，我爱萌萌，我不会离开她，你要帮我。”

菁菁看到了李末痛苦的神情，心里很难受，她当天晚上就去找了萌萌。

菁菁说：“萌萌，李末回北京了，他不走了。他上次订婚是为了他生病的父亲，他退婚了，他还是想和你复婚，你到底是怎么想的？”

“你都看到了，我爸妈是一天一小吵，三天一大吵，连圆圆都怕他们，就这么一个第三者插足，事情都过去四年了，他们俩还没完没了地吵！父母这样的状况让我怎么有心思恋爱，二十几年婚姻就这么不堪一击，这围城进去干吗？

打架多伤脑细胞啊！”萌萌这次算是把话说透彻了。

菁菁来到成华的婚姻咨询工作室，她把自己和萌萌的谈话内容告诉了成华。

成华说：“看来要解开萌萌心里的结，首先要让叔叔、婶婶回到正常沟通的状态才行啊！”

菁菁发愁：“他俩见面就没好话，积怨太深，连我爷爷、奶奶都管不了他们，我可搞不定这对见面就掐的长辈。”

“我知道你是特别关注孩子的心理，大人的事一复杂你就头疼，你呀，还是习惯于生活在自己的世界里，文彬还得先把你当小女孩哄呢。”成华揶揄着好闺蜜。

菁菁不服气：“去你的，我才不用他哄呢，都是我和小舟哄他。行了，我叔婶就交给你了。”

热心的成华立即行动，她先约来了武志刚。两人坦诚交谈，成华搞清了武志刚情感出轨的真相。

志刚说：“成华，我和王红结婚这么多年，她心气高，对我期望值高，对孩子要求严，这都正常。可她五十岁后，脾气一天比一天大，我和萌萌都怕了她了。”

成华说：“那是她更年期的症状！”

志刚说：“是啊，我也能理解她。让着她吧，可我休息的时候想养养花、听听音乐，想和她有点浪漫的小情调，她就说我酸，烦得要命，我这心情压抑得不得了，在家还没在单位舒服！”

“所以您就精神出轨了，让第三者有可乘之机，被人暗算了。”成华点中了要害。

成华和武志刚交谈后，她心里有底了，菁菁引荐她见到了王红。

成华开门见山：“婶婶，我去调查过了，叔叔没有撒谎，出轨这件事不是一个简单的桃色事件，单位里有人想争权夺利，就利用孟小萍去勾引叔叔，叔叔真的是被冤枉的。后来那个人挤走了叔叔，坐上了领导的位置，最近那个阴谋家被双规了。”

王红不爱听：“苍蝇不叮无缝蛋！”

成华诚恳地说：“婶，他这颗蛋有缝你有责任哟！”

“噢，听你这意思那还是我给他摔裂的？！我又不是老母鸡，还得天天把他捂到翅膀底下。”王红的想象力还挺丰富。

成华乐了：“哈哈，婶婶，你好幽默哎，要是你和叔叔这样对话就打不起来了。”

王红也笑了：“家里一大摊子事，我懒得理他！”

成华说：“是啊，可人家孟小萍不懒，她献殷勤，施展她的魅力，偷了电话号码挑拨你和叔叔的关系，您懒得细查就乖乖离婚了。女人在婚姻中最怕的就是懒，因为每天两个人都在一起，懒得打扮，懒得沟通，懒得照顾别人的情绪，懒得欣赏、包容丈夫，结果呢，懒变成了烦，夫妻也就成了最熟悉的陌生人！”

王红不说话了，看得出，成华这个婚姻咨询专家的话让她深有感触。

成华把武志刚和王红一起请到了自己的工作室。“婶，叔叔，以我工作的经验看，要解决萌萌的问题，您二老要先步调一致，团结起来，萌萌最渴望的是有一个完整的家。”

王红听了成华的话，心里很乱。

成华拉起两个人的手：“你们都说很爱萌萌，那你们就为萌萌握握手。”

武志刚看着王红：“王红，请你原谅我，我从来没有忘记你和女儿。”

王红低头不语。

成华向武志刚做这个加油的暗示，武志刚鼓足勇气紧紧握住了王红的手。“王红，我们重新开始好吗？我想回家。”

王红看着他流泪了。武志刚的眼睛也湿了，成华满意地笑了。

## 六

大周末，天气晴好，武志刚回到王红家。“萌萌，跟我去公园转转，你看天多好，别总闷在家里。”

萌萌没有心情：“不去！我想睡觉。”

“那你陪我去逛逛商场行吗？”父亲想带她出去散散心。

萌萌看着父亲恳求的目光，心软了：“好吧，妈，你跟我们一起去。”

“我才不稀罕跟你们去呢。”王红一口回绝。

志刚鼓起勇气发出了邀请：“你就陪女儿一起去吧！”

萌萌拉住了王红的手：“妈妈，走吧。”

萌萌已经很久没和母亲这么亲昵过了，王红心里一震，她为了女儿妥协了。

武志强家的阳台上，玉英正在浇花，她看到王红、萌萌和小叔子并肩走在小区院子里，萌萌左手挎着父亲，右手挎着母亲，脸上挂着甜甜的笑容。

玉英撂下喷壶就跑回了客厅：“爸。妈，好事好事！”

奶奶问：“什么事把你高兴成这样？”

“老二全家一起出去了。”

爷爷说：“嗯，这才像话。”

奶奶流泪了：“好，真好！总算团聚了。”

萌萌陪着父母走进了东安市场，她兴奋地叽叽喳喳说个不停，武志刚和王红看到了四年前那个活泼的女儿，两人都有了笑容。

可就在这时，一个女人娇滴滴的声音传了过来："前宽，咱们去楼上珠宝店看看吧！"是孟小萍。

武志刚全家都看见了她。

王红冷笑："真是冤家路窄，武志刚，你还不当着她那个新老公的面揭了这个狐狸精的底啊？"

"我……王红，你……"武志刚不知如何是好。

萌萌连忙拉住王红："妈，我求你了，你别再找事了，事情都过去了。她有了新家，放过她吧，也给爸爸点面子好不好。"她乞求地看着母亲。

武志刚站在一旁直冒汗。

王红看着前夫和女儿期待的眼神，压住了火气。看都不看孟小萍一眼，转身离开了，武志刚和萌萌紧紧跟随着她。

萌萌拉住妈妈的手："妈，你真好！"

志刚没有说话，他看着前妻，眼睛里充满了感激和柔情，王红眼圈红了。

孟小萍没想到能在这么大的商场撞见武志刚一家人，脸上顿时变了颜色，她吓坏了。

孟小萍心虚极了。"嗯……老公，我头疼，我们回家吧。"

"啊？这离协和医院最近，我带你去。"尤前宽有些大惊小怪。

孟小萍见萌萌全家没有追上来骂她，她悄悄舒了一口气。她知道是自己咎由自取。可现在她找到了新的归宿，实在不想再折腾了。她心里很清楚，一旦尤前宽知道了她以前对武志刚家做的缺德事，一定会抛弃她，她怕极了。

武萌萌和父母逛街一回到家，她躲到自己房间和常建通了微信："我和爸妈一起去商场了，他们有望复婚！"她兴奋得不得了。

"恭喜恭喜！你和李末什么时候复婚啊？"常建的语气中泛着醋味。

萌萌说："嘿，你提他干什么？我俩没戏。"

她挂上了电话，习惯性地翻着微信，"一往情深"在"心心有爱"群里发布了爱护流浪动物的最新活动。

萌萌欣喜得急忙给"一往情深"单独发了微信信息："欢迎你回来！正好告你个好消息，我爸妈的关系缓和了！"

“一往情深”马上回复了三个赞，还有一个大拥抱。

萌萌看到这些符号标识，心情好极了，她回了一个感谢和拥抱。

李末正在公司开会，他边听汇报边偷瞄着手机里微信的回复信息，紧抿的嘴角竟然扬起好看的弧形，同事们看着这位年轻老总难得的笑容都惊讶不已。

雪菲生了女儿，她被重男轻女的婆家嫌弃冷遇，老公还是花心不改，家暴不断，雪菲天天以泪洗面。

老穆媳妇心疼女儿：“这个混蛋女婿不是人，趁着年轻离了吧！”

老穆不同意：“头发长见识短，闺女，那小子在外边找多少个女人你都先忍着，你是原配，等二胎再生个男孩在婆家站稳了，你男人岁数也大了，他就收心了。”

雪菲想想父亲的话也有些道理，为了无辜的孩子，她只能又抱着女儿回了婆家。

## 七

文彬和菁菁商量婚礼的安排，菁菁主张一切从简。“我们不办酒席，我不喜欢张扬。”

文彬不同意：“不行！我要你风风光光的出嫁，酒席不能省！”

菁菁坚持：“结婚是我们俩人的事情，没必要通知全世界。咱们就和家人一起吃顿饭，这事我做主了！我的房子重新装修好了，你和小舟搬到我那儿住。”

“嗯……我不倒插门，我是个大男人，怎么能到女人家住？我这不成了吃软饭的了！暂时买不起房子，租个高级公寓的能力我还是有的。不行！坚决不行！”文彬的大男子主义又冒了头。

菁菁看着涨红脸的文彬：“我当然知道你租得起豪宅，可我家离医院近，我要辅导小舟学习，两头跑，我体力、时间都吃不消。租的房子再好，也是人家的房子，我们一点儿主动权都没有。小舟小升初正较劲的时候，最需要有个稳定的环境。哼，你说要好好疼我，就这点事你都想歪了！”

“那……好，听你的，哎，你装修怎么不告诉我？这装修费总该我出吧，就算是我送的彩礼！”文彬心里还是有点别扭。

菁菁说：“我们俩就要结婚了，你还和我分得这么清楚啊？家里以后花钱的地方多着呢，有你表现的时候。”

文彬看着菁菁坦荡、真诚的目光，他抱住菁菁吻了起来。

菁菁回家看望父母，玉英问起婚礼的事情，菁菁把自己和文彬商量的计划告诉了母亲。

玉英落泪了："你都快四十一了，好不容易结婚了，就这么搭上房子把自己草草地嫁了？唉！"

志强看着妻子难过，心里也有些不舒服，他没说话。

菁菁说："妈，我爱的是文彬这个人，选了二十年才挑中了他。"

爷爷大力支持："好啊，菁菁，别说文彬刚迈过了事业上的一道坎，就是他以后又有钱了，我也不赞成铺张浪费大操大办，那都是虚的。"

奶奶说："玉英，菁菁不就是个裸婚吗！这都什么年代了，我和你爸爸都没觉得是个事，你怎么倒落俗了？"

两位老人如此开明，武志强夫妻深感惭愧。

大家正聊着，蕾蕾回来了。"姐、妈、你们帮我一起去挑婚纱好不好？"

菁菁纳闷："你挑个婚纱还要全家出动？太夸张了。"

奶奶却追着蕾蕾问："蕾蕾，每次我路过婚纱店都想进去瞅瞅，可我这么大岁数又怕人家烦没敢进，我也去行不？"

蕾蕾高兴得一把抱住了奶奶："奶奶，咱们走！"

爷爷吃醋了："你们就把我一个老头儿撂家里头？"

蕾蕾忙跑过来搀住爷爷："爷爷，您眼光最好了，您一定要去帮我把关！"

于是，武志强全家人一起来到了婚纱店。

张大雨早已等候在店里，蕾蕾让菁菁帮自己试穿婚纱，她自己也一件件试着，奶奶毫不掩饰对美丽孙女们的羡慕，玉英看着姐妹俩亲密的样子高兴得直落泪，武志强陪着老父亲坐在沙发上兴致勃勃的参与着意见，细心的大雨观察到了这一切，他走进了经理办公室。

不知不觉，一下午时间就过去了，蕾蕾最终选定了中意的婚纱，最终，婚纱店员工又拿出了三件婚纱。

蕾蕾乐了："哟，你们店还买一赠三啊？大雨，你哥们真够意思！"

大雨笑笑："这是我送给奶奶、妈妈、大姐的。"

全家人都愣住了。

菁菁说："我不办婚礼，大雨，你别破费了。"

玉英也说："我都结婚四十多年了，穿婚纱干什么？"

奶奶却紧紧搂住了大雨："好孩子，奶奶要，奶奶要！"她高兴得像个孩子。

全家人都被奶奶的快乐感染了，菁菁、玉英都接受了婚纱。

蕾蕾狠狠地亲了张大雨：“亲爱的，你太靠谱了！我替奶奶、妈妈、姐姐谢谢啦！”

玉英帮着奶奶试穿婚纱，奶奶说：“玉英，我做梦都没想过能穿上这么漂亮的裙子，咱们是跟着孙女婿沾光了。”

玉英说：“妈，您穿上这婚纱真好看！”

“女人穿上都好看，咱俩穿着婚纱多照几张照片。”奶奶想的还挺周全。

蕾蕾和菁菁一起试穿婚纱，蕾蕾帮姐姐拉上后背的拉锁，她趴在姐姐背上哭了。“姐，对不起，都怨我，让你晚穿了十几年的婚纱。”

菁菁安慰道：“大好的日子，哭什么？一切都是天意，也许我和王俊明不够结婚的缘分，现在，我有了文彬，在他面前我可以示弱，不用总是够着他过日子，特轻松，他真的很好很好！”

蕾蕾看着一脸幸福的姐姐，她的心结彻底打开了。

拍摄婚纱照的日子到了，大雨又约上全家一起到了一家高档影楼。文彬说：“大雨，婚纱是你买的，今天全家人的婚纱照我包了。

大雨说：“哥，自家店，不花钱，这家影楼和婚纱店都有我的股份。”

大家都赞赏大雨的能干，蕾蕾却揪着张大雨的耳朵。“好啊，张大雨，你说，还瞒我什么啦？”

大雨捂着耳朵老实交代起来：“哎哟，疼！我说我说，网络公司也有我的股份，原来是我们几个同学凑份子搞起来的小公司，大家的钱都不多，谁能想到公司成立三年就被一家上市公司看重，乘着火箭上天了，我们撞大运了！我的钱够你轻奢的，但你也别太浪费了！”

蕾蕾惊讶得瞪着他：“啊，你隐藏得够深的啊！”

“嗨，我这也是瞎猫撞上了死耗子，从考到北京上大学那天起，我发誓要干出点名堂。我父母就一小地方的普通职工，创业只能靠我自己，我就赚钱、存钱，努力做事，十二年了，也该出成绩了。对了，我所有的账目往来都记在账本里了，回去你慢慢查。”

蕾蕾记起自己还曾经笑话大雨那些记账的小本本，她不说话了，满脸羞愧。

王红、武志刚看到了菁菁姐妹的婚纱照，他们为女儿萌萌的婚事更加焦虑，可萌萌在父母面前仍然是一副无动于衷的表情。

夜声人静，萌萌失眠了，她回忆起当年李末陪自己试穿婚纱的幸福情景，眼泪浸湿了枕头。

## 八

张大雨的父母得知儿子要结婚的喜讯，兴冲冲来京了，大雨把他们安置到了宾馆。

母亲奇怪：“哎，你怎么不让我们去你家住？你媳妇不让？”

大雨说“妈，你想哪儿去了，我把房子卖了，准备换个更大的，我媳妇好着呢，她连一分彩礼钱都不收。”

父亲问：“姑娘多大了？”他担心的是张家传宗接代的问题。

“三十五！”大雨如实回答。

父亲皱起了眉头：“比你大五岁？太大了，不行！”

母亲更直白：“嗨，我说她怎么不要彩礼，大雨，你才三十岁，凭你现在的经济条件，不愁找不到对象，找个大媳妇太亏了！”

大雨说：“爸、妈，结婚是我自己的事情，你们无权干涉。”他走了。

蕾蕾知道大雨父母来了，她提着水果来宾馆看望，听到了大雨和父母的谈话，她没进屋，悄悄离开旅馆。

晚上，蕾蕾对大雨说：“大雨，既然你父母反对，我们分手吧。”

“你？他们反对是他们的事，我们俩结婚跟旁人无关。”大雨一下子就猜到蕾蕾已经知道了自己父母的态度。

蕾蕾说：“我不要一个得不到公婆祝福的婚姻，你另找人吧。”

大雨生气了，这一夜，他睡在客厅的沙发上。

张大雨坚持要和蕾蕾完婚，父母见说服不了儿子，提出要见见武蕾蕾和她的父母，大雨看到了希望，他在全聚德定下一桌酒席，通知了武志强夫妇。

两家聚会那天，四位老人都按照预定时间到了包间，两个当事人却迟迟未见。

老人们正着急，一位满头白发，一脸沧桑的老太太走进了包间。

玉英问：“大妈，你走错了吧？”

没等老太太回答，房门打开了，领位的服务员又带来了一位老态龙钟的老头。

“爸、妈，你们都来了？快，上菜！”老头不见外的吩咐起来。

四位老人这才看出来的两个人是蕾蕾和大雨，他们看着面容比自己还苍老的儿女都惊诧不已，两位母亲更是泪流满面。

原来，蕾蕾不想让独子张大雨在自己和父母之间为难，她故意把自己化妆成八十老妪，准备用恐怖的老年化妆术吓跑张大雨。没承想大雨及时识破了阴谋的阴谋，他也把自己化妆成八旬老头比拼化妆术。这俩大导演玩得挺酷，没吓倒对方倒是吓坏了双方的父母。

张大雨和蕾蕾带着老年妆容回到家。

大雨搂着蕾蕾说："我们都看到了自己老了的样子，你不嫌我老了砢碜？"

"我成了没牙的老太太，还能看吗？活到那么老太难看了。"蕾蕾想想老年的样子深感恐怖。

大雨问："你爱现在的爷爷、奶奶吗？"

"当然爱！"蕾蕾不假思索。

大雨笑了："人是一点点变老的，看着看着就习惯了。蕾蕾，你老了在我眼里也是个最漂亮的老太太。我和你一起变老。我算算，到你八十五，还有五十年，咱现在抓紧行动，还赶得上看见孙子。不不不，我错了，我又重男轻女了，外孙女！我要教育外孙女别学姥姥晚婚，早早的结婚，咱们就有重外孙女了。我们明天就去民政局领证！"

蕾蕾问："你爸妈同意我们的婚事了？""今天当着你的面，我爸妈都表态了，能有假啊，你不许再轰我！"大雨一脸的紧张。

蕾蕾忙解释："好吧，明天登记去，我的孩子必须有爸爸，这要是以后离了婚，孩子还能名正言顺。"

大雨喊了起来："哎哎哎，有你这样的吗？你说登记我高兴得都找不着北了，没一秒钟你又提离婚，谁和你离婚？你到底想不想结婚啦？"结婚哪！为了我未来的孩子我也要结婚。"

大雨很委屈："你只为了孩子呀！"大雨很委屈。

蕾蕾乐了："嘿嘿嘿，哪能呢，更是为了孩子的爸爸，我们的爱情！""这还差不多。"大雨满意这个解释，两人深深吻了起来。

蕾蕾真是有好基因，两个月后，她竟然怀上了双胞胎。

全家人得知蕾蕾怀孕都很高兴，只有玉英嘟囔开了："蕾蕾，我真是拿你没办法，干什么都不过脑子。以前谁跟你提结婚跟谁急，现在又这么急着要孩子了？"

蕾蕾说："我子宫做过手术，医生说我能这么快怀上孕，而且还是双胞胎，也是个意外的惊喜呢。"

"你公公婆婆本来就对你的岁数有想法，婚礼还没办就怀上孩子了，他们会瞧不起你的，就不能再等等！"玉英还是担忧。

奶奶说话了："他们都领证了，没办婚礼怀孕了就是两人相爱了，政府知道了，人民还不知道，有什么大惊小怪的。"

玉英不吭声了，急忙催着老武一起去厨房给蕾蕾做起了保胎的营养餐。

张大雨告知父母喜讯，父母见儿子态度坚定，急于抱孙子的二老终于认可了这门婚事，他们张罗着要在京城和老家大办酒席。

蕾蕾暗地请求大雨等大姐菁菁结婚后再办酒席，大雨理解蕾蕾，可跟父母没法交代，无奈之下，他只能拜托文彬快些完婚。

# 第十七章　姐妹出嫁

## 一

周六，武菁菁和文彬两个大忙人好不容易凑在一起来到民政局办理结婚证，他们从结婚排号机中领取到了 99 号。“太好了，我们的婚姻一定长长久久！”菁菁高兴极了。

文彬没说话，他紧紧握住了菁菁的手，他和医学大博士有着共同的祈祷。

民政局的扩音器的喇叭声传出：99 号请到 2 室办理结婚登记。

文彬和菁菁刚站起身要去领证，一个光鲜亮丽的女人挡住了他们的去路。女人容貌秀丽，身材超好，看上去年龄不过三十五。

她笑吟吟地看着文彬：“文彬，你好！”语气中明显透着亲昵。

文彬惊得手包一下子掉到了地上，大脑一片空白。

菁菁让这个女人和文彬的态度搞懵了，她不知道自己该做些什么，三个人就这么呆呆地站立在民政局大厅里。

民政局工作人员于勇及时打破了僵局，他把三个人安排进了一间会客厅。

原来，这个女人正是文彬的前妻于琳娜，于勇是她的亲哥哥。

于勇说：“文彬，对不起，是我通知了琳娜，她回国后一直在找你和孩子。”

“孩子”？菁菁听到这里，她想起这个叫琳娜的女人是谁了，怪不得刚才看着这个女人眼熟呢。文彬的前妻、文小舟故去的母亲，她傻了！

于琳娜优雅地坐在沙发上：“彬，我们复婚吧，我们全家一起去美国。”跋扈、美丽的琳娜一副势在必得的神情，她根本没把武菁菁放在眼里。

眼前发生的一切太突然，武菁菁在等待文彬的解释，可文彬却还是一副呆若木鸡的样子，菁菁失望至极，她站起身离开了会客室。

文彬没有阻拦，他仍然立在那里如同一块木桩，琳娜的神情中透着掩饰不住的洋洋得意。

午饭时分，武家长辈都在等待着去办理结婚登记的菁菁和文彬。

爷爷说：“都到饭点了，也该回来了，领个结婚证这么费劲啊！”

老人迫切想看到菁菁的结婚证。

奶奶说：“老伴，你这老了老了，脾气见长！急什么，你不知道现在北京城超堵不好开车呀！”

玉英给菁菁打电话：“菁菁，你们办完了吗，我们等你们吃饭呢！”

“噢，嗯……妈，您转告爷爷、奶奶，民政局的机器出故障了，没有登记成！”

菁菁正在家中焦急地等着文彬归来，她要一个结果。在事情没有水落石出之前，她怕老人受刺激，只好顺嘴撒谎。

爷爷失望：“结婚证不是手写吗？怎么改成机器打印了？”

奶奶说：“在结婚这件事上，菁菁的运气真不如蕾蕾，唉，好事多磨吧！”

武志强夫妇疑惑重重，可他们在老人面前不敢表露自己的担心。

此时，民政局会客室里，琳娜仍然在跟文彬交谈。

琳娜说：“彬，我想见儿子，他好吗？你有他的照片吗？快给我看看！我想死他了。”她说着站起身就往文彬身边凑。

文彬闪开了。“你没有资格见儿子！”他的语气冷冷的，转身离开了这里。

琳娜向哥哥求助：“哥，求求你，帮我想想办法，我要见儿子！”

于勇看着妹妹焦灼的神情。“你别急，虽然你和文彬离婚了，可你是孩子的生母，法律上，文彬没有权利不让你见孩子。”他疼爱地哄着这个比自己小十岁的妹妹。

文彬赶回家，看着菁菁焦虑不安的脸色，心疼极了。

他搂住菁菁：“菁菁，你千万别误会，十年了，我和她没有任何联系。”

菁菁问道：“她活得好好的，小舟为什么说她死了？”

文彬苦笑起来：“小舟刚刚一岁，他母亲就抛弃了他，孩子一天天长大，他跟我要妈妈，我能怎么办？我不想伤害儿子！”他流泪了。

菁菁看着这个一个人含辛茹苦养大儿子的男人：“彬，别难过了，以后我和你一起照顾小舟。”善良的菁菁相信了文彬的话。

从那天起，文彬不管多忙，他都亲自来接小舟回家。

一天，文小舟放学刚出校门，文彬就迎了上来。“儿子，回家！”

“爸爸，您这几天怎么有闲哪？公司又出问题了？”小舟心有余悸。

文彬笑了：“放心吧，公司好着呢！今儿晚上爸爸给你做好吃的。”

父子俩边说边笑地朝临时停车场走去。

“你们好啊！”突然，于琳娜从一辆豪车上钻了出来。

文彬急了：“你要干什么？”

琳娜没理文彬，她走到文小舟面前：“儿子，我是妈妈，妈妈来接你了！”

文小舟瞪着于琳娜：“你胡说，你是谁，我妈妈早就死了，你不是我妈妈！”小舟说完就钻进了文彬的汽车，他根本就不相信于琳娜的话。

文彬和小舟回到菁菁家，小舟打开手机相册看着生母的照片，他明显感觉到今天那个自称妈妈的女人酷似照片上故去的母亲于琳娜。

文彬坐到了他身旁。“小舟！”

小舟看着爸爸，没有说话，等着他的下文。

文彬艰难地开了口：“她是你的亲生母亲，她活着，她没有遭遇车祸，我骗了你。”

文小舟惊得半天合不拢嘴。“爸爸，这不是真的。”

“她真是你母亲于琳娜，她出国十年了。”文彬说出了事实。

文小舟怒了：“爸爸，你！你怎么可以骗我，你太狠心了！离婚就离婚呗，你干吗要咒我的亲妈死啊！我这么信任你，你却把我当傻瓜一样的骗！你还每年都陪着我给妈妈过忌日，你太恐怖了！我恨你！”

文小舟喊完就跑出了家。

文彬没有拦他，于琳娜的突然出现让他有些不知所措了。

文小舟刚跑出家，一路跟踪文彬父子的于琳娜迎上前去。等文彬追出来，小舟已经跟着于琳娜上了一辆豪华轿车。

## 二

于琳娜把小舟接到了大饭店的总统套房，每天不离开小舟左右。母子重逢有说不完的话。“儿子，你知道我为什么给你起名叫小舟吗？”

小舟说：“不知道！”

琳娜说：“我怀你的时候妊娠反应的太厉害，整整吐了五个月，每天就像坐船一样晕晕乎乎的，所以我就起了这个名字。”

“妈妈，谢谢你！”小舟心疼地抱住了母亲。

于琳娜对小舟有求必应，呵护有加，小舟尽情享受着亲生母亲的宠爱，他感到无比幸福，暂时不想回到“欺骗”他十年之久的父亲文彬身边。

于琳娜有了小舟这个砝码，她对复婚信心满满。“儿子，我想和你爸爸复婚，咱一家三口去美国定居，你劝劝爸爸好吗？”

小舟打电话给文彬：“爸爸，我和妈妈在一起呢，你和妈妈复婚吧，我想要你们在一起。”

“不可能，儿子，你有选择的权力，我也有，我的妻子只能是武菁菁！”文彬恨琳娜利用儿子，可又无可奈何。

一天，武菁菁刚下班就接到了小舟的电话，她如约来到医院附近的咖啡馆。

小舟已经等候在那里，他旁边坐着于琳娜。

小舟说：“菁菁阿姨，这是我妈妈，她想和您谈谈！”小舟不敢看武菁菁，他的声音小极了。

菁菁大度地笑笑：“好，有什么事说吧。”

琳娜看着武菁菁：“菁菁，我听小舟说了，感激你救了我儿子。”

菁菁说：“我是医生，应该的。”

“我知道你很疼爱小舟，孩子希望我和他爸爸复婚重新组成一个完整的家，你为了小舟把文彬让给我吧，我和儿子离不开他。文彬是个重感情的人，他不好意思和你提分手，可他又离不开儿子，我们全家都谢谢你啦。”琳娜说着说着眼泪都流了下来。

菁菁看着一直低头不语的文小舟，她明白了孩子的心思。

晚上，文彬回来了，菁菁说：“我见到小舟了，他和他妈妈生活得挺好的，你放心吧。”

文彬没说话，儿子已经一星期没回家了，他心里很烦。

“文彬，你和他妈妈复婚吧，孩子太可怜了。”菁菁点出了今天谈话的主题。

文彬惊讶地看着菁菁：“你不要我了？你要离开我？”

菁菁说：“小舟刚满十二岁，有亲生妈妈照顾对孩子的身心健康成长有利，我认为你复婚是对孩子最负责的表现。”

“我的生活用不着你来安排！我知道你讨厌我了，我马上搬走！”

文彬说着提着行李箱离开了菁菁的住所，两人开始冷战。

文彬生气搬出了家，菁菁心里很难过。她来到院长办公室：“王院长，我想出国进修。”

王俊明不解：“马上要做新娘的人了怎么又要出国进修了？你让新郎独守空房，出什么事了？”

“没事，越快越好，拜托了！”菁菁说完就走了。

王俊明明显感觉武菁菁的情绪不对头，他急忙通知成华去找菁菁了解实情。

菁菁和成华谈了这几天因文彬前妻复活遭遇的一系列糟心事。

菁菁说：“一切都来得太突然，我想静一静。”

成华来找王俊明，她告知了事情的原委。

王俊明替菁菁做不成新娘惋惜："唉，武菁菁结个婚怎么这么难！她现在一定很痛苦，我马上给她找一个出国进修的名额。"

成华忙说："你先别急着批准菁菁出国，她只听了文彬前妻的一面之词，我们不知道文彬前妻离婚的真实原因，不能确定文彬一定就愿意复婚。"

王俊明觉得成华分析的有道理，他暂时压住了武菁菁的进修申请。

老穆来送文件，他躲在门外偷听到了他们的谈话。

雪菲的丈夫多次施暴，她无法忍受再次想离婚。

老穆不同意："要离，也得让婆家先提，这样你才能得到一笔数额可观的补偿款，要不我白养你了！"

雪菲心里怨恨父亲的贪财、无情，她现在很怀念和文彬相爱的那段美好时光，悔恨自己贪慕虚荣，可她辞职了，又有了孩子，离婚又得不到父母的支持，她很无奈。

老穆暗中考察了文彬的事业进展顺利。菁菁因文彬前妻的搅和未能成婚，他认为这是雪菲和文彬复合的好机会，他回家鼓动雪菲参与和文彬前妻的竞争，雪菲抱着女儿凄然落泪，不再听任父亲摆布。

## 三

武菁菁天天催问王俊明出国的事，王俊明实在扛不住了，他只得给武蕾蕾打电话商量对策。

蕾蕾急了："王俊明，你不许批准我姐出国！"

蕾蕾放下电话就急急火火地喊了起来："大雨、大雨！文彬要傍富婆前妻出国了，我姐的婚事完了！哎哟！"她声音太大，用力过猛，肚子里的孩子双双踢了她几下。

大雨急忙跑了过来。"宝贝，别急！孩子受不了你的大嗓门！我不信，文彬大哥不是攀富贵的人。"

蕾蕾下达了指令。"我姐太老实了！我不能看着她就这么被人欺负，我现在怀孕身子不便，你马上给我去找文彬算账！"

张大雨不可能去找文彬打架，万般无奈，他只得来到武志强家。

直到这时，一直盼望菁菁婚事顺利的长辈们才知道菁菁的婚事搁浅了。

玉英急病了，武志强为大女儿的婚事整日唉声叹气，爷爷、奶奶却坚信文彬的人品没问题。

武萌萌主动联络了李末，李末甚喜。可萌萌接下来的话却让他陷入了迷茫。"李末，马上和你那个混蛋干哥文彬断绝关系，他傍上富婆了！"

“不可能！”李末回答得斩钉截铁。

文彬离婚后，李水根夫妇没少给他张罗相亲，不乏上亿资产的富二代女孩，文彬都没动过心，李末不相信谁有那么大魅力能够让文彬抛弃近乎完美的武菁菁。

萌萌懒得和李末多话了，她挂了电话就去找常建。

常建按照萌萌的指示跟踪小舟，很快就查到了于琳娜住的大饭店。他把于琳娜的视频和照片发给了李末。

李末看到于琳娜的这些资料惊呆了。

李末拿着照片来找文彬：“大哥，这是怎么回事？”他发现文彬住在了办公室。

“武菁菁要和我分手，我不能还赖人家里呀！”文彬没好气。

李末急了：“你还真要和于琳娜破镜重圆？”

文彬痛苦：“可能吗？你最了解她了。我真倒霉，儿子都快没了，大家还都在误会我！李末，你得帮我找回小舟，我不能失去他！”

李末急忙跑到医院找武菁菁：“大姐，我哥不可能和于琳娜复婚的，你可别误会他。”

菁菁说：“李末，谢谢你对我的关心，我就要出国进修了，忙着办出国手续，我和文彬结束了，他的事情已经和我无关了。我很忙，你快走吧。”她说完就忙着会诊去了。

菁菁根本不给李末说话的机会，李末只得无奈地离开了医院。

李末电话通知萌萌：“你务必请大姐回家，我有非常重要的事情要和她说，全家人都要在。”

当菁菁得知全家人都为自己和文彬解除婚约的事情着急，她担心爷爷、奶奶，急忙赶回了母亲家。

客厅里，爷爷、奶奶、武志强夫妇、吴志刚和王红、蕾蕾夫妇、菁菁、萌萌都聚在这里。

李末来了，他讲述了文彬和于琳娜的往事。

原来，于琳娜是李末的亲哥哥青梅竹马的女友，李末从小就认识她。在一次边疆反恐战斗中，哥哥为掩护文彬牺牲，李家视孤儿文彬如儿子再生，呵护有加。

文彬尽心照顾于琳娜，于琳娜仰慕英武、厚道的文彬，她主动向文彬示爱。两人恋爱，顺利结婚了。可婚后于琳娜却忍受不了军嫂的寂寞和军人的清苦，逼着文彬转业，文彬不舍部队，两人争吵不休。

后来，因工作需要，文彬转业做了刑警，于琳娜气恼文彬总是热衷不着家的危险工作。她背着文彬偷偷做好了出国准备，天天磨着文彬随她出国，文彬再次拒绝，于琳娜绝望了。

在小舟一周岁生日的第二天，于琳娜给文彬留下孩子和一封离婚协议书，甚至没有跟文彬告别就出国了。

文彬被迫离婚，李水根夫妇要接走小舟照顾，文彬不肯给老人添麻烦，更不忍没妈的儿子离开自己，他自己带着一岁的小舟，生活艰难。

小舟体弱多病，文彬既要照顾孩子还要工作，他受过伤的身体难以适应刑警的高强度工作环境。为了孩子，文彬被迫放弃了热爱的刑警工作，开始在李家企业努力工作，直到成为合伙人。

李末讲完了文彬的故事，他说："大姐，于琳娜把我哥伤得太狠了，他俩不可能复婚的。"

奶奶掉泪了："唉，怎么会有这么狠心的女人，真没想到文彬这孩子命这么苦！"

菁菁懊悔："噢，看来小舟并不知道生母抛弃他的事，于琳娜利用了孩子的感情来骗我。我真傻！"

武家人都鼓励菁菁打好这场婚姻保卫战。

夜晚，武菁菁来到公司，她看着文彬消瘦憔悴的样子落泪了："文彬，对不起，我误会你了，回家吧。"她说完就给文彬收拾东西。

文彬看着低头忙碌的菁菁，眼圈发红。"我没想到于琳娜现在变得这么有心计，你别和小舟生气，他什么都不知道，我替儿子向你道歉。"

菁菁安慰道："孩子太可怜了，我理解你的心情，你不想把于琳娜抛弃他的事实告诉孩子，是想保护儿子感情上少受伤害，你做得对。"

菁菁推着行李箱，两个人相拥着走出了办公室。

## 四

文小舟和文彬赌气，执意不肯搬回家。

文彬到大饭店来找于琳娜："琳娜，十年了，我们都回不去了，我们之间已经没有感情了，我不可能为了儿子和你复婚。"

于琳娜了解文彬固执的个性，她对复婚彻底死了心。"好吧，我尊重你的选择，我这次回国就是要把小舟接走！"

文彬看着他曾经深爱过的结发之妻，眉头紧锁："当年，是你自己不辞而别，把一岁的小舟留给了我，你已经自动放弃了儿子的抚养权。现在他长大了，你却要把他要回去，你这么做太过分了，我不可能把小舟交给你！"

琳娜那张保养姣好的面庞丝毫没有愧疚感，她轻飘飘地甩出一句话："好啊！那我们就法院见！"她走了。

文彬站在大饭店一楼大厅里，他的心在流血，浑身发冷。十年了，他和小舟相依为命。于琳娜是个轻易不肯低头的女人，文彬知道这场争夺儿子的官司必打无疑了。

于琳娜的富商丈夫病故，她接收遗产成了数十亿资产的大富婆。她仗着财大气粗，为争夺儿子文小舟的抚养权，聘请了国内外著名律师组成律师团要和文彬打官司，文彬很快就收到了法院的传票。

李末来找于琳娜："琳娜姐，文彬哥一个人把小舟养抚养长大，孩子健康、阳光、懂事，你知道他吃了多少苦啊！我求求你了，小舟十八岁以前，你别带走他好不好？"

于琳娜摇头："末末，我们好久没见了，你要不是因为要为你干哥哥说情，不会来看我的吧？不是姐不给你面子，我可不想我儿子跟着后妈生活。你回去告诉文彬，打官司他必输无疑，他争不过我的。"

李末不再和这个自私的女人废话，他扭头走了。

李末刚回到公司，文彬就来找他了。

李末看着文彬说："哥，你别问我，我不想再提这个女人！"他沮丧极了。

文彬劝慰李末："我就说你去没用吧，这些年，于琳娜变得更加自私和强势了，她是不会听任何人意见的。"

李末说"哥，你还是告诉小舟实情吧，现在只有这条路了。"

"不行，我不能说，小舟刚刚和生母团聚，他十年没有叫妈妈了，他要是知道是亲妈妈抛弃了他，你让他怎么受得了！我编造了他妈妈死亡的谎话，就是不想让儿子受伤害。律师团又怎么了？名律师也是人，总得讲理吧？这官司我跟她打！"文彬做好了应战的准备。

文彬是为了小舟不肯揭露于琳娜的真面目，他虽然对这场争夺儿子抚养权的官司毫无畏惧，可因为自己的撒谎，小舟和他有了隔阂，加上于琳娜的挑拨，幼稚的小舟会做出什么样的决定，其实他一点把握都没有。文彬为可能要失去儿子焦虑不安，吃不下，睡不着，心情糟透了。

菁菁深知文彬的无奈和委屈，可她什么忙都帮不上，只能眼睁睁地看着文彬在痛苦中挣扎，她很郁闷。

文小舟受母亲于琳娜的影响，他对海外生活充满了美好的向往，不再去上学，在总统套房每日过得悠闲自在。

他几次想回去看望父亲文彬，于琳娜劝他为了全家团聚暂时不要单独接触文彬，小舟听信了母亲的话，狠下心，一连数日都没有和文彬通话。

一天半夜时分，小舟起来如厕，他无意中听到了母亲和美国律师的通话内容，他这才得知父母要为争夺他的抚养权打官司。

小舟急了："妈妈，我帮你说服爸爸好不好，他会答应我的。我不想你为了我和爸爸打官司，爸爸会很难过的。求求你了，你俩别打架了！"

于琳娜吓了一跳，她忙哄小舟："儿子，你别急，嗯，你放心，妈妈不和爸爸打官司，我们会好好谈的，你快去睡觉！"

"好！"文小舟轻信了母亲的话，乖乖睡觉了，不一会儿他就进入了梦乡。

于琳娜坐在儿子的床边，她看着儿子红扑扑、俊美的脸蛋，不由得低头吻了儿子，更加坚定了要把儿子夺回来的决心。

天亮了，时钟指向七点，小舟还在熟睡，琳娜悄然离开了大饭店。

上午九点，文小舟醒了，他看到了母亲留给自己的一条微信："宝贝，妈妈去办事，你自己好好玩！"

"嘿嘿，今天我又自由了！"小舟美滋滋的边吃零食边在房间里玩起了游戏。

突然，手机急促地响了起来，小舟不耐烦地接了起来，他听着听着脸色骤变，匆忙离开了总统套房。

文彬、于琳娜争夺儿子抚养权案开庭，菁菁带着小舟悄悄坐在了旁听席上。原来，是菁菁没有经过文彬的允许打电话叫来了小舟。

文彬、于琳娜对簿公堂，律师以文彬单身未婚、撒谎行为对未成年人抚养不利为由要夺回文小舟的抚养权。李末帮文彬聘请的律师据理力争，历数于琳娜十年前为出国放弃抚养文小舟的自私行为，文彬始终保持沉默。律师间的争论让文小舟了解了母亲的欺骗和自私，他在法庭上公开表示，不会离开含辛茹苦养大他的父亲，于琳娜败诉，文彬欣慰。

文小舟陪着武菁菁、文彬去民政局去领结婚证，于勇在法庭上了解了事情的真相，他为妹妹的自私行为向文彬和武菁菁郑重道歉，文彬让小舟认了舅舅。

这时，雪菲在爸妈的陪同下也来到民政局，三人刚走进大厅，见到文彬一家急忙躲避。雪菲躲在柱子后边，她看着领证的文彬和菁菁喜悦的笑容，更加为自己当初放弃了文彬追悔莫及。

雪菲老公欺负雪菲软弱可欺，竟然肆无忌惮带着女人回家，当着雪菲的面出轨，公婆任由儿子胡闹。雪菲再也无法忍受侮辱，为了能尽快离开富二代人渣前夫，她主动提出离婚，根据婚前协议，她得不到夫家任何财产。老穆夫妇看着雪菲的离婚证唉声叹气，可雪菲却如同鸟儿逃出了牢笼般心情畅快。

张大雨父母为儿子操办的婚礼在即，蕾蕾的肚子却越来越大，大雨担心蕾蕾怀着双胞胎的身体，说服父母放弃了大操大办的婚礼。

武家、张家、李家一起聚餐，文彬还请来了表姐一家。菁菁、文彬，蕾蕾、大雨两对新人在亲人的祝福声中举办了简单、温馨的婚礼。

酒席上，王红看着穿着新娘服的菁菁和蕾蕾，为两个大龄侄女终于成婚高兴，她主动和武志刚坐在了一起，志刚不停地给她夹菜、挡酒。爷爷、奶奶看着这对曾经的夫妻如此和谐的场面很开心。

李末坐在萌萌旁边，萌萌抱着圆圆不撒手，一副心不在焉的样子。李末帮着萌萌照顾着圆圆，可萌萌却似乎无视他的存在，基本不和他主动交流。

赵爱莲看着来气了："王红，今天是个大喜的日子，大家都高兴，你和我说句实话，萌萌是不是不能生育？"

王红不爱听了："哎，你这不是没事找事吗？我女儿很健康！"

赵爱莲不相信："我儿子非武萌萌不娶。萌萌要是没毛病，她怎么对一个弃婴亲得不得了，就是不肯复婚生一个自己的孩子？我看你还是带萌萌去妇科检查一下吧。"

王红急了，不由得提高了嗓门："萌萌又没上赶着要和李末复婚，我家不是大富大贵的人家，配不上你们家，你别再说了！"她说着站起身走了。

"你嚷嚷什么呀，我这也是关心萌萌，我儿子爱上你女儿可是受了大罪了，我的儿子我心疼！"赵爱莲不依不饶。

好好的婚宴硬是被两位母亲搅和了。玉英皱起了眉头，武志强忙用眼神制止她克制自己的脾气；爷爷、奶奶看着两个互不相让的女人，脸上流露出无奈的表情；四位新人不知如何化解婚礼上的尴尬气氛。

萌萌搂着圆圆一言不发，她的脸色苍白。

李末忙站起来："妈，我们走吧！"他拉走了母亲。

李水根尴尬地说："对不起，我替我夫人向大家道歉！"

武志刚说："我也替萌萌妈妈道歉了，菁菁、蕾蕾，你们别跟婶婶计较。"

菁菁忙说："叔叔，都是自家人，没事！"

蕾蕾也说："都是为孩子，理解，大家继续喝酒！"

李水根和武志刚为两位母亲水火不容的状态发愁。

那晚，李末失眠了。他和萌萌当年热恋的场景一幕幕闪现在他眼前。

李末带着萌萌骑着双人自行车去郊区游玩，他们边走边聊。

萌萌问："李末，你喜欢孩子吗？"

"喜欢！"李末回答得干脆。

萌萌又问："喜欢男孩还是女孩？"

"都想要，女孩宠成公主，男孩陪我踢球！"李末很贪。

"嗯，行，这也是我的目标，你努力挣钱，我负责养宝宝，等我们以后自己有钱了，你就带着我和一双儿女去环游世界！”萌萌说着紧紧搂住了李末的腰。

那次郊游，两个人谈了一路婚后的宏伟大计划。

回忆结束了。李末睡不着，他起身来到厨房，找出家里存放的酒喝了起来，几杯下肚，心情不好的他就把自己灌醉了。

李水根发现了醉酒的儿子。“末末，你怎么了？酒席上还没喝够？”

李末笑笑：“爸，我没喝多，就几杯！哥哥不在了，我就是独子，传宗接代，李家，靠我，靠我！”

“知道，儿子，我知道，快去睡觉！”

“我不睡！爸，我知道萌萌为什么不肯复婚了，她不能生孩子，我妈猜得没错，萌萌不能生育！她为我好，不复婚！我们俩不能成为夫妻！我听话！听妈的话……”

李末趴在桌上睡着了，他满脸是泪。

李水根心疼地看着儿子难过的样子，他陪着儿子坐到了天亮。

那一夜，萌萌躺在床上翻来覆去睡不着。“李末，我深深地爱你，一天都没变，可我错得离谱，没有资格接受你复婚的请求，我不配！！“不配”这个词在萌萌脑海里根深蒂固。

# 第十八章　不一样的幸福味道

## 一

一天中午时分，武萌萌正在单位午休，李水根打来了电话。“萌萌，我们谈谈好吗？”

萌萌来到单位附近的茶楼。

李水根说：“李末不知道我来找你，我今天就是来表明我的态度。孩子，我不在意生育问题，你和李末复婚吧，我会把圆圆当自己的亲孙女一样。你不要有太多的顾虑，能看到你和李末相亲相爱在一起我就很知足了。”

萌萌听完了李水根的表态，她不敢正视李水根。沉吟片刻，她抬起头：“叔叔，谢谢您对我的包容和信任，我不会和李末复婚，我们不可能了！”她说完匆匆离开了茶楼。

“唉，这俩孩子怎么都这么犟呢！”李水根没想到自己如此真诚的表态，武萌萌竟是这种反馈，他无奈了。

李末了解了父亲的态度，他不再为萌萌是否生育纠结了，只要有时间，他就来看望圆圆。

这天晚上，李末又来看望孩子，萌萌借口给流浪猫喂食又躲了出去。

李末走后，武志刚实在看不下去了，他和女儿进行了一次严肃的谈话。“萌萌，是不是因为我和你妈的离婚，让你惧怕婚姻？我对不起你和妈妈，可我现在已经回家了，我在努力用行动来弥补以前的过失，人不能总是沉浸在痛苦中，你不要辜负李末对你的爱。”

萌萌听了父亲这番恳切的话语，她流泪了。“爸爸，我们俩已经无法挽回了，您别再逼我了。”

武志刚看着女儿难过的样子，知道再谈下去也不会有什么结果，只得退出了房间。一次离婚，竟让女儿对婚姻的态度如此颓废，他心里布满了重重疑团。

武萌萌这般抵触的态度让王红和武志刚对李末充满了内疚。

王红为萌萌坚持不婚的态度急得又犯了心脏病，武志刚忙前忙后精心照料，王红深受感动，两人的关系大大改善了。

菁菁向成华汇报了叔叔、婶婶的近况，成华对王红、武志刚复婚充满了信心。

成华几次主动约谈萌萌，萌萌都找借口躲避，成华认定萌萌心里藏着不愿意示人的秘密，她劝慰王红和武志刚耐心等待女儿的情感复苏。

## 二

婚后，武蕾蕾如同变了一个人，一改女王奢侈风范，尽显小女人勤俭持家、温柔体贴姿态。

蕾蕾不再热衷于大商场购买名贵品牌了，她主动废掉了五张信用卡，只留下一张备用，每月的工资有了节余，她在努力适应普通百姓平实的生活。

蕾蕾消费观念的改变大大出乎了大雨的意料，欣喜过后，他拿出一张存折给蕾蕾。“给你，想买什么就买什么！”

蕾蕾不接：“你逗我吧，你不怕我给你花冒了？”

“钱就是用来花的。我会努力挣钱，不会让你为钱发愁。一家人了有事一起扛呗，家还得你来当！”大雨说得很诚恳。

蕾蕾更自觉了，她向爸妈请教哪家超市的货品物美价廉，甚至起大早和退休老人挤着坐超市的班车，还去农贸市场购物。

她亲身体验了都市平民百姓的生活，万分感慨：“不比不知道，一比吓一跳，超市和超市的货品价格差别不小，农贸市场的很多食品又比超市便宜太多了！”

奶奶高兴了：“哟，我们蕾蕾会过日子了。”

爷爷很满意：“哎，落地了，踏实了，好啊！”

蕾蕾的变化让大雨乐得合不拢嘴。

一个周末，刚七点，蕾蕾就起来了。“大雨，你陪我去超市买鸡蛋吧？”

大雨打了个哈欠：“大周末，去那么早干吗？我再睡会儿。”他又睡了。

蕾蕾不再理他，自己散步去了超市。

大雨睡了个回笼觉就醒了，发现蕾蕾不见了，他知道急性子的蕾蕾自己去超市了，急忙开车去接媳妇。

大雨走进超市，超市里人头攒动。他找不到蕾蕾，只能打电话联系。“蕾蕾，我来接你了，你在哪？”

“我买鸡蛋呢，你快来！”

大雨直奔鸡蛋货摊，那里已经排起了长长的队伍。他一眼就看见蕾蕾挺着大肚子站在队伍中间，大雨忙跑了过去。

蕾蕾见到他很兴奋：“你来的真是时候，今天商场鸡蛋促销便宜，可要限量，你来了可以买两份。”

大雨看着排队的大爷、大妈都用异样的眼光盯着他，他的脸红了，拉起蕾蕾就走。

“哎，你干什么？鸡蛋还没买呢！”蕾蕾不想走。

大雨没有放手，他加快了脚步。蕾蕾偷瞄着大雨，大雨的笑眼耷拉了下来。她不敢多言，只好跟着他走了。

两人一上车，大雨就急了：“超市里那么多的人，你要是被人撞倒了怎么办？为了买几斤便宜的鸡蛋，值吗？”

蕾蕾不以为然：“我自己会小心的，一斤就便宜两元呢。”

“武蕾蕾，你这是矫枉过正！不行，从今天起，你的采购权被取消了。”大雨气得直瞪眼。

蕾蕾嚷嚷：“我不买东西在家能干什么？”

大雨说：“看书，上网，构思新栏目的创意！能干的事多了，就是不能再去抢鸡蛋！”

蕾蕾赌气：“行，那我就在家躺成老母猪吧！”

大雨知道蕾蕾好动，他在厨房转了一圈，有了主意：“你在家待着，正好把你买的什么破壁机、榨汁机、酸奶机、酵素桶都用上。”

蕾蕾疑惑了：“哎，你以前不是说我过得不像正常人的日子吗？”

大雨检讨上了：“嘿嘿，你还记仇呢！那是我没见过世面。奢侈不对，轻奢是种积极的生活态度，亲爱的，你还是恢复以前的高品质生活方式吧。”

武蕾蕾享受着大雨无微不至的关怀，日子过得十分惬意。她给三位尚在待嫁状态的闺蜜狂发婚后恩爱甜蜜的照片和视频，为以前不婚谬论自黑，催促姐妹们快成家享受美好婚姻生活。

## 三

菁菁和文彬婚后本以为水到渠成，没承想他们的婚姻生活却不断出状况。

文彬为减轻菁菁的家务重担请来小时工，菁菁却对小时工的个人卫生一百个不放心；文彬单身多年，养成了熬夜看球看赛车、抽烟等一系列不健康的生活习惯，菁菁又是一番挑剔；甚至在性生活上，菁菁也要文彬完全比照医学教材。

文彬的粗线条和大博士医生的生活格格不入，两人经常为些琐事发生争执。

懂事的小舟为他们当起了调解员，两个大人常常被孩子搞得脸红。

菁菁很苦恼，又一次的争吵后，她说："文彬，我们离婚吧！"

文彬惊讶："为什么？"

"你看蕾蕾和大雨过得多好，他俩特和谐。我们两个从认识那天就吵，结婚后还吵，咱俩可能更适合朋友，我不想咱俩打成仇人！"菁菁自认为离婚的理由分析得很透彻。

文彬不知如何是好，他硬着头皮来到武家。"爸，妈，菁菁要和我离婚。"

玉英一听就急了："你们怎么了？你欺负她了？"

"文彬怎么可能欺负菁菁，你让文彬说话。"武志强连忙制止玉英的猜忌。

文彬向他们讲述了婚后两人的真实状况，他为不能调和自己和菁菁的矛盾很苦恼。"都是我不好，我不够包容菁菁，对她不够耐心。"他真诚地检讨着自己。

玉英说："不是你的错，我真没想到这孩子学习、工作上那么优秀，成个家竟然弱智成这样，唉，都怪我管得太多了，我没有教好她怎么做个好媳妇！"

"文彬，你安心回去，这婚离不了！"志强胸有成竹。

菁菁被父母叫回家。

玉英批评她："菁菁，吵个架就离婚，你是90后啊？多大了还这么冲动？"

菁菁不高兴了："文彬还学会告状了？他是个大男人吗？！"

志强说："文彬要是不找我们，我们还不知道你这么幼稚呢！"

"我怎么幼稚了？不合适的婚姻，两人都痛苦，我不想这么过下去了，没意思！"菁菁振振有词。

菁菁执意要离婚，志强夫妇、爷爷、奶奶都轮番做起了工作。

奶奶劝她："孩子，结婚过日子，两个人就要一天天慢慢磨合，过着过着就有意思了。日子吵吵闹闹地过下去，这婚姻就对了。一人一半才是伴，凑在一起才完整。"

爷爷说话不客气："菁菁，你这么多年就知道念书，什么都照着书本来，不打架才怪！文彬是个大活人，他不是机器，要按着你的程序来，这么挑剔谁受得了！都是别人不对吗，你就没缺点呀？你就是一个人过独喽！"

志强检讨："是啊，你是我们的第一个孩子，我们对你太重视了，管得太严！"

菁菁长这么大，还是第一次被长辈们这么集体数落，她的面子下不来了。"爷爷、奶奶，我知道你们为我好，可我结婚这些日子，想明白了一件事，我结婚后没以前快乐了，我不适合结婚！"

她说完就走了。

菁菁想离婚得不到父母的支持，她来找闺蜜成华诉说婚后的委屈：“唉，我和文彬不合适，哪儿哪儿都不合拍。”

陈华说：“有些夫妻，一辈子都适应不了对方的节奏，走着走着就散了。合拍什么样？谁都不完美，你要看他不顺眼，他的缺点就多的像天上的星星数不清；你要看他顺眼了，他就是你的太阳。重要的是心态。”

菁菁找理由：“你最了解我，我不是个矫情的人，可起码的正常的生活习惯总得有吧，他总熬夜、抽烟，真让人受不了！说他也不听。”

成华说：“结婚领证是契约，是维系两人情感的一种责任。婚姻是青春的结束，人生的开始。要把婚姻当饭吃，把爱情当点心吃。你把爱情的方式用在婚姻上，没有不失败的。”她看出了四十一岁初婚的菁菁的深层次问题。

菁菁叹息：“我真怀念单身的轻松，谁都不用惦记，一人吃饱全家不饿。”

成华说：“大博士，你是儿童心理学看多了，男性心理学缺课哎！男人、女人本来就不在一个星球上。你得赶紧补上女人课，快点长大吧！婚姻和爱情的最大不同，在于愿不愿意为对方改变。所谓的另一半，你多一点他少一点，拼图拼在一起，才能一起过一辈。两个人一起生活没有人一开始都契合，都要修正后才能默契。”

菁菁说：“唉，成了家心更累了！”

成华劝她：“你太过于浪漫、感性、情绪化了，这些对婚姻都是有害的。不要以为嫁了人，就意味着一切问题的终结，从此只有幸福，没有痛楚了。你要做好准备的是，在这条通往幸福的路上，慢慢成长，艰难修行，变成一个真正的大人。”

“我想离婚！清净。”菁菁还是没有打消离婚的念头。

“你和文彬提离婚了？”成华为好友担心了。

菁菁说：“是，可他不离。”

成华舒了一口气：“人家肯留下来和你吵架也不想离开你半步，这就是真爱。”

菁菁说出了自己对婚姻的结论：“不是他不好，主要是我处理不好我们的关系，我不适合结婚。”她说完就想走。

成华拉住她。“别急，咱们做个游戏。”她拿出了一团棉花和一块瓦片。她把这两样东西举到同样的高度松开了手，只见瓦片落地后被摔得四分五裂，棉花则轻飘飘地落了下来。

成华问道：“为什么坚硬的碎了，而柔软的丝毫未损呢？”

“软的很轻啊，所以丝毫未损。”菁菁认真作答。

成华给闺蜜上课了：“回答正确！你应该像棉花一样谦卑下来，不伤别人，也不伤自己；而不是像瓦片一样有棱有角，遇冷则冰，遇硬而碎，伤了他人，也伤了自己！承认另一个人的优点，会让自己温暖；盯住别人的缺点，你伤害的就是你自己。在婚姻当中尤其是这样，多想想别人的好，同时也想想自己的不好。你呀，过分自爱了！”

菁菁疑惑：“女人不该自爱吗？”

成华说：“女人要自爱，但固守自爱不能腾出心来去爱对方就成问题了。”

“我这婚不该离？！”菁菁妥协了。

成华主动来找文彬：“文彬，你不能把菁菁当一个正常的四十岁女人看待，她是初婚，还怀有少女情怀呢，她是真不了解男人。你多体谅她。我们都是过来人，没什么不好意思说的，这是科学。”

文彬发愁：“唉，女人想法太多，我是真跟不上她们的节奏。”

成华说：“你一个特种兵，打仗、抓逃犯智商超一流，一段好的婚姻一定是两个情商共同进步的人的双赢。你和于琳娜三观不和，菁菁和你的三观一致，只有情商低的男人才把温柔的女人逼成悍妇呢。都说婚姻中忍耐是一种美德，但如果有爱，就不存在忍耐，而只有宽容，婚姻生活中你要当好她的老师。”

文彬重新审视了自己的婚姻，他也找出了自己的问题，多年军旅生涯让他处理问题过于简单。

文彬主动向菁菁检讨：“菁菁，我们不能离婚。你走了，我怎么办？咱俩都四十岁多了，人生过半，是小舟把咱俩联系到了一起。爱得深，爱得早，不如刚刚好。我们俩虽然晚点了，可我算过，咱俩好好保养，活到百岁，余生的六十年都是你的。”

菁菁流泪了，她紧紧抱住了文彬不再放手。

文彬在小舟的监督下努力修正着自己不良的生活恶习，引导菁菁过上正常人的生活。两人感情递增。

## 四

机关改革缩编，人心惶惶。

武萌萌早就厌倦了事业单位早九晚五的古板生活，这次缩编分流人员自主创业有优惠政策，她觉得这是给自己改变生活方式的极好契机。

于是，她向人事处递交了一封洋洋洒洒的辞职信：我向往做一个自由自在的背包客，趁着年轻还有梦想，我要做自己生活和青春的主宰者，请予领导批准为盼！

武萌萌的辞职信开了一个好头，领导当即批准，她在同事惊讶的目光中离开了办公室。

常建追了出来："萌萌，你辞职怎么不告诉我？"

萌萌说："我上这个班是为我妈，我喜欢旅游。在机关每天看领导眼色行事，能干的总有干不完的活，得罪人的概率就高；少干或不干的人却不犯或少犯错误，年底测评时往往票反而较高，一点创意性都没有，我都快憋闷死了。"

"你不在这了，我这班上的也没劲了，我跟你一起旅游吧，咱俩结伴做驴友！"常建说出了心里话。

萌萌劝他："你别冲动啊，我是进了单位第一天就想走，只是没机会，这回缩编正好给了我一个走的理由和动力！"武萌萌走了。

常建第二天也递交了辞职信，他的理由是：要去从事自己喜欢的游戏推广事业。

这两个九零年后就这么义无反顾的辞掉了铁饭碗，不过他们都没敢告诉自己的父母。

萌萌如愿辞职，由于三年的工作积蓄都由母亲王红保存，自己囊中羞涩，又有弃婴牵绊，她暂时无法实现自己的旅游梦想。

一天，她把两位姐姐叫到了一家冰激凌店。"大姐、二姐，我辞职了。我要开个冰激凌店，你们入股好不好？"

蕾蕾说："行啊萌萌，你又给我们惊喜了！"

菁菁担心："你把那么稳定的工作扔了，多可惜！"

萌萌为自己辩解："不可惜！我从考大学填报志愿那天起，就没自己做过主，什么都是我妈说了算。我选文科是为她上的，工作了又是听我妈安排考进了事业单位。这几年，一想到旅游就想换工作。可每当信心满满、斗志昂扬准备实施行动的时候，又被惯性的懒惰一拖再拖，这次我要为未来掌握自己的命运。"

菁菁不理解："你为旅游扔了工作，玩心这么大？"

萌萌认真地说："这世界太善变，二十多岁的生活方式决定了三十岁的打开方式，旅行会让我看到不一样的世界，有机会品尝到各种食物，见到各式各样的人。趁现在我还年轻，有个好身体，出去见见世面挺好的。"

菁菁还是不放心："你没做过生意，能成吗？"

蕾蕾不耐烦了："姐，你和萌萌的代沟有点深，她就是想过自己想要的生活，成功了更好，不成功也是一种人生体验！"

菁菁不再多问，她拿出手机："萌萌，我转给你，要多少？"

萌萌感激地看着两位姐姐："我做了市场调查，办个冰激凌店十万差不多，你们俩可千万别告诉家里我辞职的事。"

菁菁和蕾蕾都点头了。

就这样，武萌萌在中关村创业园开起了一家名为“意味萌萌”的冰激凌店。

萌萌成了小老板，她为了推广产品，骑着单车在北京中关村一带售卖冰激凌，冰激凌选材用的都是天然食品，符合现代人健康消费的需求，干净，造型、口味独特，生意竟然很红火，短短三个月就收回了十万成本，每月纯利润超过三万，萌萌被顾客誉为冰激凌公主。

常建帮“意味萌萌”冰激凌做了网页，建了微信公众号，还在游戏推广活动中以“意味萌萌”冰激凌做礼品，这些宣传大大提升了“意味萌萌”冰激凌在潮男潮女中的知名度，外卖订单与日俱增。周末，品尝冰激凌的队伍排起了转了几个弯的长队。

## 五

于琳娜官司败诉后，小舟恨母亲抛弃自己，再也不肯见她了。她思儿心切，只得到医院来找武菁菁：“这十年我一个女人在美国打拼太难了，开始没拿到绿卡不能回国；五年后我拿到了绿卡，又因为各种事情耽误了下来。年轻时为了实现理想放弃了爱情和亲骨肉，小舟恨我，是我咎由自取，可事已至此不能再回头了。菁菁，我想儿子啊！”她说着眼泪流了下来。

菁菁看着可怜兮兮的于琳娜，心里很不好受。那天，两个女人聊了很久，菁菁很晚才回到家。

小舟见她回来，高兴地迎了上去：“阿姨，我这次数学测验得了满分！”

“真棒！”菁菁笑着鼓励他。

小舟说：“我按你教我的方法做题，效果超棒！”

菁菁说：“快去睡觉，明天还要早起上学呢！”

小舟乖乖地进了卧室。

文彬嫉妒了：“嘿，这小子，我说了三遍都不听，你说话就好使。”

菁菁看着文彬，她慢吞吞吐出了一句：“我们离婚吧！”

文彬傻了。

夜深了，菁菁和文彬还在进行着艰难的谈话。

菁菁说：“文彬，孩子应该有个完整的家，你和于琳娜复婚吧。”

文彬惊讶看着她：“你吃错药了？大半夜的又要把我当礼物送人？”

“不是，我虽然没有孩子，但我是女人，是儿科医生，能体会到一个女人对孩子的感情，小孩子对母爱的渴望。于琳娜过去是做错了，可她也不容易。原谅她吧，毕竟你们之间有一个小舟啊！”菁菁语气诚恳。

文彬没想到这位大博士善良得近乎愚蠢，他懒得理菁菁，转身睡觉了。

菁菁看着睡熟的文彬，挺直的鼻梁，轮廓分明的脸庞，强壮的男性体魄。文彬是帅气的，他很快就不再属于自己了，菁菁的心很痛，可既然做出了决定，她不后悔。

第二天正好是大周末，文彬开车带着菁菁就回到了武家。

一进门，文彬就喊了起来：“爷爷、奶奶，爸、妈，菁菁又要离婚！”

菁菁没想到文彬进门就告状，她后悔回家了。

四位老人都看着菁菁，等着她的理由，菁菁却一言不发。

文彬替菁菁说了：“她可怜小舟，说要把我送还给于琳娜。”

武家长辈们哭笑不得，七嘴八舌批评起菁菁来。

玉英说：“你才结婚几天，就闹了两次离婚，离婚好玩啊！”

志强想不通：“是啊，菁菁，以前都是蕾蕾爱出幺蛾子，你从没有让我们操心过，怎么现在净干傻事呢！”

菁菁说：“爸、妈，我们不能这么自私，要为别人着想啊！”

奶奶气得骂她：“傻丫头，把自己的丈夫送人就不自私了？”

爷爷很生气：“哼，文彬，都是你宠坏了她，咱家这姓不好，女人从祖上就霸道！”

菁菁试图说服老人：“爷爷，您别生气，我这是在做积德的好事，拆散人家母子太不厚道了。”

大家正不知道如何说服犯轴的菁菁，成华来了。

文彬见到她如同遇到了救星：“成华，你这婚姻专家赶紧给她上课吧，全家都说不过她，她现在尽讲歪理。”原来，成华是文彬请来的救兵。

菁菁不高兴了：“哎，文彬，你怎么把成华叫来了？我们自己的事情自己能解决。”

成华讥讽她：“离婚就是你解决问题的法宝？！博士，上次我就说你研究儿童心理学走火入魔了，人家刚一打出悲情牌，自己就主动爱情让位，现在看你还真就是只可爱的小白兔！”

菁菁不高兴了：“谁是小白兔啊！”

成华说：“上次为了小舟，你要离婚；这次为了可怜人家于琳娜，你想让位，真是高风亮节！婚姻是一场合伙人的生意，你这说散伙就散伙，问过当事人文彬吗？你这可是不尊重人啊！”

“我……”菁菁看看文彬，文彬虎着一张脸根本不看她。

成华叮嘱着好友：“文彬实在又能干，人又长得帅，动他心思的女人少不了，你是妻子，有权捍卫自己的婚姻！”

成华点醒了菁菁：“对不起，文彬！”菁菁心中充满了歉意。

文彬搂过菁菁：“走吧，小舟还在家等咱们回去一起看电影呢！”

两人亲亲密密地走了，长辈们悬着的心放下了，成华长舒了一口气。

## 六

中午休息时间，李末吃完饭回到公司，路过休息室，看见里面几个年轻的女同事在争抢几支冰激凌。冰激凌的独特造型深深吸引了李末，他走进了休息室。

李末问道：“哎，你们这是哪儿来的？”他边说边不错眼珠地盯着冰激凌。

几个女孩都紧张起来：“李总好！网上订的，外卖送的。”她们不知道自己犯了什么错。

李末说：“给我尝尝！”他抢过一支冰激凌就咬了一口，品尝着熟悉的冰激凌味道两眼放光。

“好吃好吃！快告诉我，这家店在哪儿？”他拉住公司的小女生不撒手。此时的李末没有了一贯的高冷，几个女孩都被这位年轻老板一反常态的举动搞懵了。

下班了，李末驱车来到“意味萌萌”冰激凌店，正在忙于照顾生意的萌萌，没有发现李末。

“意味萌萌”冰激凌店的生意越来越好，萌萌想扩充店面，一天，她给蕾蕾打电话商量贷款事宜。“二姐，你能不能帮我找银行贷款？”

蕾蕾满口应承：“没问题！我去找尤前宽，他还是肯给我这个红娘面子的。”

没过两天，尤前宽就拿着一纸合同书来了。“武萌萌，贷款利息太高，我有些闲钱正准备投资，我入股你的“意味萌萌”行不行？”

“尤经理，太谢谢了！”萌萌欣然同意。

晚上，李末接到了尤前宽的电话：“李末，搞定了，你放心吧。”

原来，李末了解到萌萌瞒着家人辞职创业是为了赚取未来的旅游费用，他很想帮助萌萌，又怕萌萌不接受，他只好找到蕾蕾。

在蕾蕾的策划下，李末以尤前宽的名义入股。不明真相的萌萌拿着这笔钱扩充店面，生意更加红火。

尤前宽回家和孟小萍赞叹武家女儿的能干，孟小萍吃醋，故意找茬打架，尤前宽懊恼。

工作日的一个下午，蕾蕾挺着大肚子来到电视台。

“大家好！我带来了几款‘意味萌萌’冰激凌，你们尝尝，要觉得好吃就多多捧场啊！”她居然推销起了冰激凌。

大雨抢过蕾蕾盛冰激凌的大袋子：“好吃好吃，我每天都吃，大家多吃，我请客！”

张大雨担心蕾蕾沉重的身体，不想蕾蕾到处推销冰激凌。

当天，他上网狂定了五十只冰激凌。每天三顿饭都就着冰激凌吃，结果，不到三天就闹起了肚子。

蕾蕾看着一趟趟跑厕所的大雨：“冰激凌多凉呀，你吃那么多干吗？吃坏肚子怎么办？不要命了？”

大雨捂着肚子：“没事，拉拉肚子减肥，我是心甘情愿为老婆效力。”

蕾蕾落泪了，大雨奇怪婚后的武蕾蕾怎么从女汉子变成了爱哭的软妹子。

冰激凌店扩充后急需送货员。送水工张来胜经常到各社区送水，服务态度超好。

一天，张来胜又给蕾蕾家送水来了。

蕾蕾说：“小张，我堂妹武萌萌开了一家冰激凌店，工资比你送水高多了，我介绍你去应聘好不好？”

张来胜问道：“武萌萌？噢，我见过，她开店了？没问题，我和我老婆都去应聘。”

蕾蕾把张来胜夫妇介绍给了萌萌，二人工作勤奋，很快，就成了冰激凌店的骨干。

冰激凌店生意稳定了，萌萌一有时间就带着弃婴圆圆到店里玩耍，张来胜的妻子刘佳每次看到圆圆情绪都有些激动，张来胜慌忙支走了刘佳。

他对萌萌解释：“武经理，你可千万别见怪，这孩子和我们病死的女儿年龄差不多，所以她才激动。”

萌萌深表同情：“没关系，她喜欢圆圆就让她常来家里看看好了，我欢迎。”

张来胜这才松了一口气。

王红和武志刚的关系越来越融洽，志刚希望复婚，可王红却说要等女儿的婚事落地才考虑。

志刚向女儿萌萌汇报进展。“萌萌，你妈最近对我不错，我们俩和谐多了。”

萌萌高兴：“爸爸，你要再接再厉，乘胜追击！”

“嗯，爸爸听你的，你妈说要等你的个人问题有着落了，我们才能复婚，闺女，为了咱家早日团圆，你也得加把劲把自己嫁出去。”

萌萌说：“爸，你别逼我了，我在创业，没时间考虑其他的事情。”

志刚心疼女儿：“创业？你又上班又创业两头忙得过来吗？”

萌萌和父亲摊牌了：“爸，我辞职了，现在专职开冰激凌店呢，生意特好，等我赚够一大笔钱，我带您和妈妈环游世界去！”

武志刚虽然惋惜女儿萌萌扔掉了铁饭碗，但看着女儿开心的笑容，他没有说一句责备的话，自己主动到店里当起了免费的伙计。

连着几天，王红发现前夫外出频繁，行为诡异，一出去就是一天，她心里不安起来。一天早饭后，志刚又离开了家，王红急忙跟了出去。

“意味萌萌”冰激凌店，萌萌笑吟吟地迎接前来为自己打工的父亲。

萌萌说：“爸，我妈没发现您吧？”

“没有！闺女，我今天干什么？你吩咐吧。”志刚得意扬扬。

萌萌说：“爸爸，进货、出货、验收，您负责帮我把好质量关。”

“行嘞！”志刚转身正要进库房。

突然，王红冲到了父女俩身边：“你们这是干什么？萌萌，你怎么没去上班？说呀！”她恶狠狠地盯着萌萌和志刚，气得满脸通红。

萌萌和志刚都吓了一跳。

志刚讪讪地说：“你来了，哎，你尝个冰激凌好不好，萌萌做的，味道好极了！”他说着递给王红一支冰激凌。

王红没理他：“你别打岔，武萌萌！说！怎么回事？”

萌萌说：“妈，您别急，我告诉您，我辞职了！自己创业了！”

王红抓过冰激凌摔在了地上。“就为了做这玩意儿，你就把工作辞了？机关多难进哪，你自己考上的，这就不干了？说得好听，创业？不就是个体户吗！”

志刚说：“王红，孩子想自己赚钱旅游，我们应该支持她的梦想！”

“武萌萌，旅游能当饭吃啊？你是非要气死我才高兴啊！你们爷儿俩合伙跟我作对，你这个爸爸是怎么当的？啊哟，我心堵哟！”王红说着捂住了胸口。

父女俩急忙叫了 120 急救车，王红被送进了急诊室，她又一次犯了心脏病。

王红住院了，志刚父女轮流去照顾她，王红不肯原谅欺骗自己的父女俩，把他们赶出了病房。

周末，李末又来到“意味萌萌”冰激凌店。他坐在汽车里偷偷观察着店里的动静。

常建带着游戏圈的朋友在这里举办 COSPLAY 服装展示，萌萌和常建有说有笑，笑得很开心。

李末坐在车里眉头紧锁，他担忧萌萌的情感天平已经倾斜于常建，倍感危机。

第二天，李末身着牛仔裤、文化衫背着吉他来到“意味萌萌”冰激凌店。“萌萌，我来报到了！”

萌萌看着李末这一身大学时代的音乐青年的打扮，愣住了。

李末说：“萌萌，我没有忘记咱俩的梦想，我要和你一起去周游世界！”

萌萌摇摇头：“你说什么呢，我早忘了。现在我没工作了，只是不想在家吃闲饭找点事干，你别捣乱。”

“嘿嘿，那咱俩还真想一块去了，我也不想靠家里的钱办公司，你是纯粹的自主创业，白手起家，看在老同学的份上，就带上我呗。”

李末的脸皮还真变厚了。

店里的生意太火，萌萌忙得不可开交，她没时间理他，由着他在店里转悠。

李末不在乎武萌萌拒他于千里之外的态度，他把总公司老总的位置交还给了文彬，自己全身心投入帮萌萌打理冰激凌生意。

李末为了和常建的线下游戏活动PK，招来一众音乐好友在冰激凌店门前举办室外新歌展示会，每周新歌都发布在“意味萌萌”冰激凌店公众号和直销网站上。

李末亲自担当吉手和主唱，他每天看着萌萌才思泉涌，一首首新歌喷涌而出，倾慕他的粉丝们蜂拥而至，冰激凌店生意更加火爆，李末得意极了。

“意味萌萌”冰激凌店生意应接不暇，李末正得意，可接下来的麻烦也来了，追求李末的年轻女粉丝天天来店里找他套近乎，李末哭笑不得，后悔自己弄巧成拙。

# 第十九章　生育的烦恼

## 一

电视生活频道报道了“意味萌萌”冰激凌店，李末的母亲赵爱莲看到儿子又和武萌萌混在一起，一万个不甘心。

她叫上司机开车来到了“意味萌萌”冰激凌店，萌萌正在操作间忙碌制作成品，赵爱莲闯了进来。

“武萌萌，我求求你了，你放过我儿子吧。”

萌萌看着她没说话。

张来胜送货回来，见此情景打抱不平：“阿姨，您儿子自己往这儿跑，赖不着我们老板！”

赵爱莲一脸的蔑视：“哟，我们说话，你一个送货的插什么嘴！”

萌萌说：“小张，你快去干活的，客人来电话催了。”

就在这时，李末进来了。

他看见母亲在这里，急了：“妈，你来这儿干什么，这是操作间，别影响萌萌工作，我们出去说。”

赵爱莲训斥儿子：“人家都不理你，你还向着她说话，这世上就没女人了？李家的脸都让你丢光了。我走，你也得走，不许再来了！”

“妈，您就别添乱了！好好，我跟你回去！”李末把母亲劝出了操作间。

一群高中女生来到店里。她们见到李末呼啦一下全围了上来。“李末哥哥给我签个字吧，我们合个影好不好？你这周的新歌出来了吗？哥哥，你什么时候举办个人演唱会呀！”

这么多青春活力四射的小姑娘都在追求自己的儿子，赵爱莲乐坏了，她上了自己的汽车走了。

## 二

武家长辈们都看到了电视报道。

奶奶高兴得合不拢嘴："我孙女上电视真好看！"

爷爷说："萌萌干得好！咱们家人都得多支持她。我是老了吃不了冰激凌了，志刚啊，孩子要是缺钱就说，用我和你妈的存款。"

志刚忙说："爸，蕾蕾、菁菁，还有李末都入股了，不愁资金。"

王红听到愣了："李末还投钱了？也是，他家不差钱。"

志刚忙叮嘱："哎，你可别告诉萌萌，她什么都不知道。"

王红说："好好的工作就这么辞了，一个女孩子做起小老板了，年轻没问题，可等到老了，她又不想结婚，还拖着个孩子，将来万一生意不好了她靠什么生活？"

玉英说："王红，你可别咒萌萌。电视里你不都看到了吗？李末自己辞了大老总的职务，每天去给萌萌打工，又是音乐会，又是粉丝团的，两个这么聪明的孩子，生意错不了！"

大家正说着，常建来了，他带来了母亲。

常建的母亲见到王红："您好，我是来为我儿子提亲的，您培养了一个好女儿，长得漂亮又能干，文文静静，我和我先生都很喜欢她。"

王红顾虑重重："萌萌离过婚，现在又没了正式的工作，你们家能接受她？"

常建的母亲是个爽快人。"90后可不像我们，没几个愿意坐办公室的，用他们自己的话说是没创意！离婚有什么好介意的，孩子们相互喜欢最重要。"

王红感动极不已："谢谢您这么看重我女儿，我也很喜欢常建，两个孩子难得这么谈得来，也是缘分，我没意见。"

志刚不敢多话，匆忙躲到书房给李末发微信通报了常家正式提亲的事。

李末看到微信，顿感对常建要多加防范，不能轻敌了。

一天，文彬来看望仍在养病的李水根，最近的几次检查，李水根的各项指标都很稳定，他的身体痊愈了。

文彬向他汇报了公司的工作，李水根欣慰地看着干儿子："彬，我们李家多亏有了你，不然，我这么大的家业真要后继无人了。"

文彬忙安慰他："李末有闯劲，点子多，他把音乐、美食完美结合在一起，对年轻客户群很有吸引力，'意味萌萌'冰激凌店都准备开加盟店了。小成本，大收益！"

李水根叹息道："我也看到电视报道了，萌萌做冰激凌有天分，抓住了年轻人的口味，我也挺佩服孩子的。可李末是个大男人，就这么为了爱情一次次的舍掉家业，我这个班还是你来接吧！"

"爸，你放心，李末一定会回来，他年轻，让他出去闯闯也挺好，公司有您坐镇，有我把关，他和萌萌一起创业是好事，他俩准能复婚。"文彬对李末信心满满。

雪菲离婚后带着女儿搬回了娘家。虽然女儿离婚了还带着孩子，老穆夫妇还惦记着趁女儿年轻貌美抓紧再钓个有钱的女婿。雪菲看到武萌萌创业成功，由衷的羡慕，她也想自己创业却得不到父母的支持。直到这时，雪菲方才后悔当初不听武蕾蕾的劝告，辞了电视台主持人的工作。

## 三

玉英陪蕾蕾去医院做产检，蕾蕾挺着超乎寻常的孕妇大肚子慢悠悠地晃进了产科。

蕾蕾刚做完 B 超，菁菁来了。"检查结果不错吧？"

蕾蕾满脸自豪："没问题，医生说，两个孩子都很健康，姐，你能不能走走关系让 B 超大夫告诉我们胎儿的性别？"

菁菁惊讶地看着妹妹："那是违法的，你不想要女孩？"

蕾蕾摇摇头："我和大雨都喜欢女孩，就是他爸妈瞎嘀咕，搞得我心烦。"

"你多好啊，一生就是两个，妈的好基因都传给你了。"菁菁羡慕地看着妹妹的大肚子。

玉英说："菁菁，你还没动静？唉，你就是结婚太晚了，女人年龄一大就是不容易怀孕。"

"姐，都怨我小时候太浑了，是我耽误了你！"蕾蕾又内疚上了。

菁菁忙说："跟你有什么关系，是我自己太不上心了。没有就没有，反正有小舟了，我也没压力。"

姐妹俩正聊着，玉英却喊了起来："哎，你们俩快过来。"

俩姐妹跑到了母亲身旁，她们看到了产科试管婴儿技术的宣传广告牌。

玉英说："菁菁，别等了，你做个试管婴儿手术行不行？"

蕾蕾乐了："妈，你真棒，这回算是跟上时代了！姐，我觉得你可以考虑这个建议。"

"不，我和文彬身体都很健康，自然受孕有把握！试管婴儿很麻烦的。"身为医生的武菁菁不接受。

## 四

文小舟过完了十二岁的生日，于琳娜再次提出要接儿子去美国读中学。

这次，文彬没有反对，他把决定权交给了儿子。

一天周末放学后，小舟和好朋友娇娇来到一家麦当劳餐厅。

小舟愁眉苦脸：“娇娇，我亲妈现在就要接我出国读书，你说我去不去？”

娇娇问：“你舍得离开爸爸和菁菁阿姨吗？”

小舟摇摇头。

娇娇建议：“那你就上完高中再说。”

小舟说：“可我亲妈一个人在美国也挺可怜的。”

娇娇不解：“她那么狠心地抛弃你，你不恨她了？”

小舟说：“她已经向我正式道歉了，我原谅她了，她毕竟是我亲妈！”

娇娇看着他发愁的样子：“那你就去美国陪她。”小女孩说这话有点赌气，她舍不得好朋友离开。

“那我爸怎么办？他离不开我。”小舟又纠结上了。

孟小萍到店里买快餐，她看到了两个孩子在一起说悄悄话，立马想歪了。她拿出手机拍下了两个孩子聊天的视频传给了妹妹孟小盈，顺手加了一条信息：看好你闺女，武菁菁没安好心。

孟小盈看到视频和信息紧张极了，不假思索就给武菁菁打电话：“武菁菁，我以为我们可以做朋友，可你怎么玩阴的，怂恿孩子早恋，我女儿才十二岁呀！你积点德吧。”没等武菁菁回答她就撂了电话。

武菁菁莫名其妙，她又一次蒙受了不白之冤。

武菁菁把孟小盈的电话内容告知文彬，文彬连忙安慰委屈的武菁菁：“你别生气，别跟她一般计较。”

正说着，小舟回来了。

文彬见到儿子就吼了起来：“文小舟，你去哪儿了？”

小舟答道：“我和娇娇去聊天了。”

文彬急了：“你和一个小女孩有什么好聊的，以后，不许单独和娇娇在一起。”

小舟奇怪地看着父亲：“嗯……为什么？”

文彬火了：“没有为什么！这是命令！你必须服从！”

文小舟生气了，他转身回了自己的房间不出来了。

菁菁担心起来：“你急什么，有话不能好好说，我去和他谈谈。”

“不许去，让他自己好好反省！”文彬制止。

王俊明家中，刚吃过晚饭，孟小盈就把视频转给了王俊明，她没有告诉王俊明这个视频的来源。

王俊明和女儿娇娇进行了一次严肃的谈话："娇娇，你是女孩子，早恋可不好。"

娇娇愣了："爸爸，你说什么呢？谁早恋了？"

王俊明给娇娇看了视频："娇娇，爸爸没证据不会乱说，你马上就要上中学了，女孩儿大了要和男孩子保持距离，要保护好自己的安全。"他的神情很严肃。

娇娇生气了："爸爸，你怎么还跟踪我，太过分了，我马上就十二岁了，知道好赖，不理你了！"

她说完就哭着跑回了自己的房间。

周一上学了，课间时间，两个受了委屈的孩子决定一起逃学，浪迹天涯，他们分别给家里留下一封信就离家出走了。

孟小盈第一个发现了女儿的信，她急得号啕大哭，急忙给王俊明打电话，可王俊明正在手术，手机关机。

文彬得知儿子逃学离家，他发动公司员工们全城寻找孩子；李末、大雨、武家三姐妹都在第一时间在朋友圈发了寻人启事。

大家找了一天，两个孩子也无讯息，文彬无奈只好请战友刘队长帮忙查找孩子。夜深了，大家都在刑警队等待消息。

老刘安慰文彬："小舟福气好着呢，上次阑尾发病都能遇到武菁菁这样的医学大专家挺身相救，这次也不会出问题。"

文彬苦笑："这世上只有一个武菁菁，儿子不可能总是那么好运。"

终于，警察在北京南站购票处截住了两个孩子，可俩孩子执意不肯回家，大人们只好集体去了南站。

武菁菁代表两家大人向小舟、娇娇诚恳道歉，两个孩子这才说出了事情的真相。菁菁说服二人放弃了浪迹天涯的想法，孩子们跟着大人回家了。

孟小盈主动跟武菁菁道歉，大家这才搞清楚掀起出走风波的罪魁祸首是孟小萍。

## 五

文小舟为是否和母亲出国犹豫不决，文彬理解儿子，自己痛苦纠结，武菁菁心疼这对父子，她有了要孩子的想法。

武菁菁去了妇科检查，医生诊断她错过了怀孕黄金期，不易怀孕。

菁菁为了要孩子抓紧治疗，狂吃中药。

文彬回家闻到了满屋子浓郁的中药味："菁菁，怎么了，哪儿不舒服？"

他很紧张。

菁菁心里暖暖的："没事，就是调理下身体，好早点要孩子。"

文彬放心了。"咱俩不都说好了顺其自然嘛！别吃中药了，太难喝了。"

菁菁笑笑："我们要是有个孩子，小舟要真去了美国，你心里也能好受些。"

"菁菁，你真好！"文彬感动得抱紧了菁菁，生怕别人抢走了他的宝贝似的。

菁菁依偎在文彬的怀里："彬，妇科同事给我下了诊断，我这个年龄，不太容易怀孕了。"

文彬说："是啊，高龄产妇，羊水栓塞、妊娠期的高血压综合征、糖尿病、流产、早产等风险都会大大增加。怀上带畸形染色体的婴儿的概率也越大，据说生产时还可能造成孕妇主动脉夹层破裂呢。"

菁菁惊讶："你知道的还挺多，我岁数太大了，你不该和我结婚。"

文斌急了："看看，你又想哪去了，我是不想让你冒险，上网查资料恶补的。"

菁菁说："我们的运气不会那么不好吧？我是医生，这些病我会尽量规避小心的，也许你还要配合我做试管婴儿手术呢。"

文彬不同意："你不能做。听说女的要打排卵针很遭罪，我们不要孩子了，你不欠我一个孩子，你欠的是让自己幸福。以后小舟出国了，就咱俩过多好啊！"

"我不怕受罪，我就想要一个咱们俩的孩子。手术的钱我都预备好了，你说你爱我，就连这点要求都不能满足我。"菁菁说着落泪了。

"别哭啊，武大夫，我听你的还不行啊！"文彬妥协了。

老天不负有心人，菁菁试管婴儿手术成功，她怀孕了。

文彬喜悦，小舟也为即将有个弟弟或妹妹高兴极了，武家人得知喜讯也纷纷祝贺。

可胎儿刚满八周，菁菁却因为忙于文小舟小升初的事宜，劳累过度流产了。

玉英接菁菁回家休养，文彬父子天天来看望菁菁。文彬看着面容憔悴、虚弱的菁菁，自责没有照顾好她。

文小舟向大家宣布了自己的决定："我不想离开北京，离开同学好朋友。阿姨，我更舍不得离开您和爸爸，我想好了，大学毕业前不离开中国。"

菁菁感动落泪，武家长辈们为小舟的这个决定欣慰。

于琳娜要回美国了，在文彬和菁菁的陪同下，小舟去机场为于琳娜送行。

于琳娜走了，文彬望着高耸入云的飞机，他终于将于琳娜曾经带给自己的伤害彻底放下了。

## 六

“意味萌萌”冰激凌店生意火爆，武萌萌忙得分不开身，武志刚要照顾生病的王红，李末主动承担了照顾弃婴圆圆的任务。

李末天天把圆圆放在胸前的婴儿背带腰凳里，哄她吃奶，哄她睡觉，做得有模有样。他爱宝宝的行为更加引发了新一轮的女粉丝的追捧。

萌萌看着李末精心照顾圆圆的身影心如刀绞。

张来胜的妻子刘佳对圆圆疼爱有加，每次抱起孩子就舍不得放下。

萌萌说：“你这么喜欢圆圆，要不你到我家帮我带孩子吧！”

刘佳高兴得落泪了：“行，行，我带，我一定带好她。”

李末不干了：“哎，那我这干爸爸就没事干了，不行，我还没带够呢。”

“你一个大小伙子每天背个孩子，多耽误正事。孩子交给我你就放心，想圆圆就常来家里看看。”刘佳和李末争起孩子来。

萌萌说：“你俩都别争，晚上孩子还得跟着我，谁哄她都不睡。”

大家正说着，张来胜送货回来了。他听着三个人的争论，蹲在地上一言不发。

刘佳奇怪地看着他：“你蹲地上干什么？”

张来胜抬头看着武萌萌，扑通一声跪在了她面前。“恩人啊，谢谢你救了我的女儿。我是罪人啊！呜呜！”他大哭起来。

三个人被他哭懵了。

刘佳看着跪在地上的张来胜，又看看怀里的孩子。“你，你胡说些什么？你说什么？圆圆是……是花儿？是我们的女儿？”

萌萌急了：“不可能！你撒谎！”她的嗓门大得吓人。

张来胜哭着说：“大恩人，这是真的，我媳妇不知道，她产后大出血，在阎王爷那里转了一遭，活过来就算命大了。”

刘佳两眼直勾勾地瞪着他：“你不是说把孩子送回老家，死在老家了吗？”

张来胜说：“孩子满月那天，我带孩子去体检，医生告诉我这孩子患有先天性心脏病，要做手术。那时候，你还躺在病床上，我就是个打工的，到哪儿去凑手术费，我要先给孩子找一条活路啊！我常来韵园小区送水，我忘不了大恩人跟我抢病猫的情形，也知道大姐是儿科专家，我就琢磨着，大恩人连个动物都那么拼死救，她肯定会救孩子，一定会惊动武医生，我的孩子兴许就有救了。”

刘佳气得狠狠踢着张来胜：“你还是人吗？你就不怕没人管啊，倒春寒的大冷天，你就不怕孩子被冻死？！”

张连胜不敢抬头看妻子，又跪倒在萌萌面前：“我，我把孩子裹得严严实实的，我没敢走，在一边偷偷看着呢。”

警察来了。原来，李末怀疑张来胜诈骗，报警了，警察要带走张来胜做调查。

刘佳急了，她打开圆圆的婴儿服查看屁股上的胎记。“是，是我的女儿，看，这个苹果胎记生下来就有！警察同志，你们别带走我丈夫。萌萌妹妹，大恩人，求求你们把孩子还给我吧，下辈子我给你们做牛做马。”

刘佳抱着圆圆不住地叩头，泣不成声。

突然，萌萌一把抢过了孩子，紧紧地搂在怀里。

刘佳大惊，一个劲儿地给萌萌磕头：“萌萌妹妹，大恩人，把孩子还给我吧！这是我的孩子呀！”她大哭起来。

萌萌看都不看她一眼：“你们滚，马上滚，我不想看见你们，圆圆是我的，你们休想把她带走！你们这是要把孩子带走卖了！骗子，都是骗子！”

李末说：“萌萌，你别这样，张来胜、你们能拿出什么证据证明孩子是你们的？”

张来胜扶起了妻子：“我女儿是在京郊一家妇产医院出生的。正月十五，孩子满月零两天，我就把她放在韵园小区的椅子上了。我手机里有我给她拍的满月照片，小被子是梅花图案的，是我给她新买的。我有出生证，她九个月了。”

他说着把手机交给了警察，果然手机视频上显示出的正是满月的圆圆。

李末把视频拿给萌萌看，萌萌看了一眼，她把圆圆抱得更紧了。“不是真的，那天小区里那么多人，这个视频谁都能拍，警察同志，你快把他们抓起来！”萌萌的脸色很难看。

警察说：“张来胜，我们要给孩子做亲子鉴定，在鉴定结果没出来以前，你必须跟我们回所里配合调查。”

李末劝着萌萌：“萌萌，我们带孩子一起去做亲子鉴定。”

刘佳哭着使劲捶着张来胜：“都是你造的孽，我连自己的女儿都要不回来。”

武萌萌抱着孩子，在李末的陪伴下，跟着警察走了。

武家人当天就知道了这件事，大家都在焦急地等待着警方的通报。萌萌什么都不干了，她每天抱着圆圆不撒手。

一周后，鉴定结果出来，确认了圆圆和张来胜、刘佳的亲子关系。

武家人这才把圆圆放心地交还给了她的亲生父母。李末去派出所销案，张来胜自首得到宽大处理。弃婴终于和亲生父母团圆。

## 七

武家上下都为孩子有了这样美满的结局高兴，萌萌却情绪异常，她把自己关在屋里整整三天谁都不见。

王红和武志刚心疼女儿，他们也开始怀疑萌萌得了不育症，两人劝萌萌去医院做全面的检查，萌萌毫不理会父母的关心。

王红来找奶奶："妈，萌萌根本不听我们的，这孩子脾气变得越来越怪，愁死我们了。"

奶奶说："别急，这回咱们是找到了她不想复婚的病根了，是大好事。萌萌这么年轻，科技这么发达，不怕的。"

"萌萌不爱听老人唠叨，让她两个姐姐跟她谈。"还是玉英了解女孩的心思。

菁菁、蕾蕾好说歹说，萌萌才勉强让她们进了自己的房间。

这三天，萌萌连吃饭都是武志刚、王红哄着才勉强吃的，她不洗脸、不梳头，她就这么在卧室里看着圆圆的照片和视频发呆。

菁菁看着面容憔悴的堂妹心疼极了："你这是在干什么，圆圆找到了亲生父母多好啊！"她边说边收拾起房间来。

蕾蕾见不得萌萌不死不活的样子："你就这么喜欢孩子，姐马上就要生俩儿，正好，给你一个，你就当亲妈。"

菁菁也从医学角度给萌萌宽心："萌萌，我比你整整大了十四岁，试管婴儿都成功了，你更没问题了。"

萌萌看着两位姐姐关切的眼神，她面无表情不说话。

蕾蕾急了："妹妹，你干吗呀？不能生孩子就世界末日了？丁克多时髦啊！要不是张大雨是独子，他爸妈又是老古板，我才不要孩子呢！"她说着说着跑偏了。

菁菁连忙打断了她的话："别胡说！孩子是爱情的结晶、我们生命的延续，当然得要孩子。萌萌，现代医学已经攻克了太多的不育难题，你现在自己有钱了，我们陪你找全世界最好的专家。"

大家正聊着，李末在门外喊上了："萌萌，我在这里郑重声明：我，李末，要和你相爱一生，我不管你是否生育，我爱你！这辈子我只要你做我唯一的妻子。"

菁菁、蕾蕾的脸上都露出了欣慰的神情。萌萌却秀眉紧锁，她换好衣服，打开门，看也不看李末一眼，离家了。武家人都抱歉地看着李末，李末倒是泰然处之，他已经习惯了萌萌的怪癖行为。

萌萌打车来到流浪动物救护站，她看着被人遗弃的残疾小动物，眼泪又流了出来。

李末悄悄跟随而来，他不敢打扰萌萌，只能躲在一旁陪伴着伤心的萌萌。

# 八

武蕾蕾生双胞胎待产那天，大雨在产房外守了两小时，当护士出来告诉他蕾蕾即将生产时，他的腿开始哆嗦打颤。

护士说："没事儿，别紧张，你老婆身体素质不错，应该能顺产。"

每一次产房门打开，大雨的心都跟着揪一下，生怕护士告知不好的消息。

终于，武蕾蕾平安生下龙凤胎，她被护士推出了产房。

大雨看着疲惫不堪的武蕾蕾，眼泪下来了："姐，媳妇，辛苦了！"他死死攥着蕾蕾的手。

月子里，张大雨请了年假，整整一个月在家和月嫂一起照顾蕾蕾。每天晚上，他都以手写日记的形式记录下子蕾蕾和两个孩子的点滴生活。

蕾蕾出了月子，她无意中发现了日记，大雨的字里行间满满的都是他对蕾蕾和孩子深深的爱。

从那天起，蕾蕾再也不笑话张大雨手写日记了，她也拿起笔偷偷写起了日记。在鸡毛蒜皮的琐碎里，夫妻依然深爱，这才是真正幸福的婚姻。

爷爷、奶奶终于抱上了重孙子，武志强夫妇看着老人满意的笑容十分欣慰，蕾蕾为自己终于有一样比姐姐超前骄傲。

龙凤胎满了三个月，蕾蕾筹划的育儿健康新栏目得到了台里的批准，大雨家人全力支持她重返工作岗位。蕾蕾的栏目非常亲民，收视率节节攀升，广告商应接不暇，节目大火，武蕾蕾再次迎来了事业的新高峰。

她主动找到在家带孩子的雪菲："雪菲，我有新栏目了，你回来做主持，咱俩再合作怎么样？"

雪菲不敢相信自己的耳朵："姐，我能回去吗？我有了女儿，不再是过去那个清纯标签的穆雪菲了。"

蕾蕾笑了："嘿，你有新标签啦，好妈妈！我这个栏目就是做给妈妈们看的，你再合适不过了！你业务好，形象好，扔了话筒太可惜了，回来吧，台里同意了。"

雪菲落泪了，武蕾蕾的大度令她惭愧。

大雨、蕾蕾工作繁忙，他们本想将龙凤胎分送爷爷、姥爷两家抚养，菁菁却强调两个孩子分开对未来成长不利。

于是，全家总动员，大雨父母、武志强夫妇、王红和武志刚商议每户一周两天排班照顾这两个孩子，奶奶赞成，爷爷却不乐意了，他认为不给自己排班看孩子是蕾蕾嫌二老无用了，蕾蕾连忙表示保证每个周日都回母亲家，让爷爷、奶奶照看龙凤胎，爷爷这才满意了。

# 九

李末每天变着花样追萌萌，他不管多忙，天天都订好鲜花送到王红家，国内外旅游计划换了无数个方案。武萌萌却越发显现出抑郁症的种种症状，她对什么都提不起兴趣，冰激凌店的新产品不推了，常建组织的游戏线下活动不参加了，甚至连流浪动物都不再关心，她每天不是发呆就是睡觉，李末、常建焦急，武家人无计可施。

一天晚上，常建和李末都来看望萌萌，萌萌依旧一副冷漠的神情，两人无奈地离开了王红家，一起来到了停车场。

李末正要去开车，常建挡住了他的去路。他狠狠地打了李末一拳，李末毫无防备，摔倒在地。

李末说："你打我干什么？"

常建扑了去又给了他一拳："我和萌萌同事三年了，她一直文文静静的很正常，就是你冒出来天天缠着她复婚，她才变成了现在这个样子！是你把她逼疯了！"

李末也火了，他狠狠地还了常建一拳："我逼疯她？还不是你带着她玩什么 COSPLAY 的那些梦幻服装，让她跟着动漫中的虚幻人物天天做梦，人都魔怔了！"

两个人相互发泄着心中的郁闷，痛痛快快地打了一架。

他们正闹着，武志刚开车回来了。"哎，你俩干什么呢？怎么打架了？为萌萌？！"

两个人都没有回答他的话，各自开车离开了停车场。

武志刚跑回王红家，他见到萌萌："闺女儿，你醒醒吧，常建和李末都为你打架了！有什么问题你说出来大家一起解决，别这样折磨人了好不好？"

王红也劝着："萌萌，以前都是我不好，总是强迫你做不喜欢的事情，妈妈改！"

萌萌的回答令人崩溃："爸、妈，你们出去吧，我想睡觉！"

王红、志刚来到志强家，玉英看着两人沮丧的神情也急了："哎呀，咱家这仨闺女，小时候属萌萌最乖，她现在是怎么了？"

爷爷叹息道："唉，离婚、离婚，你们当父母的闹够了，给孩子造成了多大的心理阴影啊！"

王红和志刚低头不语，满脸羞愧。

奶奶忙说："别提以前的事，说说现在怎么办吧！"

蕾蕾说："我去试试，办了那么多期婚恋栏目，我遇到的难搞的嘉宾多了，我就不信做不通萌萌的工作。"

蕾蕾自告奋勇来找萌萌："武萌萌，圆圆走了，你难过我们都理解，不过你装痛苦差不多也就得了。我没和你开玩笑，你不想复婚就不复，不结婚也行，我和大雨正式商量好了，我们的女儿真的可以过继给你。"

萌萌看着蕾蕾关切的神情，鼻子发酸，哭了起来，她越哭越伤心，索性趴在床上埋头大哭起来。

蕾蕾火大了："嘿，你还哭？我们都快让你逼疯了，你要再这样，爷爷、奶奶要是为你急病了，我真揍你啊！"她摔门走了。

萌萌哭够了，她把圆圆的照片一张张收了起来，又打开手机咬咬牙删除了圆圆的全部视频。

萌萌躺在床上望着天花板，茫然而无助。

# 第二十章　爱需要勇气

## 一

一天晚上，武菁菁正在病房值夜班，李末来了，他拿出一份《“意味萌萌”冰激凌店铺转让书》递给菁菁，菁菁惊讶不已。

原来，武萌萌委托律师把“意味萌萌”冰激凌店铺股份全部转让给了李末，她又一次跟李末玩起了先斩后奏。

李末拿着转让书就给萌萌打电话：“你什么意思？”

萌萌说：“我旅游的钱都挣出来了，不想干了，冰激凌配方你都知道，我对经商没兴趣，我要去旅游了。”她一副满不在乎的口气。

李末听着就来气：“你就自己走了？”

“背包客要的就是独来独往自在呀！”萌萌很有理。

李末说：“那好，你的这个店有你俩姐姐的股份，交给她们，我也不要了，我跟你一起去旅游！”

“NO，我们不同路！就这样吧。”武萌萌先行放了电话。

李末讲完了事情的经过。

“大姐，我没招了，你帮我劝劝她吧。”他对萌萌很无奈。

菁菁安慰李末：“你别急，我来想办法。”

她马上就给成华打了电话，讲述了萌萌最近的精神状态。

成华说：“我去找萌萌，等我消息！”

菁菁和李末听到了成华的答复，两个人都对成华给予了很大的希望。

第二天一大早，成华就和萌萌通了电话：“萌萌，我找了你很多次，你都回避我，现在你就要走了，我要是没猜错的话，你一定会走得很远很远，也会离家很久，能不能在你走前给我一次机会，就一次，我们谈谈好吗？”

武萌萌实在不好拂了成华好意，她如约来到成华的工作室。

成华热情地招待她，她带着萌萌在工作室四处参观："萌萌，你喜欢我这个工作室吗？"

萌萌惊讶地打量着这间风格时尚、色调典雅、安放了很多乐器的工作室。"成华姐，你的工作室装修的真好！你很喜欢音乐吗？"

成华说："是的，优美的音乐旋律能愉悦人心，舒缓的音乐对悲观情绪的康复很有效，这些乐器能够帮助我的客户重新找回热情和快乐的正常情绪。"

她边说边把一只鼓槌交到了萌萌手里："你是不是有话一直想告诉李末，又说不出口，现在，你试着用鼓声告诉他。"

萌萌望着她，半信半疑，她试着敲了起来。

她敲着敲着，不知不觉自语了起来："李末，我对不起你，我犯了无可挽回的错误，我是个大罪人，你越对我好，我越内疚，我一辈子都还不清这笔账了，我好悔呀，我错了，我错了……"她越说越激动，滔滔不绝，完全控制不住，压抑了四年的悲伤情绪犹如决堤的洪水宣泄了出来。

伴随着萌萌的鼓声，成华和两位助手用其他几样乐器跟随着萌萌鼓声的节奏。

萌萌足足敲了三小时，她敲累了，鼓槌脱手飞了起来，她浑身颤抖不止，痛哭起来。

工作室里，舒缓的音乐响了起来，萌萌渐渐停止了哭泣，她坐在地板上听着这悦耳的音乐，紧锁的眉头渐渐舒展开来。

成华的两位助手都退出了房间。

成华扶起了武萌萌："萌萌，你刚才敲鼓敲得太累了，躺下好好休息吧。"

萌萌听话地躺了下来，她闭上了眼睛。

成华轻轻地说："一个人把痛苦隐藏的太久了，就会情绪失控，出现严重的心理障碍。你把心中的痛苦都说出来，才能得到真正的解脱……"

萌萌终于将埋藏心底四年的秘密告诉了成华。她说："姐，我想过死，可爸爸、妈妈只有我一个女儿，我走了，他们老了怎么办？我只能等，等他们百年后我再去用自己的命赎罪。"

成华感到庆幸，幸亏这次及时疏导了萌萌的不良情绪，如果任其压抑下去，后果不堪设想。

"姐，我同意你把这件事转告李末。"萌萌的语气很诚恳。

成华握住了萌萌冰凉的手："你自己做的事就要自己承担责任，你要勇敢地面对过去，你必须自己说。"

## 二

一个黄昏，武萌萌鼓足勇气，她给李末发了一条微信信息：“老地方，不见不散！”

李末看到信息高兴地蹦了起来，他以为成华谈话见效，萌萌终于回心转意了，他来到了曾经就读的大学校园小公园。

武萌萌早已经等在那里，削瘦的身材包裹着一身黑裙，她的脸上毫无血色。

李末见到她高兴极了，他从后边一把抱住了萌萌，这是他们当年热恋时李末常做的偷袭动作。

李末说：“萌萌，你早来了？我有一个重要会议没法推，等急了吧？”

萌萌低着头，眼睛不敢看他：“李末，我有一件事要告诉你。四年前，我们离婚后，我做掉了肚子里的胎儿。”

李末松开了手：“你说什么？！”

萌萌抬头看着他，艰难地继续说着：“这孩子仅仅活在世上四十天，我没有告诉任何人就做了流产。”

“不可能，我的萌萌不会这么狠心，那可是一个鲜活的生命！”李末不敢质疑。

萌萌哭了：“爸爸、妈妈要离婚，一切都乱套了。我怕一个人当不好妈妈……”

李末脸色铁青：“噢，你怀过孕，四十天？你居然杀了我们的孩子？！”他还是不肯相信。

萌萌重复着他的话：“是，我们的孩子！”她脸色惨白。

李末暴怒，他一把揪住了萌萌的衣领，举起手似乎要狠狠地扇萌萌一个耳光，可最终他却抡起拳头砸向了公园的石墙，五个指头鲜血直流。

萌萌跑上去捂住了他流血的手，心疼地用嘴吸吮着喷涌而出的血珠，李末粗暴地推开了她，一个人走了。

萌萌站在那里一动不动，她知道自己和李末彻底完结了。她满目凄然，自己把埋藏心底四年的痛苦隐秘都说出来了，该面对的总要面对，她苦笑了，一切都结束了。

萌萌回到家，彻夜未眠，她给“一往情深”发了微信：我是一个杀死了自己孩子的有罪妈妈，你瞧不起我吧？

这一夜，“一往情深”一个字都没有回应，萌萌知道自己也失去了这个知心朋友，她很难过。

清晨，萌萌悄悄离开了家，她不敢再面对武家长辈们的指责，更怕看见爷爷、奶奶伤心的场面，一个人踏上了旅程。

中午时分，王红收到了萌萌的微信：爸爸，妈妈，你们收到这封信的时候，我已经走了，不要找我，我犯下了不可饶恕的罪过，我没有资格乞求你们的原谅。我要用后半生为自己亲手杀死的孩子祈祷、忏悔。

王红看到了这封信，她急忙来找武志刚："志刚，萌萌走了！你快去追她回来！"

"追不上了，她是成心不让我们找到她，让她自己出去散散心也好。"志刚还算理智。

王红哭了："我一点都没发现她曾经做过流产，我这个当妈的太失职了，女儿心里得多苦啊。"

志刚为自己曾经的感情出轨懊悔不已："王红，不怪你，是我不好，是我们的离婚误导了女儿对婚姻的判断，唉，我们家把李末这孩子害惨了。"

两个人都懊悔不已。

## 三

第二天，文彬来找李末："怎么，我听菁菁说，你连她都不见了？"

李末没说话。

文彬说："菁菁是受叔叔、婶婶的委托替萌萌向你郑重道歉的。"

"别提她，我不想听到这个狠心女人的名字。"李末还在怨恨武萌萌。

文彬知道现在说什么李末都听不进去，他不再多话了。

王红和武志刚每天都给萌萌发微信，询问她的旅行路线的，萌萌只报平安，多一句话没有。

两人正为女儿着急，常建的父母找上门来了。

常母满脸抱歉："对不起，打扰了，我们是来向你们打听萌萌去什么地方旅游了？"

王红说："不知道，走了一星期了，她就微信上告诉我们平安到达，什么都不说，我们正为这事着急呢。"

常建母亲解释起来："常建看到萌萌的微信上发布信息说是开始旅游了，他今天也给我们发了一条微信说是要陪伴萌萌做驴友，我们还以为你们知道萌萌的去向呢。"

常建父亲说："他们都二十多岁了，丢不了。我说不用急，可她偏要来，打扰你们了。"

武志刚对常家万分抱歉："你们回吧，有了他们的确切消息我一定马上通知你们！”

成华给菁菁打电话询问萌萌的近况，菁菁忍不住埋怨起来：“你对萌萌是不是药下得太猛了，她现在这种精神状态，一个人去旅行，出事怎么办？”

成华胸有成竹：“萌萌把秘密说出来了，压在心里几年的痛苦全部都释放出来了，她只有经历这样的脱胎换股的心灵历练的过程，心理状态才能完全恢复正常。”

菁菁为萌萌和李末惋惜：“恢复了又怎么样，你让她自己和李末讲这件事是不是太残忍了，李末永远不会原谅她了。”

成华严肃地说：“他们这么年轻，婚姻的路很长，要是萌萌复婚了，隐瞒李末一辈子，这个雷早晚得炸，越晚炸杀伤力越强。”

菁菁说：“李末对萌萌的感情太深了，他怎么能受得了这么残酷的打击！”

成华：“他是男人，必须承受！如果李末不能原谅这件事，那就说明他对萌萌不是真爱，散了也不可惜。婚姻中包容、体谅最重要。”

“本来以为我的恋爱经历就够奇葩的，现在看，武萌萌的爱情故事都够写一部言情剧了。”菁菁感慨不已。

成华把王红和武志刚请到了工作室：“叔叔，婶婶，当年，女儿婚礼前你们闹离婚，让她对婚姻完全丧失了信心。你们复婚吧，给女儿做一个榜样，让她重新相信爱情！”

王红没有半点犹豫：“听你的，我们明天就去民政局！”

武志刚乐得像个孩子，自己不当心砸碎的窝又重新垒了起来。这一次，他要把窝垒得结结实实，能够抵御住任何风雨的侵袭。

爷爷、奶奶看到俩人的结婚证书高兴极了，王红感激老人的宽容，她特别珍惜失而复得的婚姻。

王红夫妻俩天天给萌萌发微信、秀恩爱。希望女儿早日回归。

然而，萌萌除了每天向父母报平安，汇报自己的旅途乐趣，没有丝毫回家的迹象。

## 四

赵爱莲仍然到处为李末张罗相亲对象。“末末，你看看这几个姑娘可都是留学生，学历好、家境好，形象都比武萌萌漂亮，妈妈给你安排时间见面吧。”

李末厌烦：“妈，我谁都不想见！”

赵爱莲不高兴了；“你跟谁赌气呢，那个武萌萌有什么好的，连个孩子都生不出来！”

李末急了，他和母亲喊了起来：“妈！我这辈子不结婚，不要孩子了，我和她没关系了！”他没有把萌萌曾经流产的事告诉父母，这些天他最受不了听别人提孩子的事。

“你就是不懂事，你哥从来不气我，可惜，他走得太早了，你的事我不管了。”赵爱莲伤心地哭了起来。

李水根听到了母子俩的争吵：“我这身体可受不了你们两个这么吵。末末，向妈妈道歉。”

“妈，对不起！”李末勉强说了一句就走了，赵爱莲气得坐在沙发上直喘粗气。

李水根说：“爱莲，我向你坦白一件事，我得了胃癌！”李水根语气平静。

赵爱莲紧张极了：“啊？什么时候查出来的？”

“半年了，经过治疗，病情控制住了，医生说，只要我注意饮食方式，按时吃药，我起码还能活三十年，抱孙子没问题。”李水根对自己的病情很乐观。

赵爱莲急得掉起了眼泪：“老李，你得了这么大的病怎么不告诉我？我也是太粗心了，没有好好地照顾你。”

“现在告诉你也不晚，以后你的任务就是天天给我调理健康饮食、监督我的作息。李末长大了，他的婚姻大事让他自己做主吧，你就是瞎操心。咱儿子有颜值、有人品，你还愁他找不到媳妇啊？”李水根耐心说服着赵爱莲。

日子一天天过去了，一个月后，李末逐渐冷静了下来。他开始懊悔那天对萌萌态度太恶劣，深知这次自己伤萌萌太深了，他没有信心再赢回萌萌的爱，只能独自品尝思念武萌萌的痛苦。

文彬几次要把萌萌的事情告诉干爸干妈，可李末却以断交威胁文彬不许说，文彬无奈妥协。

## 五

一个月后，常建回到了北京，他没有找到武萌萌。

常建等在了李氏集团的地下停车场。

他见到李末，一句话不说，上去挥拳就打。李末任凭常建暴打不还手，几个保安冲了上来，揪住常建要报警。

李末说：“放了他，我们是朋友，你们走吧！”

常建气得大喊：“呸！我没你这样的朋友！我已经把你拉黑了。一个大男人还当妈宝吃奶呢，不能保护好自己的妻子，遇事让女人扛！什么都听妈妈的，我都替你脸红！”

常建气哼哼地走了。

李末揉着肿胀的下巴，看着常建离去，他的神情中充满了委屈。

武萌萌一路向西，独自行走在去往西藏的路途上，她每到一处逢庙宇必拜。

一天，天空下起了倾盆大雨，武萌萌躲在公路旁的一处破草棚里。

“汪汪！”一只流浪的白色京巴狗跑进了草棚，这只狗已经脏成了灰毛狗。

萌萌坐在棚里拿出面包、香肠吃着，小京巴冲着她汪汪的叫，它的两只黑眼睛可怜巴巴地看着萌萌，萌萌赶紧把自己的食品分给了它，小京巴狼吞虎咽吃得特别香。

雨停了，萌萌继续赶路，小京巴屁颠颠地跟上了她。从此，萌萌的旅行不再孤单，她有了小京巴作伴。

李末每日除了工作，就是喝酒，他消瘦憔悴的身影、焦躁的情绪令人担忧。

一天，李水根和赵爱莲登门拜访武志刚夫妇。

李水根说：“亲家，我们这次来是为李末提亲的，还是让他们两个孩子复婚吧。”

“就这样吧，我儿子自己不争气，他就是忘不了武萌萌，生不了孩子就不生吧，随他们年轻人好了。”赵爱莲虽然态度勉强，但也算识大体。

王红脱口而出:“我女儿能生,他们有过一个孩子。”亲家主动上门,她太激动。

李水根和赵爱莲都大吃一惊。

武志刚看出了端倪：“怎么，你们还不知道萌萌堕胎的事？”

“堕胎？什么时候的事，我们怎么不知道啊！”赵爱莲惊得一屁股坐在了沙发上。

王红哭了：“唉，亲家母，都是萌萌不好，她离婚后没和任何人商量就一个人去做了流产，胎儿都四十天了。”

“我女儿办错了事情，我们向你们道歉！对不起！”武志刚声音哽咽。

赵爱莲气得嚷嚷了起来：“这孩子疯了，她主意也太大了！我的孙子就这么没了？她要是告诉我们怀孕了，我们怎么能不要这个孩子呀！”她说着说着哭了起来。

李水根虽然难过，还算冷静：“李末知道这件事吗？”

志刚答道：“萌萌亲口告诉他的。”

李水根感叹不已：“噢，我说这小子这几个月情绪怎么变得这么坏，他什么都不告诉我们。萌萌不肯复婚就是为了孩子的事内疚啊。这俩孩子怎么傻一块去了！”

赵爱莲说：“你少说这些没用的，我不怕你们亲生父母护犊子，萌萌在哪儿，我得好好地骂她一顿，她要报复我冲我来，拿自己孩子的生命撒气，太不像话了！”她自己把和萌萌的秘密说了出来。

李水根暗暗吃惊，他猜到萌萌离婚一定和赵爱莲有关系。

武萌萌没有告诉任何人，赵爱莲逼她秘密签署了婚前财产保证书，武志刚和王红只顾道歉，他们根本没有听出赵爱莲这番话背后的含义。

王红替女儿再三道歉：“我们也是刚知道，萌萌自己去了西藏，她说要去给天堂里的孩子祈祷忏悔，走了三个月了。”

李水根不放心了：“她跟团去的？到西藏一个月足够，她怎么去了那么久？”

“她一个人自由行，我们也不知道她乘坐的是什么交通工具，天天为她的安全揪心。”志刚说出了自己的担忧。

赵爱莲又发起了牢骚：“她倒是一个人出去躲清闲了，我儿子天天跟丢了魂似的。”

李水根说：“你就少说两句吧，他们两个都是初恋，谁都忘不了谁，你要是真爱儿子，就应该支持儿子找回萌萌！”

赵爱莲彻底妥协了：“唉，你们是没看见末末都瘦成什么样了，他俩赶紧复婚吧！嗯，不行，我得加萌萌的微信，我以前对她不好，我要跟她道歉。”

王红忙说：“亲家母，使不得，萌萌把孩子都搞没了，该道歉的是她。”

李水根笑了：“老武，现在这俩孩子都在较劲，大家想想办法让他们重新在一起，我可想早点做爷爷喽！”他看到了抱孙子的希望。

四年来，两家家长终于心平气和地坐在了一起。

周末，菁菁、蕾蕾两对夫妇都回到了武家，俩姐妹婚后都享受着婚姻的快乐，爷爷、奶奶、武志强夫妇看到她们幸福的样子，更加为孤身在外的萌萌焦急。

爷爷说：“你们姐儿俩别光顾着自己幸福，也替萌萌多操点心。”

蕾蕾委屈：“我能有什么好办法，90后现在是中国离婚的主力军，想一出是一出，萌萌就是一典型代表。”

菁菁说：“她自己流浪就够累的，还收养了一只小京巴，不过成华说萌萌开始主动照顾流浪狗，说明她的抑郁症康复有望了。”

“她这位大专家的话靠谱不靠谱啊，上回就是她支招，李末和萌萌才断了联系。唉，毕竟是一个孩子，他们俩的恩怨不容易解开喽！”文彬对成华有意见。

奶奶失望了：“听你们的意思，他们俩够呛能和好了？”

菁菁发愁：“唉，难度很大，萌萌不肯回家，李末又不肯重新放低姿态追回萌萌，两个人都是一根筋，不知道这俩人还要耗多久？”

一直没发表意见的大雨说话了："爷爷，您放心，我有办法。"

蕾蕾提醒他："你可别跟爷爷吹牛，说话要负责任啊。"

"你太小瞧你老公了，我是干什么的，创意和策划可是我长项，我一定能搞定李末！"

蕾蕾眼睛亮了："哎，你想出什么鬼点子了，快说！"

"天机不可泄露，我这就去办，等着我好消息吧。"张大雨信心满满地走了。

## 六

几天后的一个晚上，李末正在办公室加班，张大雨来了。"加班啊？总裁劳模！"

李末问："找我有事？"

大雨神情焦急："十万火急！萌萌和常建好上了，常建已经向萌萌发起了猛烈的求婚总攻。"

李末语气很肯定："不可能，武萌萌现在没心情谈婚论嫁。"

大雨笑了："嘿，你到底是个理科生，太缺乏想象力了！她不想结婚，架不住常建的热情和真诚啊！"

李末疑惑地看着大雨："她跟两位姐姐说了？"

大雨摇摇头："嗨，萌萌嘴严着呢！喏，你自己看，常建得意地把他们在云南客栈的定情照片发朋友圈了。"大雨说着递上了自己的手机。

果然，李末看到了常建和萌萌的亲密合影，还有朋友圈一连串的醒目的祝福的标识。

李末一把抓住张大雨："完了完了，她说了不再结婚。女人的心，天上的云，看来她们的话真不能信！哥，我怎么办？"李末神色慌张，不知所措。

大雨小心翼翼地提示起来："你看看萌萌有什么反应？她把你删除了吗？"

李末赶紧翻看着萌萌的微信，摇摇头，脸上有了些许安慰。

大雨看着他成心说："哟，天啊，常建的朋友真多哎，这么会儿功夫，上千人都在为他撒狗粮的行为点赞呢，你看看。"

李末听到大雨这么说，扎心得难受，他冒汗了。

大雨看着他异常紧张的神色，暗暗得意，他狠狠拍拍他的肩膀："弟弟，时间紧迫呀，你自己看着办吧！"他说完闪人了。

办公室里，李末坐立不安，终于他拿起了手机："我要一张今天丽江的飞机票，昆明也行，几点都行，越早越好。"

清晨，丽江一家民宿的小饭桌旁，常建和武萌萌正在吃饭，背着旅行包的李末闯了进来，他是乘坐夜间航班从北京到昆明又转机丽江连夜赶来的。

由于彻夜未眠，李末顶着熊猫般的黑眼圈，看上去疲惫又滑稽。

李末说："常建，我来就是要和你公开竞争，萌萌，你得给我一次机会。"

常建和武萌萌都看着李末没说话。

李末急了。"萌萌，我要和你好好谈谈，我……"他说着就要往萌萌身边凑。

突然，流浪狗小京巴扑了上来，咬住李末的裤脚不松嘴。

萌萌制止住了小京巴。"你怎么找到这儿来了？"

李末没理武萌萌，他走到常建面前。"常建，我知道我是个混蛋，我对萌萌不好，这次我错得离谱，你再打我一顿解解气怎么都行，就是不能和萌萌订婚。"

萌萌说："谁订婚了，常建是来看我的，我这辈子都不会结婚了。"

李末愣了："啊？常建已经把订婚的消息告知全世界了。"

萌萌狐疑起来："我怎么不知道？常建，你搞什么鬼？"

常建笑得诡秘："嘿嘿，你不用知道！"

萌萌不高兴了："你说实话，要不你现在就走！"

"你别生气，我说！"常建不敢再隐瞒，全盘托出了大雨的计划。

原来，前几天，大雨和常建恳谈了一次，常建知道萌萌的心里放不下李末，不会有别人的位置。他想通了，愿意配合大雨演一场戏。

常建利用萌萌对自己的信任和不设防，查到了萌萌居住的旅馆地址的准确定位，当天，他就飞到了丽江。萌萌对常建不请自来找到自己很意外，常建以考察云南游戏市场路过丽江为由，他带着萌萌在旅游景点转了一天，这才趁机拍下了两人的合影。

常建按照先前和大雨既定计划，先在设置朋友圈权限中给武萌萌的微信设定"不让他（她）看我的朋友圈"，然后在朋友圈发布自己和萌萌的合影并附上求婚留言，引来不明真相的朋友们跟着留言。不出所料，李末吃醋上当了，大雨的计谋得逞。

武萌萌听完常建的讲述，急忙翻阅朋友圈中常建发表在朋友圈中的消息，一无所获。

"嗯……常建，咱俩的合影呢，我怎么没查到？"萌萌想看看到底是一张什么程度的照片能把李末逼到了丽江。

常建得意地笑笑："你找不到了，昨天夜里大雨告诉我李末来了，我今天早上就删了！"

萌萌生气："切，微信功能你运用得挺娴熟啊！什么男闺蜜啊，损友！"

李末激动地抱住常建："好兄弟，我错怪你了，谢谢！太谢谢你了！我，我请客，你在云南好好玩，所有的费用我包了！大雨的主意好，太好了！"他高兴得不知说什么好了。

常建警告他："哥们也就是看在你对萌萌念念不忘有些感动的份上，一个人一辈子能遇到个合拍的人太难了，还得受得住思念，敌得过流年，你们俩的缘分散不了，我在你们这儿可算是见到真情了。李末，我服你，哥们撤了！不过，你今后要是敢对萌萌不好，我可不答应。萌萌，你看他瘦得这副熊样子，快给他好好补补吧。"

常建说完就洒脱地离开了客栈。

萌萌走到李末身边："你快把背包拿下来吧，挺沉的。"她的声音柔柔的，眼中溢满了泪水。

李末听话地解下背包。"我饿了！"他看着萌萌笑了。

萌萌把饭桌上的食物都堆在了李末面前，李末低头狂吃了起来。萌萌默默地坐在桌前看着他，两人自然呈现出一对小夫妻的状态。

流浪狗小京巴围着萌萌李末来回转悠，它认可了新主人的到来。

## 七

一年过去了，秋季到了，武菁菁再次怀孕，她自己对大龄生育很犹豫："我都四十一了，我不想要孩子了，我有小舟就知足了。"

文彬却说："菁菁，联合国年龄新标准，你还是青年呢，我想要咱俩的孩子。生下来，好不好？"

小舟也说："我想有个弟弟或妹妹陪我！妈妈！"

武菁菁流下了幸福的眼泪。她开心极了，有文小舟这样的儿子自己是赚大发了。

重阳节到了，爷爷、奶奶作为嘉宾应邀出席电视台《择偶 1+1》栏目举办的金婚纪念日活动，武家又是全家出动。

爷爷、奶奶身着款式时髦的情侣套装，爷爷干净利落，奶奶烫了时髦的短发，脚蹬四厘米高跟鞋。这对时尚老人闪亮出场，很给力！

直播开始，蕾蕾客串主持，她问奶奶："奶奶，您常跟我念叨，这一辈子跟着爷爷受了不少苦，后悔嫁给爷爷吗？"

坐在观众席上的武志强夫妇紧张极了，生怕老人会生气，他俩握在一起的手都出汗了。

可奶奶却一本正经地回答着："怎么不后悔，蕾蕾呀，你可不知道，你爷爷年轻时候脾气倔着呢，动不动就爱生气。”

爷爷看看老伴没说话。

蕾蕾又问：“奶奶，那您想过要和爷爷离婚吗？”

玉英恨不得马上冲到台上把蕾蕾揪下来，天啊，这可是上星电视直播，有亲孙女这么问自己的爷爷、奶奶的吗？

可奶奶一点也没生气，回答着：“没有！”

蕾蕾追问：“为什么？”

奶奶神态自如：“嗯，我们那会儿可不兴离婚玩儿。拌个嘴算多大点事，互敬才有爱！你爷爷心好，困难时期，他宁愿自己饿肚子，也要把粮食省给我和孩子吃，他嘴上不会说好听的，可心里装着这个家，我才舍不得离开他呢……”

爷爷放声大笑：“哈哈哈！老伴，你为这个家付出了太多了，谢谢啦！你十七岁嫁给我，算算整整六十五年了，可我跟你没过够，下辈子你还嫁给我不？”

奶奶微笑地使劲点点头。

爷爷从口袋里拿出了一块刺绣手帕：“老伴，这是咱俩订婚那天你送我的定情物，我可保存了六十六年了。”

奶奶惊喜地看着爷爷：“哟，你还留着呢，蕾蕾，你看你爷爷多浪漫啊！”

两个耄耋之年、白发苍苍的老人，久经岁月磨砺的粗糙的双手紧握在了一起，爷爷激动地搂着奶奶，给了她一个深深的吻！

蕾蕾惊讶得瞪大了眼睛，奶奶脸红了，全场观众报以热烈的掌声，祝福这对恩爱的老夫妻。

## 八

纪念活动后，奶奶宣布了一件事：“从明天起，我和你爷爷要搬到志刚家住一段。”

武志强和玉英都愣住了。

玉英说：“妈，您怎么要搬走啊？”

志强也说：“妈，您搬弟弟那儿干什么？”

玉英的神色紧张：“我们什么地方做得不好，让您二老不称心了，您说，我们改。”

爷爷说：“嗨，老太太，你说话就是有问题，不说重点，瞧把孩子吓的。玉英，你和志强去美国看看儿子、孙子！多住些日子，在国外好好玩！”

玉英不放心老人：“不行不行，你们住小叔子家会不习惯的。”

奶奶看着大儿媳妇，满目疼爱：“玉英啊，你伺候我们大半辈子了，辛苦了。

老二、王红也该尽尽孝了，他俩可欢迎我们去了，房子都按照老年人的舒适标准装修好了。再说还有大雨、文彬两个靠谱的孙女婿，这么一大家子人，你们有什么不放心的。”

爷爷说：“就是怕你们反对、啰唆，我们和老二商量好了，先不告诉你们，你们踏踏实实去旅游吧，嗯，最少三个月，最多三年也行！”

志强乐了：“嘿嘿，谢谢爸爸妈妈，玉英，你不是总念叨想出国旅游吗？这回，我好好地陪你到处玩玩！”

玉英流泪了：“爸，妈，谢谢！那好吧，不过，可说好了，我们一回来，您二老可得搬回来。”她感激老人让她实现了自己的旅游梦想！

爷爷笑了：“这就对喽，现在菁菁、蕾蕾生活都很幸福，我和你妈就发愁萌萌了。”

“是啊！李末追过去也有一年了，这俩孩子还不回家，我们搬到老二那儿，也好帮着催催！”奶奶说出了搬家的另一层意义。

## 九

武萌萌和李末一直行走在山水间，你侬我侬，两人走哪儿都牵着手，他们的爱情甜甜的、暖暖的，真是一对令人羡煞的般配爱侣。

夜晚，海南的一家民宿旅馆，萌萌和李末并排坐在藤制的秋千吊椅上。萌萌倚在李末怀里，她用手机向“一往情深”汇报着自己情感的最新进展，李末的手机发出了微信秒回的声音，萌萌这才发现李末就是“一往情深”。

萌萌不说话，眼睛一眨不眨地盯着他。

李末小心翼翼地看着萌萌：“萌萌，我不是有意骗你，你那时候不理我，在二姐的掩护下，我才加了你的微信。”

两个人复合以来，萌萌再没有发过脾气，李末很担心萌萌会因为这件事又不信任自己了。

萌萌表情淡漠，慢悠悠地说：“末末，你得做好心理准备，我上次流产后，医生说子宫损伤大，今后怀孕几率特别小，我再也不能做妈妈了。”萌萌说着说着流泪了。

李末把萌萌紧紧搂在怀里：“别哭啊！没孩子就没有呗，我们就这么一直走，只要有你，去哪儿都行。最主要的是，你不许再扔下我，咱们争取做两个百岁背包客，我不再答复这个问题了！”

萌萌说：“好，我写了个合同，只要你签字画押，以后不许反悔，我们就复婚。”

李末二话不说，起身拿起笔，表情凝重地看着吊椅上的萌萌。

萌萌坐起来，她从裤兜里掏出一个小纸包递给李末。

李末认真打开了纸包：一个验孕棒，观察窗上呈现出两条红色的线，一深一浅。李末难以置信地看着萌萌，萌萌得意扬扬，羞涩中带着坏笑。

“武萌萌！”李末大喊起来！

（全文完）